U0702064

忽闻岸上铁歌声

曾 轶 | 著

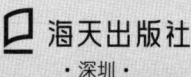

海天出版社

·深圳·

图书在版编目（CIP）数据

忽闻岸上铁歌声 / 曾轶著. —— 深圳 ：海天出版社，
2018.10
ISBN 978-7-5507-2472-3

Ⅰ. ①忽… Ⅱ. ①曾… Ⅲ. ①散文集－中国－当代
Ⅳ. ①I267

中国版本图书馆CIP数据核字(2018)第218837号

忽闻岸上铁歌声

HUWEN ANSHANG TIEGE SHENG

出 品 人	聂雄前
责 任 编 辑	刘翠文
责 任 校 对	李 春
责 任 技 编	梁立新
作 者 肖 像	贺 勤
封 面 题 字	陈 幽
封 面 设 计	李松雄书籍设计工作室 Tel:86231958 Email:htdadao@126.com 不得剽窃，一定查处

出版发行	海天出版社
地　　址	深圳市彩田南路海天综合大厦（518033）
网　　址	www.htph.com.cn
订购电话	0755-83460239（邮购）　83460397（批发）
设计制作	深圳市龙瀚文化传播有限公司 0755-33133493
印　　刷	深圳市希望印务有限公司
开　　本	889mm×1194mm　1/32
印　　张	12
字　　数	300千
版　　次	2018年10月第1版
印　　次	2018年10月第1次
定　　价	38.00元

一堆无用

今年春节猫在泰国苏梅岛，过了一个没有春晚、没有应酬、没有大吃大喝的年。晒了几天太阳，喝了几顿冬阴功汤，捡了几块石头，写了几篇小文章。自己感觉有点嘚瑟，过了一个不一样的年，一个充实有意义的年，一个简单纯粹的年。

尤其满意捡的几块小石头。苏梅岛上酒店里的花径边，随处铺着鸡蛋大小的黑色鹅卵石。客人们的眼睛都被无敌海景、漂亮mm吸引，没有人注意到它们。只有我，发现在这些普通的鹅卵石中，竟然有不少形状各异的观赏石！黝黑发亮，包浆厚重。有的黑中镶有金线，像一座微型山峦。抚之细腻温润，赏心悦目。征得酒店管理人员同意，我小心捡了几颗，洗净把玩，爱不释手。一路被老婆批评、被女儿嘲笑，不远千里从泰国带回来了。

女儿为省钱，订的亚洲航空的廉价往返机票，没有飞机餐及饮料，行李费也必须另付。去程行李费折人民币360多元，返程行李费却折人民币420多元，多出了60多元。我们也没买什么东西，老婆起初极纳闷，旋即醒悟，继而斥责：都是你捡了一堆破石头！一堆没用的东西！害我多出了几十块钱！

一堆无用！

一语惊醒梦中人。细细想来，我的人生，充斥着一堆一堆无用的东西。误尽平生因语文，百无一用是书生。读了一堆无用的书，喝了一堆无用的酒，买了一堆无用的东西，写了一堆无用的文章，交了一堆无用的朋友，教了一堆也许将来像我一样无用的学生……

可是我不明白，人生在世，为什么事事处处都要有用呢？我们习惯背负着沉重的包袱：吃顿饭，"谁知盘中餐，粒粒皆辛苦"；登个山，不是思亲就是抒发家国情怀；读几年书，就更加了不得了，修身齐家治国平天下……

前段时间有个好心的朋友提醒我：你是老师，又是领导，你怎么经常在朋友圈发一些吃喝玩乐的文章呢？要注意影响啊，小心别人背后说你！

我检视自己，我确实有些小知识分子的臭毛病，有些小情调小文艺，没有每时每刻都关心苍生社稷，没有每时每刻都以天下为己任。我shopping、旅行的时候，没有时刻提防着安倍与特朗普；我喝小酒、写小文章自娱自乐的时候，常常高兴得忘乎所以，会忘了天底下还有许多困难群众……相反，我耗费了不少宝贵的时间谈艺术、谈旅行、谈美食、谈文玩。有时候，甚至流露出一点点羡慕风花雪月的意思……当然，我也谈了不少关于教育的话题。只是以教育为职业，闲暇时就不想为教育所累，谈点轻松的话题，娱己娱人。

我还有一点不明白：何谓有用？何谓无用？仁者无敌，智者无言，行者无疆，师者无用。大人大用治国安邦，小人有用为害一方，凡人无用身心安康。可是我看见太多的像我一样的凡夫俗子，天天为国计民生操碎了心，却不愿意静下心来读一本书、看一次电影、听一场音乐会。我安我心，我乐我心，不知是否也算是一种有用？而且，我要为自己澄清的是，我的一堆无用，绝不是一地鸡毛。一地鸡毛使人小、令人厌、惹人烦。一堆无用，却让我的生活多姿多彩，也让一些朋友开心快乐。

坚守一堆无用，远离一地鸡毛：这就是我的执念。至于可能会让您不舒服了，很简单，哈哈，您不跟我一般见识，您把我拉黑，或者万一将来我送您文集时，您转身扔了，不就得了？

管它呢！一堆无用，无用就无用。花中君子，石中宰相，无用是福。对你无用，对我有用。此时无用，将来有用。请不要用一地鸡毛，来挠我的一堆无用。哈哈，不堪大用即小用，我之无用胜有用。人之将老欲立言，书之未成先写序。

是为序。

2017年1月23日

目 录

辑一　行色

辑二　味道

辑三　玩意

辑四　情怀

辑五　视角

辑六　诗心

辑一 行色

欧洲慢行

邮票、猪蹄、徐静蕾与苦艾酒
——布拉格的怪诞与坚持

因为是第一次国外自由行，再加上布拉格是此次旅行我心目中最重要的目的地——我为此犯了一个错误——花了两个多月做攻略，查阅了大量资料，看了相关城市的电影，甚至把卡夫卡和米兰·昆德拉又胡乱翻了一遍。结果一到布拉格，如同见到一个朝夕相伴的老朋友，我完全没有那种期待已久的兴奋。

查理大桥、贝特琳山丘、老市政厅、圣维特教堂、天文钟……一路走来，再熟悉不过。就连查理大桥上的雕像，都曾留下我好奇的探索。布拉格就像一本翻烂了的大书，我似乎怎么也提不起兴致。看着同行的伙伴欢呼雀跃的劲头，我有点沮丧：莫非年长一岁，出游的快乐就要折损一半？去年南非游的乐趣哪儿去了呢？

好在我是一个容易满足的人。我相信自己有一种能力，能够在旅途中找到自己所需要的东西。在圣维特教堂旁，我发现了一个小邮局，进去一看，竟然有我心仪的鸟类邮票！而且是三版小型张，分别是猫头鹰、鹦鹉和鹃鸟。我比较喜欢猫头鹰的这一版。近十年来，每到一地，我都用心寻觅鸟类邮票，日积月累，斩获颇丰。我收藏了国内的"猛禽"系列邮票，记得有八种，这一套邮票丰富了我的藏品。

从贝特琳山丘下来，早已过了午饭时间。我们随便在路边找一家店坐下。网友推荐的猪蹄、鸭肉是布拉格特色，作为资深吃货，我当然不会错过品尝的机会。鸭肉乏善可陈，猪蹄值得点赞。烂、香，配上一杯捷克啤酒，远远超出了我对布拉格美食的预期。

返程时我们绕道下游，以便远眺查理大桥。因为有了邮票的收获，我的内心逐渐沉静下来，得以认真审视这座欧洲名城。集哥特式建筑艺术大成的查理大桥，静静地横卧在伏尔塔瓦河上，距今已有650年历史。布拉格是世界上唯一一座以整座城市申遗成功的城市。来到这里的游客，无不惊叹它的历史悠久、文化包容、文明璀璨。触目皆是数百年历史的建筑。圣维特大教堂始建于公元1344年，竣工于1905年。六百多年的雨雪风霜、刀光剑影，并没有浇灭或者摧毁布拉格人想要创造历史的雄心。相反，一代代统治者与建筑大师的持续努力，却给它披上了不同风格的外衣，打上了不同时代的烙印，也给它增添了无限的魅力。它是世界建筑史上的奇迹。不光圣维特教堂，整个布拉格遍布着各个时期的建筑，罗马式、哥特式、文艺复兴式、巴洛克式、洛可可式，光怪陆离，简直就是一部活生生的建筑发展史。捷克地处东欧，历史上，是欧亚文明激烈碰撞的地方。罗马人来过，高卢人来过，土耳其人来过，蒙古人来过……每一次外族入侵，都留下了明显的印迹。不过，入侵者并不烧毁前人的"阿房宫"，而是在旧宫旁兴建新的宫殿。据说土耳其人占领布拉格时，人们屈服于伊斯兰文明，不得已在哥特式教堂上方加盖了浅绿色的圆形穹顶。

这些建筑艺术，让我想到一个词：百搭。难怪"波西米亚"风格起源于捷克。原本属于不同历史阶段、不同文明的艺术，却那么和谐地统一在一起。这难道不是另外意义上的"波西米亚"吗？我终于相信，时间会抹平一切伤痕：留给我们的，全是"波西米亚"式的美好回忆……

走着想着，不经意间走到了布拉格音乐厅前。见两个讲普通话的年轻同胞正在雕像下拍婚纱照，这不正是徐静蕾执导的《有一个地方只有我们知道》里，约瑟夫苦等兰心的地方吗？这部电影的片尾曲*Right Here Waiting*原为美国流行经典，歌手理查德·马克斯怀念远方的爱人所作。徐静蕾请来美籍韩裔歌手李玖哲翻唱。李玖哲略带沙哑的烟嗓，比之原唱的干净清澈却略显忧郁，各有千秋。

去天文钟的小巷子里，我终于寻觅到了久仰大名的"绿仙子"苦艾酒。我曾经在马奈、德加的画中见过这种高度（70度）茴香酒，也曾经在许多文人轶事中见到关于这种酒的描述。据说凡·高、莫奈、毕加索、海明威、波特莱尔……都与苦艾酒结下了不解之缘。凡·高更是为之精神错乱，以致开枪自杀。苦艾酒曾风行欧美，尤其受到颓废的艺术家以及巴黎红磨坊的舞女们的追捧，传说它有轻度的致幻效果。这种最早产自瑞士的苦艾酒，爱之者谓之"绿仙子"，恨之者谓之"绿魔鬼"。多国政府（包括法国）曾经禁止制售这种酒。

"布拉格是个危险的地方"（电影《有一个地方只有我们知道》台词）。我明知危险，却很想知道，布拉格到底有多危险——挑了一瓶印有"绿仙子"商标的苦艾酒，心满意足地结束了白天在布拉格的行程。

晚饭在老市政广场旁的一家餐厅，因为对著名的捷克啤酒情有独钟，我踌躇再三，决定还是暂时放过苦艾酒——下次找个安全的地方体验危险的"绿色精灵"。喝着捷啤，醺醺然环顾四周，突然想起，这个广场不就是《布拉格之恋》里游行示威那场戏的拍摄地吗？苏联红军的坦克行驶在大街上，片中插曲 *Hey Jude* 响起……这首歌本来是披头士乐队主唱保罗·麦卡特尼写给约翰·列侬前妻的五岁儿子的歌，由捷克最伟大的女歌手玛尔塔·库碧索娃翻唱后，在捷克风靡一时，成了人们集会反抗苏军的代言。

不少歌手翻唱过这首歌，包括前几年《中国好声音》里的老男人钟伟强和毕夏。但捷克女歌手的演唱最有意义。她的演唱，曾经影响了一代人，也影响了捷克当代著名作家米兰·昆德拉。

"嘿，朱迪！别沮丧！找一首哀伤的歌把它唱得更欢乐！"突然下起了一阵疾雨，看着夜幕下享受布拉格悠闲时光的人们，我脑子里不断浮现出这首经典的旋律……

（2017年7月14日深夜　于布达佩斯）

雄鹰、狮子、裴多菲与啤酒
——布达佩斯的妥协与拒绝

有人说，欧洲名城大同小异，清一色古老的街道、教堂、城堡、博物馆。那是没有读懂这些城市。其实，每座城市都有其独特的个性。如果说布拉格是一个风情万种、独具艺术气质的波西米亚女郎，那么，布达佩斯就是手执长矛、屹立于多瑙河畔颇具英雄气概的武士。

布拉格距离布达佩斯也就短短的440公里，因为限速以及中途停靠的原因，我们在路上花去了七个多小时，中午一点坐上大巴，晚上八点多才抵达。此时天还没有完全黑。汽车从布达途经伊丽莎白桥抵达位于佩斯的酒店，我的第一印象，这是一座与布拉格风格迥异的城市。在接下来的两天时间里，我们不断看见皇宫和链子桥上的雄鹰、狮子、无名英雄雕像，才了解正是这些元素，构成布达佩斯人的情结与图腾。

感谢Y和M的细心，每次都精心挑选又便宜（相对）又便捷的酒店。布拉格老城的利里沃瓦酒店介于查理大桥与天文钟之间。布达佩斯的三角艺术高级酒店位于著名的瓦茨大街旁，步行至链子桥只需二十六分钟，至渔人堡也只有四五十分钟的路程。因为太方便了，在布达佩斯的短短两天时间里，我们得以两次从佩斯经链子桥，步行至布达皇宫和渔人堡。

布达皇宫曾经是欧洲最辉煌的皇宫之一，也是我见过的最坚固的皇宫。它建在布达山上，山虽不高，可是宫墙厚实，且设计了至少三重瓮城，易守难攻。与它相比，故宫简直就无险可守。然而，尽管建造者费尽心思，历史上，皇宫还是多次被攻破。土耳其人曾长期占领此地。二战期间，皇宫几乎被盟军夷为平地。

在东西方文明的夹缝中求生存求发展，匈牙利的历史就是一部悲壮激昂、波澜壮阔的历史。从马加什王朝开始，匈牙利人为了反抗外族入侵，一代一代，生生不息，进行着不屈的抗争。我们熟知的匈牙利诗人裴多菲的诗句"生命诚可贵，爱情价更高。若为自由故，二者皆可抛"，就是匈牙利人反抗沙俄侵略的宣言。我们没有刻意去拜访裴多菲雕像，因为我知道，看与不看，他都在那里，在我们心里。

纵观匈牙利历史，拒绝是主旋律，妥协是副歌。在强敌面前，"宁为玉碎，不为瓦全"固然气壮山河、可歌可泣；有时明知不能为而小为、而后为，也不失为一种智慧，只有这样，民族血脉和文化才得以存续。像布拉格一样，布达佩斯的建筑也是各种风格、各种文明的交融。但是，两座城市在吸收外来文化的同时，又有各自个性十足、历久不衰的坚持。与小家碧玉的布拉格相比，布达佩斯显得格局阔大，气势恢宏。

从渔人堡鸟瞰多瑙河以及对岸的国会大厦等建筑，是极佳的视觉体验，这种气象万千、大气磅礴的异国风情，只有旧金山、开普敦堪可比肩。

多瑙河发源于德国黑森林，流经奥地利、斯洛伐克，到匈牙利已是第四站。河水平缓开阔，为城市增添不少亮色。布达与佩斯原本是多瑙河两岸的两个城市，链子桥是连接布达与佩斯的第一座大桥。链子桥外形与著名的纽约布鲁克林大桥极为相似，所不同的是它的两端各有一对目光犀利、四肢健硕、威风凛凛的雄狮。我原以为它是布鲁克林大桥的翻版，一查资料，它竟然比后者早建成四十四年。经过一百六十八年岁月的洗礼，链子桥依然还在造福两岸居民，依然还是游客游览布达佩斯的首选之地。

不知《布达佩斯之恋》中，汉斯向伊洛娜求爱失败、心灰意冷，从桥上纵身一跃，地点是不是在链子桥。正是因为这部电影，我对布达佩斯充满了期待。电影讲述的是女主角伊洛娜与犹太老板拉西娄、驻店钢琴师安德拉许、来自德国的顾客汉斯之间微妙暧昧的故事，多角恋情、爱恨情仇、恩将仇报、爱慕与虚荣、善良与邪恶、纯洁与世故、柔情与刚烈、拒绝与妥协——情节并不复杂，却把复杂的人性演绎得淋漓尽致、荡气回肠。这部电影所表现的，依我看，正是布达佩斯的英雄性格——既悲伤又壮烈。

我尤其喜欢这部电影的插曲《忧郁的星期天》，极度悲伤的旋律，仿佛是一个人，不，一个民族在泣诉那些心在滴血的故事。

布达佩斯人喜爱美食，瓦茨大街餐厅林立。我们第一晚就餐的餐厅，烤鱼和烤羊排相当美味，口感咸香适中，竟然还配有一小碟辣椒！如果不是满大街金发碧眼，我简直以为身处乌鲁木齐的一家烧烤店！难道真如传说，匈牙利人是中亚匈奴人的后裔？第三天中午临走前，我们特意回到这家店，点了烤鱼、烤羊排，当然，还有扎啤（布达佩斯啤酒不逊于布拉格的），大快朵颐。在美食面前，我从来都选择妥协……

（2017年7月17日 于维也纳至萨尔斯堡火车上）

音乐、咖啡、茜茜公主与猪排
——维也纳的喧嚣与沉静

从布达佩斯乘火车到维也纳，只需两个多小时。晚饭后徜徉在格拉本大街上，不断刷新对维也纳的认知。原来只了解它是音乐之都，是令人向往的艺术圣地。今天才知道，在维也纳这个珠光宝气的贵妇人面前，布拉格只能算是一个吉卜赛女郎，尽管秀丽多姿、清新脱俗，却依然略显村野乡鄙；布达佩斯虽然粗犷豪迈、恢宏大气，却充其量是一介赳赳武夫。

维也纳的建筑，庄严肃穆，雍容典雅，让人肃然起敬、让人窒息甚至自惭形秽。街道宽阔，房屋敞亮。建筑材料大多采用花岗岩或大理石，地面也是大块铺张的石料，而不像布拉格的小街，蜿蜒曲折地还拼砌着彩色的碎石。维也纳一栋栋华美的巴洛克风格的建筑，就连窗子也与别的城市不一样。出于安全考虑，欧洲古建筑的窗子设计大多狭小牢固。比如意大利的佛罗伦萨，高大的房屋与狭窄的窗子、粗大的铁窗棂、紧闭的铁门，显得极不协调、极不自在，就像一个暴发户时刻提防着强盗入侵。维也纳的窗户宽大敞亮，许多就是玻璃到顶，没有镶嵌防盗铁栅栏。当然，爱美的维也纳人绝不会忘记在窗框镶上花边或大理石雕像，或者在窗外种上艳丽的鲜花。

维也纳的建筑，无处不彰显皇家气派，自信、富足、华贵、高雅。走在街上的人们，脸上洋溢的表情也特别丰富且耐人寻味。男人高大俊朗，女人优雅美丽。在东欧，我们所到之处，人们都文明友善。维也纳人格外友好。无论是在火车上，一个维也纳小伙儿主动告诉我们，匈牙利小偷偷走了我们的相机；还是在地铁上，一个老头的一句"你好"：我们都感觉到维也纳人的真诚善良。

然而，千万不要被维也纳的表象所蒙蔽。哈布斯堡王朝、神圣罗马帝国、奥匈帝国、美泉宫、特蕾莎女皇与茜茜公主、金色大厅、莫扎特与施特劳斯……数百年来，维也纳就是冠绝天下的名利场。不管是以音乐的名义，还是以爱情的名义，还是以宗教的名义，还是以国家的名义，其实，在温情脉脉以及高尚雅致的背后，是赤裸裸的金钱与权力的游戏。维也纳的名片是音乐，是莫扎特与施特劳斯。可是，一百年前以至更为久远的历史时期，维也纳却是欧洲的政治文化中心，是哈布斯堡王朝、奥匈帝国的权力中心。在这座城市，政治选择与音乐为伴，这不能不说是一个奇迹。政治家与艺术家演绎了多少阴谋与爱情，又有谁知道？如今，哈布斯堡王朝、奥匈帝国早已灰飞烟灭，不朽的艺术却续写着永恒的传奇。

好像是阿汤哥的《碟中碟5》吧？其中一场戏的拍摄地就是维

也纳国家歌剧院。伴随着《图兰朵》的演出，在《今夜无人入睡》高亢激越的音乐声中，各派势力真刀真枪地角逐，惊心动魄、引人入胜，延续了好莱坞动作大片的一贯风格。这出戏选择在音乐圣殿拍摄，极好地诠释了艺术与权力的关系，不知是巧合还是导演的匠心？

美泉宫是维也纳之行的重头戏。这座举世闻名的皇宫，规模宏大，奢华程度堪比巴黎凡尔赛宫。许多年前的一个夜晚，在南昌江西教育学院的露天篮球场，第一次看《茜茜公主》，电影中茜茜公主的俏丽可爱、皇帝与公主恩爱欢愉的场景至今记忆犹新。听了中文讲解才知道，原来茜茜公主一生中，从来没有爱过她的丈夫！弗朗西斯·约瑟夫，这个哈布斯堡王朝的末代君主，是一个勤政爱家（尤其爱皇后）的好皇帝，他每天四点钟起床，生活俭朴，一心为天下，最大的享受就是吃烤猪排。可是依然逃不脱一生多次经历背叛、离丧与王朝灭亡的命运。

说实话，我不喜欢游览王宫，因为，每次从那些富丽堂皇的宫殿出来，心情都格外沉重。尽管那些叱咤风云的人物与我们无关，尽管他们的爱恨情仇早已烟消云散，尽管那些惊艳历史的喧嚣早已静寂无声……可是，我们依然为那些人物的命运而百感交集。

不过，在维也纳喝上一杯咖啡，倒是轻松惬意的选择。咖啡豆是土耳其人退败后留下来的"礼物"，没想到却成了维也纳人的最爱。据介绍，中央咖啡馆是"世界咖啡首都""最人文主义"的咖啡馆，曾经吸引了许多风流人物，包括贝多芬、席勒、弗洛伊德、列宁、希特勒流连其间。诗人阿尔滕伯格一句"不是在喝咖啡，就是在去喝咖啡的路上"，是中央咖啡馆最好的广告。几年前，我曾经被这些天花乱坠的描述所吸引，在威尼斯圣马可广场旁的咖啡馆坐了一会儿，觉得不过如此。也许是作为匆匆过客，难以有那种抚今追昔的心绪。这次心虽向往之，想起威尼斯之行的教训，踌躇再三，终于作罢。

自由行的妙处在于自由，省去了许多跟团行的"规定动作"，却辛苦了做攻略的朋友。尽管Y、M、W和C都很尽心尽力，但总有百密一疏的时候，本打算在维也纳的第二天晚上附弄风雅，看一场音乐会，没想到这天是周末，金色大厅没有演出！这可真是出人意料，在国内周末恰恰是演出的黄金时间。维也纳人的"保守"可见一斑。到维也纳竟然与一场期待已久的音乐会失之交臂，这是此行最大的遗憾。好在我不是古典音乐发烧友，听与不听又有什么区别？

音乐、咖啡可以没有，猪排、啤酒不能没有。晚上，坐在欧洲黑死病纪念塔旁的"大排档"，喝着啤酒，啃着猪排，天气凉爽宜人，街上美女成群，加上猪排外焦里嫩、甜酸可口，啤酒麦香浓郁，什么蓝色多瑙河，什么茜茜公主，早已置之脑后了。

相比之下，我还是更喜欢布拉格猪蹄。坐在格拉本大街，我格外怀念布拉格铺满碎石的街道，怀念伏尔塔瓦河畔短暂的幸福时光……

（2017年7月16日晚　于维也纳格拉本大街露天餐厅）

碧冬茄、狮子、圣伯纳犬与奥黛丽·赫本
——瑞士的悲情与美丽

所谓"人间天堂"，在我看来，就是伟人立命、美人安身、俗人流连、雅人忘返，动物活得像人一样有尊严、人活得像动物一样简单的地方。

瑞士就是这样一个地方，是天堂中的天堂，是地球上为数不多的让人去了还想去的地方

对于普通游客来说，瑞士最吸引人的地方，在于它的湖光山色。它国土面积不大，处于阿尔卑斯山脉，高山、森林、草甸、河流、湖泊，形成奇异壮丽的自然景观。城镇大多依山傍水，卧于碧波绿茵红花之侧，令人感觉仿佛置身世外桃源。

地球上可称为"世外桃源"的地方很多。瑞士却如同一个绝世佳人，浑身上下散发着非同凡响的气质，让人为之着迷、为之魂牵梦绕。

瑞士人爱美。哪怕七八十岁的老太太出门，也绝不潦草，而是描眉画唇、盛装打扮，仿佛去赴一场约会。房前屋后，种满花草。每一处草地，都经过精心打理。碧冬茄，这种原产于南美阿根廷的花，在我国也有引种，在瑞士，几乎家家户户都种它。一栋栋独具特色的民居被森林、草地环绕，满眼苍翠，五彩斑斓的碧冬茄（主要是红色，也有白、紫等其他颜色）点缀其间——阿尔卑斯山雄奇的景色，因为有了它，显得格外妩媚。

卢塞恩被誉为是"最瑞士的地方"，它的标志性景观之一，就是著名的卡贝尔桥。这座欧洲最古老的木结构廊桥建于1333年，毁于1993年的一场大火，我们现在见到的桥是依原样重建的。桥的特别之处：一是桥身并不是直线的，而是如一把曲尺，蜿蜒于罗伊斯河面；二是桥的顶端绘有许多卢塞恩的历史人物；三是曲折的桥与矗立的水塔交相辉映，构成横曲竖直的几何图案；四是桥身两侧种满花草，主要是碧冬茄，间种有天竺葵、还有番薯叶（哈哈，我仔细看过，真是肥肥嫩嫩的番薯叶）。艳丽的碧冬茄、天竺葵在番薯叶的衬托下，分外娇艳，"花桥"周围的空气中都似乎弥漫着浓浓的浪漫气息，引得游人趋之若鹜。

瑞士是世界上人均收入最高的国家之一，人民幸福指数、社会文明程度都很高。去年发生在瑞士的一件真实事件，让世人羡慕之余又觉得不可思议。瑞士国库充盈，议会提出草案，提议给每位国民无条件发放2500瑞士法郎（折人民币约1.68万元）基本月薪。交由全民公决，结果是"天降馅饼都不要"，这项提案遭到76.9%的瑞士人反对，理由之一是：金钱应由劳动获得，瑞士不养懒人！

处处绿草如茵，处处鲜花盛开，人民安居乐业、幸福富足，这是我们现在看见的瑞士。然而，两三百年前的瑞士，可谓一穷二白、强邻环伺。政府财政空虚，不得已靠向其他国家出卖雇佣军赚钱。老百姓为了养家糊口，不得已靠当雇佣军维生。

在相当长的历史时期内，欧洲有一"今古奇观"：两国兵戎相见，本来与瑞士无关，可在战场上肉搏拼杀的却往往是瑞士儿郎。从十六世纪至十八世纪的两百多年间，瑞士人为别的国家打仗而献身的就有两百多万人。现在瑞士全国人口也不过才八百多万人，这个数字对瑞士来说意味着什么，不言而喻。

欧洲列强最喜欢雇佣瑞士军人，因为他们忠诚、朴实、勇敢。卢塞恩另一处标志性的景观——悲伤的狮子，背后的故事就与瑞士雇佣军有关。悲伤的狮子，是丹麦雕刻家伯特尔·托伐尔森所创作的一座狮子石雕。深深插入狮背的折断的短箭、雄狮微闭无神的双眼、狮鼻两侧痛苦的折皱、无力下垂的双爪……观者无不为之动容、震撼，马克·吐温称之为"世界上最悲伤、最感人的狮子"。这个雕像反映的是瑞士人一段伤心的历史。1792年法国大革命期间，忠诚的瑞士雇佣军为了保卫路易十六和玛丽皇后，在接到不准开枪、避免刺激疯狂的民众的命令之后，他们用血肉之躯筑起城墙，拼死护卫杜乐丽宫，决不后退一步，从士兵到军官，战至最后一滴血，七百八十六人全部身亡（而在此之前，其他国家的雇佣军，包括法国皇室自己的卫队都已四处逃散）。消息传至瑞士，举国哀悼。瑞士议会作出决议，从1815年开始，瑞士不再向别的国家输出雇佣军，梵蒂冈教皇的卫队除外。因为瑞士雇佣军人良好的声誉，也因为历史上瑞士卫队曾经多次拼死捍卫教皇，从中世纪开始，直至今天，教皇的卫队一直沿袭只雇佣瑞士人的传统。

痛定思痛，瑞士人决定不再参与任何争战。其实，瑞士人从1515年起，就宣告中立。但直到1815年的维也纳会议上，才在拿破仑的调停下获国际社会公认，成了永久中立国。从此，高大威猛、英勇善战、纪律严明、最善于打仗的瑞士人蜕变成最热爱和平的人，也因此幸运地躲过了第一、第二次世界大战。不仅如此，他们克服地处偏僻山区、交通不便、贫穷落后等困境，靠一代一代锲而不舍地坚持与努力，找到了一条适合自己国情的发展道路。如今，瑞士社会繁荣、文明进步，银行业与钟表业占据了全球半壁江山，是全球最富裕的国家之一。

刚到苏黎世的第一天晚上，一个校友（C老师1990年代初的学生）盛情款待了我们。从交谈中得知，瑞士普通工薪阶层收入是深圳的四至六倍，物价是深圳的五至七倍。接下来的几天我们就有了切身体会，瑞士的物价确实居全球之冠。普通中餐馆一盘清炒空心菜，价格19.5瑞士法郎，折成人民币大约150元左右，且分量只有国内的一半！瑞士家家店明码实价，价格差不多，绝没有宰客欺客现象。至于贵，人家收入就这么高、人工工资高。小小的瑞士，是欧洲屋脊、"欧洲后花园"，同时也是"世界公园"、全球旅游高地，世界各地的人都来旅游、购物。咋办？你爱来不来，街上几乎见不到拉客的现象，瑞士也是我去过的唯一的大街小巷几乎看不见广告牌的国家。

瑞士人忠诚，他们也喜爱忠诚的动物——圣伯纳犬。圣伯纳犬原产于瑞士圣伯纳，是瑞士的"国宝"。它方头长耳，憨态可掬，是一种大型犬只，成年后体重可达九十公斤。它性情温和、黏人，喜欢与孩子戏耍，对主人忠诚。它机敏、耐寒且有耐力，是雪地救援的"好手"。瑞士随处可见的颈脖上系一个橡木桶的圣伯纳犬公仔形象，原型是一只叫巴利的圣伯纳犬，这只瑞士人人皆知的英雄犬，曾经挽救了四十多名因雪而受困于阿尔卑斯山的人的生命。传说，巴利在救援一个意大利人时，被误以为是狼而惨遭对方杀害。

在伯尔尼老城区游玩的时候，我注意到，联邦宫、老钟楼、老监狱塔一带，包括火车站内，摆着一个个外形各异、色彩绚丽的圣伯纳犬的雕塑。原来这是一个公益组织请艺术家设计制作了一百尊可爱的雕像，从七月一日起摆放在老城区的街道两侧供人观赏。据介绍，十月份将举行义卖会，所得善款全部用于圣伯纳犬——这

13

种濒危犬种的保护。女儿喜欢狗，我想把我看见的圣伯纳犬雕像全部拍摄下来，发给她。可是时间不允许，匆匆搜寻再三，我只能用手机拍到二十只左右。

不仅普通游客，许多作家、艺术家、科学家对瑞士也情有独钟。伏尔泰、卢梭、拜伦、雪莱等，都曾经在瑞士工作或生活；爱尔兰作家《尤利西斯》的作者乔伊斯，临终前的一个月迁居苏黎世——他年轻时向往的城市；阿根廷作家博尔赫斯留下遗嘱，要求把遗骨葬于日内瓦湖畔——他少年时求学的地方。最有名的要数爱因斯坦，他在苏黎世、伯尔尼度过了一生中的黄金时期，并创立了狭义相对论。在伯尔尼有爱因斯坦博物馆，因行色匆匆，未能造访，甚憾！

奥黛丽·赫本，这个出生于比利时、成名于英国的国际巨星，第一次婚礼选择在卢塞恩，晚年定居在卢塞恩，1993年因罹患乳腺癌病逝于卢塞恩。也只有卢塞恩这座超凡脱俗的浪漫小城，才配得上这个世界上最美的女人。临别瑞士，在日内瓦国际终点站酒店吃早餐，我们巧遇一对来自深圳的70后夫妻。他们去年在瑞士旅行了半个月，觉得不过瘾，今年又重返瑞士旅行了一个月。他们告诉我，瑞士最美的不是苏黎世、日内瓦等都市，而是那些隐藏在阿尔卑斯山的小镇。我相信，因为在卢塞恩的费尔米斯、在因特拉肯的翁根，我已经有了零距离的感受。特别是在翁根的傍晚，仰望少女峰云卷云舒、时晴时雨的那些分分秒秒……然而，他们说的几个地名我闻所未闻。我瞬间感到惭愧，对瑞士，对她的悲情与美丽，我所知甚少……

（2017年7月26日　于SU212莫斯科至香港航班）

土耳其散记

初尝狮子奶

要了解一个地方，最直接的方法，喝当地酒。换句话说，酒是丈量世界的最好方式。比如，到法国不喝红酒，总觉得虚了此行，下次还得再去普罗旺斯；到南非喝过红酒，才觉得不虚此行。微醺之时，开普敦——就此别过，就算此生不再相见，又有什么所谓。

近二十四小时，飞机、汽车，经伊斯坦布尔、特洛伊，晚上下榻爱琴海边阿瓦利克。一路上蓝色爱琴海波澜不兴，低矮的山坡上草地、羊群、大片橄榄林、一栋栋黄色屋顶的别墅——早已产生审美疲劳。可一到阿瓦利克，还是有一种惊艳的感觉：夕阳悬于海天，给冬天的山、海、建筑抹上一层暖色调。我迫不及待下车跑到海边，想抓拍夕阳落山的一霎。可还是晚了一步。

幸好有"狮子奶"弥补缺憾。晚餐是西式自助餐，我拣了一些看着还行的菜式——烤鲭鱼、鸡肉、生菜、黄瓜之类，花15里拉（约20元人民币）买了一杯土耳其国酒——"拉克酒"，俗称"狮子奶"。侍者端来三个杯子——两杯无色透明液体、一杯冰块，现场示范勾兑，将小半杯矿泉水倒入酒中，再加入少许冰块。神奇的一幕即刻发生，原本无色透明的液体秒变乳白色。这就是土耳其大名鼎鼎的"狮子奶"。我尝了一口，还行，45度的白酒，因为加入矿泉水，酒味稍嫌淡薄，倒是有一股浓郁的香味。

狮子奶是一种茴香酒。据说是用水果，比如葡萄、无花果之类蒸馏而成，再加入茴香精。茴香精在45度的酒中可以溶解，兑入矿泉水后，重新结晶成颗粒状的白色粉末，这就是无色透明的拉克酒加水即变乳白色的原因。

中国酒文化大多与文人墨客有关，西方国家的酒文化大多与爱情传说有关。葡萄酒是爱情酒；土耳其的拉克酒据说也是爱神为恋人所调制的美酒，是两种清澈调和而成的白色爱情。有没有爱情我反正没喝出来，但作为"酒国"来的游客，45度、兑水、加香精，"狮子奶"这一称谓着实让我迷惑：狮性不足、水味五成、香味十分，温柔得令我等"酒仙"伤心，还敢冠之"狮子奶"这一百分百霸气的名头？几百年前土耳其有个作家夸张地说，只要喝上一滴这种醉人的液体便觉罪孽深重。这更让我不解——他如果有幸，到中国去喝杯茅台试试，岂不是立马要跳海？

欧洲不仅烹饪爱加香料，许多地区酿酒也爱加香料。比如苦艾酒，大多是用苦艾以及八角、茴香、牛膝草等香料浸泡在高纯度（一般在96度左右）的基酒里制成。这种酒被誉为"绿仙子"，深受欧洲人喜爱。十九世纪是苦艾酒的黄金时代，"法国人用一杯苦艾酒迎来新的一天，也用一杯苦艾酒结束一天的劳累。但只有两杯怎么够，晚饭前也得来上一杯开开胃"。名媛间相互矫情，也爱拿"绿仙子"说事："我的小小苦艾酒可以治愈世间的所有疾病。"

如此令人着迷的"魔饮"，难道是我不够诚心、太过疏狂？第二天在更负盛名的度假胜地库萨达斯，我情愿辜负爱琴海边的无敌美景，早早来到餐厅点了一个中杯，比头天晚上加了一倍，继续给足了面子细细品尝。我先是不加水，干喝：芳香浓烈，有点意思。接着兑水喝：清、冽、甜、香，感觉渐入佳境。不知不觉二两下肚，岂止微醺，竟然一不小心着了这"狮子奶"的道儿，有点儿头重脚轻了……

此时此刻，才认识到"狮子奶"真是恰如其名：甜味十足，香味十足，酒味十足！看似活色生香的酒中美少女，实为专治中年油腻男的酒中铁娘子！各种味道恰到好处，构成了如此芬芳馥郁的佳酿！一方水土养一方人，难怪特洛伊王子帕里斯能把世上最美的女

16

人带回家；难怪特洛伊人为庆祝"胜利"会举城皆醉、让奥德修斯钻了空子，十年攻不下的铜墙铁壁竟一夕木马屠城；难怪以弗所古城的街道上，至今还留存着两千多年前的专门写给男人看的、世界上最早的广告……

（2018年2月13日　于库萨达斯）

情人节的战争

今天是情人节。行程是库萨达斯至棉花堡，约190公里。一上大巴，导游黛伊米就告诉大家说她心情不好，因为昨天晚上跟男朋友吵架了："我知道他昨天早早收工，可是我给他打电话竟然几个小时不回！他说他睡着了。我相信他在睡觉，但肯定不是一个人睡！"

这个世界上只有两种战争：一种是男人与男人的战争，一种是男人与女人的战争。黛伊米跟她的国家一样，正在进入战争状态。来之前，亲朋好友都担心，土耳其安全吗？来了之后才知道，这个国家哪里像在跟别的国家打仗？所到之处，一派祥和。街上不见标语口号，不见游行示威的人群，导游也不谈论战争。倒是等到第三天，我实在憋不住了，问起此事。黛伊米说："这问题太复杂了。老百姓都不想打仗，总统想打……我们该干嘛干嘛。"

土耳其横跨欧亚大陆，连接地中海、爱琴海、马尔马拉海、黑海，战略地位十分重要。历史上就是兵家必争之地。东西方文明在此碰撞、融合，更多的时候是决裂、厮杀。亚美尼亚人、罗马人、希腊人、波斯人、阿拉伯人、蒙古人、斯拉夫人、高卢人、色雷斯人、匈奴人、俄罗斯人、突厥人……你方唱罢我登场，先后觊觎或占领这块风水宝地；基督教、犹太教、伊斯兰教都把这当作圣地；发生在这里的战争——特洛伊之战、君士坦丁堡之战、达达尼尔海峡之战……每一次都山海变色、惊天动地、血流成河，每一次都深刻影响或改变文明进程、人类命运……

17

不来不知道，来了吓一跳。在我印象中，当代土耳其是一个贫穷落后、好战野蛮的国家，动不动政变、动不动跟邻居动刀动枪。一踏上土耳其国土，地陪黛伊米第一句话就是："欢迎大家来到土耳其，土耳其其实不土，不是一个落后的国家。"几天来，听到的、看到的，完全颠覆了我以前的认知。尤其是了解了它的历史，参观特洛伊、以弗所、希拉波里斯古城，那两千多年前城市的宏大格局、雄伟建筑，城市规划科学与艺术的结合，让人叹为观止。尤其让我们这些来自文明古国的人目瞪口呆的是，两千多年前，他们的图书馆、大剧场就是城市的标志性建筑，公共浴室、公共厕所规模之大、之富丽堂皇，连厕所都是大理石的……套用鲁迅笔下的阿Q先生的一句话：人家祖上可比我们有钱多了。人类三千年的文明史，保守估计有三分之一时间这里是世界的中心。

还是回到战争的话题。史上最有名的还数特洛伊战争。好莱坞将《荷马史诗》中的有关传说拍成战争大片《特洛伊》，完美再现了当年战争的宏大、残酷，皮特应该就是靠在这部电影中的表演征服安吉丽娜的。特洛伊王子帕里斯拐走了世界上最美的女人海伦，引起斯巴达与特洛伊之间长达十年的旷日持久的战争——冲冠一怒为红颜，古希腊神话传说中早已有之。

有学者考证，阿伽门农攻打特洛伊，美女海伦只是一个借口。斯巴达的目的是打通达达尼尔海峡，打通地中海与黑海的通道。所有理性的战争，目的只有一个，就是为了金钱，为了利益，现在叫权力金融、垄断经济或暴力融资。

不过，我倒情愿相信，战争的起因的确是海伦。因为，世界上虽然有两种战争，但归根结底就是一种战争：男人为了女人的战争。

在以弗所古城，保存完整的街道大理石地板上至今有一幅清晰的图案：一只成人脚印、一个美女头像、一颗心形草莓、一张钱币。据考证，这是世界上最早的广告，意思是十八岁以上的成年男人，只要你有心、有钱，就可以到左边妓院里去。

妓院的对面就是那座美轮美奂的罗马式风格的图书馆。两者之间有地下隧道相连。据说,男人们出门告诉太太:"我到图书馆看书去。"实际上转身就从地下溜进了妓院……

哈哈!闲语不多说,今天虽然是情人节,土耳其和黛伊米也都没闲着,都在打仗。大过年的,我就不说丧气话了。各位节日快乐!

(2018年2月14日)

就爱那一点香

在土耳其,历史上的多次战争,都与同一种东西有关:香料。

以素食为主的东方人,无法理解西方国家对香料的疯狂依赖。历史上,作为肉食民族,西方人用香料(腌渍)保存肉类、用香料满足味蕾。欧洲不产胡椒、八角、桂皮之类的香料,他们只能依靠伊斯坦布尔的转手贸易来获取这些珍贵的食材。很长时间里,威尼斯商人、东罗马帝国、奥斯曼帝国垄断了东西方的香料贸易。欧洲不甘心被层层盘剥,为了打通通往东方香料之国、黄金之国的通道,借上帝之名,发动了多次"香料"战争。因为在小亚细亚遇到强大的阻力,西班牙、葡萄牙才迫不得已向南绕过好望角寻求通往东方的海路,这才有了后来的地理大发现。

要说"一香难求""香比金贵",今天的人们会觉得匪夷所思。举两个例子:当年伊斯坦布尔大巴扎商人做香料生意时,经常要关着门"秘密"交易——因为担心一阵风吹来,把贵如黄金的香料吹走。唐朝第一巨贪元载,被代宗抄家时,家里藏有各地官员进贡的胡椒八百石。有人计算过,唐代的一石相当于今天的79320克,八百石也就是63456千克,将近64吨。古长安是古丝路最重要的起点,胡椒就是财富。用胡椒贿赂官员,也算是今古奇闻了。

伊斯坦布尔自古就是香料集散中心,拥有全球最大的香料市场——埃及香料市场。市场里琳琅满目,叫不出名字的各种香料堆成小山。土耳其料理，据说"一般一般，全球第三"（老大自然是中华料理，老二是法国料理）。土耳其料理最大的特点就是善于调制各种香料。比如有名的土耳其烤肉，可以香透半条街。我第一次被土耳其烤肉的香味降服，是多年前在北京王府井大街。地道的土耳其美食，新鲜的香料，诸如苦芹、芫荽、鼠尾草之类，必不可少。此外，不止法国的香水出名，土耳其也盛产香水、精油。我们所到之处的许多商家，会用蹩脚的中文兜售土耳其产的"玫瑰精油"。

人类对香的认识，最早多是满足口腹之欲。有了精神追求之后，香的功能就升级了，闻香成了古代贵族、现代小资的情调与爱好。

东西方都热衷闻香，都有深厚的香文化。我国香文化源远流长。屈原有"美人香草"之喻。宋代公子哥儿"左佩刀，右佩容臭（香囊）"成为风尚。发展到后来，大多用燃烧植物如沉香、檀香来熏香。深圳旁边的东莞寮步镇盛产沉香，俗称"莞香"。海南沉香质量最高，自古就有"一两沉香一两金"的说法。清代时香港成为香料对外贸易中心，城市也由此得名。读书人"红袖添香"是境界，是"意在香外""香外有香"。儒释道都闻香，是为了修身养性；西方是从植物中萃取精华，如国际知名品牌"雅诗兰黛"的一款香水"祖玛龙"，拥有几十种香型，从几十种植物中提取精油兑制而成。西方人闻香是为了吸引异性、唤醒人性。"香水有毒"，是因为它无时无刻不在上演极致诱惑。梦工厂电影《香水》，根据帕特里克·聚斯金德同名小说改编。主人公格雷诺耶，一个与人类不相往来、嗅觉异常灵敏的天才，为了追寻世上最完美的香味甚至不惜杀人。

东西方香文化中都用香来制造情调——不，是调情。只不过东方香文化过于高深，对方受之不易。送一盒沉香，少数同段位的中老年妇女可能正合心意；送给少不更事的小姑娘，那叫明珠暗投。西方比较直接，不需要太多文化太高段位，一瓶外表精美、芳香四溢的"祖玛龙"作为情人节礼物，老少通杀。

月光女神莎拉·布莱曼的《斯卡布罗集市》飘逸空灵，凄美哀

20

艳，仿如天籁，令人百听不厌。单从歌词论，也绝对称得上一首优美的情诗。"你要去斯卡布罗集市吗？那里有芜菁、鼠尾草、迷迭香和百里香。代我向那儿的一个朋友问好，他曾经是我的爱人。"芜菁，我们也常吃，再普通不过，中国人绝不会拿它来谈情说爱。为了搞清楚其他三种到底是啥玩意儿，我花了不少时间。现在知道了，都是土耳其料理中常用的香料。在歌中是爱情的信物，与玫瑰、薰衣草花语同义。

电影《闻香识女人》中的中校弗兰克，一个经历丰富的老男人。战争、挫折、意外失明，接二连三的打击使他对生活有了深刻的理解。失明之后，上帝为他打开了另一扇门，他对听觉和嗅觉异常敏锐，成了"闻香圣手"，光闻香水味道就能识别女人身高、发色乃至眼睛的颜色。然而，年纪渐长，"废人"弗兰克又丧失了"闻香"的能力。他准备倾尽所有享受美好的生活。他带着少年查理出游、吃佳肴、开飞车、跳探戈、住豪华酒店，然后结束了自己的生命。

我历练不够，这辈子都达不到弗兰克"不闻香，毋宁死"的境界，但爱香闻香的习惯根深蒂固。过几天就要回家了，最要紧的，泡一壶茶（用紫砂壶），点一根香（用铜炉），在茶香和烟香中，谁还愿意做寒假作业，谁还愿意思考人生呢？

（2018年2月15日晚　于安塔利亚）

天眷顾，人不负

许多年前，读肖洛霍夫的《静静的顿河》。小说开头，俄土战争，主人公葛利高里的祖父普罗珂菲从战场上带回一位裹着面纱的神秘的土耳其女人。他每天傍晚把女人抱到门口的石岗上坐着，久久地望着草原，一直望到太阳落山……从此，顿河河畔诞生了一个野性的具有土耳其血统的哥萨克家族。那时起，土耳其就在我心中留下了悲情又传奇的印记。

还有，对我来说，没有哪一座城市，像伊斯坦布尔一样，是一个想要解开的谜。它曾经是拿破仑口中的"欧洲病夫"奥斯曼帝国的首都。福楼拜预言它将在一个世纪内重新成为世界的中心。它是帕慕克少年时代的废墟。"我出生的城市在她两千年的历史中从不曾如此贫穷、破败、孤立。她对我而言一直是个废墟之城。我一生不是对抗这种忧伤，就是（跟每个伊斯坦布尔人一样）让她成为自己的忧伤。"但同时，他又深情地写道："假使你会游泳，找到通往海面的路，你会发现博斯普鲁斯尽管忧伤，却十分美丽，不亚于生命。"

现在才知道，这个国家，有太多的故事。特洛伊木马、以弗所古城、圣索菲亚大教堂、蓝色清真寺……每一个名字背后，都是一本厚厚的书；每一处古迹，都在讲述帝国的兴衰。公元390年，罗马狄奥多西一世大帝从埃及卢克索神庙搬来一根巨大的、具有三千五百多年历史的方尖碑，竖立在君士坦丁堡的赛马场上。去年看好莱坞电影《但丁密码》，原来，威风凛凛的威尼斯的驷马铜像，是十字军东征时威尼斯人从君士坦丁堡，也就是伊斯坦布尔抢走的。

这次朝圣之旅，尽管浮光掠影，却也对这个原本陌生的国度，有了更多的了解。

山川河海，是人类休养生息的乐园；草木鸟兽，是人类生存繁衍的良伴。上天格外垂青土耳其，这里处处是奇特的地质地貌，处处是富饶的自然资源；生活在这块土地上的人们也格外懂得珍惜，创造了举世瞩目的海洋与内陆融汇、东方与西方贯通、古代与现代承续的文明。

土耳其国土面积不大，只有七十八万平方公里，不到中国的十分之一；自然资源却十分丰富。地处欧亚大陆之间的安纳托利亚半岛，三面环海，有蜿蜒绵长的海岸线。蓝色爱琴海、地中海气候宜人，秀丽多姿。大海、草地、山谷、河流、高原，各种地质地貌应有尽有。棉花堡、精灵烟囱叹为观止，博斯普鲁斯海峡壮丽迷人。从古至今，多少匆匆过客产生终老此地的念头。

不同的文明在这块土地上创造出不同的文化。洞穴教堂奇幻幽秘，蓝色清真寺气势恢宏；罗马拜占庭文化博大精深，奥斯曼文化震烁古今；世界文化遗产伊斯坦布尔，包容多元……所有这些，令人眼花缭乱并深深为之折服。

然而，同样在这片土地上，也发生过许多令人唏嘘的故事。各种文明相互仇视，人类之间相互残杀，一幕幕历史大戏轮番上演。拜占庭帝国、奥斯曼帝国更替兴衰，留下了深刻的历史教训。尤其是两个帝国的后期，统治者巧取豪夺、横征暴敛、骄奢淫逸，自然逃不过历史的惩罚。十九世纪中后期，世界形势与格局发生巨变，奥斯曼帝国苏丹不思变革跟上时代步伐，反而倒行逆施，动用国库甚至欠下巨额外债，耗费12亿美元修建多尔玛巴赫切新皇宫，奢华程度比之颐和园、凡尔赛宫、美泉宫有过之而无不及。当奥斯曼帝国末代苏丹穆罕默德六世携幼子登上英国军舰仓皇出逃之时，一定祈求真主保佑，一定悔恨荒唐怠政，一定感慨"天道不公"……他最后在意大利孤独地老去，留给世人的遗言是："我最大的哀伤不是退位，而是离开祖国。"但他依然至死不明白"水能载舟，亦能覆舟""天可顾之，亦可唾之"的道理。

土耳其著名作家、诺贝尔文学奖得主帕慕克在他的作品中，反复提及废墟与"呼愁"，反复吟咏帝国的哀伤，深刻思考帝国没落、国家转型、东西方文化碰撞带来的痛苦、迷茫、忧伤。用笔之深，用情之专，对国家与民族命运的关切，同时代世界作家难以望其项背。短短几天里，帕慕克笔下曾经的忧伤，在土耳其蓝色的海洋与天空中，在旋转舞神秘的舞步中，在大巴扎精美的细密画中，如影随形，挥之不去……

幸哉，土耳其。地处欧亚大陆交汇处，东西方文化浸润出如此独特的富有魅力的文明。前人栽树，后人乘凉。今天的卡帕多奇亚，是全世界最适合乘热气球冒险的地区之一。乘着热气球在几百米的高空鸟瞰这个"地球上最像月亮的地方"，是人生中不可多得的奇妙体验。《国家地理》杂志评其为"一生必去的五十个地方"之一。伊斯坦布尔，置身其中，在欧洲与亚洲、古代与现代、东方与西方中来回穿越，你会怀疑自己究竟身处何方。在我心里，它是世界上最有魅力的城市之一。

难哉，土耳其。在东西方夹缝中求生存求发展，当其盛时，引领世界潮流上千年，万国朝圣。当其衰时，列强环伺，以致国将不国。强大的奥斯曼帝国灰飞烟灭，幸有民族英雄凯末尔力挽狂澜，建立土耳其共和国，保住了民族独立、保住了帝国国土的十分之一……土耳其一直在东西方阵营中挣扎：是政教合一，还是世俗化民主共和？是坚持传统，还是全盘西化？是亲近东方，还是倒向英美？这些仍然是导致国家分裂的重要因素。走在"脱亚入欧"的路上，却摆脱不了中亚突厥草原狼崛起、归顺阿拉伯伊斯兰教、征服拜占庭帝国、两次世界大战战败的影响。深入骨髓的骄傲与荣光、落寞与彷徨、野心与梦想，既是民族希望，也是民族之痛……

没有长盛不衰的国，也没有永不落幕的人生。国家如此，人也一样。上天给你工作与生活、阅读与旅行的机会，是为了让你学习如何去爱和修行，为了让你学习如何去珍惜和感恩。"天眷顾，人不负；人若负，天不顾。"这，就是我土耳其之行最大的收获。

别了，土耳其；别了，伊斯坦布尔！带不走的，是肖洛霍夫笔下的传奇；带走的，是浓浓的回忆、淡淡的忧伤……

（2018年2月20日　于伊斯坦布尔至香港航班）

带回一堆土耳其

　　"寡人有疾，寡人好色。"当然，此"色"非彼"色"，是"目迷五色"的"色"——各种色彩斑斓的玩意儿。走到哪里，都要去"淘宝"，带一点好玩儿的东西回来。比如在奥地利萨尔兹堡淘到一百多张各国鸟类邮票，让我欣喜不已。这也是旅行的乐趣之一。

　　这次去土耳其，收获多多——都是些当地平淡无奇的小东西。计有陶瓷14件：7个小碗、2个小盘、1个酒壶、4个小杯。颜色、形状、图案带有浓浓的土耳其特色。比如颜色，以"土耳其蓝"为主。土耳其崇尚蓝色，因为这既是天空的颜色，也是爱琴海、地中海的颜色。除纪念品"蓝眼睛"外，陶瓷、地毯、绘画，大多以蓝色为尊。就连苏丹艾哈迈德清真寺，圆顶、内墙装饰的两万一千零四十三块伊兹尼克瓷砖，大部分是蓝色的，因此人们称之为蓝色清真寺。

　　外形最独特的是圆形的暗红色小酒壶。店家示范这种酒壶"穿"在肩头倒酒，动作类似成都茶馆里的茶艺表演。

　　土耳其工艺品的传统图案色彩艳丽，多以花卉为主，如郁金香、石榴花、玫瑰等。土耳其国花是郁金香，所以我选的盘子都是郁金香的图案。白色茶杯的图案是一个历史人物，这个人应该是奥斯曼帝国的苏丹，正面数字是1444-1446-1451-1481，不知是苏丹在位时间，还是发生重大历史事件时间。有待考证。背面应该是这位苏丹的印章。

　　这些陶瓷制品采购自土耳其红河边的格雷梅和阿瓦诺斯小镇。冬日暖阳下，蓝色的红河水映衬着一栋栋黄色屋顶的小屋，美丽安详。正好是周末，小镇上人来人往。有一个多小时，我坐在阿瓦诺斯小镇河边椅子上，喝了半瓶土耳其产的红酒，与过往的土耳其美女点头致意，很是惬意。据介绍，红河边的红粘土富含铁质，非常适合烧制陶瓷。此地的陶瓷文化已有数千年历史。不过，连导游黛伊米也承认，土耳其陶瓷跟中国的相比有差距。确实，无论是质地，还是工艺，与"白如玉，明如镜，薄如纸，声如磬"的景德镇瓷器不可同日而语。相比之下，土耳其陶瓷工艺略显粗糙，质厚却显轻飘。看到这些色彩绚丽、具有浓郁的中东风情的陶瓷艺术品，你就会明白，古人为什么会造出"花里胡哨"这个成语。

土耳其最值得自豪的是地毯。黛伊米带我们到一家地毯展览中心参观，了解土耳其地毯的制作工艺和特点。那一张张精美的彩色地毯确实让人爱不释手。不过，价格昂贵，囊中羞涩，几番踌躇，忍痛放手。

在带回的"宝贝"中，最有意义的就数那幅细密画了。

这幅画淘自伊斯坦布尔大巴扎——世界上最古老最大的室内集市，建于1461年，有六十多条街巷，四千多家店铺。黛伊米给了我们两个小时逛集市，还好心提醒：看看就可以了，里面大部分商品都是义乌制造。这个难不倒我。我先是找了一家小店，花了一个小时喝土耳其红茶——个人觉得，比印度、斯里兰卡红茶好喝，边喝边观察来自世界各地的游客；接着找到一家卖工艺品的小店——我没有逛遍，店虽多，卖细密画的似乎只有一两家。这家老板是一个比我老的老头。他不吆喝，也不主动介绍，我们问一句答一句。最后我花了50里拉（相当于80元人民币）买了一张金粉手绘细密画——这种画义乌做不了。

细密画是土耳其传统绘画艺术，据说传自伊朗，最早发源于埃及。在发展过程中也受到中国画的影响。帕慕克的名作《我的名字叫红》，采用后现代的方式，叙述16世纪末一位名叫高雅的细密画师被人杀害——故事简单，主题却深刻，涉及谋杀、爱情、艺术、文化，揭示土耳其面临东西方文明冲突的困境。

我选的这幅画的题材是旋转舞。来土耳其之前，我并不知道有这种舞蹈。在卡帕多西亚洞穴酒店那个夜晚，黛伊米带我们观赏了一场地道的土耳其风情表演。说实话，我本来是冲着肚皮舞去的，没想到却意外地认识了旋转舞。这种舞蹈源于土耳其最古老的城市孔亚。我们从安塔利亚至卡帕多西亚途经此地，吃了一顿午餐。舞蹈与土耳其伟大的哲学家梅夫拉那创立的神秘的伊斯兰苏菲教派有关。教徒随着音乐旋转，叫旋转苏菲。表演的第一个舞蹈就是旋转舞，八个舞者四男四女，身着白色或黑色长袍：白色代表真主，黑色代表尘世间的万物。只见舞者随着音乐将双臂伸展开来，右手手心朝天，左手手心向地，以左脚为圆心，不停地变换队形，或单一或集体旋转。通过简单的旋转动作，追求心、情感与灵魂的融合，达到平静、冥想的境界，最终达到与真主的合一。土耳其旋转舞被列入联合国教科文组织"非物质文化遗产"。

那个晚上，我目不转睛、忘乎所以地欣赏音乐和舞蹈，常常忘了举杯喝土耳其红酒、啤酒、拉克酒（俗称"狮子奶"）……表演结束时，还是醉了——酒好喝，管够，节目又精彩，我常常用干杯来代替鼓掌——如此良辰美景，岂能不醉？

第二天早上，离开梦幻般多彩的卡帕多西亚，意犹未尽的我，捡了一颗硕大的松果，不远万里带回家。

遗憾的是，我很想淘到土耳其鸟类邮票，却未能如愿。

其实，旅行中带回一堆东西，不为别的，就是为了无限延长对某个地方的美好体验——从某种角度讲，叔买的不是东西，是缤纷的回忆。若干年后的某一天，百无聊赖的夜晚，当看见书桌旁或抽屉里摆的这张细密画时，我相信，我浑浊的双眸依然会发光，我迟滞的思绪顿时会活跃起来——我会想起，狮子奶、旋转舞、伊斯坦布尔，以及在土耳其五彩斑斓的短暂时光……

（2018年2月23日）

27

南非纪游

奈斯纳湖看落日

十号晚十二点从香港出发，约翰内斯堡转机，二十个小时，一万三千公里，抵达南非西南端的乔治镇已是十一号下午两点（时差晚六个小时）。一行人长途跋涉，人疲马乏，个个萎靡不振。可是车一开上著名的N2高速公路，被花园大道两边如诗如画的美景所吸引，我们仿佛打了鸡血，一下子来了精神。

干旱、沙漠、贫穷、落后、疾病、抢劫、暴力，来之前关于非洲的想象大抵如此。甚至有朋友担心地提醒打疫苗等等。此时此刻，所有的疑虑和不安都抛诸脑后。这哪里是想象中的非洲，分明是北欧或北美某个景区！只不过北美加州十七英里海岸线多了一些沧桑和奇崛，瑞士、挪威的山光水色多了一些秀美和梦幻。

南非虽然是冬季，却阳光灿烂、温暖如春。一路鲜花盛开，一簇簇如火焰般的霸王花、芦荟，还有不知名的黄色、粉红的小花不时映入眼帘，引起我们一路惊叹。在国内没有见过芦荟开花。南非芦荟种类繁多，据说全世界百分之九十的芦荟集中于此。我们看见的这种芦荟不知何名，花形硕大，色彩红艳，常常铺天盖地地开满山坡、草地，蔚为壮观。

下午四点终于到达入住的酒店。推开窗子，几米外就是奈斯纳湖。奈斯纳湖是海水潟湖，两山夹峙，湖外是印度洋的滚滚波涛，湖内波平浪静。沿湖三面环山，山坡上欧式风格的建筑林立。据说当年英王三子乔治看中这块风水宝地，率先在此修建度假别墅。如今，这里成了著名的度假胜地，吸引了来自世界各地的游人。

五点钟，我们登上游船，从码头向潟湖出海口驰去。近处鳞浪翻滚、鸥鸟翔集，远处绿茵遍野，一栋栋充满异域风情的建筑杂处其间。触目皆是美景，令人心旷神怡。

七月是南非的冬季兼雨季，可是我们运气奇佳，天气出奇地好。一路阳光相随，微风和煦，准备好的毛衣羽绒服一件也没用上。导游小李说，运气好的话，我们还能在游船上欣赏落日的奇景。可是此刻天空却半阴半晴，莫非天公不作美？不看也罢，欣赏落日本来就不在我这次的心愿列表中。

傍晚时分，云散天晴，一轮红日从山那边缓缓落下，余晖洒遍重重叠叠的群山，洒遍波光明灭的湖面。游客们纷纷用相机捕捉这美轮美奂的瞬间。与日出相比，我原本更喜欢落日。日出喷涌而出，气势磅礴，野心勃勃。落日是大自然每天上演的告别，依依不舍，有点黯然而惆怅。

我曾经有幸欣赏过几处著名的落日奇景。在巴厘岛金芭兰海滩和库塔海滩，与上万人一起，屏住呼吸，静候太阳沉入海底。那种壮观的场景，那种巨人落幕的忧伤，是平生难以忘怀的一幕。普吉岛巴东海滩、沙巴丹绒亚路海滩，那种海上落日的壮美，给人心灵的触动与震撼，只能意会，难以言表。

在普吉岛的卡伦海滩的一幕，却使我对落日陡生厌恶与畏惧。那天傍晚，我们正沉浸在欣赏落日的喜悦之中，突然传来一阵撕心裂肺的哭喊声……亲眼目睹了落日下一出生离死别的人间惨剧，悲痛之情让我久久不能自拔。彼情彼景就像一道不能触碰的伤疤，留在我的记忆深处。

奈斯纳湖的落日带给我不一样的感受。它从容、安详、静谧。不像海上落日那样声势浩大、惊天动地。它以一种意犹未尽的优雅姿态缓缓落下，在最后一刻，把美好和欣悦留下，带走彷徨和忧伤。日出也好，日落也罢，只不过是大自然每天上演的常规剧目。正对应了月的阴晴圆缺，人的悲欢离合。我们不必讶异，也无须过于纠结。

心境不同，带给人的感受也不一样。在奈斯纳湖上，我终于释怀。

　　游船在离湖口不远处停下。身后的湖面波澜不惊，远处的印度洋挟雷霆万钧之势，一层层的巨浪前赴后继，奋勇争先，扑面而来。两岸悬崖绝壁，阴森可怖。回头张望，湖畔已是万家灯火。

（2016年7月13日）

开普敦看云

　　早上起来，开普敦市云缠雾绕，几十米开外不见人影。不禁担心，今天的旅游项目还能否顺利完成？

　　昨天导游小李就打了预防针，由于开普敦地处印度洋与大西洋交汇处，暖湿气流充沛，再加上现在正处雨季，开普敦常常云遮雾罩。我们能不能乘直升机环绕维港、坐缆车登上桌山鸟瞰市容，还得靠老天帮忙。

　　果然，上午九点，我们一行赶到直升机场，被告知云雾太大，现在不适合飞行。导游只好更改行程，带我们到康斯坦提亚——南非最古老的酒庄参观。

　　说也奇怪，开普敦维多利亚港湾云雾缭绕，汽车绕到桌山背后，却是晴空如洗，阳光普照。酒庄离市区不远，半小时车程。据小李介绍，法国人建于1685年的康斯坦提亚，是南非最早的葡萄酒庄园。对葡萄酒，我没有研究，却也不愿放过这"免费"品尝的好机会。试喝了五种酒，前两款白葡萄酒，酸度有余，甜度不足，我不喜欢。后三种红葡萄酒，酸、甜、涩度一款赛过一款，其中一款，据说是南非独有——这种葡萄只有在南非才能种植。我越喝越来劲，不断示意服务生多倒一些，还把妻子杯子里的也抢过来——可惜，直升机场来电，说天气好转，直升机可以起飞，让我们快点赶过去。

　　云雾如同调皮的孩子，刚才还伸手蒙住开普敦的脸，刹那间一松手，眼前一亮，开普敦市容尽显无余。乘直升机于我是大姑娘上轿——头一回，紧张、新奇、刺激，尤其是那种飞越大海、飞越山巅，俯视一切的体验，令人眼睛舍不得一眨，恨不得一秒钟当两秒钟用。我们个个都感觉时间过得太快，十几分钟的空中飞行，只顾着拍照，来不及细细感受，飞机就已降落。好在天公作美，让我们有机会"乘机"一睹开普敦市的芳容。

一会儿云归雾拢，开普敦市又隐藏在云雾之中。小李正好带我们到一家中餐馆就餐。匆匆餐罢，眼看云散天晴，我们随即坐缆车直奔桌山。

桌山号称世界七大自然奇观之一。它海拔不过千米，却胜在地处两洋交汇，前面是碧波万顷的大洋，身后是一望无际的非洲大草原，脚下环山而筑的是非洲历史文化名城开普敦。短短的一个半小时，我们徜徉在平坦而宽阔的山顶上——这上帝的餐桌——环顾俯察狮头山、信号山、维多利亚港。此时此刻，云雾如同一个美少女，婀娜舞蹈于山海之间，亲密依偎在街市之中，平添更多秀色，却不挡一丝风情。都市之美，有的胜在大，如洛杉矶；有的胜在高，如纽约；有的胜在传统，如巴黎、京都；有的胜在时尚，如深圳、新加坡。脚下的开普敦市则兼济各家之长，她如一张围着桌山摊开的大饼，却比洛杉矶大而有度。作为非洲母城，她既有保存完好的几百年的传统；同时，她还是2010年世界杯足球赛举办地，城市建设又增添了许多时尚的元素。依山傍水的城市大多秀美有余而雄奇不足，如重庆，如香港，如旧金山。大多数城市总是犹抱琵琶，半遮半掩，不肯将它的美尽情展示，有待游人一点一点去挖掘发现。只有开普敦，如热情似火的非洲美少女，一见面就尽显风采。幸亏有每天陪伴她的多情的云雾，给她的豪放增添了不少妩媚。她是一种介于秀美与壮美之间的美。我们尽情饱览这旷世奇景，不知不觉天色已晚。入夜的开普敦更美，被誉为全球三大夜景之一。我们从桌山坐车下来，从高处往下看，万家灯火，闪闪烁烁，与天上的繁星交相辉映，我一时分不清哪是灯光，哪是星星。

返回酒店途中，小李说遗憾的是今天云雾太大，我们看不见远处关押曼德拉的罗宾岛。小李是开普敦大学的高材生，知识渊博，且极具情怀。他一路上为我们介绍了不少关于南非的自然、人文、历史知识。这时又着重介绍了南非之父——曼德拉。

我来南非之前一直在翻阅曼德拉的资料。对南非历史和种族隔离稍有了解的人应该知道，曼德拉对非洲，甚至对人类文明的进程有多么重要。今天，在这块种族隔离曾经最严重的土地上，黑人与白人和平相处，共同享受阳光、自由和幸福，主要归功于曼德拉数十年的不屈抗争。可是，对于他，有说他是非洲英雄、南非之父，有说他是南非罪人。就如同对于南非，来之前我们也有过诸多疑虑——云雾中的开普敦，云雾中的曼德拉，云雾中的南非——不是亲眼所见，不是亲耳所闻，我们又如何能感知你的博大，你的美好，你的深邃？

（2016年7月14日）

奥茨颂看星星

离开乔治镇，沿着N2高速往东走一段，再折向北走，不远就是南非著名的鸵鸟小镇——奥茨颂。

公路两旁，全是一个个鸵鸟养殖场。一只只昂首阔步、神气活现的鸵鸟，吸引了我们的目光。小李带我们参观了一家据说是规模最大的鸵鸟养殖基地。这里圈养了世界上所有种类的鸵鸟，有南非鸵鸟、澳洲鸵鸟、津巴布韦鸵鸟、新西兰鸵鸟等等。我们亲手触摸了鸵鸟蛋，骑在鸵鸟身上拍照留念，我甚至还骑上鸵鸟跑了一圈！最后参观了鸵鸟博物馆。

旅行途中，遇到一个好的导游是幸运的。我们这次格外幸运，全陪张导耐心细心，地陪李导热情健谈，知识广博。李导为我们科普了不少关于南非的自然、人文、历史知识。如南非的国树是罗汉松,国花是帝王花,会开花的芦荟,如何识别天上的星星等等。

这次,他又教我们不少关于鸵鸟的知识。最大的鸵鸟是津巴布韦鸵鸟,身高超过两米,体重超过一百公斤;最小的鸵鸟是新西兰鸵鸟,身高大约三四十公分;最有经济价值的是南非鸵鸟,它浑身都是宝,鸵鸟皮是世界上第二坚韧的动物皮(排名第一的是鳄鱼皮),一只鸵鸟的一生能为主人创造十八万兰特的经济效益;一只鸵鸟蛋重量相当于二十三只鸡蛋;鸵鸟的脑量只有三十克,很笨,笨到无法识别食物,经常将小刀、餐具等囫囵吞进肚中;它是远视动物,如果你不幸在草原上被鸵鸟追逐,你只要躺下来,它就找不到你了……零距离亲密接触了鸵鸟,又学到了不少知识,我们一行人个个兴致勃勃,特别是同行的两个小朋友,更是如鱼游江河、鸟翔天空,得其所哉。

下午四点,入住奥茨颂自然保护区内的一家特色酒店——水牛山庄。平缓的山坡上,散落几十座草绿色帐篷,前面是不算太大的水塘。从外表看,酒店相当普通甚至简陋,它是我住过的唯一没有门锁的酒店!晚上睡觉时只要将帐篷门上的拉链拉上就算锁上了。可是一走进帐篷,却发现里面空间宽敞舒适,设施一应俱全。

最奇的是这家酒店与自然环境完全融合。帐篷周围,自然生长着各种植物。有一种浑身是尖刺的树,小李告诉我们这是金合欢树,是长颈鹿的最爱。放下行李,团友们就迫不及待地探寻周遭的环境,拍摄各种形状奇特的花草树木。不久,眼尖的团友就有了新的发现,我们住的帐篷边,竟然有几只羚羊、斑羚在悠闲自在地吃草!很快,我们又发现了池塘里有成百上千的鸟,有三只庞然大物——河马,池塘对面的山坡上有一群羚羊、还有几头大象……

晚餐非常丰盛。头盘是蘑菇,第二道是烤鸵鸟肉,最后是冰淇淋。在餐厅幽暗的灯光下,我们喝着南非红酒,吃着烤肉,其乐融融。

走出餐厅,一抬头,天空中繁星密布!大家像发现新大陆一样，仰头观赏着这久违了的自然景观。小李教我们怎样辨识星星，头顶是南十字星，它位于非洲大陆的中正……团友中年龄最小的小都都，更是兴奋莫名，他从来没见过这么多的星星……

匆匆洗漱完毕，我与妻子又漫步于山庄。我躺在泳池边的躺椅上，妻子在一边打着太极。此刻，我似乎删除、清空了尘世间的一切记忆……我愿做脑量只有三十克的鸵鸟，把自己深藏于非洲大草原无边的夜色中。在奥茨颂的星空下，就这样静静躺着，久久不愿起身，直到露水打湿了衣服，直到妻子一遍遍催促……

我们有多久没看过星星了? 第二天，不约而同地，几个团友抛出这个问题。是啊，我们曾经如此漠视、轻视、藐视甚至蔑视自然。本该拥有的珍贵的一切，却渐行渐远; 孩童时习以为常的事物，如今却要跑到万里之遥的非洲才能领略……

深夜，拉上帐篷的拉链门，枕着大自然的各种声音: 雁鹅的低吟，斑羚的喘息，有时仿佛还有野猪的哼哼。可是我一点都不担心，睡得格外香甜。

感谢阿Mai，正是由于你的坚持与付出，让我们有机会体验不一样的风景，不一样的精彩。

（2016年7月15日非洲时间早上7点）

好望角看海

拜好天气所赐，昨天顺利游览了世界七大自然奇观之一——桌山，对于开普敦之行，我们已经心满意足。接下来的好望角之行，说实话，我已没有更多的期待。

从乔治镇到开普敦，途径马索湾，参观了迪亚士纪念馆。一路恶补了不少中学时学过的地理知识。好望角，非洲大陆最南端; 第一个发现它的是葡萄牙航海家迪亚士，第一个通过它到达东方的是葡萄牙航海家达·伽马。因此武断地认为，好望角，作为一个地理学概念,地标意义大于实际观赏价值——我们此行,只不过是到此一游罢了。

然而,一旦站在这非洲大陆的尽头,即使再麻木的人,也会被眼前的景象所震撼:什么叫狂风大浪!什么叫滔天巨浪!语言实在是太贫乏了,只有身临其境,才有这种真切的感受!为了拍出一张好照片,我们每一个游客都尽可能地靠近悬崖,靠近海边。有两个看模样来自中东的年轻恋人,不惧危险,爬下悬崖,坐在又湿又滑的海边。我急得脱口大骂,这个小伙子王八蛋,谁家的女儿跟你谈恋爱倒霉!怎么能把女朋友置于如此险地!我仔细观察,大西洋的浪可以同时产生八道。也就是说,第一道浪拍击海岸时,后面接着有七道海浪如影随形地紧跟而上。一浪接着一浪,时间不容间隙。后浪推前浪,前浪撞击礁石,碎成粉末,又跌落在后浪的怀抱里,形成更大的海浪!我焦急又无奈地看着那一对恋人,心胆俱寒。唉,眼不见心不烦,我扭头快步离开海边。

及至爬上灯塔所在地的最高处,又是另一番奇特景象。去过尼亚加拉大瀑布顶端的游客都有这样的感受:回头凝望,一条清澈又湍急的河流,两岸横柯上蔽,让你产生如身在江南的错觉。可一旦河流跌落断崖,如一头狂奔的野马一脚踩空,那种嘶吼与狂乱,从江南立马就穿越到了塞北!

置身于好望角灯塔,我又一次产生这种正负两极的感觉。右边,大西洋沸腾翻滚,就如我们在克鲁格看过的年轻黑人男女的表演:歌唱着,呼啸着,舞蹈着,腾挪跳跃,一刻不停。一曲终了,你以为高潮已临。一阵急促的鼓点又起,新的高潮又接踵而至!左边,印度洋风平浪静,在夕阳下,宛如一个温婉慵懒而又肉感的贵妇人,穿着一袭深蓝色的绸缎,平整熨帖,心若止水,只有呼吸带动一丝丝肉眼难以察觉的起伏……

站在好望角,我相信,每一个人都会思绪万千。我们且不说右边这片最危险的海域,至今还有五六百艘沉船深眠海底;也不说左边这片通向东方黄金彼岸的海域，多少野心家、冒险家趋之若鹜。我想，站在好望角，老成持重的人应该多看看永远激情澎湃的大西洋，犯险冒进的人应该多看看波澜不兴却深不可测的印度洋……

没有哪一片海像好望角一样，从东往西，从西往东，预示着两种不一样的心境，两种不一样的人生，两种不一样的经历，两种不一样的境界。没有哪一片海像好望角一样，兼收并蓄，宏大包容。它就是上帝赐给人类最厚重的一本书，任你有无穷的想象，总逃不脱它预言的宿命……

（2016年7月16日—17日）

行走美利坚

河 畔

(一)

　　纽约的秋天比深圳来得早。这几日天空有点阴晴不定，不如刚来的时候那样蓝得让人生疑。十月还差两天，街上已有飘落的梧桐叶。如果下雨，还要凉得彻底些。我似乎感冒了，浑身不得劲，下午终于有理由躲在屋里睡大觉（去他的劳什子英语课）。一觉到三点多，被外面清洁工（一个漂亮的黑人小伙儿）打扫卫生的声音吵醒。想着昨天听人说东河河畔风光不错，挣扎着起来，还是决定去走走。

　　东河与哈德逊河一样，是包围曼哈顿岛的两条河之一。穿过第一大道、约克大道，沿河边往北，从63街漫步至75街，从四点十分到五点二十分，整整走了一小时十分钟。阴天，微风。行人不多。路上时有海鸥、鸽子与行人争道。远望上下两桥雄峙，两岸高楼林立，对岸就是皇后区。河畔隔不远即有凳子，靠背和扶手已锈迹斑斑，木头老旧开裂，不知经历了多少年的风吹雨打。细心察看，却没有丝毫人为损坏的痕迹，依然结实可用。一路可见有人坐在凳子上发呆。

　　行道树大多是梧桐树。与南京粗大旁逸如遮如盖的梧桐树不同，这里的梧桐树挺直秀丽。猛然间，发现眼前一棵野棠梨！小小的棠梨果挂满枝头。小时候，常摘来让母亲煮了吃。味道有点涩，是晚饭后我们兄弟几个聊胜于无的点心。每到秋凉的时候，奶奶喜欢捡它的落叶，洗净晾干，盛夏时当消暑的凉茶——微涩中略带甘甜。农忙时捡拾稻穗归来，奶奶追在我们身后喊，小心中暑，进屋里喝一碗凉茶！后来品尝了大红袍，才发觉不就是奶奶泡的棠梨茶的味道吗？去年有朋友送我一盒大红袍，母亲喝了，也说是棠梨茶的味道。

行至70街河畔，人行桥下，不知何人，搬来一张折叠床蒙头大睡。左边约克大道（类似深圳的北环大道，是纽约绕城快速干道）车水马龙，右边是滔滔河水，此人真乃闹市大隐。河里一只水鸭一会儿潜入河中觅食，一会儿露出水面。它迅如一道黑色的闪电，我的镜头始终难于捕捉到它美丽的身影。

我不时停下脚步，凝视河水。几次途经昆斯波罗桥，大家都惊叹河水的清澈。仔细探寻河面良久，很遗憾，只发现两片树叶、一个从桥上吹落的塑料袋。我如获至宝，赶紧把它们拍下来，作为伊斯特河不甚洁净的物证。

河道宽阔、空旷而寂静。河面鸥群翻飞。偶有一两只像鹰一样的大鸟在河面盘旋。只有一艘游轮、一艘喷气式飞艇驶过。河里不见一艘渔船（包括货轮。难怪去年波音在哈德逊河迫降成功），河边也不见一个钓鱼的人。我不禁浮想联翩，做一条伊斯特河里的鱼是多么幸福！它们只需要躲避来自天空的偷袭，不需要喝被污染的河水，也不需要面对可怕的渔网和渔钩。而就在几百年前，印第安人划着独木舟在河里捕鱼。四百年前（具体地说是1609年9月12日下午），探险家亨利·哈德逊发现曼哈顿岛。紧接着，欧洲列强纷至沓来。冒险家以及强盗们大肆捕杀海狸和黑熊，以获取珍贵的毛皮。两百年前，华盛顿在纽约湾西点附近拦击英国舰队——哈德逊河与东河的鱼虾是各国冒险家和军队取之不竭的给养。一百年前，纽约港桅杆林立，河运异常繁忙。有许多英格兰、荷兰、西班牙、法国、德国裔的渔民安家曼哈顿，靠捕鲸为生。

回的路上，一只海鸥站在河边护栏上，直到相距只有两米远，我们互相对视着，它看我逼近，展翅飞到不远处的护栏上。我又近前观察，它又飞走。如是者三，大概感觉我这嗜血的异国人有不良企图（上帝作证，我虽然吃过禾花雀，但却没有吃过海鸥啊），它不情愿地扑啦啦飞到几百米远的对岸去了。

（2009年9月29日）

（二）

后天，就要离开纽约了。尽管下雨，我还是鼓励自己，再去看一眼"我的河畔"！请原谅我这样说。估计除了我这个异乡人，没有人对河畔有这样的感情，有这样的依恋。

打开门，扑面一阵寒风。中午，中餐馆的店小二说，明天纽约要下雪。我打趣道，如果下鹅毛大雪，我愿意贡献出我仅剩的一百美元喝酒取暖！风斜雨细。出国时女儿塞给我的小阳伞挡不住细雨，身上很快星星点点。我犹疑片刻，还是冒雨向约克大道走去。

雨越下越大，河畔只我一个人。谁会有这种闲情逸致，在此时此刻来到此地？风狂雨骤，波翻浪滚。河里没有一艘船。曾经在河水里自由游弋的野鸭，在天空中快乐飞翔的鸥鸟，也早已消失了踪影。原来每分钟对开的罗斯福缆车，现在半天不见一趟。穿上了厚厚的毛衣，依然有些瑟瑟发抖。

没有人打扰我。连那么嚣张的鸽子也不来争道。在雨中，在曼哈顿的河畔，我赚得了片刻宁静，得以细细检点这两个月来的收获。

我重新学会了一个人散步。而且，这是人到中年的一个人的散步。散步是因为需要，因为欣赏，或者因为内心的平静；而不再是因为矫情，因为浮躁，因为疗伤，因为有心仪的女生可能从路边走过。下午，我喜欢一个人在东河边漫步；晚饭后，我喜欢一个人在中央公园漫步；每周二到W43街上课，我喜欢一个人沿着第五大道或者麦迪逊大道，边走边看；我喜欢一个人绕着洛克菲勒中心转圈，累了，坐在椅子上发呆；我喜欢一个人走在大西洋城长长的木栈道上，任海风吹乱又理顺自己的思绪……一个人散步，我无法描述我内心的喜悦！在异国的天空下，在陌生的人群中，在独自一人的岸边，一个人静静思考，静静体验，这是怎样的奢侈与享受！

我重新学会了——忧郁。曾经被俗务包围着，每天去应付不必要的事，酬对须远离的人。我的神经被酒精浸泡，被烟雾熏燎，变得粗劣而麻木。我早已失去了忧郁这一高贵的品质！如今，我又懂得了：忧郁可以使人敏锐，使人广博，使人深刻。夜读的时候，被柳永"一生赢得是凄凉"警醒，被仓央嘉措"不负如来不负卿"感动；在河畔，在曼哈顿的雨中，有一阵我甚至产生了"我是纽约惆怅客"的愁绪（太久没有这种真正的读书人的情怀了）；在听课下校的时候，我常常思考教育的目的与未来；我尝试着俯察大地，仰望星空……哈哈，多情善感的我又回来了，好学潜思的我又回来了，愤世嫉俗的我又回来了，忧国忧民的我又回来了！在人到中年的时候，我庆幸，我又捡回了少年狂；我庆幸，我的血液，又一次燃烧，沸腾！

风更猛，雨更狂。我的雨伞几乎撑不住，我几乎站立不稳（哈哈，一个人，谁又能够站稳呢？）。再见了，我的河畔。我最后回头望她一眼，如同告别一个相恋已久的，爱人……

（2009年10月16日下午5时）

尼亚加拉瀑布

游历过黄果树，拜访过九寨沟，也欣赏过美轮美奂的纳木错。尤其是去年十月，白杨树金黄耀眼的时节，领略了北疆边陲禾木村无与伦比的壮美，我以为我懂得了什么叫鬼斧神工，什么叫叹为观止。我以为这个世界上，将不再有任何自然奇迹能够让我惊叹了。

我们早上八点左右从华盛顿出发，在费城短暂停留，观自由钟、独立宫。中途又在玻璃中心逗留半小时。虽然长途跋涉，但我一点不觉得累。一切都是那样新鲜，一切都是那样养眼。天蓝，树绿，草青，水碧。几乎见不到一块裸露的泥土。偶尔路旁有一大块翠绿的大豆和橙黄的玉米地，也整齐得犹如花园里的观赏植物。没有看见一个劳作的人。一路上只见驾着皮卡和各种大排量的车和拖着房车外出度假的人。据说这几天是美国劳动节，是一年中最后一个长假。虽然公路上车水马龙，但一切显得那么有序，没有人超车，没有塞车，更没有碰撞的现象。隔很远路边出现一户两户人家，或者一个充满异国风情的小镇，或者一个停满小车的大型购物点。偶尔看见远处一条河流、一条山脉，想象着几百年前印第安人骑马呼啸而过……

终于在下午四点钟赶到了尼亚加拉。几公里外，已经能听见轰鸣声，能看见瀑布激起的上千米高的水雾。我们一路狂奔，赶上了"雾中少女号"船。来不及停步，穿上雨衣，急忙往船上跑去。这时才有时间仔细欣赏周围景色。抬眼望去，右边，一大一小两条瀑布从天而降，浪花翻滚，飞沫激射，雾气弥天。一条彩虹横贯长空，如蛟龙戏水，蔚为壮观。近处，成百上千的白色鸥鸟在水面翔舞；远处，又一条巨大的瀑布挂在天际向我们招手……左边岸上，加拿大境内高楼林立；仰望身后，一桥飞架，连通美加两国。在伊利湖和安大略湖之间，一共有三个瀑布。美国境内两个，稍大的一个横刀立马，吼声如雷，叫美国瀑布；稍小的一个如小家碧玉，风情万种，她有一个美丽的名字，叫做新娘面纱瀑布。加拿大境内的，铺天盖地，气势磅礴，叫做马蹄瀑布。

船经过美国瀑布和新娘面纱瀑布，慢慢向马蹄瀑布驶去。近距离地感受瀑布，我们仿佛行驶在波涛汹涌的大海上。耳边狂风呼啸，身上暴雨抽打，船在波峰浪谷间穿行颠簸，以至于我们都站立不稳……每一个人都发出幸福的尖叫，我旁边一对不知来自何方的年轻恋人，忘情地搂抱在一起……

晚饭后，导游带我们夜游瀑布。沿着河边，淙淙的河水在月色下泛着波光。一水之隔，两岸灯火辉映。瀑布似一条条隐隐约约的白缎，白天如雷的水声似乎柔和了许多。树林里人影幢幢，各种肤色的情侣们相依相偎，携手漫游……导游一直指引我们到达加拿大边境。十点钟，加拿大一侧突然燃放起焰火，夜幕下，火树银花，波光激滟，引来人们一阵阵赞叹……

　　第二天早上，导游带我们沿着瀑布上游前行，经过一座钢铁桥，去探访中间的新娘面纱瀑布和左侧的马蹄瀑布。中间瀑布规模最小，但观景位置最佳。站在瀑顶，俯视三瀑，只恨自己少生两只眼睛，不知往哪边看才好。伫立崖边，深呼吸缓吐纳，只觉神清气爽七窍空灵。耳边，风作雷鸣；脚下，云舒雾卷。这一切，美得令人心胆欲碎。我不敢久留，又不甘离去，盘桓半天，眼看时间已到，转身慢慢地往马蹄瀑布走去。

　　走上高地，只见瀑布真如一只巨大的马蹄横在眼底！宛如天马奔腾而来，在此一脚踩空，留下的一个巨大脚印。一条大河清澈见底，一朵朵浪花像一群青春美少女，活活泼泼蹦蹦跳跳喋喋不休地走来。可是，她们万万没想到脚下就是万丈深渊，毫无防备地跌入谷底。刹那间，天地抽噎，山水呜咽，造化送来成千上万吨翡翠绿玉，美少女们涅槃幻化成更加美丽的水中之凤凰，天地之精灵……

　　我们一步三回头，依依不舍地渐行渐远。瀑布激起的水珠如少女深情的泪滴，飘洒在我们耳边、脸颊、肌肤、衣襟。啊，这异国邂逅的情人，这北美大陆痴情多情热情的美人。千叮咛，万嘱咐，好远好远，好久好久，我还依稀听见她呢喃的声音，看见她婀娜的身影……

　　瀑布是一首抒情诗，她分三节，反复吟诵：初热烈，继而婉转，后激越。瀑布是一篇交响曲，她有三段，跌宕起伏：先激荡，再舒缓，最后奔放。瀑布是天地间一幅书画长轴，她分三卷，渐次展开：初震撼心灵，接着洗涤肺腑，而后荡气回肠！

（2009年9月6日）

波浪山花园

离开扬格市优秀特许学校，已经是上午十一点半。我们乘校巴返回纽约市布朗克斯区境内，途经263街圣文森山学院附近，前往参观波浪山花园。

与美国大多数景点（包括学校）一样，花园大门非常普通，甚至有些寒酸。在门口，我们遭遇一条小花蛇，它显然被我们一大群人吓坏了，迅速地向路边草丛蜿蜒爬行。这时，一位稍显富态的中年女士迎上来，她面带笑容，一边示意我们不必惊慌，告诉我们这种蛇不咬人；一边举手作赶蛇抓蛇又似护蛇状，像在责怪自己的孩子惊扰了客人。原来，她就是花园里负责文化教育指导的科特妮·怀特女士。科特妮是环境科学博士，十月底就要到圣文森山学院兼课。同是气质高雅的美国女性，艾伦像一个贵夫人，多了几分严谨；艾丽像邻家大婶，多了几分热情；而科特妮呢，一路上，她一直微笑着，慢声细语，端庄优雅，则更像一位矜持的女主人，多了几分亲切。

花园占地28英亩。已有一百多年历史。原来的主人名叫霍普斯金。马克·吐温、罗斯福爱上这里的宁静优美，曾经在此小住。马克·吐温最爱这里的松鼠。科特妮开玩笑说："每当看见花园里的松鼠，我就想到，它的祖先可能陪伴过马克·吐温。我把一只松鼠布偶放在书桌上，看见它，就想起马克·吐温。"后来主人将花园捐献给纽约市政府。现在它早已成了一座公共花园，也是社区文化中心，免费对公众开放。

哈德逊河流经不远处，河水宽阔而幽深。对岸郁郁葱葱，赭色的岩墙高高耸立。印第安人叫这条河为"玛蒂克坦克"，意思是"上下对流的河"。

科特妮先带我们参观了进门不远处一栋两层楼的建筑。这栋不起眼的小别墅，就是马克·吐温和罗斯福住过的地方。房间里挂着一些画，不知是否是当年的旧物。左边小屋墙上有一台液晶电视，反复播放同一段河流的视频：湍急的河水，一半往左，一半往右。不知何故，不及细问。

出门左拐，是一座玫瑰园。据说此园乃著名设计师手笔。园里种植了许多名贵玫瑰，花开时，浅红紫红深红等竞相争艳。估计我们来的不是时候，偌大的花园，只开着几朵紫红的花朵。科特妮特别提到，花园里有黄色和黑黄色的蝴蝶，这两种蝴蝶目前正往南迁徙，目的地是墨西哥。他们在每只蝴蝶翅膀上贴上标签，上面标有邮箱地址。如果有人发现这种蝴蝶，可以发邮件告知他们蝴蝶身在何处。

再往前走，是一处小小的水上花园。其实也就是一方种着莲花的池塘。科特妮蹲下身，小心捞起一朵带着长长根须的莲花，认真地教我们，这种花可以用手捞起来。我仔细一看，仿佛是小时常见的水浮莲。她还用手轻轻拍打水面，小声说（似乎怕惊吓了鱼儿）："鱼儿听见声音，就会游过来。"果然，不一会儿，几条小红鱼应声而来。科特妮孩子似的笑了。一头齐耳短发的科特妮，打扮得体入时的科特妮，可爱可亲可敬的科特妮，发际已浅霜，身材已微胖，徐娘已半老，却不知何以还能保持这份稚气与童真？

往右，是根据一位作家的书——《野花花园》——设计的野花花园。四面八方的野花种子随风飘来，自由生长，不加修剪，为花园添了几分野趣。我喜爱那些蓬蓬勃勃的芦苇。苇秆苇叶细长青翠，苇穗呈淡紫色。去大瀑布、大西洋城的路上，都可见它的踪影。我曾经拍了不少照片，或者以蓝色的天幕为衬托，或者干脆不要任何点缀，疯狂的相册里全是它的芳姿。每回见它，总让我想起家乡秆粗叶壮的芦苇。一到秋冬时节，山脚、溪边，一丛一丛洁白的苇花怒放，煞是好看。每回见它，脑海里总浮现"蒹葭苍苍，白露为霜。所谓伊人，在水一方"的诗句……园中有一小亭子，是原来主人所建。长亭短亭为我国独有,此处怎会有这种包含特殊美学意象的建筑?亭子旁边是否有几株杨柳?当时没有细加留意,似乎没有,记不真切。至于亭子,过其门而未入,甚憾。

科特妮指着远处河岸那如刀削一般的悬崖说,这都拜远古冰川所赐。"你们可以站在前面那片草地——其实是一栋房子的屋顶,好好欣赏一下。感谢你们参观花园,希望有机会再来!"科特妮要赶火车,她送我们每人一份礼物——一本精美的花鸟小画册,匆匆告别而去。

我有意快步前行,离开人群,往河边草地走去。其实此处离河岸还有一段距离,只适合远眺而不能近赏。天空晶莹剔透,如一块施华洛世奇的蓝水晶。偶有一朵乌云飘过,更加凸显纽约的天际高远澄澈。极目处,华盛顿桥如一道剪纸画,贴在河上,赭色的河岸和蓝色的河水构成它极佳的背景。草地边缘是一丛丛黄色、紫色的野花;也有几棵灌木,枝头挂满似曾相识的野果。一阵风吹来,空气中,飘满了幸福而惆怅的蒲公英……

人生就是这样,常常有一些不期而遇的美,带给我们简单的快乐,让我们忘记身在何处;常常有一些不期而遇的人,使我们对生活增添了一份认识,增添了一份感激。

（2009年10月7日）

耶　鲁

我想,耶鲁的学生一定比哈佛、麻省的学生幸运。

因为,他们有一座漂亮的图书馆。这是一座典型的哥特式建筑,历史悠久,藏书丰富。楼不高,地面只有两层,奇的是地下还有两层。由于穹顶轩敞,楼内采光很好。穹顶及窗户上,细看雕有许多图案,大多是神话人物。连接各层楼之间的走道回环往复,宛若迷宫一般。

　　最奇的是它的阅览室,有宽敞明亮的大阅览室,有精巧雅致的小阅览室。竟然还有单人阅览室!关上镶玻璃的木门,学子们在里面独享阅读的幸福,在一座有一万多学生的大学里,这是怎样的奢侈!大多数书都显得很陈旧,但都保存完好。我想找一本中文书,半天没能成功。我不好虚荣,但也忍不住拿起一本英文书,装模作样地站在书架旁照了几张相。回去跟朋友炫耀,瞧,我也在耶鲁图书馆读过书!虽然还没有开学,但与哈佛不同,这里几乎座无虚席。见不到交头接耳的学生,每一个阅览室都安静得让人不忍打扰。我们几个团的游客在里面窜来窜去,竟然没有一个学生愿意抬头投来探询的目光!

　　更让人心潮澎湃的是,耶鲁有许多漂亮的女生!谁说美女胸大无脑?让他到耶鲁来看看吧。像我这个年纪的男人,实在不该把目光投向那些青春曼妙的女孩子。可是,这不能怪我,上帝啊,耶鲁实在太多美丽的女孩儿了!在图书馆门口的草坪上,女孩儿们东一个西一个,或坐或躺,手捧书本,晒着太阳,旁若无人。她们大多衣着暴露,天使面容,魔鬼身材……我和几位男同学梦游般游走在草坪上,不时举起相机偷拍一张。Frank更是魂不守舍,这小公牛假扮绅士东游西荡,但目光却从未离开过美眉们身上。个别女同学也耽于美色,加入偷拍行列。开始我们还担心红颜一怒,没想到美眉们埋头苦读,根本没留意我们这一群色男女……

　　长恨人生不再少,门前流水不能西……我满怀惆怅,对身边的女同学说,回去让你儿子将来一定考耶鲁。告诉他,你想娶美女为妻吗?那就上耶鲁大学吧!

(2009年9月8日)

哈佛的凳子

写下这个标题，自己都觉得有点可笑。哈佛有那么多东西可写，偏偏却选中了它。不过我要说，我们在哈佛逗留的短短一个小时里，给我强烈的视觉冲击和心灵震撼的，恰恰就是这些普通的凳子。

早上八点多，我们就到达了这条普普通通的街道。下车后，导游指着一扇老旧而又不起眼的门对我们说，这就是哈佛。这真是让人大跌眼镜！我以为，这所举世闻名的大学，应该有宽敞的街道，轩昂的门庭，耸立的楼房。可是，我们想应该有的，哈佛一概没有。我们认为不可能有的，哈佛却出现了。

在哈佛图书馆和教堂附近的几块草坪上，散放着一些凳子。凳子有些旧，五颜六色，铁皮的，摆放得有些随意，没有什么规律，也不固定，或五六张或七八张的用铁索围成一圈。我当时吃了一惊：哈佛不会穷到如此地步，连几张大理石凳子都修不起吧？如果讲究一点，还得在凳子上面修建遮阳挡雨的凉亭，以供学子们安心地休息学习。再不济也应该修几张水泥凳子啊！要知道，每天来哈佛参观的人数以千计，这些人来自世界各地，有各国政要、权贵以及学术权威，摆这么一些简陋的椅子，不是存心丢哈佛的脸吗？

美国大学还没有开学，学生们还没有返校。草地上只有为数不多的游客，且大多是咱们同胞。中国游客都不大爱听导游讲解，最喜欢照相，走到哪儿都狂拍一气。此时大家的注意力都集中在哈佛的铜像上，纷纷抢着与之合影留念。我注意到，哈佛的两只鞋，特别是左脚那只油光铮亮，莫非摸一下他老人家的鞋就能增长知识？

人太多，我只好坐在旁边的铁皮椅上等。空气中弥漫着青草的味道，细碎的阳光从梧桐树叶缝里洒下来，偶尔有一两只小松鼠在附近追逐觅食……

此时此刻，我坐在椅子上，整个身心是那样的舒适惬意。我明白了，哈佛不注重外在的东西。他们只注重自己的历史，只注重实际。每一栋楼，每一扇窗，每一本书，每一个角落，似乎都散发出古老的气息。哈佛甚至连完整的围墙都没有！也没有门卫，人们可以自由进出。我明白了，为什么最早用两百英镑创办的一所大学（据说这两百英镑还是分期付款），却能够享誉世界，长盛不衰……

导游催我们往下一站。我却迟迟不愿起身。我想在哈佛的椅子上多坐一会儿，哪怕只有五分钟……

（2009年9月5日）

西　点

我没想到，一所全球赫赫有名的军事院校，坐落在这样一个山清水秀的地方。

早上七点十五分，我们坐上学院的橙黄色大巴，沿着第一大道，经曼哈顿大桥，出纽约州，进入新泽西州。一路有哈德逊河相伴，一栋栋别墅掩映在绿树青草之间，景色秀丽，绝对养眼。一个多小时车程，谈笑间就到了西点。

今天是周二，游客不多。军校门口正对着一个宁静安详的小镇。镇上最大的建筑是西点博物馆。同学们一下车，纷纷抢占有利地形拍照留念。博物馆门口安放一辆坦克，据说是二战遗留物。路旁是汉密尔顿将军骑在马上威风凛凛的塑像。此外乏善可陈，以为西点不过如此，多少有些失望。

十点钟，校园才对外开放。大巴沿指定路线缓缓驶入校门。真是目不暇接！校园占地面积三千英亩，还不包括数千英亩的训练场地。沿着校园里的林荫大道，左边山坡树林阴翳，中间平缓的地方是校舍和运动场地，右边哈德逊河从远处蜿蜒而来，又逶迤而去。带我们参观的是一个矮小爱笑的六十多岁的老太太，说话抑扬顿挫，热情风趣，与旁边不苟言笑的艾伦形成鲜明对比，连我这个不懂英语的人都时时被她感染。

我们主要参观了两个地方。一是一座基督教堂。据说美国公立大学一般都有五座教堂，显示政府对各主要教派一视同仁。我们参观的这座教堂为私人捐建，虽然规模不如前些天艾伦带我们参观过的圣派屈克教堂，却也富丽堂皇。一块绘有精美图案的玻璃就值三百美金，捐款家族历经三代才将最后一块玻璃安装完毕。教堂内安装有世界上最大的管风琴。教堂里右边最前方第一个位置是校长专座，扶手上刻有现任以及历任校长（三星上将）的名字。每周日早上校长以及信基督教的教职工和学生都会在此祷告。教堂还有一个功能就是允许本校毕业生在此举行婚礼。婚礼免费，但不包括手风琴演奏的费用。西点毕业生都以在此举行婚礼为荣。

二是独立战争纪念碑。纪念碑周围是大大小小的古炮，一座炮代表打赢了一场战役。俯视不远处如诗如画的哈德逊河，思绪似乎一下子进入了时空隧道。导游介绍说，西点最早是华盛顿建立的一个军事要塞。此处哈德逊河最窄，又是英军舰队进攻纽约的必经之路，于是，华盛顿在河里放置了一根巨大的铁索，英军只能望索兴叹，始终未能越雷池一步。

华盛顿是我最敬佩的伟人，两次临危受命担任军队总司令，一旦战争结束，马上主动解甲归田，绝不贪恋权位。他亲自除草、喂养牛羊，与妻子儿女一起享受生活与和平。他是近代尧舜。

华盛顿在这风景优美的地方建立要塞抵抗侵略，是想告诫后人要珍惜和平、铸剑为犁吧？想想前些年老布什父子穷兵黩武，华盛顿地下有知，真不知会作何感想。

也许觉得气氛有些凝重，导游把我们的思绪拉回眼前。她说，西点选拔学生有两个标准：首先成绩必须是所在高中排名前十，其次必须有运动天赋。仅凭这两点就足够让西点跻身全美一流的大学，但西点曾被几种权威的杂志评为美国排名第一的大学，主要靠的是别的大学无法与之相比的两点：第一，西点的教授保证二十四小时为学生提供服务；第二，西点纪律最严明。学生违反纪律，一定会遭受严厉惩罚。艾森豪威尔在西点读书期间就曾被罚跑步一百圈，同学嘲之为世纪人。毕业前，学生不准结婚，甚至不准谈恋爱。她指着河边一条隐约的小路，笑着说，但学生们还是偷偷与前来探望他们的女朋友在此相会，河边有一块大石头，学生们称它为接吻石，据说如果经过它旁边而不接吻，大石头就会滚入江心。我想，这一定是智慧而又精力旺盛的西点男孩儿，为了俘获芳心的杜撰……

在我们参观期间，不时有直升机从头顶轰鸣而过，导游说乘坐直升机前来的都是校长的朋友。她指着远处绿茵场边的一栋三层别墅，屋子后面就有停机坪。她开玩笑说，也有可能觉得我们形迹可疑，来监视我们的……

不远处的运动场上，一群士兵正准备上场进行橄榄球比赛。不知这些年轻的西点士兵们中间，会不会诞生一个未来的华盛顿呢？

（2009年8月31日晚）

华盛顿

三日早七点，从纽约出发，往南经荷兰隧道、新泽西州，上午近十点，抵达第一站宾夕法尼亚州重镇费城。

费城曾经是美国临时首都，美国独立战争第一枪在此打响。我们首先参观了由华盛顿本人定制的、为纪念美国独立而铸造的独立钟。据电视短片介绍，独立钟是美国独立、自由的象征。在美国人民争取黑人与妇女的权利，以及第一次、第二次世界大战中，都发挥了重要作用。独立宫为签署独立宣言所在地，是一座哥特式三层建筑，屋前有华盛顿铜像。之后，导游带我们到临街的一个公墓前，指着其中的一座告诉我们，这就是富兰克林墓。墓高出地面近一尺，大小不足三平方米，墓体为普通石头。墓园里好像有上百座墓，富兰克林墓在临街最角落。在费城停留大约四十分钟，随即驱车三小时，抵达华盛顿。

华盛顿可谓博物馆之都。我们走马观花，分别参观了艺术博物馆、自然博物馆、航天博物馆、印第安人博物馆。每个博物馆停留不过半小时，只好狂拍一气，以示到此一游。

华盛顿又是花园之都。触目尽是草坪、树林。建筑成了植物的点缀。沿着一条中轴线，我们分别参观了国会山、白宫、华盛顿纪念碑、杰弗逊纪念堂、林肯纪念堂。国会山其实山不高，建筑却很是气派。与电视上看到的不同，眼前的白宫只露出正面的主建筑，南草坪几乎被树木遮盖。倒是三位总统的纪念碑（堂）相对空旷。华盛顿纪念碑高达一百五十米，像一把匕首直刺苍穹，不明白纪念碑为何如此造型。因为华盛顿几乎没有高大的建筑，所以纪念碑显得格外耀眼，在四面八方都能看见。值得一提的是，碑体砖墙呈两种颜色，下部比上部颜色略深。原因是纪念碑建了一半，南北战争打响，工程只好停止。战争结束后才腾出手来建另一半。可是工人们却再也烧不出与原来同样颜色的砖了。如此一来，纪念碑倒成了南北战争的见证。杰弗逊纪念堂是一座圆形建筑，面临湖水，花草树木环绕其间，风景最佳。林肯纪念堂占地面积最大，地势最高，气势也最恢宏。一座大理石方形建筑，高踞在上。拾级而上，巨大的林肯坐像雄视前方。站在台阶上视线极好，纪念堂前有一广场，再往前是人造水池，一群鸳鸯自由自在地在水里游弋。远处树林里，隐约可见白宫和杰弗逊纪念堂的屋顶。

迄今为止，美国只为这三位总统建造了纪念碑或纪念堂。在美国人民心目中，华盛顿、杰弗逊、林肯，是美国历史上最伟大的总统。华盛顿是美国国父，他一手缔造了美利坚合众国，并建立了三权分立的国家制度，其功足以彪炳千秋；杰弗逊在美国独立和制定宪法方面居功至伟；林肯则实现了南北统一，废除了黑奴制。每天从世界各地来此参观的人络绎不绝。

在林肯纪念堂左前方，分别有朝鲜战争和越南战争纪念碑。据导游介绍，美国普通人包括历史学家，对朝鲜战争存在较大争议；但对越战，从官方到民间都在反思。越战纪念群像为一位有华裔血统的女士设计，造型很独特。在一扇极具立体感的大理石墙面上，镌刻有八万名阵亡将士姓名。走道一侧，永远放着两本书，书上列着八万名死难者姓名、部队番号、阵亡时间，以供人们查阅。每年越战纪念日，成千上万的死难者家属、战友以及不相干的人们，从四面八方来到这里，悼念死者。美国人认为，战争是政治家的错误，士兵是没有错误的。他们为国而死，他们是国家的光荣和骄傲。

晚饭后，下榻市郊的一座宾馆。路上可以眺望五角大楼。在导游的指点下，依稀可辨"9·11"事件留下的痕迹。墙可以重修，可伤痕永在。车窗外，一轮夕阳又大又圆，照着白宫，照着华盛顿纪念碑，照着上帝格外眷顾的这一方土地……

（2009年9月7日）

唐人街

对许多游客来说（包括美国人），唐人街就是便宜货的代名词。的确如此，与国内任何一座城市相比，除了建筑风格不同，以及它保留了更多的旧建筑之外，其他都似曾相识。一样的酒楼茶肆，一样的粤式干货店，一样的满街中国人。

但对我来说，唐人街却是我近距离考察华裔在美国历史和生活的极好机会。

第一批移民美国的华裔可以追溯到十八世纪初。美国西部发现金矿银矿，冒险家们闻风而动，从世界各地来到新大陆淘金。十几年后,因为欧洲到美国的船票太贵,有一部分欧洲人取道香港、广州,横渡太平洋,前往旧金山。中国人这才知道太平洋彼岸遍地黄金。一些不安分的华人搭欧洲商船(在船上做水手或苦力来充抵船票),开始了冒险之旅,也开始了华人在美洲的血泪之旅;后来美国西部修建铁路,需要大批工人,许多中国人(主要是广东及福建沿海一带的农民)被卖到美国当苦力(俗称卖猪仔)。铁路公司老板(其中最大的老板就是老斯坦福,今天赫赫有名的斯坦福大学的创办者)也乐于找中国工人,因为他们干活又多又好,工资却只有白人工人的四分之一。据说现在依然流行的一句俚语,意思是"中国人都做不到,别人就更不用说"——就是从那时流传开来的。美国西部都是高山、戈壁,地形荒凉险要,危险的活大多由中国人干,不知有多少同胞为此抛尸异国他乡。据说,美国西部铁路,每一根枕木下都躺着一具华人的尸体。十九世纪初,美国工业革命,需要大批的产业工人,联邦政府大量接纳世界各国的移民,其中也有少部分中国人,主要是从古巴来的华人。他们基本靠摆糖果摊、开餐馆、开洗衣店维持生计。

早期的中国移民都有一部辛酸史、血泪史。金矿挖完、铁路开通之后,白人一次一次卸磨杀驴——首先受到伤害的就是中国人。但即使如此,许多人还是愿意抛家别子,远涉重洋,来到新大陆。十八世纪末,旧金山的恶魔岛监狱里(肖恩·康纳利和尼古拉斯·凯奇主演的007电影《勇闯夺命岛》即拍于此),就先后关押过三十万华裔非法移民。难道他们不知道那无穷无尽的苦难在等着他们?这让我想起十九世纪一个外国作家说过的一句话:做中国人是不幸的,做十九世纪的中国人尤其不幸。

如今,在美国大约有三百多万中国人。他们主要聚居在纽约以及加州。许多城市都有华人聚居区。各行各业都有许多杰出的华人领袖,像朱棣文、赵小兰就是华人之光。我们每到一所中小学,都遇见一些华裔老师、学生,且大多是其中的佼佼者。印象最深的是，在纽约马克·吐温天才学校，遇见一个名叫张雪莹的初二女生，她活泼大方，天资聪颖，刻苦勤奋，已学会了四种语言。她每天下午放学后，加上每个周末都安排得满满的，独自一人坐地铁到纽约大学，补习数学、小提琴、钢琴，然后再独自一人坐地铁穿越曼哈顿岛，回斯塔藤岛的家中。

我们分别参观了纽约、波士顿以及旧金山的唐人街。在纽约唐人街孔子大厦附近，与路边一个从广东移民来的外表寒酸的中年男人闲聊。我问他：你喜欢待在这里吗？想不想回去啊？他表示自己已经习惯这里的生活，并反问，为什么要回去啊？吴教授告诉我们，纽约唐人街越来越壮大，把旁边的小意大利（意大利人聚居区，目前只剩下两条街）蚕食了不少，现在已经发展到十几条街了。在唐人街理发，六十多岁的郑师傅（香港人）告诉我，美国华人都是"稻草包黄金"，装穷，想方设法从政府那里申请补贴，实际日子过得都不错。他得意地说："我们中国人聪明，吃不了亏。外国人笨，不懂骗政府。"郑师傅除了理发的收入以外，政府给他的退休金以及房补等加起来有近千美元。他每年都要回香港，再到内地旅游，去过新疆、云南、四川等。他告诉我，年前又要回去了，这次想去东北看雪。

到达波士顿已是黄昏。唐人街门口一块很小的广场上，几个老人在街边闲坐。一个父亲模样的人陪几个孩子在玩耍。一个华裔警察无所事事地转悠。就如同我们在国内任何一座城市常见的情形一样。

我们美国之行最后的晚餐，是在旧金山的唐人街一家广东人开的火锅店吃的。第二天就要回国，很快就要各奔东西。同学们尽情地宣泄着自己的情绪，有几个女同学甚至流下了眼泪……我不习惯当众表达感情，一个人偷偷出来，在街心溜达。旧金山是我见过的最美的城市。旧金山的夜晚尤其令人难忘。万家灯火，夜色却依然迷蒙。一栋栋别墅依山而建，像摊在山坡上的彩饰（旧金山由43

座山头组成。街道规整，民居又极具个性，房屋大多粉刷得五颜六色）。才八点多，街上几乎空无一人。我惬意地在十字街中央伸腿踢脚，不敢仰天长啸（生怕破坏了这宁静的氛围），只恨不能在街心打几个滚。在这美丽的夜色中，又有谁会想到，旧金山是美国第一华埠（华人最早落脚的地方），是当年白人可以任意屠杀华人的地方，也是最早掀起排华浪潮的地方……如今，这一页沉痛的历史终于翻过去了，旧金山唐人街和其他社区一样安宁美丽，它的确是我所游览过的美国最美的唐人街。

我们还去过纽约皇后区的法拉盛。这也是中国人聚居的地方。在那里我听到中国不同的方言：天津、东北、广东，还有南昌口音。这些都是近几十年的新移民，有些可能刚刚开始他们的美国梦……我在那里买了几张杰克逊的盗版碟。我们找到辽宁沈阳人（服务员也都是沈阳人）开的一家火锅店，一人十五美元，外加两美元小费，管饱，饮料管够，味道也不错，吃得不亦乐乎。

（2009年9月11日—10月29日）

多彩摩洛哥

菲斯：一座有呼吸的中世纪古城

经验再丰富的游客到了这里，也会瞠目结舌，感慨万千。菲斯，摩洛哥四大皇城中最古老的一座，在这里，时间仿佛静止，不，倒退，我们仿佛坐上了天方夜谭中的飞毯，穿越千年，回到了中世纪的阿拉伯古城。

九千九百多条小巷、三千五百间店铺、十二万多间房屋，人们在巨大的迷宫中穿行。据说，谷歌导航在这里也失去了功能；据说，生活在这里的人，也无法走遍古城的每一条小巷、每一个角落；据说，古城中应有尽有，店铺、医院、学校、清真寺……有人一辈子也没有走出过古城一步。我们的摩洛哥导游请了一位六十多岁的当地向导，才敢带我们进城，才不至于在古城中找不到出来的路。

小巷很窄，有的窄到只允许一人通行。小巷很长，蜿蜒曲折，回环往复，无穷无尽。没有汽车，没有摩托车，甚至没有自行车。人们在古城生活靠步行，运送物资靠最古老的方式——用驴、马驮行。

在这里，不仅每一栋建筑都得到完好的保护，就连生活习惯、生产方式也与一千年前无异。人们像一千年前一样制作马赛克，像一千年前一样制作皮革。水果铺、牛羊肉铺、青菜铺、铜器铺、陶瓷铺、杂货铺……几乎与一千年前一样。

一幅完好无损、活色生香的"清明上河图"！只不过，主角是长袍飘飘的阿拉伯人、柏柏尔人。

菲斯古城建于公元793年，是世界上保存最完整、规模最大的中世纪阿拉伯城市。一直到今天，这里依然是北非政治、文化、宗教中心。建于公元859年的卡拉维因大学，这所专门从事伊斯兰教学习和研究的高等学府，是世界上最早的大学，比英国牛津大学早309年，比法国巴黎大学早291年，比清华大学早1052年。一直到今天，这座大学依然在行使自己的职能。

菲斯，颠覆了我的诸多认知，关于古城，关于旅行，关于阿拉伯……它告诉我们，什么叫尊重历史、保护传统；告诉我们，传承，有时候比创新更重要。

（2018年7月24日　于菲斯）

缤纷的国度，生命的赞歌

没有哪个国家的人民像摩洛哥人一样，喜欢用色彩装点自己的城镇。摩洛哥的每一座城镇都有自己引以为傲的色彩。卡萨布兰卡是白色的，"布兰卡"是白色的意思，"卡萨"是房子的意思，卡萨布兰卡就是"白色的房子"；马拉喀什、瓦尔扎扎特是赭红色的，整座城市触目所及皆是赭红色的建筑；索维拉的房屋外墙是白色的，门、窗被刷成蓝色；菲斯是蓝色的，墙壁、城门大多装饰被誉为"菲斯蓝"的马赛克……

最夺人眼球的是舍夫沙万。这个坐落在半山腰的小山城，是世界著名的三个蓝白小镇之一。门窗、房屋、街道，被刷成深深浅浅的蓝，仿佛画家一不小心打翻了盛满各种蓝色的颜料盒，铺天盖地、汪洋恣肆地洒满小镇的每一个角落。

在摩洛哥的每一天，美女导游小周都要提醒女团友第二天穿什么颜色的衣服："明天去蓝色的舍夫沙万，大家穿红色或黄色的暖色衣服，这样对比强烈一些，拍出来的照片好看。"在摩洛哥的每一天，女游客们花枝招展，娇柔做作；男游客们目迷五色，心情荡漾。

　　没有哪一个国家的人民像摩洛哥人一样，喜欢用色彩装点自己的生活。赭红色的塔吉锅（蒸制摩洛哥国菜的锅），五颜六色的头巾、长袍，五彩斑斓的建筑材料马赛克，花园中的"马约尔蓝"……生活中处处是彩色，甚至连他们文化中最重要的、庄严肃穆的清真寺，也被装点得五彩缤纷。

　　我以为，爱好色彩的民族一定是热爱生活、热情善良的民族。我们所到之处，当地人都友好真诚。当然，印象最深的是我们的地陪阿什拉夫。阿什拉夫的中文名穆文轩，是一个帅气的小伙子，是摩洛哥仅有的七个中文导游之一。他盛情邀请我们一行到他家做客。他家在米拉姆镇，离金色撒哈拉沙漠仅有一百公里。父亲是柏柏尔人，是村里的"阿訇"，不苟言笑，忙着给我们烤鸡肉、羊肉；母亲是阿拉伯人，她与我们每一个女团友拥抱、行贴面礼，给她们取美丽的阿拉伯名字；姐姐是法语老师，教每一个女团友扎阿拉伯头巾；他的暖男弟弟，聪慧的妹妹，漂亮的中国嫂子……一家人忙前忙后，我们宾至如归，度过了一个愉快又难忘的下午。

　　我以为，爱好色彩的民族一定是热爱生活、热爱艺术的民族。在马拉喀什的德吉玛广场，这个号称世界上最大的露天夜市，小贩、艺人、游客络绎不绝，彻夜不眠，热闹非凡，我们领略了摩洛哥不同民族的民间艺术；翻越阿特拉斯山脉时，我们邂逅了柏柏尔人的"割礼"仪式，几十个盛装的柏柏尔男女围在一起，载歌载舞；我尤其爱听阿什拉夫一路上给我们播放的柏柏尔音乐。柏柏尔音乐风格独特。柏柏尔语发音主要靠上腭部，缺少喉音和鼻音，声音清脆悦耳、高亢嘹亮。以说唱、男女对唱为主，伴以鼓点和木琴声，节奏强烈、明快。柏柏尔人的历史是一部苦难史，他们先后被罗马、阿拉伯、葡萄牙、西班牙、法国等征服和奴役。在他们的音乐中，我听到了叙述历史的悲伤，但也更多地听到了他们对爱情的渴望与对美好生活的追求。

　　我以为，爱好色彩的民族一定是热爱生活、热爱和平的民族。

2010年12月，一个突尼斯小贩的自焚事件，开启了"阿拉伯之春"，改变了北非和中东地区的历史进程。突尼斯总统本·阿里逃亡沙特，埃及总统穆巴拉克被审判，也门陷入内战泥淖，叙利亚至今战乱不休……只有摩洛哥，短暂的群众游行示威之后，政府与民众很快达成谅解，一切恢复平静，人民享受着北非与阿拉伯地区难得的稳定与繁荣……阿什拉夫自豪地告诉我，摩洛哥与一切国家友好，包括曾经的宗主国西班牙与法国。在摩洛哥，我看到了不同国家、不同民族、不同宗教之间，经历了长期冲突之后，最终实现融合的范例。

> 火车上的两小时
>
> 重温我的人生电影
>
> 平均一年两分钟
>
> 半小时给了童年
>
> 半小时给了监狱
>
> 爱情，书本，漫游
>
> 分占其余的时间
>
> 同伴的手
>
> 渐渐融化进我的手中
>
> 她的头靠在我的肩膀
>
> 像小鸽子一样轻
>
> 抵达时
>
> 我将进入我的五十岁
>
> 还剩下大约一小时
>
> 我可以生活

这是摩洛哥著名诗人阿卜杜拉蒂夫·拉阿比的一首诗，题为《火车上的两小时》。这是一首生命的赞歌，诗中写道，不管经历怎样的苦难，哪怕是蹲监狱，依然要享受爱情、享受阅读、享受旅行、享受生活，哪怕人生只剩下"一小时"。

这首诗，也许正是摩洛哥热爱生活、热爱生命的民族性格的真实写照。

（2018年7月26日　于舍夫沙万）

丰盈与简约，喧嚣与宁静

有一个地方，是三毛心中的"诗和远方"。遗憾的是，三毛匆匆的脚步，只丈量过它很小的一部分。因此，纵使细腻敏感如三毛，也无法全面揭示它的丰盈与简约。

有一个地方，是许多电影故事的发生地或取景地。《卡萨布兰卡》《西西里的美丽传说》《阿拉伯的劳伦斯》……光与影的传说，带给我们美好的回忆，却没有深刻揭示它的喧嚣与宁静。

这个地方，就是摩洛哥——非洲的后花园，神的故乡，旅行者的圣地，艺术家的天堂，美国国家地理杂志评其为一生必去的五十个地方之一。

摩洛哥北瞰地中海，西临大西洋，南接撒哈拉沙漠，是地理上离欧洲最近、文化上又与中东有亲缘关系的北非国家。原住民是柏柏尔人，历史上曾经被罗马人、阿拉伯人、葡萄牙人、西班牙人、法国人侵扰。它拥有丰富的自然资源，碧波万顷的地中海，汹涌澎湃的大西洋，高耸入云的阿特拉斯山，神秘莫测的撒哈拉沙漠。然而，更引人入胜的是它璀璨夺目的文化。由于地理及历史的原因，摩洛哥文化多元、包容、丰厚、深邃，辨识度极高，既保留了阿拉伯人、柏柏尔人及犹太人的传统艺术特征，又吸收了不同时期欧洲国家的风格，从而形成了摩洛哥独具个性的艺术风格。

摩洛哥风格首先表现在对色彩的恣意追求上。摩洛哥之旅，就是一场视觉的盛宴和狂欢。赤橙黄绿青蓝紫，随处可见各种鲜艳色彩的排列组合。摩洛哥人对色彩的痴迷与运用达到了极致。随便一面民居墙上的一块马赛克，都有三到五种颜色搭配在一起。

我曾经在拉巴特一家酒店不到一平方米的墙饰上，找到了近十种颜色! 摩洛哥人对色彩的大胆追求，曾经赋予不少艺术家灵感。比如二十世纪初的法国画家马蒂斯，在到访摩洛哥后，更加坚定了对野兽派画风的尝试，创作了传世名画《舞蹈》。

摩洛哥风格其次表现在对繁复图案的追求上。摩洛哥人不厌其烦地在建筑、器物上描绘各种繁密、精细的图案与纹饰，直线、曲线、弧线、菱形、三角形、多边形被反复应用；他们不厌其烦地把整块的瓷片切割成各种形状，重新拼砌成富丽堂皇的马赛克拼图。简单的图形回环往复，热热闹闹地堆积在一起，产生复杂的奇幻的效果，给人强烈的视觉冲击与心灵震撼。

摩洛哥风格还表现在材质的任意混搭上。比如一件首饰，中国人喜欢纯金或纯银，摩洛哥人则喜欢在精雕细琢的金属造型上镶嵌贝类或宝石。再比如家居装饰，也讲究多种材质的搭配，如布艺沙发、窗帘配合精美绝伦的木雕、金属镂空的灯饰，柔中有刚，刚柔相济，以达到某种平衡。

正是因为以上三种特征，摩洛哥艺术尤其是建筑艺术风格色彩绚丽，线条丰富，混搭多变，多姿多彩。但求整体风格统一，不求细部的精确一致。在摩洛哥，毫不夸张地说，你几乎找不到相同形状、纹饰的门和窗。很难想象，严谨的伊斯兰文化中，竟然有如此灵动活泼的艺术形式。

多种文明的碰撞与交融，必然带来丰盈与喧嚣的文化。然而，摩洛哥人在造简为繁的同时，又能化繁为简，在形式的华贵典雅中，万变不离其宗，坚守一份不一样的简约与宁静。

摩洛哥人对蓝色情有独钟，菲斯蓝、马约尔蓝、舍夫沙万蓝……除了在城市建筑中诸如门、窗、墙、穹顶、街道大面积泼洒蓝色外，他们把蓝色运用到生活中的每一个角落、每一个细节，器皿、衣物、首饰……触目所及，无所不及。蓝色代表诗意与宁静。莫非，他们想要用蓝色表达对纷扰喧嚣世界的期许?

摩洛哥眼花缭乱的装饰艺术看似复杂,实则简单。只有两类:一是花卉图案,二是几何图形。在摩洛哥,人们几乎看不到类似欧洲古罗马建筑和基督教堂中的人物绘画和雕塑。《古兰经》认为神才能创造生命,因此禁止用艺术表现人和动物。所以,阿拉伯人充分发挥聪明才智,把抽象的数学语言形象化,借以表达对宗教的理解与敬仰。

近年来,受现代派极简主义思潮的影响,摩洛哥简约风风行全球。这种风格说到底是对摩洛哥传统文化中过于华丽与繁复、芜杂与喧嚣的反叛。艺术家萃取精华,保留其混搭的风格,保留其对蓝白格调的偏爱。表现在家居装饰上,更加注重颜色、材质的合理搭配,更加注重视觉效果及空间布局,以达到简约而不简单,简约却有品位的效果。清新文艺,时尚高雅,深受广大小资的欢迎。可以说,摩洛哥简约风成了当代时尚潮流的代名词。

摩洛哥的简约与宁静,最令人感动地体现在对传统文化的坚守上。马拉喀什的德吉玛广场,九百年了,依然是民间贸易、娱乐休闲的场所。菲斯古城,一千年了,条条古巷、栋栋古楼,斑驳的墙壁与窗棂,古老却生机如昔的手工艺摊档,依然讲述着百姓安居乐业的故事。最令人惊艳的是,走着走着,转过一条狭窄的街角,迎面而来的那些包裹在面纱与长袍下的清丽面容与曼妙身姿,让你恍如身处中世纪的某一段时光……

摩洛哥几乎每一座城市——索维拉、艾本哈杜、马拉喀什、梅内克斯、沃吕比利斯、菲斯、拉巴特……都有引以为傲的世界文化遗产。摩洛哥人不是修复、复制,而是一直在延续、传承、发扬历史文化。在纷繁复杂的历史长河中,摩洛哥人排除一切干扰,坚守着自己的坚守,创造着自己的创造。代代不已、生生不息,最终蔚为大观,令人叹为观止。

丰盈却不失简约,喧嚣却不失宁静,看似矛盾而又和谐统一,这就是摩洛哥独树一帜的文化,这也正是摩洛哥非凡的美之所在。漫步在卡萨布兰卡海滨，欣赏着壮丽的海上落日，我怀疑，面对谜一样的摩洛哥，我是否已经真正读懂了她……

（2018年7月29日　于卡萨布兰卡至香港航班）

在柏柏尔人家做客

旅行的乐趣在于，在路上，哪怕是在遥远的国度、陌生的人群中，也常常会遇见一些有意思的事情、有故事的人，让你感动，让你回味，让你体验到风景之外的美好。

叙述起来有点复杂。我们的摩洛哥之行导游一共有三人，全陪美女小颜，我们的旅行定制师；地陪美女小周，土生土长的兰州人，毕业于西北师范大学汉语言文学专业；地陪阿什拉夫，中文名穆文轩，是一位俊朗的摩洛哥小伙子。阿什拉夫有一位双胞胎哥哥穆罕默德，是美女小周的未婚夫，目前在兰州大学读研究生。三年前，穆罕默德在北京第二外国语大学留学时去兰州游玩，结识了美女小周，穷追不舍，转学至兰州大学，终于俘获芳心。小周山高水长、漂洋过海，心甘情愿做了现实版的三毛，与男朋友一起开了一家旅行社，开启了中摩友好交流的崭新模式……

阿什拉夫的家在瓦尔扎扎特市米拉姆镇，离撒哈拉沙漠只有不到一百公里，是人类生存环境最为恶劣的地区之一。阿什拉夫家是个大家庭。父亲穆罕默德（柏柏尔传统，长子的名字与父亲名字必须一致，小周男朋友是长子，所以也叫穆罕默德）六十多岁，柏柏尔人，是村子里的阿訇（伊斯兰教讲经人）。母亲欧在拉是阿拉伯人，家庭主妇。兄弟姐妹九人，阿什拉夫排行第六。靠政府奖学金，九人中有四人学习中文，除阿什拉夫双胞胎兄弟外，目前，还有一个姐姐、一个弟弟在中国学习汉语。

三年前，摩洛哥国王到中国访问，与中国签订了互免签证的协定。仿佛一句"芝麻开门"，中国游客一夜之间发现世界上竟然有如此奇特的风景与人文，到访摩洛哥的游客从原来每年不到三千人，近两年几十倍、成百倍地增长。阿什拉夫一家年轻一代个个上进好学，想要通过读书改变命运。他们原本是沙漠边缘农牧民的后代，努力转型，做起了与中国有关的生意，成为中摩友好交流的民间使者。

阿什拉夫这个名字阿拉伯语意思是"诚实"，人如其名，阿什拉夫用他的言行举止诠释着父母对他的希望。他像个腼腆的邻家大男孩，中文不很流畅，话不多，但做事却毫不含糊，一路上有求必应，服务周到。从他身上，我们感受到摩洛哥年轻一代的健康、阳光、进取和友善。

阿什拉夫和小周请我们一行十三人到他家做客。这行程之外的安排，无疑是意外的惊喜！近距离感受当地人文是远方游客梦寐以求的。

早上九点半从瓦尔扎扎特出发，翻越阿特拉斯山，途经艾本哈杜村、托德拉峡谷，到达米拉姆镇阿什拉夫家已经是下午三点多。一路风景如画，长途跋涉却也使我们略显疲惫。导游贴心的安排，不仅让我们松弛有度，而且还享受了当地人的热情和美食。我们一到，盛装打扮的一家人热情地围上来，一一握手拥抱，打着招呼。

阿什拉夫家不大不小，两层钢筋混凝土小楼，后面有一个小院。这条街看样子是政府刚规划的，大部分都是新建的现代民居，镇上的旧街道上还保留有柏柏尔人的"卡斯巴斯"传统民居。摩洛哥与中国一样，面临现代化、城市化的问题，许多农牧民逐渐搬离农村。小院刚建好不久，只有一面墙上挂着一幅小周从中国带来的画，其他墙上空空荡荡，来不及装饰。门前屋后也没种上花草。据小周介绍，阿什拉夫老家在离镇十几公里的村子里，平时父亲住老屋，家里种了椰枣，养了羊和鸡。母亲带着两个读高中的弟妹住镇上。

穆罕默德家还有一个长远目标，争取将来举家搬迁到更大的城市去。"米拉姆太热了。"阿什拉夫有些歉意地对我们说。严酷的

64

环境、沉重的生活压力并没有击垮穆罕默德一家,他们不断调整目标,尝试改变。

柏柏尔人是摩洛哥乃至整个北非地区的原住民。这是一个苦难深重的民族。在西方人眼里,柏柏尔人生性野蛮好斗,"柏柏尔"就是"野蛮人"之意。其实,柏柏尔人的历史,就是一部争取民族生存、自由与解放的历史。一千多年前,随着罗马人、阿拉伯人的入侵,柏柏尔人在长期与强大外族的周旋中,不断斗争、融合。现在,几个世纪的通婚,你中有我,我中有你,除山区和沙漠外,许多地方已经很少有纯正的柏柏尔人了。阿什拉夫一家就是柏柏尔人与阿拉伯人融合的结果。

为了迎接我们,两位老人一大早就起来,买好牛肉羊肉鸡肉,做好"库斯库斯"(一种用粗麦磨碎、混合肉菜蒸熟的主食)招待我们。母亲和姐姐给客人们倒上薄荷茶,陪大家聊天。父亲在后院里忙着烤肉。不一会儿,两大盆烤肉、一大盆"库斯库斯"就端上来了。肉香"饭"软,说实话,这是我们在摩洛哥吃得最可口、也是最饱的一顿!

饭后,我们一边吃着大甜瓜、喝着茶,一边与阿什拉夫一家比手画脚地聊着天。穆罕默德大叔沉默寡言,站在一旁微笑地看着大家。欧在拉大婶则非常开朗,一会儿给每个同行的女同胞取一个阿拉伯名字,一会儿与阿什拉夫姐姐(一位气质优雅的法语老师)一起教大家扎头巾,一会儿高兴地与每一位客人合影。阿什拉夫妹妹读高一,她把一摞暑假作业——类似手抄报——一一拿给我们看,她写得一手漂亮的阿拉伯文字,画得一手漂亮的插图。见我们爱不释手,送给我们几个团友一人一张。

小周忙前跑后,为双方做翻译。看得出来,她在这个柏柏尔大家庭很受宠,老两口看着这个漂亮能干的中国准媳妇,眼睛里流露的都是宠爱。

转眼就下午五点多,该告别了。我们依依不舍地与穆罕默德大叔、欧在拉大婶一家握手、拥抱，互相说着祝福的话。直到我们走出很远很远，一家人还站在门口，头顶炙热的阳光，不停地挥手……

离开摩洛哥的头两天，在首都拉巴特，我们遇见了阿什拉夫的另一个弟弟雍纳斯——他在兰州大学留学，放暑假刚刚回国。阿拉伯有一句谚语："智慧即使远在中国，人们也会千方百计去寻找。"七百多年前，与马可·波罗齐名的摩洛哥大旅行家伊本·白图泰从丹吉尔出发，历尽艰辛，到达中国，带回遥远东方的故事。今天，穆罕默德一家，正在默默无闻而又坚定执着地续写着古代先贤的传奇。

祝福他们。

（2018年7月31日）

带回一瓶撒哈拉

我问自己，为什么去摩洛哥。我心里知道，因为撒哈拉。虽然我不大喜欢三毛的作品，她的"橄榄树"，她的"诗和远方"，只是年轻女文青的梦想和迷茫。但是，从三毛那里，我记住了撒哈拉。

出发前，我正好一不小心迷上了京剧，疯狂下载了几十首剧目，准备带去沙漠听。我突发奇想，在世界上最苍茫磅礴的风景里，听世界上最婉转细腻的抒情，会是怎样一种体验呢？

撒哈拉沙漠地区是地球上自然环境最为严酷的地区之一，无时无处不在挑战人类生存的极限。然而，越是艰苦的环境，越有壮美的景色，越有壮丽的人生。三毛的"流浪"，既有她极度的天真和蚀骨的孤独，也有她敬畏自然、藐视庸俗、追求自由的选择。从这个角度讲，我的撒哈拉之旅，也是向三毛的致敬之旅。

翻过阿特拉斯山脉，沿途秀丽的风光逐渐向戈壁荒漠过渡。触目皆是光秃秃的干燥的荒原，看似与新疆戈壁滩地貌无异。然而，你仔细观察，经常会发现一些洼地有一片绿洲，沟谷两边长满

66

了高高的芦苇，中间平整处种着许多橄榄树、椰枣树、玉米和蔬菜，显得绿意盎然，生机勃勃。

沟谷两旁是一些柏柏尔人的村庄。柏柏尔人的建筑很有特点，冬暖夏凉，既美观又实用，是非洲地区最具代表性的民居，叫"卡斯巴斯"。厚厚的外墙，取当地的红色粘土混合碎石夯筑而成，屋顶用芦苇编织再覆盖泥土。远远望去，一栋栋红色的堡垒似的房屋，带给人沧桑而又奇崛的美的享受。

最美的柏柏尔村落当数艾本哈杜村。这个村庄有近千年的历史，现在已经成为联合国世界文化遗产。小村绝美的景色，被许多好莱坞导演看中，《木乃伊》《星球大战》《角斗士》《权力的游戏》等一二十部电影、电视剧在此拍摄。前段时间上映的国产电影《红海行动》也曾在此取景。

在如此严酷的环境下、靠近大沙漠如此炎热的地方，柏柏尔人竟创造出如此文明的奇迹，让人不得不赞叹人类的智慧与力量。可是，他们从何处获得珍贵的水源呢？

原来，秘密就藏在阿特拉斯山上。它像一道绿色的屏障，把撒哈拉沙漠同大西洋沿岸平原截然分开。阿特拉斯山蜿蜒一千多公里，主峰图卜加勒山海拔4177米，是非洲北部的最高峰。夏季，图卜加勒山上的积雪消融，雪水顺着山势流向低洼处，流向一条条干涸的沟谷中。这汩汩的清泉，看似微不足道，却是戈壁荒漠中的生命之源。柏柏尔人正是沿着这些沟谷，艰难却又坚定地建设着美丽的家园。

在大沙漠附近的托德拉峡谷，这个被誉为世界上最美的十大峡谷之一，我们见证了水对柏柏尔人是多么重要。托德拉峡谷最窄处只有十多米，中间一条涓涓细流，两岸悬崖峭壁，最高处垂直高度三百多米，吸引了许多攀岩爱好者前来一试身手。峡谷凉风习习，就像一个天然冰库，与峡谷外面的世界简直冰火两重天。七月底正是旱季，河床大多干涸，只有一段不足千米的小溪汩汩流淌。

溪水清澈冰凉，最深处仅能没膝。然而，就是在这短短的一段峡谷中，却聚集了成百上千的当地群众在此消夏避暑。孩子们在水里扑腾嬉戏；青年男女手拉手载歌载舞；亲朋好友围坐在一起，兴高采烈地聊着天，分享着各自带来的"库斯库斯"。我们十几个中国游客如天外来客，好奇地打量着这一切。柏柏尔人友善热情，一路走过，时不时可以听见"你好、你好"的招呼声，有的还盛情邀请我们品尝了"库斯库斯"……

汽车经过离沙漠最近的小镇——伊尔福德小镇，尽管已经下午六点多钟，太阳依然炙烤着大地，街上热烘烘的。我看见几家店铺里有人，街心小广场上有几个老人孩子。小周告诉我们，地质学家和考古学家称此地是"全球最大的露天化石博物馆"。方圆一百平方公里内有近五百种化石，包括各种鱼类和三叶虫化石。这里的居民，基本上靠化石贸易为生。

说话间，远远望去，大沙漠终于出现在眼前！大家先是一阵欢呼、继而屏住呼吸默默注视着这一切。大沙漠咫尺之遥，有一个叫梅尔祖卡的小村，是离沙漠最近的人间烟火，远近矗立着稀稀拉拉的几栋房子，稀稀拉拉的几棵椰枣树，让人严重怀疑自己的眼睛。我们下榻的Raid Madu酒店，是村子里一家典型的柏柏尔民宿。一下车，扑面而来阵阵热浪，呼吸是滚烫的，手碰到栏杆也是热乎乎的。估计此时室外温度至少有四十大几摄氏度。来不及仔细观察酒店，导游催促大家尽快把行李放好，七点钟集合骑骆驼进沙漠。

不一会儿，大家戴上墨镜、太阳帽、防沙尘用的头巾，迎着夕阳，骑上骆驼，出发。牵骆驼的柏柏尔人，一路上从各个角度为我们拍照。我注意到，这些黑瘦精干的柏柏尔人，光着脚在炽热的戈壁与沙漠里健步如飞。

远处无垠的沙丘与身前茫茫的戈壁有明显的分界线。亿万吨沙粒如同身穿黄金甲的千军万马，被同一时间念了咒语，猛然间刹住脚步，高高地耸立在前方。在夕阳下，面目狰狞、一言不发地俯瞰着我们，俯瞰着我们身后的世界。此刻，我感觉自己是如此渺小，茫然无措，失魂落魄。我到过许多地方，吐鲁番、可可西里、好望角、北极圈内的荒原……但没有哪一次、哪一种自然力量，让我内心受到如此强烈地震撼，让我像此刻一样心绪难平。不到十分钟，我们终于踏上了沙漠。

然而，只要扑进大沙漠的怀抱，我们立刻忘乎所以。我们"拨开重重的暮色，向她跑去"（三毛语）。每一个人，都变成了沙粒，都回归为沙漠的一分子。忘了年龄，忘了存在，忘了相信。我们与沙子一起嬉戏、玩耍、欢笑，争相与沙漠合影留念……我一回头，发现阿m往瓶子里装沙子，美女小颜装了好几瓶！我们大梦初醒，连忙也装满一矿泉水瓶金色的细沙。

是夜，云雾迷蒙，传说中的满天繁星并未出现。意料之外的是，在梅尔祖卡的Raid Madu酒店里，在水贵如油的撒哈拉沙漠，竟然有游泳池！已是深夜，外面还是热气蒸腾，我们几个跳进沁凉的水里，尽管泳池宽不过五米、长不过十米，但足以让我们心满意足了。我们调侃着，谁能相信，此时此刻，我们在撒哈拉沙漠游泳呢！水太凉，但我不愿回到房间。躺在泳池边滚烫的马赛克瓷板上，仰望着寥落的星空，久久不愿离开。

回程的路上，我特意要求在伊尔福德小镇停一下，请阿什拉夫带我们走进一家化石加工厂。这个地方曾经是汪洋大海。随着地壳抬升，沧海桑田，如今此地一片荒漠。只有地下埋藏的大量的动物化石，证明这里遥远的过去。我挑了一块有故事的化石，上面两只清晰的三叶虫，一大一小，仿佛母亲和孩子。四亿年前的那一天，母亲带着孩子在海底欢快地游弋。突然间，天崩地裂。眼前的化石记录了这一瞬间……

猛然想起，我还忘了一件重要的事情。不是准备在撒哈拉沙漠里听京剧的吗？"海岛冰轮初转腾，见玉兔，玉兔又早东升……"在沙漠里，或者在泳池边，忘记听一曲《贵妃醉酒》，成了此行最大的遗憾。那夜无月，只有几颗星星，在撒哈拉的夜空，明明灭灭。

旅途如人生，有许多不确定性，不确定你下一秒会遇见什么，不确定你下一秒会忘记什么。我也不确定，这手中的沙子，它原本从何处、何时来到撒哈拉，它又打算去向何方。我只知道，我和它的遇见，改变了它的一生。我把它带回遥远的东方，给它找一个新的家。我不确定这些沙子是否喜欢我的自作多情。正如三毛所写的那首歌：

> 不要问我从哪里来
>
> 我的故乡在远方
>
> 为什么流浪
>
> 流浪远方

如今，我残忍地把它禁锢在小小的瓶子里，终止了它的"流浪"，终止了它的"诗和远方"。

旅途如人生，常常无法选择。比如，选择像三毛那样出发、留下或离开。但是，我们可以选择忘记，忘记青春年少时的梦想，忘记路上的艰辛和遗憾；可以选择珍藏，珍藏撒哈拉金色的沙粒，珍藏伊尔福德珍贵的化石，珍藏旅途中那些美好的遇见……或许，我们还可以选择期待，期待下一次的，再出发。

（2018年8月2日）

一株植物的文化传奇

"忆别汤江五十霜，蛮花长忆烂扶桑。"这是明代诗人徐渭的诗句。

扶桑，别名朱槿、大红花、中国蔷薇。原产地中国。多见于我国南方。古人称南方为"南蛮之地"，徐渭称扶桑为"蛮花"，大概缘于此吧。

其实扶桑不仅我国独有。日本、东南亚、夏威夷等地皆有分布。古人对此早有记述，《梁书·诸夷传·扶桑国》："扶桑在大汉国东二万余里，地在中国之东，其土多扶桑木，故以为名。"有史家考证，此处"扶桑"指的是日本。王安石有"飘然欲作乘桴计，一到扶桑恨未能"，韦庄有"扶桑已在渺茫中，家在扶桑东更东"，鲁迅有"扶桑正是秋光好，枫叶如丹照嫩寒"，诗中的扶桑指的都是日本。

我孤陋寡闻，虽然有不少关于扶桑的古诗文，但基本是一些客观的叙事，或者只是一个单纯的地理信息。诗人们既吝于赞美她的形态，更没有刻意给扶桑打上主流文化符号的烙印。《采桑女》《陌上桑》，倒对其有些许夸饰，可你要知道：其一，此桑非彼桑；其二，人家歌咏的是采桑女与罗敷，桑只不过是采桑女们劳作的对象。在有些诗人笔下，如前所述王安石、韦庄、鲁迅，它不过是友情的见证，提到它纯属无奈。你看，鲁迅在下半句紧接着就把美好的词句赠给枫叶，置扶桑于不顾。而另一些诗人则多少对它有些不屑，认为它是"蛮花""夷花"。它不像兰花、梅花、菊花、牡丹，承载着中国人深厚的精神寄托。这种文化现象，可以说是传统华夏文明以中原文化为核心，"重中轻夷""重北轻南"的表现。

71

　　我是个劳碌命。别人旅行是放松心情，啥事不干，只游山玩水。我是固执地要给自己一个额外的任务。比如这次选择沙巴游的理由之一，是因为从网上得知当地盛产兰花，心想这下该一饱眼福，顺便领略一下当地的兰花文化。可是我的兰花之旅却事与愿违，几天下来，走马观"花"，似乎一朵兰花都没有见着——大概现在不是兰花盛开的季节——倒是一路上随处可见另一种花：绿叶红花，花大色艳。城市、乡村、海边、林间，处处装点这个东南亚小国的风情。她的绰约风姿与似火热情，使人无法对她视而不见，引得游客们纷纷在花下留影。我一开始是漠视它的存在的。对于来自南方的我，它太普通了，仿佛似曾相识，深圳街头就寻常可见。我从来就没有关注过它。后来它出现的频率太高了，不禁对它产生了兴趣。查资料得知，原来这就是大名鼎鼎的扶桑。它在马来西亚极为普遍，是该国的国花。

　　马来西亚把它定为国花，是因为它的颜色——红色，一说这种红彤彤的花，象征人民火热的爱国热情；一说它是由烈士的鲜血染成的——加里曼丹群岛，包括马来西亚、印度尼西亚历史上分别是荷兰、英国的殖民地，当地土著曾经与殖民者进行过长期艰苦卓绝的斗争。记得大学时读过印尼长篇小说《人世间》，叙述的就是一位被生父卖给荷兰种植园主做小老婆的妇女的悲惨遭遇以及她的不屈抗争。在马来人眼里，扶桑如同我国南方的木棉花，是英雄花，是人民爱国与革命的象征。人们赋予了它深刻的历史与文化内涵。

　　马来西亚人不仅把扶桑定为国花，还将她美丽的形象印在了钱币上。马来西亚纸币印制非常精美，是我见过的各国纸币中最美的之一。我观察到，小到一分钱硬币、大到一百元纸币，都印有国花——扶桑的图案。此外，马来西亚邮政部门还专门发行过扶桑的邮票。扶桑在该国受重视与喜爱的程度可见一斑。

　　如果扶桑的原产地真是中国，那么，它从一颗种子开始，不远万里，漂洋过海，生根、发芽、开花，遍布东太平洋甚至更远的地方。它原是中国南方乡间山谷里一株毫不起眼的植物，最多只装饰过村姑的鬓角。如今，它华丽转身，已经完成了它的精彩蜕变。它不光是马来西亚的国花，还是斐济、苏丹的国花和夏威夷的州花。

花花世界，无奇不有。一块农民老宅墙角的垫基石，在另外一些人眼里却是价值连城的宝贝；一株平凡渺小的植物，在另一个国家却被奉为国花。石头如此，植物如此，人又何尝不是如此？因缘际会，命运迥异，令人嘘唏。

所谓花事，亦即人事。我这次因兰而去，怀槿而归，失之东隅，收之桑榆；又好比想娶的人嫁了人，想嫁的人结了婚；又好比"你站在桥上看风景，看风景的人在楼上看你。明月装饰了你的窗子，你装饰了别人的梦"……阴错阳差，南辕北辙，造化弄人。

这种种有趣的文化传奇，又该如何解读呢？

（2016年2月21日）

写给香港的情书

有些日子没去香港了。

此刻，我坐在家里，看着对面新界铁丝网上的灯火，竟然格外怀念这些年在香港的点点滴滴。

最近一次去香港，是去年的八月初吧。那时，《鲨滩》刚刚上映（内地一个月后才公映），我先睹为快，在朗豪坊八楼影院，第一次体验了5D。看完电影，在旺角的一家日本料理店，大快朵颐……

说实在的，每次去香港，都麻烦得很。先是要填表申请，接着排队过关（一般要两个小时左右），然后坐近一个小时地铁。远没有开车到珠海、广州方便。然而，坐上港铁，上水、火炭、沙田、九龙塘、旺角……不知咋的，看着这些熟悉的地名，之前的辛苦繁琐，全都抛之脑后。

其实，早在二三十年前，我们这一代，就已经在金庸的小说、成龙的电影、张学友与王菲的歌声中沦陷。走在旺角、中环的大街小巷，看着楼宇间密密麻麻的广告牌，脑子里一次次浮现不能再熟的那些场景、那些经典。徜徉在长长的弥敦道上，你会感觉时光倒流，仿佛这依然是张爱玲时代的香港。有时候坐在茶餐厅，会想，这也许是阿来和爱莲约会的那一家？（《月满轩尼诗》）哪怕从国外回来，从香港机场回深圳，经过元朗，会一路想起黑帮电影、警匪飞车枪战，一路想起王家卫、梁朝伟、张国荣、梅艳芳……世界上有哪一个城市，这样人文荟萃、明星闪耀？

我喜欢这种氛围。尽管人群拥挤，可是周围都是陌生的面孔。渴了，坐在许留山里喝一杯芒果冷饮；饿了，走进池记或街头随便一家潮州打冷店，来一碗鲜虾云吞面或者海南白切鸡饭。如果住下，在疲惫又兴奋的夜晚，十点左右，我会在街边的打冷店，买一份鹅掌或者椒盐濑尿虾，再到街角的便利店买一瓶德国黑啤，回到酒店吃宵夜。坐在二三十楼房间的窗台上，啃着鹅掌，喝着啤酒，看着近处、远处的万家灯火。特别是雨天，细雨中的香港夜景更加光怪陆离……就这么简单，一个老男人的幸福时光，就是在香港的酒店里，喝啤酒、啃鹅掌，迷失于万家灯火的时光。

我喜欢香港的精致与品位。走在街上，时不时被一个地名、一个小小的设计打动。尖沙咀、铜锣湾、兰桂坊、深水埗、浅水湾、赤鱲角，每一个地名都代表一段历史，每一个地名都能引起一些回忆。我喜欢偶遇。一个乐队、一个明星的商业活动、一个著名的踢踏舞者的表演。有五六年了吧？每次路过湾仔维景酒店的那个街角，脑子里就会浮现那个西班牙舞蹈家灵动的身影。

一个城市，愿意为游客作精心的安排，这是最让我感动的地方。我唯一一次带着父母出境，就是到香港。维多利亚港，每天晚间八点半的灯光秀，每年国庆、元旦耗费三百万港币的烟花表演，打造出一个世界级的景点——被誉为世界三大夜景之一的维港夜景。这些为服务游客而作的努力，有些已经坚持了一百年。比如从中环坐山顶缆车到太平山顶，这个旅游项目，就延续了一百年。有一次坐缆车，恰好遇上山顶缆车百年纪念，我买了一套纪念邮票，这是我的珍藏之一。作为游客，这样的偶遇让我觉得与有荣焉。山顶最吸引我的是卢吉道，这条足有百年历史的香港第一条绿道，路边的石凳斑驳却保存完好。绕着卢吉道步行，享誉全球的无敌海景、全世界密度最高的摩天大楼群，尽收眼底。

其实，香港不只有热闹与拥挤。她还有许多安静得出奇、比深圳更安静的地方。只要你愿意，一定可以在她的离岛找到你的世外桃源。比如西贡、长洲岛、南丫岛、大澳等等，如果周末在那里住一晚，可以吃吃海鲜，徜徉于古意盎然的小街或遍布港岛的绿道。南丫岛，据说是周润发的故乡。傍晚时分，如果坐在海边档口吃海鲜，上了年纪的老板会给你讲发仔小时候的故事；早晨起来，从榕树湾步行至索罟湾，来回也就一个多小时的路程，路边的野花和丰富的植被，养眼又养心。

香港就是这么一个独一无二的地方，亦闹亦静，既适合嬉游，也适合独处；既可以纵情声色，也可以净化灵魂。有时候，她如庸俗不堪的风尘女子；有时候，她如清新脱俗的文艺女青年；有时候，她又如雍容华贵的贵夫人。不管是邻家女孩，还是百变妖姬，她都让人魂牵梦绕。

可是，近些年，在一些人眼里，香港又如同一个衰老的巨人。许多人出于各种目的在搞乱与唱衰香港，朋友和同事也不再像过去那样趋之若鹜。她身边的几个小兄弟，深圳、广州、澳门、珠海，越长越壮，有的甚至即将超越她。短短二十年，沧桑巨变。也许，她最终会变成一块文化沙漠，一个没有了金庸、倪匡的城市，一个没有了董桥、亦舒的城市，一个没有了张学友、王菲的城市……

然而，在我心中，她永远风华绝代，永远魅力无穷。1997年那个深夜，在文锦渡口岸，我挤在沿街的人群中，淋着暴雨，浑身湿透，亲眼见证了大军过关、香港回归。我想，总有一天，我将见证我家附近的铁丝网被拆除，深港两地高度融合……到那一天，我在家楼下坐上地铁，就能直达九龙，直达香港任何一个我想去的地方。

（2017年1月23日晚）

上海之恋

我很得意我的安排。短短几天，既体验了江南水乡的古朴宁静，又领略了现代大都市的繁华喧嚣。

第一站直奔朱家角。拖着笨重的行李箱，我迫不及待地一头扎进那长长的窄巷子。街道只有三尺宽，清一色石头路，两边小店鳞次栉比。街旁也许有些是仿古建筑，但看路上那磨得光光的石头，小镇少说也有好几百年的历史。店里像其他地方一样，卖一些当地的土特产。我对这些东西不感兴趣，逃也似的离开熙熙攘攘的人群，坐上环游小镇的乌篷船。

小镇不大。半小时即把主要河道游遍。两岸白墙黑瓦，古色古香的徽派建筑错落有致。河水缓缓流动，一股静谧的水乡气息在四周弥漫开来。

与周庄相比，朱家角的古桥毫不逊色。有两座印象深刻。一座是最小的风雨桥，桥面仅容一人通过。小归小，可设计却非常人性化，护栏上好像有木板凳子，供游客小憩。一座叫放生桥，号称江南跨度最大的古桥。奇的是桥身主拱外侧歪长着一棵小树，不知何名，也不知长于何时。好像树上还开满细碎的米黄色的花朵，记不真切。

最惬意的是黄昏时分，寻了一家临河的小酒馆，叫上一支啤酒，点上几个小菜：清炒鸡毛菜、盐水河虾、青椒炒河蚌。既有鲜美滋味之享，又有桨声灯影相伴，幻想自己是明朝一书生，只可惜身旁少了为我夜读添香的红袖。

水是小镇的灵魂。摇橹的船娘，浣衣的西施，水漫金山的白蛇，余光中那些走过柳堤的表妹……多水的江南有多少湿漉漉的故事与传说。我久久地坐在河边发呆，夜色一点一点浓起来，归航的小舟无声地划过，远处的渔火明明灭灭……这已成了我对江南水乡的经典记忆。

晚上十点多，惦记着河边风致，独自一人再回放生桥边。没想到白天游人摩肩接踵，此刻却几乎空无一人！原来游客大多来自周边，晚上留宿的不多。小店都上了长长的门板。白天时，小街似乎很短，很宽，很直；此刻却变得又漫长，又逼仄，又蜿蜒，且黑黢黢的吓人。走在石板路上，听着自己硿硿的脚步声，感觉浑身毛孔一一张开，仿佛置身于鬼片中。撒腿一路小跑，到旅店还惊魂未定……

我此行注定与水有缘。从小镇返回上海，下榻的小旅店就在黄浦江畔，俄罗斯领事馆旁边。站在窗边，外滩的车水马龙，江面的翔鸥帆影，江边的摩天高楼，尽收眼底。每天到外滩散步，一定要走过那座有一百年历史的铁桥（前几天看新闻，铁桥整座被拖去大修）。站在桥上，放眼浦江两岸，历史与现实像一本厚厚的大书，被鼓荡的江风，一页一页地翻开。

与外滩成千上万的过客无异，南京路，东方明珠，金茂大厦，浦江夜游，是我上海之行的必修课。有一个晚上，一阵突如其来的雨，把正在漫步的我赶进江边的咖啡屋。近处，斜风细雨，波浪翻滚，美轮美奂的游轮往来不绝；远处，浦东新区高楼林立，七彩霓虹灯变幻闪烁……不远处的角落里，有一个优雅得像宋慧乔的女孩，安安静静地翻看着杂志，有时轻轻抿一口冷饮，抬眼看看腕表……我则细细搜寻着周围的一切，任思绪翻飞……

乡村与都市，古典与时尚。2007年的五一长假，我犹如坐上了时光列车，在记忆中，来回穿梭……

（2007年5月12日）

秋访北疆

为了再圆我的北疆之梦，我忍受了五个小时的飞行。天哪！前列腺炎都坐出来了。熬到晚上九点钟，终于，亲爱的乌鲁木齐（这句话用新疆普通话读），我们又相拥在一起。

宾馆周围的街道与其他城市没有两样。看着一家餐馆人比较多，走进一看，方知是自助式川式火锅。哈哈，到新疆的第一个晚上，吃的竟然是川菜。填饱了肚子，走在乌鲁木齐的大街上，连风也惬意了许多。街边偶尔能看见一两个高鼻深目、白里透红的维吾尔族小姑娘，才让我记起这已不是在深圳，而是在张骞出使的西域，在香妃的故乡，在王洛宾歌唱爱情的地方，心情禁不住荡漾起来。

第二天一早起来，驱车前往天池。

越往天山走，路两旁的景色越发异样。一路与小溪相伴，雪水澄澈，游鱼可数。溪边常见的植物是白杨和黄杨。白杨挺直秀丽，正值深秋，树叶金黄，宛如染了一头黄发的美少女，盛装打扮列队欢迎贵宾；黄杨老态龙钟，盘曲嶙峋，却依然枝繁叶茂。山道蜿蜒，经常可见车窗外，或俯身溪边，或立根山崖，三五成群，举着一头青翠的黄杨扑面而来。

从乌鲁木齐出发，到天池只有两个小时车程。上午十时左右，我们沿着盘山路，说说笑笑间就到了天池。蓝天，雪山，碧水，草原，云杉，蒙古包，散落山间的牛羊，组成摄影的最佳背景。我们兴奋地抓着相机狂拍一气……经不住维吾尔族老人的诱惑，团友中一个女孩租了一套服装，扮成维吾尔族少女，拍了一组足以以假乱真的照片。我们这些围观的游客都看呆了，莫非她就是传说中从瑶池下凡的仙女？

一个小时后，我们依依不舍地告别天池，继续旅程。途经卡拉麦里野马保护中心，无意中认识、了解了据说比大熊猫还珍贵的普氏野马。这让我从此对这种高贵而又桀骜不驯的生灵格外地关注起来。从新疆回来之后，我还不时地查阅有关资料，为野马的命运忧心……

沿着看不到尽头的、笔直得让司机发疯的一级公路，我们一直向北，向北……

一望无际的沙漠、戈壁滩、盐碱地，偶尔可看见野驴、野马、鹅喉羚孤零零地站在远处。回来后看见报道，我们路过的头天晚上，一头野驴被货柜车撞死，又被无良路人分尸。据说，有人看见一头野驴站在远处，看着死去的同伴，久久不肯离去。不知我们看见的，是不是那只可怜的野驴？问驴间情为何物？直教驴生死相许。兽尤如此，人何以堪！直到今天，旷野中那野驴孤寂的身影，还在我脑子里挥之不去……

最吸引人眼球的是那三千年的胡杨！一片荒凉死寂之中，那一株、两株、三株，甚至是成片成片的胡杨林！在湛蓝的天幕下，灰黄的沙砾中，闪耀着金黄光芒的胡杨林！三千年啊，多么奢侈而又辉煌的生命！三千年啊，一个接近永恒的数字，人间的爱情有你的十分之一，不，三十分之一，就足够了！

我爱旅行，再长再单调的旅程也不觉得乏味，何况大漠那奇绝的景色，不时引起我们的惊叹。有诗为证：

山高路远虽苦辛

逍遥自在好心情

但恨祖宗没充军

不然也做新疆人

下午两点多，我们停在一个小镇，据说这个小镇是近几年因为游客多了才出现的。胡乱吃了点东西，大客车满载着我们的期待，又继续向北，向北……

北屯过后，路两旁的景色逐渐丰富起来。近处，远处，触目是金黄的白杨树，我们一扫旅途劳顿，心情顿时亮丽起来。一致要求师傅停车，大家迫不及待地跑到树林里，与白杨树亲密接触。导游小张笑说，这种景色喀纳斯到处都是，到时你们怕是忙不过来了。

晚上八点，才抵达布尔津。寡人有疾，寡人好吃。我曾经无数次给人描绘过布尔津夜市的风情。前几年我到此一游，曾经留打油诗一首：

> 布尔津县吃烤鱼
>
> 风情独特味道奇
>
> 啤酒几瓶下肚去
>
> 管它南北与东西

一放下行李，忘了旅途辛劳，我们就直奔夜市而去。就着红星二锅头，狗鱼、红鱼、羊杂汤，大快朵颐起来。狗鱼香，红鱼嫩，又香又嫩的是一种类似鲫鱼的黑鱼。可惜我们来得稍晚一些，这个季节有点冷，风又大，刮得人直害怕塑料棚会倒下来。游客依然多，各种鱼的价格好像比前几年贵了不少。我们都有点累，就早早回宾馆了。

从布尔津到喀纳斯贾登裕，大约有三小时车程。从乌鲁木齐一路走来，我们跨越了两大山脉——天山和阿尔泰山。天山只能远眺，天时阴时晴，博格达雪峰偶尔撩开神秘的面纱。一路基本上是穿越古尔班通古特沙漠，所见无非是黄沙与戈壁。可越往阿尔泰走，景色越秀丽。山路曲折蜿蜒，车窗外，似乎有人替我们一一展开一幅幅色彩浓烈的油画！翠绿，深红，金黄，湛蓝，洁白，缥碧，世上有哪一个画家能调出如此鲜艳明快的色块！就是最擅长调色的丹青大师在大自然面前也甘拜下风！我猜，上帝是不是一不小心打翻了颜料库？五颜六色的颜料铺天盖地倾泻而来，最多的是浅黄、深黄、金黄！

到喀纳斯，每个人都手忙脚乱。在美不胜收的自然面前，我们失去了做人的常态。每一个人都如色中饿鬼，贪婪的目光不放过喀纳斯这美妇人的每一寸肌肤，每一个凹凸不平的角落；每一个人都如醉如痴，恨不能成为一个诗人，把最美的最狂热的赞美奉献给她！

喀纳斯，颠覆了我对秋天的理解。"岁去人头白，秋来树叶黄。搔头问黄叶，与尔同悲伤。"（卢纶）——未免太伤感了。"山明水净夜来霜，数树深红出浅黄。"（刘禹锡）——不够热烈。"停车坐爱枫林晚，霜叶红于二月花。"——不够深情。"自古逢秋悲寂寥，我言秋日胜春朝。"（刘禹锡）——不够豪放。就是太白、东坡亲来，又怎能状喀纳斯的美景于万一？

> 喀纳斯湖景色奇
> 一路哇哇和唧唧
> 借得倚天三尺剑
> 劈它一半带回去

太白、东坡喝醉了，躲在哪儿睡大觉没有来，错失如此良辰美景。喀纳斯不能无诗，我只好代他们胡诌了几句。不知我的这几句歪诗，能否表达当时我们欣喜若狂的心情。

月亮湾，卧龙湾，神仙湾，喀纳斯湖，观鱼亭，图瓦村落。在有限的时间里，我们尽可能在每一个景点多逗留一点点时间。

神仙湾的山脚下，小河旁，草甸上，住着一户图瓦人家。木屋上炊烟袅袅，草地上牛羊成群。看得我们半天说不出一句话。什么人多少辈修来的福，竟住在如此仙境，这可是上帝的后花园——普通的神仙根本没资格住的地方啊。我逗导游小张，把你嫁到这家当媳妇，好吗？这小妮子神往地说："好啊！"但她转而又想："好是好，我怕他们身上的羊膻味，咋办？"我连忙说："算了吧，还是跟我们回去吧。"

还记得登观鱼亭的路上吗？团友们一路手牵着手，一路互相照应着，搀扶着。一路争着向对方指点着自己的发现。看！那雪山，那白杨林，那湖水，还有那鱼怪！信不信由你，喀纳斯的天空，到现在还回荡着我们的惊叹声呢！快到山顶的时候，天空突然下起了细雨,我们急忙戴起羽绒帽。小张几次笑我那笨笨的样子。我顾不了许多,一路小跑往山下冲……

雨后的喀纳斯又是一番景象。坐在游船上观赏湖两岸,只觉得神清气爽,湖水碧透,空气清新。淡淡的云雾亲热地缠绕着半山腰金黄的白杨林,活脱脱一幅着色的水墨山水……

冒雨到一户图瓦人家小憩。男主人是一个四十多岁的图瓦汉子,他用一根芦苇秆就能吹出美妙的乐曲,太神奇了。据说能吹出声音的人不多,更不用说吹出乐曲了。

图瓦人的屋子清一色木结构,圆木,尖顶,冬暖夏凉。喀纳斯每年有三个月大雪封山,村民们足不出户,每天靠自酿的酒打发日子。有人担心地问,那他们每天待在家里干吗呀?我戏说:哈哈,瓜娃子,做爱做的事呗!在这么美的地方,不讲人道对不起上帝。真的?太好了!小张脸上露出向往的神情……

> 甜
>
> 图瓦生活比蜜甜
>
> 齐赞叹
>
> 赛似活神仙

晚上八点才回到住处。导游到几家酒店打听,竟订不到一间包房,全被游客占得满满的。我们几个爱喝点小酒的团友只好点好菜,请服务员送到房间。一直折腾到十点才吃上饭。大盘鸡、湖鱼豆腐汤、青菜、一瓶伊力老窖,哈哈,一个别开生面的晚宴开始了。

> 禾木。
>
> 中俄边境的一个小镇。
>
> 神的自留地。

我们无意中闯入了这个美得惊人的地方。

沿途风景已经令人目不暇接。绵延的高山,幽深的峡谷,湍急的河流,茂密的森林,这哪里是在新疆啊,分明是在云贵川的某个名胜。它比九寨沟大气,比黄龙炫丽,比虎跳峡险峻,比香格里拉秀美。在路上,每一个游客已对即将出场的禾木充满了期待。

转过不知多少座山头,一片河谷开阔地,毫无预兆地、如诗如画地、惊心动魄地、气壮山河地展现在无知而又渺小的我们面前。满车的游客连声惊呼。我激动得胸闷,瞪大眼张大嘴一句话也说不出。数百栋图瓦人的木屋散落在草地上。一条清澈见底的小河从村边淙淙流过。抬头望去,白云深处隐约可见高高的雪峰矗立……

最美的还是大片大片的白杨林!那么张扬,那么奢侈,那么耀眼!天宫里掌管颜料的仙子叫什么来着?就叫她赤练仙子吧。

> 赤练仙子最荒唐
> 只认深黄或浅黄
> 手持彩笔挥洒去
> 误将禾木作画场

图瓦人最悠闲。经常可见三五成群的人聚集在一起。就是生意人也不吆喝,爱买不买。泥泞的大路上,小伙子、半大小子,甚至几岁的男孩骑着高头大马呼啸而过。我们找一家路边小店坐下,几个大馒头,一碗羊杂汤,实在在热乎乎,直叫过瘾。

小河景色最美。河床布满了大大小小的石块,大如圆桌,小如握拳。别处的大河向东流,唯独这条小河是向北流的。河水浩浩汤汤,急匆匆地似乎去赶一场约会,莫不是北冰洋在向她招手?我偷偷地(怕人笑我有病呻吟)捡了一片树叶扔下水里,它翻滚着眨眼就不见踪影。它一直向北,向北,漂向甜蜜丰沛的额尔齐斯河,漂向多情浩渺的北冰洋……

我们向对面的名为观景台的高地爬去。爬上高地,整个禾木村景色尽收眼底。一栋栋木屋静卧河谷,四周围似有大师浓抹重彩地横平竖直地画上几笔——还是那耀眼的白杨林!无限风光,赏心悦目,我们坐在椅子上迟迟不愿离去。

返回乌鲁木齐,我们走的是另一条人烟稠密的路,经魔鬼城、克拉玛依、奎屯。辛苦自不必说，但一切艰辛都必定会成为美好的回忆。

> 好山好水好心情
> 春夏秋冬全历经
> 更有美媚长相伴
> 一路欢歌笑不停

经达坂城风力发电站，游交河故城、火焰山、葡萄沟、坎儿井。在寸草不生的火焰山里，竟隐藏着春意盎然、世外桃源般的葡萄沟；竟隐藏着总长达五千里、绵延不绝、汩汩滔滔的地下水力系统。你不能不惊叹人类的生存力，你不能不惊叹人类的创造力。

与我第一次到葡萄沟不同，这次导游带我们到老沟。好一个清凉世界，几公里外，火焰山热气蒸腾，这里却永远是凉风习习。我们寻一小店坐下，主人送上一盆刚摘下的葡萄。那个甜啊，无法用语言形容。

> 葡萄沟里吃葡萄
> 葡萄美女乐陶陶
> 只恨老婆盯得紧
> 不然新疆讨个小

> 大漠风光好奇绝
> 一路颠簸浑不觉
> "莎莎"不见真颜色
> "古丽"一笑已倾国

> 新疆之行真悠闲
> 不打麻将不赌钱
> 美景美人看不够
> 爹妈少生两只眼

新疆之行亚克西
一路欢歌与笑语
敦煌哪堪喀纳比
不爱莎莎爱古丽

新疆美
最美是姑娘
眼若秋波那一转
唇如美酒加蜂糖
笑靥比花香

新疆好
风景旧曾谙
秋去雪花大似斗
春来草原绿如毯
万里把愿还

鹏城豪雨下不停
东西发霉坏心情
而今新疆六日游
葡萄美酒长精神

美女是我的幻想。以上所列的打油诗,大部分是第一次新疆之行与同事之间发信息的游戏之作。当然也表达了我对葡萄沟的礼赞,对新疆的礼赞。现在把它们罗列此处,一是博大家一笑,二是纪念这次新疆之行。

（2008年10月21日—29日）

86

辑二　味道

人间有味空心菜

爱我的人和我爱的人都知道:

铁歌爱吃空心菜!

朋友聚餐,如果让我点菜,我一般脱口而出:空心菜。

小时候常吃空心菜。物资匮乏,加上穷乡僻壤,采买不易。每到春夏之交,青黄不接,一天天盼着刚结果的辣椒、黄瓜、茄子快快长大,有时一天跑几次菜园,一棵苗上结几个果都一清二楚……

这时候,能指望的就数空心菜了。在南方,空心菜跨越春、夏、秋三季,三月到十月,都可栽种。不像茄子、芹菜,只有短短的两三个月。每当家里没菜吃的时候,母亲就喊一句:去,摘一把蓊菜来!我和弟妹几个屁颠屁颠跑向菜园,见肥嫩的就摘,不一会儿,一大把蓊菜就采回来。母亲会细心地洗净、摘好、分开,叶子清炒,梗炒青椒。空心菜、芋头、海带,是我家餐桌上最常见的菜。

这些年,回到老家,父母千方百计买些稀奇珍贵的肉和菜,什么土鸡、熟牛肉,什么红菇、石头菇、木槿花,空心菜反而买得少了。他们哪里知道,儿行千里,最爱吃的,依然是儿时的味道。

几十年来,见惯了这一幕,酒醉饭饱,主人往往环顾四周:要不要再加一个菜?礼让再三,客人不忍拂主人美意,只好说,那就再加一个有叶子的菜吧!的确,一桌山珍海味,如果少了一道有叶子的青菜,如同美女忘记描眉,看着总让人感觉不舒服。这时候,就该空心菜上场了。于是主人再问:加个空心菜,行吧?要怎么做?我窃喜,终于轮到我的至爱了。

蒜蓉清炒空心菜、椒丝腐乳空心菜、炝炒空心菜……其实,怎么做并不重要,重要的是一顿大餐之后,必须有空心菜。此时,如果服务员来一句：对不起，空心菜卖完了。顿时一桌子鸦雀无声、面面相觑，竟然没有空心菜了？！总觉得这顿饭吃得不够完美。

我从来不放过享用空心菜的机会。有一家叫阿腊鱼头粥店，二十年了，我是它的忠实顾客。鱼头粥、鱼腩粥、边翅粥、鱼肚粥可以轮换，但椒丝腐乳空心菜，是次次必点的"头牌"。这家店的空心菜做得好，一是选料精，一根根全是筷子粗细，摆在盘子里整整齐齐、漂漂亮亮；二是口感好，清甜脆嫩，充分满足我对青菜的所有要求。缺点是油多、偏咸，点菜时要提醒厨师少放油盐。去年下半年，传言空心菜含重金属高，同去的朋友建议少吃空心菜。几次之后，既然不点空心菜了，去的次数就少了。不过，据我了解，空心菜并不比别的青菜重金属含量高，我的观点是大可不必担心。

香港旺角有家潮州打冷店，做空心菜是一绝。切成三寸长，高汤里烫熟。细嚼慢咽，既绵软又清爽，似乎一点盐都不放，又似乎百味都在里面。一碗牛腩汤河粉，一小碟清水空心菜，这顿港式午餐，美味又实惠，是我在香港的首选。

空心菜原产我国，但早已远渡重洋，遍布全球，为国争了光。有华人的地方就有中餐馆，有中餐馆的地方就有空心菜。它性喜湿热，低纬度地区多有种植。我爱吃泰国的空心菜，尤其炝炒空心菜，菜味最足。在泰国旅游，不用问，基本上我先定两个菜：冬阴功汤、炝炒空心菜。其余请便，老婆、女儿小组合作探究自主搞定，爱吃啥点啥。

偶然在央视看见一档关于吃文化的节目。三个嘉宾各推荐一道菜，然后由一名演员来表演介绍文学作品中的这道菜，最后由现场观众投票。得票超过80%的菜可以入选"中华美食博物馆"。我看的那一期得票最高的是被誉为川菜中的神品——"开水白菜"。中华美食文化博大精深，让人叹为观止。看似简单的开水白菜，其实背后下足了功夫。烹制它需要十几种原材料、数十道工序、七八个小时，厨师没有一二十年的历练不敢碰这道菜。潮州菜中的凉瓜煲也是如此，端上来的是几块凉瓜、几块肥肉，真正打底的却是用鲍参翅肚熬制的高汤。

我不推崇这种贵族气十足的美食文化。这哪里是"大道至简"？分明是一种暗示、一种炫耀。在我这里，真正的大道至简，就是烧开水、丢一把空心菜，加两个蒜头、一小撮盐。不信您试试？汤里面满满的青菜味、淡淡的蒜香味，比那些所谓名家推荐的"开水白菜"，味道虽然粗鄙乡野，却纯正健康多了。

空心菜是俗称。各地叫法不一，它原名蕹菜，又名藤藤菜、蓊菜、通心菜、无心菜、瓮菜、空筒菜、竹叶菜、节节菜。据说台湾人称蔡英文为"空心菜"，借以讽刺她在两岸关系上光说不练、毫无建树。拿我最喜欢的菜比我不喜欢的人，我感觉就像吞了一只苍蝇，心里很不爽。其实台湾人望文生义，空心菜可不是表面文章，它大有用处。清热解毒、通便防癌、洁齿防龋、降压降糖，既有治病防病之效，又有美容健体之功。

人间有味是清欢。成都盘飧市老店有副对联说得好："百菜还是白菜好，诸肉还是猪肉香。"岁月不永，繁华定落。依我看，无论官居一品、富可敌国，还是布衣百姓、贩夫走卒，到头来，生活就剩三件事：

老婆、孩子、空心菜……

（2017年2月17日）

一半为了冬阴功

　　冬阴功并非一种武功。它是泰国的一道汤名——冬阴功汤。

　　不知咋的，对这种有点酸、有点甜、有点辣的玩意儿，我有点——着迷。

　　十八年前，在泰国芭提雅第一次喝冬阴功汤，觉得味道怪怪的，差点儿一口没吐出来。

　　江西老家不煲老火汤，只会"滚汤"——烧小半锅水加料煮熟即谓汤，时间长则十几分钟，短则几分钟。母亲经常滚三种汤——海带肉片汤、酸菜蛋花汤、茄子汤，我至今爱喝。前两种汤太家常，一说都知道。唯独茄子汤，我也算走南闯北，至今没听有人提起。难道是母亲的发明？把茄子整根洗净，不去皮、不去蒂，蒸熟备用。烧开水后把熟茄子放入，用锅铲划成两三块（不宜太碎，否则不爽口），汤烧热后加盐、味精、葱花（加一点切碎的青椒更佳）即可。汤极清爽，甚至寡淡。此种"菜根香"，虽然潦草，于我而言，不亚于山珍海味。

　　在广东工作、生活二十多年，喝的汤多了去了，什么灵芝、石斛、生熟地、清补凉，什么鸡、鸭、鱼、蛇、老龟汤，各种组合，只有你想不到的，没有做不到的——口味也挑剔了。鱼翅燕窝吃不起，也不怎么喜欢。倒喜欢凉瓜排骨汤、苦笋咸菜大骨汤。有时候想起家乡的味道，还亲自买两条茄子滚汤。

　　还是说说冬阴功汤的那些事儿。有一年冬天，在普吉岛卡伦海滩。作为资深吃货，我对吃天生敏感，很快发现酒店大门右侧有一家小小的泰国菜馆，人不多，价廉味美。连续两天，中午、晚上都来这家店，顿顿必点冬阴功汤，过足了汤瘾。

冬阴功汤被誉为泰国国汤。在泰语中，"冬阴"即为"酸辣"，"功"即为"虾"。相传十八世纪泰国有个华裔国王叫郑信，有一次，他心爱的妃子患病，不思饮食。郑信命厨师想办法。厨师用虾、草菇、香茅、鲜柠檬叶、泰椒、鱼露煲了汤，没想到妃子胃口大开，连喝几碗，病也好了。从此，这种汤从宫廷走向民间，成了泰国人的至爱……后来，也成了我的至爱。

但愁前路无知己，天下有人不识君！原来，这是一碗情汤！莫非老夫是中了情汤的毒？难怪甜、酸、辣诸味兼备，口感丰富、浓郁，一喝令人难忘，再喝令人痴迷！爱情？想起来了，这玩意儿我见过。冬阴功汤，不是爱情的味道却是什么！

"治大国，若烹小鲜"，"治汤"何尝不是如此。水就是水，羹就是羹，汤就是汤。水至清无味，羹至浓不爽。只有汤，若用料、火候恰到好处，则浓淡相宜、五味调和。香草去湿，辣椒提火，海鲜清凉。一锅煲煮，此之谓道法中庸、阴阳和谐。冬阴功汤就是这样一碗"和而不同"的好汤。此汤虽非中华美食，却适合我等中国胃。日本的味噌汤太淡，且放酱油过多，似乎时刻提醒酱油是他们发明的，喝了一肚子不舒服。法国的芝士蘑菇汤太浓，浓情蜜意恰似高卢人的个性，一点不清新不文艺，不过一碗糊涂罢了，这哪里是汤！至于帕劳的蝙蝠汤，纯属猎奇走险像魔幻现实主义，只宜浅尝。

放眼宇宙，除家乡的汤之外，只有冬阴功汤合我心意。柠檬叶、香茅、泰椒刺激味蕾，虾、草菇提升鲜甜。这几样普普通通的东西放一起，可口、去腻、开胃、酸爽，真是绝配。倘若心情好、环境佳、时间宽裕，比如在清迈的那回，一勺一勺，细品慢咽，油而不腻，酸辣有度，唇齿留香，回味无穷。记得那天午后，从清迈大学出来，坐在河边，阳光从树叶间洒落，细碎斑斓，品尝着人间至味，只恨时间过得太快！邓丽君的《小城故事》，或许也有冬阴功的味道？

当然，也有不尽如人意的时候。这次在苏梅岛，女儿网上预订的沙滩年夜饭，因为飞机晚点、苏梅下雨，与酒店商量改在年初一晚间。年三十抵达苏梅，已晚上九点了，只好胡乱找家餐厅，没想到还是人满为患，而且大多是国人。近些年走到哪儿，似乎只有三个人在旅游：两个是中国人，一个是欧美人。我们匆匆坐下，当然少不了冬阴功汤……只听旁边一桌同胞抱怨，太难吃了！我一尝，果然难吃至极，简直暴殄天物！女儿安排的年夜饭，就这样被不合时宜的雨、被劣厨给败坏了。

虽然有这次不愉快的经历，但并不影响我对冬阴功的情有独钟。我还是会向人推荐泰国菜与泰国，尤其是在节假期间。何惧闻者诡笑："男人的天堂？"哈哈，老饕之意，君子之腹，谁能知之？

取次花丛懒回顾，一半为了冬阴功。另一半，是为了有关冬阴功的行走记忆。

（2017年1月29日）

有多少菜，可以重来

——定南酸鸭的回忆

有一道菜，我心心念念了三十多年。

不光我，我的许多大学同学也一直回味着这道菜——定南酸鸭。

今年春节，托定南老同学之福，终于了了再尝酸鸭的心愿。

我的大学生活谈不上美好。更多的是囧。是精神空虚、物质匮乏的苦涩回忆。总结起来，有三大糗事。第一是情窦初开，暗恋不成。这个就不多说了，大家都差不多，鲜有成功的范例。估计有人比我更惨，暗恋n个都折戟沉沙。第二是老担心皮带会断。那个年代，没钱，用不起真皮，系的都是塑料的，易断。曾不止一次皮带裂了没钱买。一个青春期的男孩子，腰上系一根眼看着要断裂的皮带到处晃悠，情何以堪？有一次上体育课，只好腰上系着绳子上课，恨不得找个地洞钻进去。第三，老担心掉鞋底。大家都只有一双鞋。为了保持尊严，那时街上有一种职业：补皮鞋、钉鞋掌。但无论你怎么小心，还是费鞋。有一次买了一双温州产的新皮鞋，没穿几天，下雨，鞋一沾水，底掉了——捡起一看，原来是纸皮糊的。

囧事一箩筐……现在同学之间互相揭老底，主要是拿谁暗恋谁开玩笑。三十年前的伤疤，成了花，成了古董，被反复细细鉴赏。哈哈，别装了，谁没有青春？谁没有回忆？

所幸，平淡中不乏美好。说起来，美好的回忆都跟吃有关。那些偶尔吃肉的日子，全成了记忆中集体的狂欢。

1983年冬，全班同学赴定南、龙南实习。我们六位同学分在定南礼亨中学——坐落在水库大坝下的美丽所在。同组的三位女生

（如花似玉玫瑰般的），其中一位学习委员，一位文艺委员。我在班里年龄偏小，能力也弱，从没有担任过任何职务。可不知咋的，辅导员丁老师却安排我做实习组的组长。我做这个组长，其实是徒有虚名。我好像从未组织过一次会，也从未布置过一次任务。但我干了两件事，至今记忆犹新。一是主编了一份实习快报，以诗歌的形式抒发一些感受，把礼亨吹嘘了一番。结果引得其他实习组同学借机来访（当然是冲着三位美女来的），后果是由我掏钱招待吃午饭。第二件事是骑自行车带领全组同学进了几次城。进城的主要目的是下馆子。这是我第一次享用这道美食——定南酸鸭。

鸡鸭鱼肉，都是家常的食材，只是各地做法不同而已。我老家端午前后时兴仔姜炒鸭。姜要刚出的肥嫩的新姜，鸭子要当年的两斤左右的麻鸭。姜一半，鸭一半，配以生蒜、米椒，猛火爆炒出锅。佐以客家水酒，那滋味，那享受，实在无法说与人知。我到现在还记得端午时节，家乡一个叫上睦门的地方，满大街人们拎着鸭子回家的情景。

如今，定南酸鸭已入选江西省非物质文化遗产名录，属赣南名菜之一。准确的说法应该是定南酸辣白切鸭。这道菜关键有三：一是选料。与仔姜炒鸭一样，得选当年出生的两斤左右的瘦型土鸭——泥鸭。这种鸭肉质鲜、嫩，有嚼头。二是火候。火候不够，鸭子不熟；火候过了又嚼不动，得恰到好处。三是蘸料。要用当地酿的米醋，拌小米辣、蒜蓉、姜末。这是关键，据说有名的店都是自酿米醋。

酸、鲜、辣适度搭配，色、香、味完美组合，对年轻时候的我们是难以抗拒的诱惑。一元钱三两鸭，每次下馆子都点这道菜。实习一个半月，我花了七八十元钱（其中有女同学看我花钱如流水，入不敷出，借我三十元。堂弟刚参加工作，知我困难，寄我四十元。那时一个月工资不过四十元），好像有一半用在吃酸鸭了。

老同学一路领我重返礼亨。水库还在，学校已不复存在，代之以敬老院。那些教室、宿舍都已拆除，只剩一座小水泥桥；汩汩清流，只剩一汪锈迹斑驳的死水。当年，黄昏，桥下，溪边，挤满了高中少年，那几个洗碗浣衣、眼神躲闪又热切的女孩呢……

老同学周到，请定南的几个同学，还有当年我们的指导老师——罗老师作陪，中午设宴款待我们一家。为了保证我们吃到最正宗的酸鸭，老同学特意从一家叫金茂酸鸭店的打包了几份带到酒桌。不等主人谦让，我连连举箸……见我木讷，有位同学缓缓开口：醋，还是当年的醋。鸭子，已不是当年的鸭子。因为酸鸭出名了，销量大了，鸭子未必是本地的泥鸭了……其实，无需解释，我知道，什么都没有改变，改变的是自己，是岁月……

有一道菜，叫岁月。它由时光烹煮。文火慢炖，直到烂熟……

有一道菜，叫青春。它，就该在年轻时狼吞虎咽、恣意挥霍。当你老了，再好的厨师，也不可能回到过去，为我们调制、烹煮那些虽然困顿蹉跎却依然激情燃烧的岁月。

而岁月，一定是你如影随形的敌人。它，再花言巧语，永远不可能是你真心实意的朋友；它，再绚烂夺目，永远不可能是你可以反复享用的——那道菜……

（2017年2月14日）

鸡的那点事儿

小时候不常吃鸡，所以每次吃鸡，几乎都能找到与之相关的美好回忆：要么是逢年过节，要么是外婆来了。那时候就盼着亲戚来，因为母亲肯定要想方设法做几个好菜。外婆来了更是举家欢庆的大喜事。其他亲戚来不一定杀鸡，外婆至，"呼童烹鸡酌白酒，儿女嬉笑牵人衣"。只有一次例外，外婆年纪大了，走不动了，很久没来。我们兄妹几个实在馋鸡吃，心生一计，唆使最小的弟弟抓了一只鸡到小溪里淹死了。父母赶圩回来，我们兄妹几个合伙谎称这只母鸡抱窝，弟弟想让它清醒清醒，不小心弄死了它。不下蛋的母鸡有时也抱窝，一抱窝就更不下蛋了。为了迫使母鸡下蛋，乡下人往往抓了光抱窝不下蛋的母鸡，将它的头浸到水里，逼它醒窝。父母没办法，鸡死不能复生，只好炖了让我们吃了。这是我干过的唯一的一件"偷鸡摸狗"的事儿，而且偷的还是自家的鸡。

难得吃上一回，母亲自然要最大限度地让我们吃饱，让我们回味。所以只有一种吃法，就是炖汤。可以多放水，一只鸡炖一大锅汤，一家人吃个饱饱的。老家炖鸡汤与广东煲鸡汤做法不同。广东煲汤放枸杞、淮山等药材，煲的时间越长越好，主要喝汤，肉糜烂寡淡毫无可取之处。老家的做法是，先把整鸡切块，油锅加生姜，有时也放一些野生香菇，爆炒至半熟，加水，煮沸后文火煮半小时即可。这种炖法的好处是，汤味浓香，鸡肉鲜嫩有嚼头。我喜欢。当然，必须选真正的农家走地鸡才好吃。

而今，鸡成了寻常百姓的家常菜。每到一地，鸡总是要吃的。美国人讲究，据说法律规定，鲜肉必须放冷库冰冻至少六个月才能食用。纽约的鸡便宜，是中餐馆的招牌菜。但不管是烧也好，烤也好，都毫无鸡味，不提也罢。哈尔滨小鸡炖蘑菇，酱油味重，口感一般。但窗外冰天雪地，眼球倒是饱了。杭州西湖的叫花鸡，味道偏甜，徒有虚名，可惜了一湖春色。德州扒鸡是在火车上吃的，一尝后悔，严重破坏了我长久以来对它的期待。

最痛快的一次是吃新疆的大盘鸡。在靠近布尔津的一家农家乐，六七斤重的大公鸡，斩件，加红葱头、山东大蒜、孜然，红锅爆炒。端上来满满一盆，就着伊犁老窖，四个人吃得满头大汗。我硬是把一个老新疆给喝翻了。那一刻，你会觉得，就为了这盆大盘鸡，几千公里的舟车劳顿，也是值得的。

最浪漫的一次，是在泰山脚下吃泰山炒鸡。一农家小院，小两口经营的一小店，一男一女俩孩子在客厅边看电视边写作业。我们不愿坐里面雅间，就在院子里花架下石桌上将就。初秋天气，市内秋老虎闹得欢，此处却夜凉如水。一天星斗，满院花香。今时月是何时月？眼前人为梦中人？恨不能在此地买一握小院，娶个把老婆，生一对儿女，一杯泰山特曲，几本儒道闲书，终老此山。人生至此，夫复何求！至于泰山炒鸡，贵在现杀，味道乏善可陈。山东人做菜也爱放酱油，咸味抢了鲜味，的确不敢恭维。

最放不下的一次，是在贵州龙宫吃土鸡。山风入怀，月色撩人。朋友一行四人，个个欲醉与不醉之间，跌跌撞撞，大笑大闹。我似乎躺在淙淙的小河边睡了几分钟？山乐，水乐，人更乐。乐在与朋友共享山水之乐。一山风月，满腹心事，与鸡何干？

最快乐的是某年阳春三月，油菜花开得正欢。我们几个性情中人，机缘巧合，有了一段在婺源三清山吃土鸡的经历。江湾的小河边，黑瓦，白墙，水缥碧；桃红，柳绿，菜花黄。小炒仔鸡满足口腹之欲，无边春色犒赏倦怠之心。三清山上有两块巨石层叠着，亿万斯年，悬挂于高高的悬崖峭壁之上，像极了两只亲密相拥的壁虎。此景天造，可惜无名。我灵感突来，将其命名为"死了都要爱"。是夜，酒足饭饱（当然少不了土鸡汤）之后，徜徉在三清山山腰的一个无名小镇,天上稀稀拉拉几颗星,地上疯疯癫癫几个人……如今,旅途中许多细节大多遗忘。然而,我们几个只要聚在一起,都津津回味:那里的鸡真好吃!

最热辣的一次,是与妻在重庆小住,慕名到南山一棵树吃泉水鸡。小店依山而建,拾级而上,露天摆满桌椅,浓荫密蔽。选好活鸡,现宰,不到半小时,一大盆热辣辣的就上来了。眼前只见花椒、干辣椒,鸡块倒犹抱琵琶。美中不足的是,仿佛全世界的苍蝇都闻讯赶来赴宴。我和老婆是一边吃鸡一边赶苍蝇,一不小心,手一挥,就有一只苍蝇掉进盆里。不过,那鸡真是好吃,咸、鲜、香、辣、嫩,过舌终生不忘。正当舌头又咸又辣不堪忍受时,上来一大碗鸡杂蚕菜汤,汤几乎不放盐,喝到嘴里格外鲜美。口味地道,安排周到,难怪食客盈门。景致与味道一样美,老饕与苍蝇一样多。

不过,我以为,最善烹鸡的,还属广东人。传统的盐焗鸡、桶皇鸡、湛江白切鸡、客家荷叶蒸鸡,还有最近几年流行的窑鸡与猪肚鸡,哪一样不是让外地人垂涎三尺,赞不绝口?我有一个朋友是成都人,每次来必点白切鸡。此君不仅嗜鸡如命,而且完全不顾形象,把蘸白切鸡的佐料——姜蓉——吃得一干二净。还几次嘱咐我,一定要打听清楚这姜蓉的做法,回去好偷师学艺。嘻嘻,幸好,这鸡,是再也不用偷的了!

我阅历浅,鸡就那点事儿,哈哈,就此打住。

(2010年3月1日)

吃花的日子

赏花，以我的偏见，是一种极小资或者极士大夫的精神活动。一个人年幼无知时，未必懂得花的可爱。在普通人眼里，花的意义，也仅是预示物候变化与季节更替吧？比如桃李花开，意味着春天已至，农人就知道要忙农活了。所谓桃花节李花节，只不过是城里人疗伤或者思乡的借口。由于长在乡下的缘故，花于我，类似林黛玉之于焦大——我从小就不懂得赏花，也不屑于林黛玉爱花葬花的行止。就是现在，我也极少对着一树花发呆。前些年到南京明孝陵旁的梅园，正赶上寒梅盛开的季节，好一片香雪海！同去的女人们一下子年轻了好几十岁，如花蝴蝶一样飞入花丛不见踪影。我们几个粗蠢的男人，只好等在草地上晒太阳。那好像是我唯一一次被赏花的经历吧？

可是对于吃花，我却颇有心得。有好些年，放暑假回到老家，印象中每天都在找吃的。乡下物资匮乏，离最近的市场也有二十里地。父母千方百计变着花样弄些好吃的，我们兄弟也一天到晚想着打牙祭。山上的蘑菇、溪里的鱼虾，虽然鲜美，却不易得到。穷极无聊，我干得最多的事，就是提一个菜篮子满村转。先是把自家菜园子搜刮净尽，然后叔叔、邻居家也搜罗一番。黄瓜、白菜、茄子等家常菜我不爱吃，专拣那些别人瞧不上眼的如红薯叶、南瓜苗、芋荷梗、黄秋葵等。这些近年来才被人们想起的绿色蔬菜，多年前就是我的至爱。最近有几家媒体连篇累牍宣传黄秋葵，说是常吃对男人有好处。二十多年前我家菜园就种了许多。而且我每年都享用许多——哈哈，难怪朋友们都说我做人很男人！

打住，还是说吃花。在吃花方面，本人比较讲究，并非见花就采，采着就吃。比如很多人爱吃的韭菜花，我就嗤之以鼻。我最爱吃三种花。南瓜花适合连梗一起清炒。现在城里人时兴炸了吃，我不喜欢。梗要一根一根把皮撕掉，才嫩。且撕皮还有技巧，折一节，撕一面。好在一二十朵花可以炒一大盘，不费事。就是采花的时候千万要小心，因为种南瓜一般都要搭建花架，花架本身就不牢固，加上天长日久，风吹日晒，大多腐朽。有一次，我就不小心从花架上摔了下来。采花不易，由此可见一斑。可是想想清炒南瓜花那浓烈馥郁的味道，第二天就又忍不住爬上架了。

金针花既可清炒，也可汆汤。火候宜浅，熟了即可。新鲜的金针花，鲜甜、爽口，是蔬中珍品，是大自然对农人的犒赏，可惜不被一般人赏识。农人们往往在菜园临水的一角栽那么三五株，任其疯长，却极少摘来做菜。偶有起得很早的时候，草地上还沾满露水。我一个人踏着鸡啼声，走在乡间小路上。突然间被菜园一角蓬蓬勃勃的金针花所吸引。我不暇细思，卷起裤腿，奔向花丛，一会儿就采了一大堆！金针花，俗称黄花菜。花金黄灿烂，叶修长墨绿，我觉得她应该与高贵的兰花同属。有一年四月的一个周末到丹霞山，悬崖绝壁上处处可见她俏丽的芳姿，乍看以为是兰花，细辨才知是金针。名之曰黄花菜，就像把一个超模叫做金莲一样，不是没品位，就是恶搞。我喜欢吃新鲜的，至于市场上卖的黄花菜干，枯黑如乱草，我是不问津的。俗语"黄花菜都凉了"，比喻应景不及时。但我怀疑应该是"黄花菜都干了"吧？一簇簇鲜艳美丽的花，或含苞，或怒放，正宜采摘，却常常沦落在乡间野地，自生自灭，岂非憾事？

乡下人叫猪糕花的，名字不雅，却最美。南瓜花与金针花，前者藤本，后者草本。猪糕花是木本。如果开在春天，极易被人们误以为是桃花或李花——它的花，色追桃李，白里透红。但它外形繁复，远比桃花和李花硕大、结实、厚重。因为花期短，每年只开一二十天，所以照例不被农人们重视。最多在村头或菜地的一角

101

栽有寥寥几棵。花开花落，村人视而不见，却是我的最爱。村里只有三棵，我一放假就守着，开十朵，我摘十朵；开一树，我摘一树。少则氽汤，多则清炒。怎么折腾都嫩滑清甜。有时，故意几天不去探望，忽一日念起，出门寻去，远远地就看见那一树、一树、又一树的殷切与热烈！在万千翠绿中，灿若云霞，绰如处子，不是神品却是什么？我一直不明白，乡下人为何称其为猪糕花？后来书读多了，才知道她其实有很美的名字。诗经中她叫舜花。文人墨客称她为木槿或者芙蓉花。诗经里说，"有女同车，颜如舜华"，可见其美。李渔叹木槿朝开暮落，花期苦短，韶华易逝，可见其珍。难怪乡人称其为猪糕花，是用极物质的语言，赞它如猪糕般金贵吧？今天若有幸再遇见她，我宁愿守在树下垂涎三尺——就只看她的朝开与暮落——也绝不会再去暴殄天物了。写到此处，忍不住宕开一笔，赋诗一首：

> 最惜年少吃花时，
> 忍将青春付残枝。
> 寄语陌上折花客，
> 不折春天不折诗。

美人如花，花如美人。我以为，花可点缀菜式，然最好不宜以花入肴。如若一定要用花做菜，也要用新鲜刚采摘的，才不至于负了花的期许。做法以氽汤最佳，清炒次之，油炸万万不可。至于晒干了煲汤，则为恶俗；晒干了再油炸，则简直让人忍无可忍！广东人善烹善吃，但也有不少陋习。如喜用晒干的木棉花和霸王花煲汤，就是一件在我看来大煞风景、极其败兴的事。南瓜花、金针花、芙蓉花，一如村姑，一如仕女，一如仙姝。她们充实了我年少时许多空虚的日子。我徘徊徜徉其间，享受劳作之果，满足口腹之欲，美哉快哉，至今回味。

（2010年8月14日）

狗肉这东西

我承认，在吃的方面，我很没出息，偏爱吃那些咸咸辣辣的家常菜，特爱啃一些有味却又没多少肉的东西，如鸡脚鸭脖及香辣小龙虾之类。鱼翅燕窝吃不起，也不感兴趣。我有一个朋友是北京人，嘴叼，讲究，对吃颇有心得。爱吃肉，尤其爱吃烤全羊。我赞不绝口的，他几乎嗤之以鼻；他津津有味的，我基本难以下咽。每次约一块吃饭，我们俩意见总不能一致。先是互相迁就，真坐一块儿，又有一方不满意。我能看出来，他特瞧不起我在吃方面不登大雅之堂的嗜好。只有一点，我们俩意见惊人地一致。就是一入冬，冷空气造访，都不约而同想到请对方吃狗肉。爱吃狗肉，在这一点上，我们俩同样没出息。

从小就爱吃狗肉。我们老家嗜狗肉成风，几乎家家酒馆都以做这道菜招徕顾客。别的地方怕热气，一般冬天吃狗肉。我们那儿即使三伏天也吃。我老家的砂锅狗肉有两大特点，一是选料全国独一：专吃乳狗。小狗出生到满月（四十天），五六斤，最多七八斤重，正好。谁家的母狗养了一窝小狗，早早就捎话给亲朋："等着哈，过几日我家小狗满月，给你送一只打牙祭！"二是做法独特。工序及用料如下：先把狗肉斩件，干锅（不放油）炒至半熟，捞起，用冷水冲洗，去膻味。再红锅（油锅）加料爆炒。料计有桂皮、肉桂、沙姜、八角、陈皮、生姜、蒜头、料酒、干辣椒。料要多，可以说肉一半料一半。佐料中主要是干辣椒。炒熟后，倒入砂锅，加水，文火煨一至两小时。此时，一家煨狗肉，满街飘香。年轻时看电影《少林寺》，里边一和尚偷吃狗肉被发现，和尚分辩"闻到狗肉香，神仙也跳墙"。家乡狗肉号称"五香狗肉"（得名于放了五种香料），那个香，绝对可以用这句话作广告。

　　"狗肉朋友"（大多说"酒肉朋友"）这个词往往用于贬义。其实，在我老家，谁没有与朋友一起共享狗肉的经历？约三五知己，"走，吃狗肉去"，是请人撮一顿最吸引人的用语。被请的人，听到这句话，谁能抵挡得住这五香狗肉的诱惑？二十多年前的一个百无聊赖的冬夜，我们六个单身汉骑着自行车，满大街疯了一样找狗肉店。在只有四五张桌子、墙面漆黑的小酒馆，昏黄的灯光下，喝着滚烫的水酒，吃得浑身冒汗，六个人醉倒了五个！此情此景，至今记忆犹新。每次回老家，朋友们见面，还要把这段历史拿出来晒一番。有一回，从南昌读书回家路过赣州，朋友请我下馆子，记得有一道砂锅狗肉，一块钱一碗，我是连肉带汁一扫而光！以后就再也没有吃过如此美味的狗肉了。去年与同事去三清山，途经景德镇，老同学知我爱吃狗肉，特意买了乐平白切狗肉，驱车八十公里赶来让我们一饱口福。普普通通的狗肉，寄托着何等熨帖浓烈的友情。桂林人称朋友"狗肉"，好朋友叫"老狗"，直白，痛快！正合我意！

　　每到一地，总要打听此地是否吃狗肉。于是又有了许多吃狗肉的经历。贵州安顺的花江狗肉、广西桂林的灵川狗肉、吉林延边的鲜族狗肉，都不止一次品尝过。广东雷州狗肉、紫金狗肉、观澜狗肉，更是每年冬天必享的口福。只要发现一处做得不错，一定呼朋唤友，前去捧场。盐田有一家小店是紫金人开的，店虽小，味道不错，我前后带了二三十个老饕去大快朵颐。但吃来吃去，私下里觉得，贵州的太淡，广西的太油，广东的太干。至于韩国的鲜族狗肉，那也叫狗肉？

　　"狗东西"，在我们老家，也是骂人的话。但是狗肉这东西，实在让我恨不起来。那是因为家乡的狗肉好吃啊，香，辣，过瘾！

（2010年2月28日）

　　（自从家里养狗之后，我家就再也不准吃狗肉了。这篇文章是早先写的，录此存照。阿弥陀佛，罪过罪过！）

"烈霸"与"雄操"
——家乡的水酒

春节回江西赣州老家，吃土菜，喝水酒，不亦乐乎。

水酒，是家乡的叫法，也就是黄酒，三大酿造酒的一种（此外还有葡萄酒、啤酒）。绍兴花雕、广东客家娘酒都属于黄酒一类。主要起养生保健作用，有活血化瘀、强身催乳的功效。客家女人坐月子，用娘酒煮猪脚姜下奶。深圳有些客家餐馆以此道菜招徕顾客。尝过，甜而不腻，味道不错。只是想到它的功效，让人浑身起腻。同样糯米酿造，花雕掺入红糖，所以口感偏甜腻；水酒与客家娘酒较接近，但又不尽相同。客家娘酒讲究药用功效，加一些枸杞红枣之类，有少许药味。还加少许白酒，以增加酒的浓度；我家乡的水酒不添加任何东西，纯糯米土法酿造，专门满足酒鬼所欲，绝对正点。酿法似乎也不复杂。将糯米蒸熟，加适量酒药拌匀，三天发酵、一周左右出酒。高中时有一个调皮的同学，偷偷地在宿舍里就酿出了一大茶缸酒来。要细分起来，水酒也可分成两类：一种叫甜水酒，甜、淡，酒量大的人不爱喝，千杯不醉，胀肚子，不过瘾；一种叫"雄"水酒。"雄"，在这里是"厉害"的意思。顾名思义，这种水酒度数高，霸道，醉人，有的真就"三碗不过岗"。水酒淡或者"雄"，跟酒药有关，也跟酒的后期制作有关。有经验的农人，会在立冬以后开始酿酒，因为此时水质最清冽，酿出的酒最好。将一缸缸的水酒埋在谷糠或油茶果壳里烧火煨热，这样制成的酒叫冬酒，特别有劲、"雄"。旧时老家大户人家把冬酒埋在院子酒窖里，越陈越香，女儿出嫁时才开坛享用，也叫女儿红。前些时罗湖医院有个赣州乡友从老家带来一桶（十斤）冬酒，邀一帮老乡聚饮，那酒真叫"雄"，八个人醉了好几个！

说到酒，当然以白酒（蒸馏酒）最"雄"。但据说蒸馏酒真正流行于宋代，被誉为"浓香鼻祖、酒中泰斗"的泸州老窖，它的顶级产品国窖"1573"，也只有四百多年的历史。而号称中国三大名酒之一的"剑南春"，在唐代已有酿制。相传李白卖了皮袄痛饮此酒，留下"士解金貂""解貂赎酒"的佳话。不过，当时的"剑南春"叫"剑南烧春"，是一种鹅黄蜜酒，与今天的剑南春从酿制到口感都大不相同。北宋苏轼曾经赞誉这种蜜酒"三日开瓮香满域""甘露微浊醍醐清"。这样看来，"李白斗酒诗百篇，长安市上酒家眠"，喝的十有八九也是与我家乡一样的土法酿制的"水酒"。

家乡人夸谁家的酒酿得好、过瘾，叫"雄""烈霸""雄操"。"你叔叔会喝酒，他家的酒烈霸。"每次去我叔叔家，我爸都这样说。

这几个词值得玩味。它们是一组近义词，都是指某种事物或行为厉害、霸道、有劲。如烟和酒，都可说雄、烈霸、雄操。"这种酒56度，烈霸！喝酒就是要喝高度的！""这种烟辣喉，太雄操！"但仔细想来还是有区别。如人的行为，往往就不能用"烈霸"，而只能用"雄"或"雄操"。指责一个人凶、无端发火或态度蛮横："你这么雄操做什么！"两个孩子打架，一方投诉："老师，都怪他，说话太雄操！""雄操"，有时中性，有时又有些贬义。更多的时候用来赞扬人本事大、果敢英雄："《水浒》中我最喜欢花和尚，倒拔垂杨柳、拳打镇关西，雄操！"

"听你外婆说，你外公年轻时好雄操！台下乌miamia（乌压压）一大片，他敢站台上讲话！"我妈经常念叨。我小时候见过外公，印象中是一个干瘦、略有些驼背的老头，我实在无法将他与"雄操"这个词联系起来。"文革"时外公不堪折磨，在牛棚上吊自杀。如此"宁为玉碎、不为瓦全"的性格，岂止"雄操"？！

"烈霸"，刚烈、霸道，人的品行用于拟物，倒也恰到好处。"雄操"，大概是由人的动物性延伸扩展而来的吧？与四川人说的

"雄起"是否有异曲同工之妙？

"雄起"，本是四川方言中的一句俚语。据说1994年在成都的足球甲A联赛中，全兴队主场失利，在场的四万名球迷高呼"雄起"，为球队呐喊助威。从此，"雄起"一词火遍大江南北。在各种竞技场中，观众高呼"雄起"，为运动员加油鼓劲，给人信心与力量。围绕这个词，还产生了两次争议。一是关于发源地问题。重庆球迷和成都球迷都一口咬定这个词发源于自己的家乡。后经权威人士考证，"雄起""生"于重庆，"长"于成都。二是关于雅俗问题。有人说，"雄起"一词与人的动物性有关，不雅。川中文坛泰斗流沙河对此却有独到的见解："雄起乃大雅，对应是雌伏。"

其实，"雄起"用川方言读，朗朗上口、铿锵有力。用普通话念，则远不如"烈霸"与"雄操"大气响亮、掷地有声。不管怎样，"雄起"倒是喊响全国了。而比之更加阳刚的"烈霸"与"雄操"，依然"偏安一隅"，上度娘、查词典，都不见这两个词语的踪影。江西赣州是客家人三大聚居地之一（另两处是广东梅州和福建龙岩），而且据说是客家人南迁的第一站，在语言中保留了相当多的中原古语。这些方言是否是古语中流传下来的？北方方言中还保留了这几个生动的词语吗？我不是语言学家，无意深究，只是突然想到这几个词，觉得有趣，东拉西扯，这几天天气转凉，猫在家里权当"围炉夜话"。

此外，世界三大酿造酒中，葡萄酒、啤酒早已享誉全球。只有黄酒，依然不入大雅之堂。这是否与黄酒至今没有建立严格的质量控制体系有关？作为家乡水酒的忠实拥趸，就此问题，抛砖引玉，就教方家。希望有朝一日，家乡水酒"烈霸"中国、"雄操"全球，不更快哉！

（2010年2月27日，2017年11月20日修改）

蓼茸蒿笋试春盘
——寻找一份"清欢"菜单

细雨斜风作晓寒，
淡烟疏柳媚晴滩。
入淮清洛渐漫漫。

雪沫乳花浮午盏，
蓼茸蒿笋试春盘。
人间有味是清欢。

苏轼的《浣溪沙》，寥寥六句，前五句能记住的人不多。只有最后一句，"人间有味是清欢"，经过台湾作家林清玄的美文《人间有味是清欢》的推广，以至于读书人时不时把这句词挂在嘴边。虽然对于词中"清欢"，未必解得其中"三昧"。

我对这首词发生兴趣，是因为第五句：蓼茸蒿笋试春盘。

作为资深吃货，漫读与晃荡时照例对吃最有兴趣。许多人喜欢苏轼，是因为他能够拿来观照自己——文学家、书法家、词人，只是他的华彩而已。从根本上看，苏轼的一生，可以概括为吃货、情种、落魄书生。绝大多数读书人不也是这三者的结合吗？这就是我们爱苏轼甚于爱欧阳修、王安石、辛弃疾，或者其他诗人的原因。我们一方面怒人构陷、哀其不幸、怜其同病，另一方面又羡慕苏轼的勇气、智慧与才华，他能够一直保持快乐与旷达的心性，细细体会那些逼仄与困厄，并从中咀嚼出幸福的味道。用复旦大学教授王水照、崔铭的话来说，苏轼是智者，他总能"在苦难中超越"。

这已经是"名满天下、谤满天下"的大诗人的第几次贬谪了？

记得有人曾画过一张苏轼的"宦游图",乌台诗案之后,苏轼自京官外放,贬谪,远调,辗转大半个中国。基本上两三年换一个地方,官越做越小,地越走越偏,一直贬至天涯海角。"心似已灰之木,身如不系之舟。问汝平生功业,黄州惠州儋州。"此时,诗人接到朝廷一纸调令,正从湖北黄州团练副使任上,调任河南汝州团练使。前路漫漫,"云横秦岭、雪拥蓝关",不知所之。途经安徽泗州,暂且放下行装,放下那些纷扰与忧虑,抓住羁旅中短暂的愉悦时光,与朋友小憩淮北第一名山——南山,吃农家菜去。

不谈人生吧。还是回到"吃"这个主题上来。苏轼爱吃,每到一地,或呼朋唤友,或亲自操刀,可谓尝尽天下美食。除了著名的"东坡肉"、河豚这类大鱼大肉之外,他的诗文中也涉及一些时蔬。

我很好奇,"蓼茸蒿笋"到底是什么菜?是四种食材吗?难道是水蓼、松茸、茼蒿、春笋?林清玄认为是蓼菜、茼蒿、新笋及野草的嫩芽。王水照认为,"蓼茸"即蓼菜的嫩芽,蒿笋即莴苣笋。也有人认为,蒿笋是茭白。

首先,"茸"肯定不是松茸,因为淮北不产松茸。松茸主产地在川、滇、藏,它对环境要求极高,至今没有人工栽培的先例。且极不易保存,在当时的条件下是无法长途运输保鲜的。松茸这种名贵食材,宋代史籍虽已有记载,但当年苏轼在鄙野乡村农家乐"艳遇"此菌中珍品,显然不可能。

再说莴苣,也称莴笋。晋人葛洪已在其著作中提及莴苣菜。北宋陶谷《清异录》中云:"莴国使者来汉,隋人求得菜种,酬之甚厚,故名千金菜,今莴苣也。"莴国,倭国。莴苣最早产自地中海沿岸,古埃及浮雕上就有它的身影。我国是从日本引种的,而且还被日本人狠狠地敲诈了一笔!

今天莴苣已是寻常食材。深圳餐桌上经常出现的是清炒莴笋丝。四川人喜食莴笋。如果没有青笋(莴笋),就如没有毛肚一样,那就不叫成都火锅。一般火锅店都将青笋去叶、皮，切成寸段，煮个半生熟，口感清甜鲜嫩。有的火锅店（比如成都蜀九香）将其切成大大的薄片，一烫即食，满口爽脆。在北宋，莴笋刚刚引入，贵为"千金菜"，乃达官贵人的盘中物。苏轼在淮北泗县一郊野农家，按理不太可能吃到它。然而，唐代的杜甫不仅喜食莴苣，甚至亲手栽种，他还为此专门写了一首《种莴苣》的诗。这又说明，早在唐代，就已经普遍栽种莴苣了。这就让人糊涂了，"蒿笋"到底是不是莴苣呢？

暂且放下莴苣，有没有可能是茭白呢？茭白、莼菜、鲈鱼并称江南三大美味。相传晋人张翰在洛阳做官，秋天时想起家乡的菰菜（茭白）、莼羹、鲈脍，突然起了乡愁，立马辞官归隐。茭白，在今天江苏武进一带叫做蒿笋。小学语文课本中有一篇《家乡的蒿笋》，一查图片，就是茭白。我老家也有，叫茭笋，长在水塘溪沟里，外表像粗壮的茅草，到了冬天，长出嫩芽，剥开皮，里边露出白白嫩嫩的一节，爱之者称之为"美人腿"。茭笋炒肉，是我记忆中的美味。

但我以为，至此仍然不能断定苏轼词中的"蒿笋"就是茭白。《浣溪沙》作于宋元丰七年（1084）。第二年的春天，也就是短短两三个月后，苏轼回到汴京，根据回忆作《惠崇春江晓景二首》，其一："竹外桃花三两枝，春江水暖鸭先知。蒌蒿满地芦芽短，正是河豚欲上时。"再一次提到"蒿"。这里的"蒌蒿"即芦蒿，又叫藜蒿，这点确切无疑。我觉得既然"蓼茸"是一种蔬菜，那么，从语法的角度，"蓼茸、蒿笋"是并列结构，"蒿笋"也应该是一种而不是两种蔬菜。所以，认为"蒿笋"是"茼蒿""竹笋"的，可以不予采纳。短短两三个月内写到"蒿"，它应该是同一种植物，所以，"蒿笋"也不是莴笋。"蓼茸""蒿笋"，从构词的角度，同是偏正结构。也就是说：蓼茸，就是水蓼的芽；蒿笋，就是蒌蒿的尖。蒿，也就是今天常见的"芦蒿炒腊肉"的芦蒿！它也是汪曾祺的至爱，《大淖记事》里不止一次提到它："蒌蒿是生于水边的野草……加肉炒食极

110

清香。"

至于食用水蓼，恕我见识短浅，莫说品尝，闻所未闻。查阅资料，得知水蓼在各地有许多好听的名字：虞蓼、蔷蓼、泽蓼、辛蓼、辣蓼、水红花、水胡椒、红蓼子草、蓼芽菜、痛骨消。它分布极广，为蓼科一年生草本植物。喜湿耐淹，随泽而生。气味辛辣，有祛风利湿、散淤止痛、解毒消肿、杀虫止痒的功效。

原来，水蓼就是我小时候常见的辣蓼！家乡的河边、溪边、水塘边，到处是一丛丛的辣蓼。我们从未把它当作一道菜，连"打猪草""割鱼草"也弃之不顾。农人有时采来水煮泡脚治疗脚气，也有的晒干燃烧（点燃后覆以稻草形成烟）用来驱蚊。夏天，我们兄弟几个偶尔采一堆辣蓼，在溪边将其捣成浆汁，顺水冲下，因为据说可以药鱼。不知是采的辣蓼不够，还是方法不对（后来知道，配以花生麸饼、生石灰效果更佳），成功的概率并不大。

此物虽贱，来头却不小。《礼记》中已有记载："濡豚，包苦实蓼；濡鸡，醢酱实蓼；濡鱼，卵酱实蓼；濡鳖，醢酱实蓼。"意思是炖猪炖鸡炖鱼炖鳖都要填满蓼。可见上古时蓼是常用的香料。《诗经》中提到蓼，主要有两重含义：一是用它来形容其他植物的长度；二是因为它的辛辣，用它比喻人生"辛苦"——"未堪家多难，予又集于蓼。"（《诗经·小毖》）所以，古诗中常用水蓼象征"离愁"。五代李煜有词云："莫更留连好归去，露华凄冷蓼花愁。"五代冯延巳有词云："梧桐落，蓼花秋。烟初冷，雨才收，萧条风物正堪愁。"宋晏几道有词云："莲叶雨，蓼花风。秋恨几枝红。"可见，蓼与古人的生活，包括精神生活密切相关。

至少在明代以前，古人栽种水蓼，把它当作蔬菜、香料、药材。李时珍《本草纲目》记载："古人种蓼为蔬，收子入药。故《礼记》烹鸡豚鱼鳖，皆实蓼于腹中，而和羹脍，亦须切蓼也。后世饮食不用，人亦不复栽，惟造酒曲者用其汁耳。"辣蓼古人不仅直接食用，还用它去腥提香，其作用后世被姜所取代。还用它制作酒曲，是传统绍兴酒药的重要配方成分之一。不知何时，也不知何故，蓼逐渐退出了国人的餐桌（只在个别地区特别是少数民族地区保留了食用的传统，如广东龙川客家的"鱼生蓼"、贵州苗家的酸汤鱼），以至于今天我们只能在文献和诗中体会它的味道。

水蓼一年四季都有，一般在三月中下旬至四月中上旬开始发芽，四月下旬开始疯长，每天可长1~3公分。此时采摘最鲜嫩。苏轼途经安徽泗州已是十二月二十四日，所吃的蓼茸，说是水蓼的嫩芽，是诗人的夸赞，极言蓼茎之嫩。我觉得应该是茎叶。此时不是采食水蓼的最佳时节。如果四五月间采摘，那才是最鲜美多汁的嫩芽。

至此，"蓼茸蒿笋"究竟是什么菜蔬，我以为，这已经不重要了。重要的是我终于明白，东坡先生所欲非吃，因为所谓"蓼茸蒿笋"，都是当时再寻常不过的食蔬。他所说的"清欢"，也就是我们常挂在嘴边的"简单生活"。林清玄云："生在这个时代，眼要清欢，找不到青山绿水；耳要清欢，找不到宁静和谐；鼻要清欢，找不到新鲜空气；舌要清欢，找不到蓼茸蒿笋；身要清欢，找不到清凉净土；意要清欢，找不到智慧明心。"其实，如果以此为"清欢"的标准，人生何处无"清欢"？只要嚼得菜根香，人生处处是"清欢"！

虽然已经逐渐沦落为中年"油腻男"，但并不妨碍我对"人间有味"、对"清欢"生活的向往。我决定了，退休后的第一个春天，回老家小住，亲自动手采新鲜水蓼，并晒干一部分备用。制作"东坡菜谱"之"清欢·水蓼"系列：清炒蓼茸、水蓼炖鲫鱼、水蓼鸭肝汤、土鸡蒸水蓼、红烧水蓼甲鱼、烤水蓼草鱼、水蓼焖鸭……

哈哈，我还打算用晒干的水蓼泡酒。喝水蓼酒，吃"清欢·水蓼"系列菜。菜名我都想好了，就缺一个高厨。"噫，微斯人，吾谁与归？""呦呦鹿鸣，食野之蒿""参差水蓼，左右采之"……罢了，嘴里念着"清欢"，心里惦着的却是酒、鸡鸭鱼肉等"人间百味"。

还是等待来年，心底澄澈后，找我"寤寐求之"的"清欢"去吧！

何谓"清欢"？睡到自然醒，溪边遇水蓼。参差复参差，左右芼水蓼。芒鞋青竹杖，处处采水蓼。乳花浮午盏，农家试水蓼。小舟从此逝，一心觅水蓼……

（2017年11月22日）

冬笋"变脸"

周末约弟妹陪父母在紫金团聚,泡温泉、吃土菜,时间短,亲情长。

弟妹从江西老家来,问,想吃什么?我脱口而出,带几只冬笋。

其实不说也知道。每年冬笋当季,我是一定要尝鲜的。不光自己吃,也推荐给朋友们吃。有一年冬天,弟弟从老家捎来一百斤冬笋,我把它分成十几份,送与"酒肉朋友"。几天后一问,有的说"不会做,扔了",有的说"煮了,此等野菜,不好吃"。心痛之余,我明白了一个道理,美食之美,在于人。圣贤说"己所不欲,勿施于人",其实,"己所欲,亦勿施于人"。向焦大推荐林黛玉,向林黛玉推荐泰森,不是焦大有病,就是林黛玉有病。

我爱之,谓之山珍;人厌之,谓之野菜。从此,我不再与人分享冬笋,以免"暴殄天物"。而且暗定规矩,不可与比我年长的人分享冬笋,也不可与比我年幼的人分享冬笋。与我同龄的?算了吧,也没几个人懂得笋之味。总之,慎重与人分享。更多时候,我得习惯抱怨,而不是分享。比如,我得说,冬笋不好吃。听者十有八九附和:"对,不好吃,涩。我也不喜欢。"不是所有的快乐都能与人言的。刘德华有一首歌叫《独自去偷欢》,我对于笋,何尝不是如此?

从紫金回来,朋友圈约吃饭,我谎说,不行,太忙,一个星期都有约。我要留足时间,吃笋。六只笋,每天一只,晚上一个人吃不完(太太是城里人,不屑与我用土菜),有时中午也回来,就是为了吃这一口鲜。

不同的人,对美食的体验不同;不同的时代,对美食的体验亦不同。

“宁可食无肉，不可居无竹。无肉令人瘦，无竹令人俗。”吃肉关乎肥瘦，其实，吃笋也关乎肥瘦。笋刮油，吃多了难受。我一个小学老师曾经说过一段辛酸故事。上高中时家里穷，一周只能带半斤米、几斤红薯，抓一把米几个薯煮粥胡乱喝了，每天饿得前胸贴后背，见什么都想啃几口。老师母亲是赣州下放知青，不懂得冬笋只能浅尝，却不能填饱肚子。冬天，米、薯不足，只能“瓜菜代”，有时让儿子带些冬笋充饥，结果越吃越饿。老师说，那种“搜肠刮肚”“翻江倒海”的滋味，永生难忘。从此见到笋都想吐……印象中，父母、乡亲似乎都不喜欢吃笋。乡下酒席中有一道菜——笋丝炒肉，往往肉挑着吃完了，剩下笋丝。本来肚子里油水就少，几片笋下肚，那肚子里空落落的滋味，的确不好受。

小时候，挖冬笋比吃冬笋有趣。春笋长得快，一两天就蹿得老高，半个月就长成竹子模样。你只要静静听，春天竹林里真能捕捉到竹子拔节生长的声音。春笋又老又涩，山民们一般不吃春笋，有时拗来煮熟晒干卖给城里人。冬笋比春笋甜嫩。挖时需深翻竹子周围的泥土，据说有利于竹子的生长。冬天农闲时节，山民们采挖冬笋，既可做青黄不接时餐桌上的时蔬，又可卖了贴补家用。然而挖冬笋是技术活，它躲在地下，不容易获得，需要练就“火眼金睛”，才能找出冬笋藏身的“蛛丝马迹”。我笨，加上运气也不好，次次空手而归。倒是几个堂弟机灵，不一会儿就能收获满满。他们大方，回家时扔两三个给我，充作我的“劳动果实”。我兴高采烈地带回家，母亲却愁眉苦脸，没有肉又少油，巧妇也难为无油之炊啊！干脆蒸熟切片，蘸自家做的豆腐乳汁吃吧……母亲的一个小小的“发明创造”，没想到却成了我几十年后的念想。

吃笋是否关乎雅俗，苏子未能明示。苏子喜食笋，却是事实。他留下的诗词中，有近四十首提到笋。“老翁七十自腰镰，惭愧春山笋蕨甜”“长江绕郭知鱼美，好竹连山觉笋香”，苏子赞笋甜笋香，食笋爱笋，可见一斑。

然而，"人间有味是清欢"，"清欢"，往往是士大夫的专利。特殊年代里，老百姓却无此雅兴，几乎"谈笋色变"，弃之如敝屣。笋从当年的"糟粕"，"变脸"成了今天的"山珍"，还得拜改革开放所赐，人们口袋充盈、味觉精细、餐桌丰富了。

怎么吃笋，袁枚《随园食单》里"炒肉片""笋煨火肉"，笋都是主角，可见笋是当年士大夫餐桌上的佳肴。笋与猪肉是最佳搭档，尤其用介于肥瘦之间的五花肉炒笋片，笋去油腻，肉增笋香，简直绝配。在美食家的眼里，笋既可作配角，亦常作主角；既能调百味，又能保持自己甜香的独特魅力。

我个人的经验，只要是冬笋，怎么做都好吃。油焖，爆炒；冬笋炒肉，肉炒冬笋——随你折腾，都笋味十足，"新鲜的泥土气息"，不信你吃不出来。

我最喜欢的做法：将一只冬笋剥了，分三段切开，笋尖、笋身、笋兜，五分钟蒸熟，去涩味，备用。笋身取片，炒五花肉；笋兜老，切块煨排骨汤。不用说滋味，想想都知道。

至于笋尖，蒸熟后切成一片片，蘸豆腐乳汁。母亲不经意的发明，最大限度地保留了笋的原汁原味，又结合了豆腐乳汁的精华，清甜咸香绵柔脆爽，这种舌尖上的美味，不尝一下，我都替你惋惜。

霉豆腐乳，选用紫金的客家腐乳即可。如果吃辣，就选用江西赣州的红糝霉豆腐乳。我当然喜欢后者。

年纪大了，许多咸咸辣辣的爱好都逐渐抛下，唯独冬笋片蘸霉豆腐乳，这种美食记忆，深藏心底。前段时间，早上上班前，老妈问我，晚上想吃什么菜？我随口说，买点冬笋吧，蘸豆腐乳吃。数次之后，老太太忍不住问我，你怎么喜欢这样吃笋？

我纳闷，这不是小时候家里常吃的吗？是老妈忘了，还是我记错了？这几天老太太回江西老家了，我只好自己动手剥冬笋，蒸熟，切片，蘸豆腐乳下酒……

　　虽然苏轼、袁枚都留下了关于吃笋的诸多心得,但他们谈得太文艺雅致,总觉得关于冬笋,不止甜香,还兼有百味。更何况,冬笋片蘸豆腐乳,这种雪沾红梅的雅致,两位美食家竟然都未提及,这种缺憾,岂能不补? 至于冬笋"变脸",在我,一颗嗜笋爱笋的心,却从未改变。

(2018年1月18日)

"翻转"萝卜

一

对萝卜的态度，就是对人生的态度。

走遍千山万水，信丰萝卜最美。尤其是桃江河边沙坝产的萝卜，个大、心实、汁多、肉嫩、味甜，比北京心里美、上海小红萝卜，不知要好吃多少。制成萝卜干，行销全国，远销海外，是江西名优农产品。

信丰萝卜饺，江西名小吃。在外的游子急着回家过年，心心念念的就有它。"舌尖上的中国"摄制组不去录它，是全国人民的损失。北方饺子粗犷豪放，只可充饥；信丰萝卜饺丰富细腻，适合品味。皮用红薯粉制成，馅是猪肉萝卜馅。用铺上松针的蒸笼大火蒸熟，热腾腾的蒸饺，配一碗猪肝汤，皮薄汤鲜，唇齿留香，人间至味，不过如此。

然而，当年我对萝卜却曾经心生厌倦。记得在桃江河边读高中时，一个月五元钱伙食费（米自带）。餐餐青菜萝卜，月底加一次餐，猪肉焖萝卜。轮到"加餐"这一天，同学们个个早早地就守在桌边，瞪大眼睛看着分菜的那个同学。他的一举一动，牵动着每个人的心。他手一抖，我们心一抖——这一抖，意味着又一块肉掉下去了。能分上一块煮碎的肉就不错了，最惨的是光剩下萝卜。我的记忆中，所谓"加餐"，就是萝卜块里多了一点点肉的味道。分肉的同学如果暗恋谁，绝对几块红烧肉就能搞定。我大概是没跟班上生活委员搞好关系，一次分菜的机会没捞着，所以高中时也就没有故事。如今同学之间说起这些前尘往事，还是满嘴的萝

118

卜味儿……

萝卜、红薯、芋头，老家三大"土"，陪伴我们度过了漫长的青少年时期。到现在我还对所谓的绿色健康食品心怀畏惧，因为它们对我的胃"伤害"太深。不知何故，对萝卜，我却从厌到爱，且越来越爱，似乎吃它千遍也不厌倦。

老话讲："娶妻要娶客家妹，嫁郎要嫁江西郎。"江西人尤其是赣州信丰人聪明能干，吃苦耐劳，勤俭节约，可以把普普通通的萝卜烹饪成百味。煎、炒、蒸、煮、腌、晒，萝卜饺、萝卜蒸糕、萝卜米粿、烫皮卷萝卜、萝卜丸子……更重要的是江西男人懂得疼女人。一根萝卜，可以对付一年四季、一日三餐，把清苦的日子过得有滋有味。早上萝卜干下粥，中午辣椒炒萝卜片、炒萝卜苗（腌制的萝卜苗风味更佳）下饭，晚上萝卜块烧肉——自己吃萝卜下酒，看着女人吃肉。

我现在几天不吃萝卜，就会日思夜想。我不仅经常买萝卜，而且变着花样吃萝卜。

前几天妹妹从老家捎来三个萝卜，我亲自下厨，萝卜块炖猪蹄，清炒萝卜片，那晚上吃饱了一肚子萝卜。时不时能吃上家乡萝卜，就是享受。

人生有时就是这样，年轻时不懂珍惜，太随性，不把"萝卜"当回事；年纪大了，知道珍惜了，"萝卜"便也宝贵起来。

二

"冬吃萝卜夏吃姜"，这话听多了。

冬天青黄不接，萝卜是应季时蔬。苏东坡有诗云："秋来霜露满东园，芦菔生儿芥有孙。""芦菔"即萝卜。足以证明"冬吃萝卜"之说，古已有之。

秋冬适合进补。屋外天寒地冻，屋内围炉吃肉，或火锅，或红焖，大块吃肉，大碗喝酒，大快朵颐，是所有老饕的向往。

肉吃多了腹胀，这时候就该萝卜登场了。不管是涮牛羊肉，还是焖牛羊肉，最后亮相的总是萝卜。消食去腻，非它莫属。何况此物既能吸收牛羊肉的浓郁，又能保持自身的清爽，广大食客不爱才怪。

如今，一年四季都能吃萝卜了。栽培技术的进步，交通运输的便捷，不必辛苦等到秋冬才能尝鲜。每到菜场，我的眼睛会不由自主地被那些白嫩嫩、脆生生的大萝卜吸引。忍不住挑两个萝卜回家，放在冰箱备用。

百吃不厌的是，凉拌萝卜。萝卜切成丝，本地芹菜茎（千万不要扔掉根！），开水中焯一下捞出，少许盐、白糖、酱油、麻油、热油，少许指天椒圈，少许海蜇皮，拌匀。这盘凉拌萝卜丝，是餐桌上的一盘"小清新"。比之北方人爱吃的拍黄瓜，荤素搭配，香甜可口，是大鱼大肉后的上上选择。每次上桌，先是引起一阵赞叹，紧接着风卷残云，片甲不留。美食家汪曾祺也曾亲手制作凉拌萝卜丝这道家常菜，只不过他选用的是"扬花萝卜"（小红水萝卜），而且他老人家喜欢加醋。

我喜欢那种更简单、更家常的做法。萝卜去皮（皮不要丢掉）、切片，加青椒、蒜苗，大火清炒。三分钟出锅，半生不熟，萝卜味最足，口感最好。

我还珍藏着一种更仔细的吃法，今天豁出去了，一并拿出来晒晒。买萝卜时，选蒂上苗多的那个，或者干脆厚着脸皮向商贩讨来那些丢弃的萝卜苗。将萝卜苗洗净切成寸段，与萝卜皮一起入锅爆炒。这种用食材的边角料做的菜，带给人不一样的惊喜，仿佛旅游时去了一个大景点，旅行社附送了一个小景点。萝卜皮爽脆，萝卜苗略带苦味，是一盘爽口开胃的小菜。

少年时不吃萝卜光拣肉，如今，光吃萝卜不吃肉。自己爱吃萝卜也就算了，还动不动拿萝卜说事儿。萝卜的背后，也就是中年"油腻男"的成长史。想当年,嘴里盼油腻,心里清且淡;现如今,嘴里清淡了,心里却"油腻"。"翻转"萝卜,颠覆的岂止是胃口,颠覆的是人生。

（2018年1月19日）

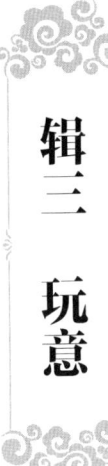

辑三　玩意

石头记

关于一块石头的狂想

它看起来像块瓷片，然而，这可不是一块瓷片；它是一块石头，而且，它还不是一块普通的石头。它是来自内蒙古阿拉善沙漠里的一块戈壁石。它外表呈亚光暗黄色，极其细腻光滑，在灯光下，散发出柔和而高贵的光芒……

人们知道戈壁石的历史也就一二十年。作为一种奇石界的新宠，它有着不平凡的出身。几亿年前，内蒙古还是一片汪洋大海。在印度板块与喜马拉雅板块的相互作用下，大陆抬升、隆起，海水消退，内蒙古地区逐渐远离大洋。在这个过程中，火山爆发，富含矿物质的泥浆喷涌而出，挤压、堆积，在重力作用下形成石头。大陆持续升高，蒙古高原诞生。尘土飞扬，黄沙吹尽，这些石头终于暴露在地表——内蒙古阿拉善沙漠荒凉的戈壁滩上——经过亿万年日曝风砺，去粗取精，去伪存真，留下最坚硬最精华的部分——戈壁石摩氏硬度在6~7之间。由于戈壁极度干燥缺水，一旦遇雨水或地下水，这些石头拼命吸收蕴含铁、锰元素的水分，形成了我们现在看见的外表独一无二、如涂上一层漆的戈壁石——人们形象地称之为沙漠漆。

地老天荒，沧海桑田，亿万斯年，这块石头，静静地躺在戈壁滩上，埋没于漫漫黄沙，忍受着极度的冷落与寂寞，忍受着大自然严酷的锻造、锤炼与磨砺。静静守候，静待花开，只为了与有缘人的一场邂逅与约会。张骞走过，班超走过，王维走过，成吉思汗走过，无数次西出阳关、踏上丝路的驼队走过，都没有在它身边停下匆匆的脚步……直到有一天，一个手持套马杆的叫巴图的汉子追踪野马路过此地，发现了这块奇石，俯下身子，捡起了它，把它作为定情信物送给了心爱的姑娘——沁达莫妮其其格。姑娘试着在它身上钻孔穿绳以便日夜随身携带，可惜没有成功，因此它身上留下了一个浅浅的孔洞。有几次一不小心石头跌落烧烤羊肉的火堆，因此它身上又有了火炙的痕迹。沁达莫妮其其格老了，不肖孙子趁其不备，将它卖了换了酒钱……

几易其手，几经周折，终于明珠暗投，被我收入囊中。在一堆石头中，我选中了它，是因为它的平凡与不平凡。它既没有翡翠、羊脂玉那般妩媚，浑身闪着温润的妖色；也不像钻石那般跋扈，整日炫着刺目的贼光。粗看根本就不是一块奇石，倒像是一块破碎的瓷片。但它身上的贵族气质吸引了我——饱经风霜，历久弥坚。不耀眼，不张扬，不邀功恃宠。如果你慧眼识珠，一定可以看出它非凡的身世。它不完美，如果你喜欢象形奇石，那你会失望，因为它谁也不像。而且，它身上还有裂痕！你可以看出在一次次狂风肆虐或火山爆发中它所经受的一切！它身上那一个小孔，里面塞满了一颗类似芝麻的碳化了的东西，如果不是沁达莫妮其其格的"杰作"，就是在一次猛烈的碰撞中被扎进一根硬物——我猜，是一根海柳的尖刺，抑或是鲨鱼的利牙？

岁月变迁，斗转星移，一块小小的石头，就是一部时间简史。机缘巧合，此刻，它躺在我的手中。我小心抚摸着它的伤与痛，静静感悟着它的笃定与恒久。举起细闻，隐约飘来烤羊肉与奶茶的味道；侧耳倾听，仿佛听到飞沙走石与金戈铁马的声音……我能为它做点什么呢？它像一块拓片，我能与它合作，在它上面刻字吗？刻什么字呢？就刻上人生导师——庄子的话吧："蹄踏霜雪"，或者"野马矣，尘埃矣，生物之以息相吹也。天之苍苍，其正色邪？其远而无所至极邪？"女儿刚来电话，咨我以处世之道。要不就刻上诸葛先生《诫子书》里的"静以修身，俭以养德"示之……还是简单点吧，让我给它取个名字，刻上我最喜爱的汉字：静。从今以后，我要把它带在身边，时刻提醒自己，就像这块石头，不管经历什么，也不管经历多久，不要忘记初衷：静。在我心中，静是最强大、最永恒的爱与力量。静以明志，静以致远。这块名叫"静"的石头，就是最好的明证，也是上天赐我的最好的礼物。

石不能言石能言，石亦无情石有情。真好，我遇到了一块亲切的石头、神奇的石头，可以陪我度过终于到来的寒冬，陪我走过终将谢幕的人生……好了，夜深人静，就写到这，让思绪恢复平静。心持静念，手握静石，伴我入静……

（2017年1月16日凌晨）

淘石记乐

"花如解语还多事，石不能言最可人。"玩石之乐，自古有之。白居易、苏东坡都爱石成癖。米芾更是号称石痴。玩石之乐，乐在石使室雅，石使品高，"奇石韵高非令色，老松皮脱见真心"。书读了几本，自然就爱附庸风雅。手头只有几块拿不出手的小石头，一直想着淘一块稍微有分量的，摆在书房案头，凑凑数，装装门面，也往高雅处努努力。老夫无能，玩不起人，更玩不过人，只好玩玩石头，自得其乐，乐在其中。玩石之乐，还在于淘的过程。做惯了菜鸟，交够了学费，有一天咸鱼翻身，淘得心爱之物，终于"吹尽狂沙始到金"，个中喜乐，"春风得意马蹄疾"，不过如此。

可是，几年下来，也没淘得一块称心如意的。才明白，这年头，原来石头也不是好玩的啊。倒不是市场上没有精品，看上了的要不囊中羞涩，下不了手；要不见识短浅，无法判定真假优劣。

前几天闲来无事，又一次逛一家石馆，老板推荐几块太湖石、灵璧石，都是好东西，有些心动。睃巡之余，发现角落里摆着两块石头，一黑一黄，高不过尺许，正是我心仪的款。抱近细瞧，泛着幽光，分明是两块老物件。"平生爱奇石，如见古君子。"心头一喜，如晤老友，又如现实中邂逅荧屏资深美人。乐见之，心痒之，又不敢造次。黑色的那块刻有"云状"二字，款识为"小松"；黄色的那块刻有"灵岫"二字，署名为"芝堂"。老板知道我几次来，只是看看、摸摸、问问，从不出手。但生意惨淡，乐得有人可以卖弄。不待我细问，轻描淡写地说，这两块石头时间都不长，最多民国的东西，绝对上不了晚清。小文人玩过的，没什么名气，网上也查不到。你看落款的书法、刻功也一般。真正的好东西是这块，林则徐的款。还有那块，齐白石玩过的……

名家的东西，不是我的菜，我只有赞叹的份儿。倒是对黑黄二石，既神往又心存疑虑。这两块灵璧石，包浆厚重，无论是石头还是底座，都留下了浓浓的岁月的痕迹。那种资深美人的沧桑感，即使涂上再多脂粉，也难以掩藏。我这人恋旧，看着格外自然、舒心、畅意。是不是超过民国不敢说，但应该是老东西。

再说款识，笔力遒劲，刀法浑厚，绝非一般人所为。马上掏出手机搜索两个名号，的确查无此人。

不管怎样，这两块灵璧石实属佳品，尤其喜欢黑色的那块，看似云，又若猿，还如山。"案头山水，胸中丘壑"，引人无限遐想。如若置于书桌，不时目之、抚之，赏心悦目，怡情养性。我按捺住喜悦，皱眉讨价还价半天。终于以一个可以接受的低价购得"云状"。

晚上回到家，毕竟是别人玩过的东西，用水清洗、干布抹净（中空处滴落泥沙若干，蝇尸一只），越来越觉得物超所值。查无出处？心有不甘。是不是方法不对？我尝试着几个字颠倒着各种自主探究与度娘合作。果不其然！如果直接输入"小松"，一无所获。输入"号小松"，哇噻！小松，原名黄易，清中期篆刻家、书法家，西泠八家之一。书法最精隶书，结体参钟鼎法。篆刻"小心落墨，大胆奏刀"，再细品"云状"二字，果然拙中见巧，颇为古雅……

岂止民国？何止晚清？原来是两百多年前的玩意儿！哥以为"捡漏"只是传说，现实中哪有这么好的事，今天却实实在在的被我偶遇了。

不过话说回来，人家老板说得也没错，西泠八家确实是一群"小文人"，这东西充其量也不过万儿八千的。捡了个小漏，发不了大财。只是为自己眼力有所长进而喜。一辈子被别人赚便宜，好不容易赚一回别人的便宜，说明心眼也有所长进，更是可喜可贺！哈哈，独乐乐不如与人乐，偷着乐不如敞开了乐。有人偷个人都要写日记留住快乐，何况淘石乎？如果哪位高人，知道"芝堂"是谁，告诉我，赶明儿我把"灵岫"也便宜了搬回家，岂不乐上加乐？

"爱此一奇石，玲珑出自然。肯将据己有，何吝买米钱！"前两句是曹雪芹的诗，后两句本人续貂。淘石之乐，此乐无穷。是为记。

（2017年1月18日）

一条"鱼"引发的思考

——由电影《美人鱼》想到的

电影《美人鱼》火了。

据说票房有望冲三十亿,已荣登史上最卖座国产影片的宝座。前几天,我也凑热闹去看了。说实话,感觉还不错,周围不时传来一阵阵笑声。

影片延续了星爷无厘头搞笑的风格。观众能从一些桥段中得到快乐,是这部电影成功的主要因素之一。但现在的观众显然不像二十年前那么好忽悠,无厘头未必会引起如此广泛的共鸣。这部电影之所以获得票房与点赞,与故事探讨了一个关于鱼的严肃的主题不无关系。

人类对金钱的贪欲,无休止地掠夺、破坏自然,导致人与自然的矛盾日益加剧。一个暴发户,在与"美人鱼"的交往中良心未泯,认识到纯真的女孩与珍稀海洋生物"美人鱼"的稀缺、珍贵与美好,并且与"美人鱼"产生了真正的爱情。王子与灰姑娘的故事、绿色环境的主题,看得过瘾,发人深省,既荒诞又现实,既现实又浪漫。加上实力派邓超、话题女星张雨绮、新晋女星林允的表演,加上不错的特效制作,这就难怪能把年轻观众从电脑前、手机里吸引过来,拉进电影院。

一部电影要获得票房,导演必须学会"逗你玩":一些噱头,一些话题(如张雨绮那句隔空牢骚),再作思考状(毕竟进电影院的可能有一半以上是本科毕业生)。让人笑得出来,又让人笑不出来。让人感觉时而轻松,时而沉重。把观众的一颗敏感而又脆弱的小心脏逗引得如同坐过山车,忽上忽下,忽左忽右——这就是国产电影的"成功学"。

我不懂如何去评价一部电影。让我好奇的是，一个在现实中显然不可能发生的故事，为什么会让观众们如醉如痴？且不说人与美人鱼相爱（允许科幻，不必较真），就说一个土豪，突然良心发现，甘愿抛弃一切，视金钱与美色如粪土，甚至冒着生命危险，去追求所谓的爱情与环保，在现实生活中，这种人这种事，不是比在深南大道上遇见恐龙概率还低吗？

问题恐怕就在这里。大多数稍有理性的观众，显然不相信这么一个荒诞的故事，可是我们又情愿暂时失去理性，掏出真金白银去热捧它。这绝对不是我们的智商有问题！而是反映了我们对环境问题的高度认同，以及我们对生存环境恶化的恐惧，以及我们对改善生存环境的热切渴望！

当我们呼吸不到清洁的空气，喝不到干净的水，吃不到放心的食物……请问，我们还能做什么？大家只有一窝蜂跑到电影院去，看一部无厘头的贺岁片，希望出现一个良心觉醒的土豪，"救救我们，阿门！"

其实，谁都知道，"土豪"是不靠谱的。"美人鱼"也不靠谱，因为根本就没有美人鱼。

最近，我在马来西亚看到一朵花，据说是世界上最大的花，直径有八十公分。让人很不爽的是，为了看这朵花，我花了三十马币，折合人民币达五十元。导游解释，因为只有这一朵，而且，花期只有四天。这种花不能培育，不知何时开花，完全在自然状态下生长。你们此行能亲眼目睹它盛开，是缘分更是幸运……同行的中年游客问导游，能不能买一朵花带回家？能不能买一朵干枯的花瓣带回家煲汤？

天啊，亏他想得出来！此时此刻，可能全世界只有一朵的大王花！也亏星爷想得出来……所以，根本的问题是人性的贪婪。"看见金子，占有金子……"（巴尔扎克）在当下，葛朗台式的人物还少吗？我们解决了生存的问题、温饱的问题、小康的问题，甚至富裕的问题。但是，我们没有解决好人性中贪婪的问题。《美人鱼》告诉我们：此非鱼也，欲也。但它非但没有开出解决人性问题的药方，却把丑陋的人性演绎得淋漓尽致。"土豪"觉醒了，意识到了不能毁掉海洋生态，他的一系列疯狂的举措，出发点不是把"美人鱼"放归大海，而是把她娶回家去加以"保护"——可是，"土豪"和"票房"想到没有，这种行为，不但"美人鱼"没有待在该待的地方（建议结尾改成悲剧，"土豪"死后变成海洋中的一尾美人鱼，与真正的"美人鱼"相亲相爱，共度余生……结尾时响起唯美的音乐），相反，又引发了另一种社会生态危机呢？！

参观大王花的当天晚上，我写一首《离开》，觉得与今天的话题有点关系。因为，看大王花也好，观《美人鱼》也好，引起我思考的，其实是同一个问题。

离　开
——致中年

一朵花

开在路边

芬芳娇艳

不要采摘

任它招蜂引蝶

花开花败

请你

转身离开

一个女孩

在你眼前

131

唇红齿白

明眸善睐

不要碰她

让她去爱她所爱

请你

转身离开

看一眼已是奇遇

何必拥她入怀

一切的一切

不用强求

毋需等待

离开

是最好的安排

地球上已经没有新鲜的话题了。每个话题其实都是老生常谈。是需要每个人自我觉醒的时候了。人性的问题，电影院里解决不了，星爷解决不了，张雨绮的"隔空牢骚"也解决不了。真正能解决的，还是靠我们每一个人的内心。

内心强大了，就凭一条鱼，能整出三十亿的票房？！

（2016年2月24日）

不在乎，三百年

——《太空旅客》的另类影评

我认为，一部好的电影，至少应该具备下面三个因素：让人向往，引人思考，留点遗憾。

《太空旅客》就是这么一部好电影，我喜欢。故事很简单，演员只有四个，大部分场景局限于太空站。典型的小制作、小成本。题材也不见得新颖，太空旅行加爱情。可是既吸睛又吸金。凭什么？

电影作为文化手段，它应该是一种价值追求和消费时尚的引领。记得多年前我一个朋友看了《非诚勿扰2》，感慨地说：人啊，开着大奔，带着舒淇，到三亚亚龙湾人间天堂鸟巢度假村住一晚，值了。我出于职业习惯，习惯以鼓励为主，习惯不泼冷水，随口说：快了，不出几年，你一定做到。没想到，几年后的一天，这家伙果然带着老婆孩子在三亚人间天堂住了一晚。当然，没有奔驰，更没有舒淇……没关系，现在我们俩坐一起喝酒，他还时不时把这理想拿出来晒晒：人啊，要是有钱，开着大奔，带上舒淇……

说实话，看《太空旅客》这部电影，我印象最深的是那间房、那张床、那个游泳池。躺在床上，超级无敌的太空美景，浩瀚的宇宙，璀璨的星空，熊熊燃烧的星球，对一个资深游客来说，还有什么样的海景房能与之相比？当然，如果……没有如果，有房有床有泳池就够了，不能奢求太多。不过，詹妮弗演得真好，比舒淇还好！一句话：好看好向往！如果我朋友看了，一定又会说：人啊，要是有钱，坐着太空船，带上詹妮弗……

有多少人到北海道、到三亚不是因为《非诚勿扰》呢？有多少人坐上游轮旅行不是因为《泰坦尼克号》呢？还有奔驰400越野车，还有蓝宝石与LV皮箱……可恶的电影，打开了潘多拉的盒子，让我们窥探到世界如此多元与奢华，别人的生活是如此浪漫、刺激与精彩！原来，人可以有那么多种活法。因为电影，多少人调整了消费欲求和人生目标！这就是一部电影的魅力，你也可以理解为这也是正能量。它让你产生一种冲动、一种欲望，从而产生为之奋斗甚至为之献身的力量。

我一直坚信，人就是要有追求、有理想，哪怕是"开着大奔，带上舒淇"，也是美好的，总比那个"养羊剪羊毛卖钱娶媳妇生娃儿再养羊……"的理想强一百倍。有了这种美好的理想，生活也会因此而美好起来，世界也会因此而美好起来。这也是我经常往电影院跑的理由。在石头中把玩自己的幸福人生，在电影院里欣赏别人的幸福人生——这样，我感觉生活是幸福的。

看了一部电影，女人有了向往，男人有了理想。与心爱的人儿一起遨游太空，不管能不能实现，我们都会为自己曾经的理想而感动。至少，它带给我们一种冲动，去不了太空，就去三亚吧！带上你身边的舒淇、詹妮弗，马上出发！

《太空旅客》留下的当然不止这些。太空旅行是一个超前的话题，人类在不久的将来肯定会实现。在地球待腻了，换个星球待待：特别能满足地球上一部分人永不知足的欲望。如果说把一个故事放在太空体现了电影的想象和宽度，那么，对人性的拷问，则体现了电影的思考和深度。是宁愿忍受令人绝望的孤独寂寞，一个人走完漫长的太空旅程；还是提前九十年唤醒心仪的美女记者，一起面对未知的星际挑战？是继续封冻九十年，完成星际采访，回到三百年后的地球，享受预料中的鲜花与掌声；还是活在当下，彼此相亲相爱，在太空中，享受有限的旅行和生命？

男女主人公都给出了正确的答案。他们经历了相识、相爱、仇恨、和解、再相爱，合力排除了太空站爆炸的危险，也消除了彼此间的猜疑与仇恨，爱恨情仇，九死一生，凤凰涅槃，最后羽化成仙。其中一方放弃再活三百年的机会,最终选择相依为命,相伴一生。

在那些K歌的日子里,我喜欢唱《向天再借五百年》这首歌,经常伸长了脖子宣泄生命。其实,想一想就明白了,我们又不是秦始皇,活那么长干什么? 有爱的日子,五十年,哪怕是十年,也已足够。没有爱的日子,借你五百年,又能怎样?! 只不过把五十年的无聊与乏味翻了十倍而已!

不在乎,三百年;甚至不在乎明天,不在乎永远。只在乎当下、今天、现在、此刻,只在乎曾经拥有、已然发生,只在乎一觉醒来枕边人就是心上人。我从心底为男女主人公的选择喝彩,从心底羡慕他们经过共同的努力,把一艘冷冰冰的机器太空船,打造成彼此的爱的港湾。他们各自逃离了地球这一人性的荒原,想要到另一个星球去开始另一种生活——虽然他们永远也到达不了那个星球,但是,他们实现了自己的初衷。只要有你,人生何处不是世外桃源!

想象一下电影中的女主角,三百年后,从另一个星球回到纽约,在短暂的鲜花和掌声之后,依然孤独穿行于第五大道陌生的人群中,孑然徘徊于克莱斯勒大楼与中央公园……相爱的人已魂归太空,只剩自己一个人,不,一具躯壳,在曼哈顿的大街小巷游荡,想想,有意思吗? 就如同《欲望都市》里的几个老女人,整天满大街发疯似的想要抓住青春的尾巴,想想,有意思吗?

要说这部电影有什么不足的话,我个人觉得,好莱坞应该充分考虑中国观众的价值取向,结尾如果加上一个镜头:男女主人公冰释前嫌,幸福美满,在太空中,有了一双可爱的儿女……这样的结尾,更加符合中国观众的审美,尤其回应了当下中国观众生二胎的强烈关切……

哈哈,不过,这个对我并不重要,我只是希望电影继续演下去而已。当片尾的字幕出来后,我迟迟不愿起身,一直听完了片尾曲……脑子里萦绕一句话:不在乎,三百年……

(2017年1月19日)

跟着电影去泰国

"腐朽、肮脏、拥挤。"乔说。可就是在曼谷这座城市，杀手乔遇上了一个名叫"雨"的哑女。然而，故事还没发生就结束了，一切在意料之中，一切又在意料之外。

被《曼谷杀手》吸引，是因为尼古拉斯·凯奇。尼古拉斯在电影中一般饰演铁血柔情的好莱坞硬汉，在这部电影中，他演的是一个反派角色——杀手，然而却是一个颇具正义感、有些温情脉脉的杀手。

一、不允许问问题；二、不在意工作外的任何人……乔曾经是一个杀人不眨眼的家伙，在业界拥有良好的口碑及记录。他刚在布拉格漂亮地做了一单，就马不停蹄赶到曼谷。在这里，他亲手毁了自己一贯冷血的形象，破了自己立下的规矩，收了徒弟，恋上了一个叫雨的善良女孩（杨采妮饰）。这一切的发生，都是因为曼谷。

我喜欢这座古老而充满活力的城市。许多年前，我曾经有一次以芭提雅为目的地的旅行，途经曼谷住了一晚。美轮美奂的大皇宫、湄公河里成百上千的鱼……给我留下了深刻的印象。我知道，我一定还会再来的。

泰国是亚洲少数几个既被东方人青睐、又被西方人喜爱的国家。东西方文化的交融，在泰国随处可见。曼谷、清迈、普吉岛，到处是来自世界各国的游客。你可以上午逛寺庙，下午马杀鸡，晚上吃泰国菜、看人妖或者泰拳表演，然后到迪厅点一支啤酒，随着疯狂的音乐摇摆……在泰国，大街上你看不到绅士淑女，上班族全都成了追逐阳光与沙滩的享乐主义者。满大街穿着大大的短裤T恤、趿拉着拖鞋闲逛的人……

去泰国旅游，你千万不要赶路。每一家酒店都是经典、绿色、温馨又极富创意，都特别适合消磨或者浪费时光。睡到自然醒，在附近的沙滩盘桓一下午，与成千上万的游客屏住呼吸、等待落日……当落日降临海面的那一瞬间，无与伦比的壮美，一定会让你觉得不虚此行，甚至不虚此生。

如果你够胆量，可以在清迈坐上双条车，一路颠簸几十里，参加一种叫丛林飞越的旅游项目：在原始森林里，从一棵大树穿梭至另一棵大树，脚下是几十米甚至几百米的高空，体验一把人猿泰山的感觉，那种紧张、刺激与美妙，毕生难忘。

优美的自然景观，神秘的东方色彩，吸引了大批游客：当代嬉皮士、背包客，梦想一个轻松假期的上班族，寻找世外桃源或者乌托邦的理想主义者。莱昂纳多主演的《海滩》，讲述了厌倦现代文明的一群人，梦想在PP岛返璞归真，却与当地种植罂粟的土著发生激烈冲突、理想破灭的故事……谁都梦想在安达曼海蔚蓝深邃的海水里安放灵魂，谁都梦想在东南亚绵延起伏的丛林里迷失自我。包括邓丽君，也在清迈唱完了《小城故事》，寻觅到了最后的归宿。

有一年，在普吉岛芭东海滩的一家名为四海饭店的海鲜档，我曾经连续三晚在同样的时间遇到一个意大利老头。他每次都是一个人，固定的座位，固定的食物：一支大象牌啤酒，一碗冬阴功汤，一盘柠檬鱼。我们点的菜式几乎相同，只不过我多点了一份炝炒空心菜——这是我每顿必点的菜，泰国空心菜特别有青菜味。女儿与之交谈得知，那个老头是米兰人，经营一家高档服装店，每年冬天，他都要飞到泰国，住满三个月。像他这样的西方人，不在少数。

东西方文化的完美融合，源于一个人的努力。尽管我们知道，《安娜与国王》的故事大部分属于虚构，但是，影片中国王蒙空的原型——泰国国王拉玛五世在历史上致力保护传统，又倾心西方文明，却是事实。拉玛五世曾把他的几个儿子派往西方留学。这种开放、包容的心态，是清代统治者无法做到的。

137

泰国在吸收某些西方文化方面走得比我们远得多。他们在传承传统文化方面，也让我们自愧不如。清迈随处可见的大大小小金碧辉煌香火旺盛的佛寺，就是最好的证明。我对泰国的宗教文化没有研究，但只要有时间，我愿意走进每一家寺院，只为了在那里静静地坐一会儿。曾经在清迈素贴山顶的双龙寺坐了一下午，绕着那些美轮美奂的佛像转圈，累了，坐在角落里看着那些虔诚的信徒转圈。与国内喧闹的寺庙相比，同样人满为患，泰国的寺庙显得静穆、庄严。

《曼谷杀手》很容易让人联想到《这个杀手不太冷》。尤其是电影里的一些表现手法，如前者几次下雨的镜头、挂在墙上的大象画框，后者反复出现的盆栽，都有异曲同工之妙，舒缓了紧张刺激的气氛，也给予冰冷的人物性格以温度。同时，遮不住绵绵细雨的窗帘，小雨家中摆着的新鲜鸡蛋花，弥漫着水果芬芳的河中集市……也让人对曼谷产生无限遐想。当然，我相信，让杀手乔良心发现、改邪归正的力量，一定是曼谷"腐朽、肮脏、拥挤"的表象下，静穆、庄严的信仰的力量，一定是哑女小雨身上散发出的宁静、善良的力量。

至于《晚娘》和《泰囧》，一个着重从人性、伦理的角度去诠释泰国传统文化，一个着重从自然的角度描述东南亚风光。这几部电影，都让人对泰国又爱又恨：爱，是因为看了就想去；恨，是因为去了还想去。

（2017年1月22日）

当事情搞砸之后

最近连续看了两部好莱坞歌舞片，一部是《爱乐之城》，另一部是《欢乐好声音》。两部电影故事都落入俗套，却又感人至深。

好莱坞也好，百老汇也好，它们的歌舞剧喜欢延续一种叙事和抒情模式：励志故事+炫彩歌舞。比如《妈妈咪呀》，是女儿寻找亲生父亲，单亲妈妈重获爱情的故事；近几年风靡全球的《歌舞青春》《欢乐合唱团》……几十年来，好莱坞除给全世界灌输美国梦之外，一直在扮演治愈系角色——给大众奉献心灵鸡汤。

从这个角度说，好莱坞、百老汇的风格就是接地气，它们讲的故事容易被大众接受。这种媚俗的态度（好莱坞电影讨好观众、包括中国观众可说无微不至。在《欢乐好声音》里甚至出现了"给你泡了一杯正山小种红茶"的台词），也许就是中国电影需要借鉴的地方。

现在要讨论的是，为什么一些陈词滥调，却为许多人喜闻乐见，成为传世经典？且不说《妈妈咪呀》在百老汇长演不衰，就说《爱乐之城》，自去年下半年上映以来，屡获大奖。

无疑，《爱乐之城》提供了一场视听盛宴，既有芝加哥夜景的全景式展示，又有演员精湛的歌舞表演；该片采用了"全新"的春、夏、秋、冬的叙事方式；采用了魔幻现实主义手法，结尾独具匠心，让观众对人生无常产生无限感慨………这些都是电影艺术及票房取得成功的因素。

我认为，如果仅仅靠这些，都不足以打动观众、打动我。说实话，这部电影的叙事，冗长乏味。前半段我差点睡着了。一直看到这一节——女主人公米娅参加面试，当她先是怯生生、接着放声唱道：致我们搞砸的事情……

《欢乐好声音》可谓是通过电影、动画、歌舞的形式，对近年来充斥荧屏的选秀节目的一个生动的再现。好看、好听、好玩——当然，成功从来就不是一帆风顺，当事情搞砸的时候，小动物们的坚强表现是电影中的最大亮点。

总有一个点直击人心。当事情搞砸之后……看到两部电影故事的拐点，我一下子打起精神，醍醐灌顶，百感交集。

《爱乐之城》里，男、女主人公多年打拼、四处碰壁，一直到彼此相识、相知、相爱。正当绝望的米娅放弃追求时，男主角塞巴斯汀长途奔波，力劝米娅改变主意。米娅鼓起勇气，再次接受挑战，从此华丽转身，从生活中阴暗潮湿的角落走到了聚光灯下……《欢乐好声音》里的小考拉（剧院经纪人）以及参加选秀的小猴子、小象、母猪……几乎都遭遇了挫折，但它们相互鼓励、抱团取暖，直至收获成长、收获成功。

经典之所以成为经典，是因为它们表达了人类共同的超越时空的情感与价值追求。

我们每一个人，都搞砸过很多事情。关键是，当你搞砸了之后，是不是能重振旗鼓、再战江湖。这取决于你的梦想和才华，更取决于你是不是能邂逅、相信赠予玫瑰的那个人。

当事情搞定了，当然一切顺理成章。鲜花、掌声、喝彩，纷至沓来；亲情、友情、爱情，满载而归。比如曾经的人生赢家林丹。

可是如果事情搞砸了呢？这个时候，往往需要更加宽阔的胸怀，更加彻底的关心，更加坚强的后盾。又比如陷入低谷的林丹。谢杏芳淡淡的一句话，无疑挽救了这个眼看要破碎的家庭，挽救了林丹这个全民英雄。而最近中国游泳队的宁泽涛自视才高、目空一切，搞砸了不少事情，最终被痛下杀手，运气似乎就不如林丹好了。

两部电影能引起广泛共鸣，在于它们都挠到了观众的痒处。

一个生活中老掉牙的故事，不一定每次都能有圆满的结局。因为，现实中缺少的就是当别人搞砸事情后，周围温暖的目光、真诚的鼓励、热情的双手，以及静待花开的耐心。

当大火烧起来的时候，围观者永远比救火者要多得多。

理论上说，春天来了，每个生命，都是春天的孩子，都将在春天中微笑着绽放自己。可是，恰恰相反，我们经常经历"倒春寒"——比秋风秋雨更加肃杀凄厉，许多生命因此熬不过春天。

打动人，其实很简单。

路边探头探脑的一枝野花，阴雨绵绵后的一抹初阳，形同陌路的同事的一个笑脸，数十年不曾谋面的同学的一句问候……

动人春色不须多。重要的是，我们每一个人，都应该是春色的一部分——你和我，都是春天——春风、春雨、春花和春光的小小组成。

这就是我为两部电影叫好的原因，满满当当的都是正能量。我将把它们推荐给我的学生观看。老故事，一样激励人生：你可以做不被打败的自己，你也可以做赠予玫瑰的那个人。

（2017年2月22日—26日）

未经芳华，谈何芳华

——我看电影《芳华》

查度娘，"芳华"，亦作"芳花"，香花。《楚辞·九章·思美人》："芳与泽其杂糅兮，羌芳华自中出。"宋范成大《光相寺》诗云："峰顶四时如大冬，芳花芳草春自融。"

因此，"芳华"又引申为美好的年华。明文徵明《和答石田先生落花》其一："无情刚恨通宵雨，断送芳华又一年。"清龚自珍《洞仙歌》词："奈西风信早，北地寒多，埋没了，弹指芳华如电。"

什么是"芳华"，怎样算"芳华"？古人给出的答案是："美好的年华"，才真正称得上"芳华"。

严歌苓、冯小刚可能认为，年轻就是"芳华"。一群风华正茂的年轻人，不管他们信仰什么、热衷什么，因为青春，所以"芳华"。然而，无论以古人还是以今人的标准来衡量，这群部队里的文工团员的"花样年华"，显然算不上"美好年华"。在该读书的年纪，他们被送到"大熔炉"里接受"锤炼"；在该被呵护的年纪，他们的父母要不被人整就是在整人；在该谈情说爱的年纪，他们被禁止释放自己。现实告诉刘峰：爱，爱他人，包括爱女人，都是错误的甚至是有罪的……这群年轻人所经历的一切，有哪一件谈得上"美好"？

这的确有点让人纳闷。难道"芳华"被赋予了别的含义？有两种可能。第一种可能是，作家和导演致力于反思。通过文工团演员们的故事，追忆、祭奠青春，展示、反思人性，鞭挞、批判"文革"。电影采用反讽手法，暗示这群孩子本该"芳华"，却缺失"芳华"。

善良被嘲讽，人性被禁锢，文明被颠覆。他们（也算上"我们"）是没有"芳华"的一代。正如《美丽人生》这部反思二战的电影一样，以"美丽"给残酷冠名，让观众为之感叹，为之唏嘘，为之沉思，为之警醒。果真如此，尽管"文革"中的兽性比电影中的故事要真实、严酷得多，但《芳华》仍不失为近年来难得的反思"文革"的好电影。

电影还试图更加深入地探讨人性。"卑鄙，是卑鄙者的通行证；高尚，是高尚者的墓志铭。"从刘峰、林丁丁的故事中，我们不得不感慨北岛这句诗几近真理。据说《芳华》被删掉的片断是这样的：刘峰之所以情不自禁"触摸"林丁丁，是因为林丁丁"牵手"刘峰。事发后，林丁丁为求自保，主动告发刘峰"耍流氓"。其实，刘峰也好，林丁丁也好，都没有错，更没有罪。只是在特殊的年代里，人性被泯灭、扭曲、异化。父子、夫妻尚且反目，何况"战友"？背叛，是继续"革命"的需要。"一旦坠入笑骂由人的尘世，威猛有力的羽翼也寸步难行"（波特莱尔）。在电影中，人物的命运都与观众的期望相反。善恶美丑的因果报应需要重新定义，人生金律也需要改写。"赠人玫瑰，手有余香"？冯小刚把这句话解释为，"赠人玫瑰，心必被伤"！

第二种可能是，作家、导演致力于"怀旧"。电影反复咀嚼、回味、铺陈、渲染的，是青春的肉体、红色的记忆，包括忠字舞、革命歌曲等。说实话，许多观众印象最深刻、最津津乐道的是电影的前半部分。至于后半部分，反倒成了前半部分故事的反讽。如果文工团不解散该多好！如果没有后面的故事该多好！那才是他们怀念的"芳华"、火热的"芳华"、永远的"芳华"！

我有一种感觉，电影讲述的重点似乎不是"刘峰"们的故事，而是作家、导演自己的故事。在时代的大潮中，活下来并且强大起来的生命，当他们回忆往事的时候，尽管也会用悲伤的方式表达、用悲悯的情怀叙事。然而，口袋里的"小"是藏不住的。"原谅我不愿让你们看到我们老去的样子，就让荧幕，留住我们芬芳的年华吧""你觉得他看到她现在这个样子，还想摸吗""我不禁想到，一代人芳华已逝，面目全非……倒是刘峰和小萍显得更为知足，话虽不多，却待人温和"……这种对文工团"美好年华"的矫情、念念不忘，以及成功者对不幸者虚伪的同情——有时干脆就是赤裸裸的嘲讽，多少会让人感觉哪里不舒服。所以，这部电影，最多只是停留在追忆、展示、反思的层面，还远远达不到揭露、鞭挞甚至批判的深度！

朋友圈有一段视频，看着像真的：作家与某军区文工团退伍老兵聚会时，跳了一段当年的忠字舞，那娴熟的舞姿与陶醉的表情……这印证了我的判断。他们端着鸡尾酒，一边在反思，一边在怀旧；或者说，一半在反思，一半在怀旧。这就造成了电影主题的不确定性、纠结、尴尬、矛盾。当听到电影中的旁白："每个人心中都有一段属于自己的芳华，每个人心中都有一段刻骨铭心的青春""芳华就是理想，有理想就会使你的青春变得特别璀璨、壮丽"；当影片结尾响起韩红演唱的《绒花》："世上有朵美丽的花，那是青春吐芳华……"我如梦方醒，如果作家和导演不是错把"花样年华"当"美好年华"的话，那么，他们追忆的是谁的"芳华"？肯定不是时代的"芳华"。而是他们的"芳华"；是他们自己的"美好年华"；是若干年后，一边喝着鸡尾酒，一边回忆前尘往事，那些他们心目中的"璀璨壮丽"的"青春年华"。电影里的"芳华"，不是刘峰的，也不是你我的，更不是"文革"的怨魂或浴火重生的人们的——因为，这些人根本就没有见过所谓"璀璨壮丽"的"芳华"，连一丝丝"芬芳美好"的影子也没有！

未经"芳华"，谈何"芳华"？作家和导演明明从那个丑陋的时代走来，他们完全有资格、有能力讲好"芳华"的故事。遗憾的是，却没有讲清、讲深、讲透，没有讲得让人心服口服、泪流满面、锥心刺骨。是遗忘，还是粉饰？是有意，还是无意？是对恶之花的唾弃，还是对"艳若桃花的红肿，美如乳酪的溃烂"的欣赏？"芳华"已逝，伤痕永存。如果，连这个时代最会讲故事的作家、导演，都讲不好"芳华"的故事，那么，谁还能讲得好？如果，连这个时代的最有"良心"的一群人，都不愿意好好讲述"芳华"的故事（包括好好讲抗日的故事），那么，什么时候我们才能听到、看到真实的"芳华"？

没有"芳华"的日子，我们把它过成了"芳华"；没有"芳华"的日子，回忆起来，都成了"芳华"；没有"芳华"的日子，江湖上流传的全是"芳华"……这，正是让我这样的杞人们忧心忡忡的地方。

（2017年12月24日）

别让考不好科学的孩子也唱不成歌

——阿米尔·汗电影引起的对教育问题的思考

　　励志、青春、歌舞、喜剧,是印度宝莱坞巨星阿米尔·汗作品的四大标签。《三傻大闹宝莱坞》《摔跤吧,爸爸》《神秘巨星》,连续三部巨制,引爆国人对印度电影的关注。如果仅仅是这四大标签,还不足以引起我的思考。举重若轻、笑中有泪,在那些笑点与泪点背后,蕴含着复杂的社会问题——文化、宗教、种姓、性别、贫困……此外,这几部电影还有一个共同点,也是最能引起我共鸣的地方,这就是:聚焦教育。

　　印度和中国的情况极为类似,都是文明古国,拥有数千年灿烂辉煌的历史;都是从封闭落后的殖民、半殖民地社会走向开放现代的"金砖"国家;都拥有超大而教育程度偏低的人口规模。在国家现代化的进程中,如何将人口包袱转化为人才优势,如何提升全民素质,使之适应国家现代化建设的需要,为经济建设、社会发展提供强有力的人才支撑,如何摒弃僵化思维、突破传统观念、改革创新人才培养模式,这是中印两国面临的世纪性难题,也是两国有识之士的共同追求。

　　阿米尔·汗,这个宝莱坞娱乐明星,没有忘记自己作为一个电影人的责任,不愧是印度的"良心"。他的几部代表作,都在挑战印度迈向现代化国家进程中所面临的深层次问题。《三傻大闹宝莱坞》,是印度版的《死亡诗社》,影射以院长为代表的印度高等教育抱残守缺、墨守成规,底层百姓"望子成龙"心切,以拉加为代表的一大批青少年被套上应试教育的枷锁,不能追求自己的梦想。《摔跤吧,爸爸》《神秘巨星》直指印度社会的顽疾——男女不平等以及在这个问题上延伸出来的种种教育问题。

印度是一个性别歧视极其严重的国家。历史、文化、宗教以及贫困的社会现实，导致大男子主义、重男轻女思想盛行。在一些偏远地区，有的女孩一出生就被溺死；包办婚姻、新娘因为嫁妆不足而被赶回娘家；哪怕在孟买这样的现代大都市，女性遭受不公平待遇，家暴甚至强奸也屡屡发生。

《神秘巨星》中的父亲是一个工程师，难以置信的是，这样一个接受过高等教育的人却是一个顽固的男权至上主义者。在他眼里，老婆是愚蠢无知、软弱可欺的，动辄呵斥、稍不如意就施以拳脚。他强迫妻子去医院人流，因为她怀的是女婴。他从未给过不幸来到这个世界上的女儿父爱。他偶尔过问女儿学习，只是为了女儿将来能嫁个体面的人家。得知女儿科学考试只考了三十分，他一怒之下，把女儿心爱的电脑砸了。女儿十五岁了，他不顾妻女的强烈反对，要把女儿带到利雅得，许配给上司的儿子……

作为父亲，他完全忽略了女儿的成长，无视她的忧伤与欢乐，无视她的天赋与梦想。甚至当发现女儿有唱歌弹吉他的爱好时，粗暴地加以干涉、阻挠、限制。

类似现象，我们中国人应该也不陌生，甚至在我们身边也屡见不鲜。只不过表现的形式与程度不同而已。这个故事，实际上暴露了两个问题：一是男女不平等，二是教育观念陈旧落后。第一个问题，我们解决得比印度好。但仍然存在城乡不均衡问题。在广大农村，重男轻女现象仍然普遍存在。而在城市，则可能过于强调男女平等。国家应该出台相关政策，重新鼓励女性回归家庭，毕竟女性在家庭中的角色不同，男女同工事实上给妇女以沉重的负担，造成新的男女不平等。第二个问题，则是我们长期上下求索、借鉴或创造各种先进教育理念进行顶层设计，再加各种改革模式全面推进，却难以将改革真正落到实处的中国教育之痛。

《三傻大闹宝莱坞》里的拉加，戴了很多戒指，每一个戒指都代表了一个期望：妈妈的期望、爸爸的期望、姐姐的期望……就是没有自己的期望。法罕爱好摄影，可是父母一心指望孩子学理工科考帝国工业大学，因为毕业后可以做工程师，承担起家庭的重任。《神秘巨星》中的伊希娅从小喜欢音乐，梦想着成为明星，父亲不仅不支持她，反而把她的吉他的弦挑断。

如果不是母亲娜吉玛的坚持和努力，伊希娅就会像千千万万的印度少女一样，沦为传宗接代的牺牲品。从这个角度来说，这部电影是"致敬母亲"之作。母亲虽然没有文化，但她出于母爱，小心翼翼地保护女儿心中理想的种子发芽、生长，直至开花结果。这是中外电影中一个难得的母亲形象：柔软而坚韧、懦弱而坚强，对当代教育包括家庭教育意义重大。

作为父母也好、老师也好，我们最需要做的，不是去告诉孩子必须做什么、怎么做，而是去发现孩子成长过程中的特点，因势利导，趋利避害。换句话说，孩子的路应该自己走。美国教育家、心理学家加德纳提出"多元智能理论"，他认为，每个人都至少具备语言智力、逻辑数学智力、音乐智力、空间智力、身体运动智力、人际关系智力和内省智力。每个人与生俱来的能力（天赋）是不同的，我们不能要求每一个孩子都学好科学，正如我们不能要求每一个孩子都成为郎朗或姚明。反过来说，学不好科学的孩子，未必就"没出息"，未必就不能成才。也许他身上还存在有待发现的潜力。我们要充当的，就是那位充满耐心与爱心的发现者、激趣者、引导者、帮扶者，正像母亲娜吉玛一样，让学不好科学的孩子好好唱歌！

重男轻女、重理轻文、考试第一、分数第一、父权至上、师道尊严、忽视个性、忽视能力……这些陈腐观念，在中印两国依然存在广泛而深厚的文化基础。尤其教育改革严重滞后于经济改革，是两国共同的问题。从影片中可以看出，印度从中小学教育到高等教育，存在体制僵化、观念陈旧、教育教学方式落后的弊端。《神秘巨星》中有一个细节让我哑然失笑又惊奇不已，伊希娅迟到了，老师在一番严厉训斥之后,竟然让她伸出手来,用一根长长的教鞭狠狠地打了几下!这种恍若隔世、简单粗暴、连三味书屋里寿镜吾老先生都不屑(寿老先生是高举轻放,印度老师是真打)的体罚,在今天的中国课堂是难以想象的。

我国虽然推行素质教育近二十年,但"向分数要质量""片面追求升学率"这种现象并没有根本改变。各地中考大战、高考大战依然每年如期打响。校园内补课现象得到有效控制,但孩子们周末却依然奔走在补课的路上。许多家长过度焦虑,担心孩子"输在起跑线",把孩子的课余时间安排得满满当当,不允许孩子游戏、玩耍、娱乐甚至休息、运动。"减轻学生课业负担"口号喊了几十年,学生的书包没有减轻,教师的压力没有减轻,广大师生们依然负重前行……要改变现状,单靠教育部门单打独斗显然不行,靠学校、老师更不行。学校、老师势单力薄,身陷泥淖却又无力自拔,他们像希腊神话中的西西弗一样,无休无止地承受着应试教育的苦役。要改变现状,需要全社会的通力协作,愚公移山、化蒙启智、革故鼎新,移风易俗。要改变现状,更需要影视工作者的加入。电视电影的影响是巨大的。美国向全球输入价值观,一靠航空母舰,二靠好莱坞大片。一直以来,好莱坞也深刻反映和影响着美国国内政策、舆论以及民意。小布什当年颁发《NCLB法案》(意即"一个也不能少"),引导教育关注弱势群体,引发美国新一轮教育改革,并且波及全球,也影响了中国基础教育的改革。这部法案的诞生,与电影《阿甘正传》不无关系。

近十多年来,通过阿米尔·汗等电影人的努力,宝莱坞电影逐渐走出华丽氛围、绚彩歌舞、俊男靓女的形式局限,走出除暴安良、爱恨情仇的主题局限,敢于直面现实,探索的范围越来越广泛而深入。宝莱坞另外一位巨星沙鲁克·汗主演的《我的名字叫可汗》,触碰的是极为敏感的宗教问题,也令人景仰、引人深思。

改革开放以来,中国电影对教育的关注远远不够,有影响的关于教育的电影更是凤毛麟角。恕我孤陋寡闻，除了张艺谋的《一个都不能少》，似乎再也想不起有哪一部电影涉及当代教育题材了。教育改革，电影工作者不能缺席。作为一个基层的教育工作者，同时也是一个中国电影的资深影迷，真心希望我们的电影人关注当下，关注社会热点，关注教育，别老拍那些意淫历史、愚弄民众、误导未来的历史剧、"抗日神剧"了，用你们的才华和影响力，用你们的优秀作品，也来亲密接触、深度参与教育改革，传播教育正能量。

帮帮老师！帮帮孩子！帮帮无数挣扎在教育围城中的家庭！

（2018年1月26日）

无问西东，所以忧伤
——读帕慕克，看《无问西东》

这是一部有点烧脑的电影。

碎片式、跳跃式的叙事方式，一开始让人很不适应。没有贯穿始终的人物，没有完整清晰的故事情节，甚至，电影的时代背景跨越了半个世纪。

这是一部向大学致敬、向大师致敬、向"静坐听雨，无问西东"的学子致敬的电影。

这也是一部思考人生、反思人性的电影。

土耳其作家帕慕克在他《伊斯坦布尔——一座城市的记忆》扉页上引用了一句话：

美景之美，在其忧伤。

伊斯坦布尔，在历史上，又叫君士坦丁堡，又叫拜占庭。曾经分别是横跨欧亚的东罗马帝国、奥斯曼帝国的首都，在长达一千多年的时间里，是世界的中心。

在帕慕克青少年时期，伊斯坦布尔只剩下断垣残壁、帝国斜阳。战争的创伤无处不在。贫穷、破败、孤立，人们空虚失落、阴郁沮丧、喧闹庸碌。

博斯普鲁斯海峡过往的船只，见证了这里曾经的辉煌。帕慕克在这里追忆往事，追忆那些坍塌了的梦想、热血和荣光。"我的胃里有午饭，脖颈上有阳光，脑子里有爱情，灵魂里有慌乱，心里则有一股刺痛。"（帕慕克《纯真博物馆》）废墟之上，只剩忧伤。这是一种别样的美，一种刻骨铭心的美，一种令人心痛心碎的美。

美景之美，在其忧伤。岁月斑驳，满目疮痍。有多少次，小帕慕

151

克"透过布满水汽的窗户",凝神屏气,眺望海峡,想要留住、却又无奈,眼睁睁看着夕阳沉入幽暗深邃的海底。

是那种缱绻与决绝,令他产生这样的"呼愁"吗?

人生也一样。断裂、破碎、残缺、沉沦、绝望的人生故事,带给人的震撼,不亚于残阳沉没大海。

所谓悲剧,就是"把人生有价值的东西毁灭给人看"(鲁迅语)。一代一代,花儿与少年,纯真、洁净、美好,只有初心,无问西东。

不是每一朵花都会绽放。却是每一朵花都在凋零。有的是因为人类的贪婪,比如战争;有的是因为人类的愚昧,比如浩劫。

如果说,鹰击长空,化作长虹,那叫壮烈;那么,死于同胞,甚至是同事、同学的冷酷、构陷、围殴,那叫惨烈。当王敏佳(章子怡饰)倒在血泊中时,我看到一个个从未闭合的伤口,又一次撕裂、流血。

风中的玫瑰,花瓣一片一片坠落。

爱情之美,在其忧伤。戈壁大漠,一条长长的铁轨,王敏佳看见的,是黄沙漫漫、前路茫茫,是心之废墟……

帕慕克看见的,是城之废墟。我看见的,是国之废墟。

人性之美,也在其忧伤。

"如果你们提前了解了你们要面对的人生,你们是否有勇气前来?"答案是肯定的。尽管无比艰难,毕竟,漏雨的茅屋里还在讲着牛顿定理,防空洞里还在念着泰戈尔的诗,王敏佳们还在一步一步往前走着……

这就是人性之美,是凄美,更是壮美,虽然忧伤,却仍有希望。

因为,幸亏,有一群人,在这个废墟上,前赴后继,上下求索,真实淡定,无畏无惧,"爱你所爱,行你所行,听从你心,无问西东"。

(2018年1月28日)

歌者谭维维

谭维维，2006年《超级女声》第二名。之后相对沉寂，有几年似乎没有听过她的歌。最近，谭维维强势归来，凭借几次选秀，尤其是几首歌重新赢得了我这个老歌迷的尊重。

《中国之星》第三季半决赛，她代表崔健战队出征，一首《数人玩》，震撼全场，战胜了刘欢战队的吉克隽逸与袁娅维。同在《中国之星》第三季，她的《给你一点颜色》，更是让人热血沸腾。春节晚会她携这首歌登台，我认为，这是春晚最好看、最好听的节目。

谭维维，被誉为谭大胆。她不满足于原有的风格，从来都不正规出拳，每次都尝试在演唱中加进新的元素。比如《数人玩》，一首具有传统精神的摇滚乐。她的演唱既大气又细腻，再加进戏曲元素，用传统乐器三弦、唢呐，传递出诙谐、幽默、欢乐的情调，现场为之沸腾。

《给你一点颜色》更具穿透力和震撼力。她与非遗华阴老腔艺术家们合作，给我们带来无与伦比的艺术享受。那种强烈的对比与穿越：传统与现代、古老与时尚、民族与国际，演唱粗犷豪放又细致柔情，安静又狂热，有时声如裂帛有时又细若游丝，最高音的地方能唱出深情，最细微的地方能表达温度……让人想到美女与野兽，想到李云龙与田雨……啊，总之，我一听如遭电击，浑身都起鸡皮疙瘩，让我泪流满面。能在三秒钟之内俘获人心，莫过于美女；能在三分钟之内俘获人心，莫过于音乐。恰巧，这两点她都具备。

玩音乐玩到这个境界，只有谭维维。有时是一个唱着数来宝的曲艺家，有时是一个摇滚女王，有时又化身为一个有强大能量的文艺女青年（与崔健合作《光冻》）……她在我心目中，已不再是《超级女声》中的青涩女孩，是我心目中的百变女王。

　　我真正想说的是，我喜欢《中国之星》这个节目。他们不光在比赛，更多的是在玩音乐。他们在音乐中说话（杨乐）。我喜欢。尤其是端着一杯酒，听刘欢的《夜》，听他的寂寞，更喜欢。最后，酒后听真正的歌者谭维维的《星星》，超级喜欢。

（2016年3月13日）

世上再无张学友

曾经有一个愿望，去听一场张学友的演唱会。

从最早产生这个念头，大概有近二十年了吧。上世纪九十年代初，我在江门工作过几年。刚调过去的头两年，那旮旯竟然收不到中央台，我们这些"北佬"每天被迫看香港无线电视和亚洲电视。从最初的对粤语歌手的抗拒，到迷上张学友，到天天哼着"每天爱你多一些"……我喜欢四大天王之一的张学友，他的演唱，时而热情奔放，时而深情款款。他的《你最珍贵》《一路上有你》，百转千回，唱出了多少男女的心声。那时候，电视上经常看到香港歌手在红磡体育馆举办演唱会，想，如果有一天，能到现场去看一场张学友的演出，与成千上万的歌迷们一起尖叫、一起摇摆、一起享受那种狂热的氛围，该多好啊！

后来，世事沧桑，费尽周折调到深圳工作。虽然与香港只有一墙之隔，但是十几年前，去一趟香港还是很不容易的——且不说一张港澳通行证需要层层审批，就是如何乘车、如何住宿都是问题，周围没有谁去过，没有手机，更没有度娘。想要看张学友的演唱会，可谓天方夜谭。

最近几年，去香港是越来越便捷了。前两年深圳户籍居民可以办一年多签，有些同事，每周都去香港购物、看电影、走绿道。2014年，我甚至有机会在香港理工大学学习了半个月……樊篱逐渐拆除，一出双城记的大戏，真真切切地在身边上演。我也慢慢爱上了香港这座中西文化高度融合的城市，有事没事去溜达溜达。

有时坐港铁，脑海里竟然会情不自禁地冒出一个激动人心的想法，坐到红磡去？去看一场张学友的演唱会？

可惜事与愿违，每次去香港，都没有碰上张学友的演出季。等到他开演唱会的时候，我要不事前毫不知情，要不事后才获悉……一次次失之交臂。生活中也没有跟我一样迷恋张学友、想去看他演唱会的朋友，可以一起商量、谋划，一起去完成这个心愿。

前年看《中国好声音》张碧晨演绎《一路上有你》，被她略带羞怯而伤感的声音打动，又一次萌生了这个埋在心底的愿望。有一段时间，我把所有歌手演唱的这首歌的版本下载下来，一遍遍地听……还是张学友经典的演唱最耐听。

去年的一天，我突然发现大街上、公交车上、报纸上铺天盖地的广告：张学友世界巡回演唱会！回来一查，深圳演唱会将于某月某日在深圳湾春茧体育馆举行……我欣喜若狂，回家后说与太太：我要去看张学友的演唱会！

喜爱听民歌、唱民歌的太太兜头一瓢冷水，浇灭了我心中欢跳的小火苗：看什么看！有什么好看的！花两千元钱去看他的演唱会，还不如在家看电视……太太反对，这个就难办了。钱的事好解决，男子汉大丈夫，这点私房钱还是有的。关键是我约谁一起去看呢？谁会与我一起去看呢？总不至于我一个人傻傻地去看一场演唱会吧？

思来想去，只好作罢……世事难料，眼看即将心想事成，又变泡影。

今天与朋友闲聊，朋友说，张学友的巡回演唱会又要开始了！你的愿望可以实现了！我淡淡地应了一句，是吗？在哪儿呢？心中又燃起一丝希望。

下午百无聊赖，上网搜索张学友演出信息，突然心中觉得很没劲，一下子产生了放弃的念头：我真的那么喜欢张学友吗？我真的需要跑到惠州去看一场演唱会吗？猛然发觉，对张学友的感情，仿佛一壶多年前沸腾的开水，早已没有了先前的热度。我甚至怀疑自己，一个老男人，为什么会对另一个老男人有如此热烈的渴望？

"诗酒趁年华",人生就是这样。当年,如果我克服重重障碍,去红磡看张学友的演唱会;去年,如果我说服太太,与我一起去春茧看张学友的演唱会……今天的我,就多了一份美好人生的体验,多了一份梦想成真的喜悦。

一个愿望,如同一粒种子。千万珍重,把握时节,小心伺候,播种、施肥、浇灌,方能开花、结果、成材。否则,浪掷光阴,痴人说梦,种子发霉,花朵枯萎,果实腐烂,更遑论绿树成荫!有多少梦想经得起时间的考验?一旦时过境迁、青春已逝、激情消退,一切烟消云散……此时,张学友已不再是你心中的传奇;而你,也不再是那个怀揣梦想、热切追梦的翩翩少年了。

我知道,这个绚丽的世界,张学友依旧是张学友,他永远是歌迷心中的巨星、歌神。只是,我的世界里,张学友光环渐渐褪色,光辉渐渐晕散……

常常栉风沐雨,难于砥砺歌行。谁能永葆青春?谁又能不改初衷?也许,是我爱得不够彻底不够真?也许,是我爱得不够凶猛不够深?白发唱黄鸡,曾经的向往成了负担;倚杖听江声,心终会成一口古井。万丈红尘,只剩笔底微澜。谈何年过半百张学友,哪怕如花似玉张碧晨,又怎能激起一丝丝涟漪?世上再无张学友,人间难得解语花……

想要看一场张学友演唱会的念头,就此一笔勾销。

(2017年2月15日)

读画三境

——观贺勤工笔画展有感

　　贺勤老师的"心物一年"工笔画展成功举办，作为同事及朋友，我由衷地为她高兴与自豪。对于绘画，我是门外汉。本不该唐突艺术，在这里说三道四。可是感佩于贺老师遭遇人生重大变故却不改初衷，依然孜孜不倦攀登艺术高峰的精神；折服于贺老师已入佳境、将趋化境的绘画艺术——有些不成熟的感悟如骨鲠在喉，不吐不快。

　　古人参禅有三境界之说。看山是山，看水是水，谓之第一境界；看山不是山，看水不是水，谓之第二境界；看山还是山，看水还是水，谓之第三境界。其实参禅如此，绘画观画亦然。

　　中国画从技法上分写意、工笔，从题材上分人物、花鸟、山水。写意简练概括，手法洒脱，但求神韵，不拘形式，比较抽象。工笔手法严谨细腻，色彩丰富，一丝不苟，较为写实具象。贺勤自幼受父亲影响喜爱绘画，后又师从名师，浸润经年，功底扎实，妙笔生花，无论人物或景物都栩栩如生，惟妙惟肖。画风工整细密，宁静雅致，唯美诗意。一草一木仿佛实物再现，毫清厘晰，"山就是山，水就是水"，令观者啧啧称奇，无不叹服画家笔力深厚。这是观画之初的第一感觉。

　　待手握茶杯，坐下静观，尤其在行家张云龙老师的启发之下，渐渐领悟一些画家的巧思。我曾经两次参观中国美术馆当代工笔画展，也多次参观深圳美术馆工笔画展，对工笔画关注已久，略有心得。我认为，贺勤在传承优秀传统画法的基础上，至少有两点突破。

　　一是题材的突破。前不久，观赏了深圳美术馆举办的"细笔柔情——当代工笔画女画家展"，无疑，这是一次高水平的艺术展。但私下以为大多数女画家还是囿于传统，着眼于表现花鸟虫鱼。贺勤却不然。她视野开阔，题材广泛，以表现童真童趣为主，也表现行旅见闻：苗家老太、康巴汉子。世事百态，多有涉猎。不仅仅局限于画桌上的一盆小景，"世事洞明皆学问"，把目光投向远方与高处，我认为，这是一个画家走得更远更高的基础。

二是技法的创新。传统工笔画着色艳丽，色调明快。贺勤反其道而行之，极少浓墨重彩，大多着色灰暗沉着。中国传统画家很少表现光与影。贺勤大胆引入西洋画法，通过光与影的变化来传达自己的主观感受。我在观看几幅画时，发现了画家对光与影的细微捕捉，对画面构图焦点的精妙把握，甚至让我联想到德加的《舞蹈教室》，不知这种感觉是否准确。最让我印象深刻的是，贺勤特别强调对比。新与旧、大与小、老与幼、灰暗与明亮、传统与现代、死亡与生命，在她的许多作品中，我们都能感觉到这些对比产生的强烈的暗示——画家不仅仅在表现景物和人物，更重要的是，她想讲述我们这个日新月异的时代的变迁与革新。所以，从这个意义上说，在画家笔下，已经山不是山，水也不是水了。

在画家看来，任何事物——不管有生命的无生命的——都是一个个鲜活的生命在叙事。我们观画，其实也就是在听画家讲生命的故事。听她讲花的故事、孩子的故事、苗女的故事、康巴汉子的故事，也听她讲那些挂在时光里的枯萎的草叶、那扇早已破败不堪的门窗的故事。画家敏锐地听到了花开花落的声音，察觉到了万事万物新陈代谢的迹象。记录、追忆、祭奠逝去的一切并为之感伤，描述、渲染、呼唤新生的一切并为之欣喜。她的画，主色调往往选择其他工笔画家很少使用的灰暗颜色。但她又绝不表现悲观与绝望。我们在她的每一幅作品中，都能发现画家的乐观与生命的美好。所以即使在大面积的阴沉的背景下，画家总是能让我们眼前一亮，发现一两片新鲜翠绿的叶子、一簸箩鲜红耀眼的辣椒。那是生命的欢呼与雀跃吧? 代代不已、生生不息, 山还是山、水还是水——至于这些是否属于画家想要追求的第三境界, 我功力不逮, 无法深究。希望将来追随画家的脚步, 能够登高望远, 进一步领略艺术的真谛。

（2016年3月9日）

大都会博物馆之欧洲绘画馆

　　下雨，午饭后与同学相约再次造访大都会。大都会规模宏大，藏品极其丰富（超过三百万件），基本上收集了人类艺术发展史上的精华。前次我们时间匆忙，只领略冰山一角。好在我们住的地方离大都会（第五大道83街）很近，所以我想多去几次，重点欣赏几个主要场馆。今天我们的目标就是欧洲绘画馆。

　　美女同学Jie是美术老师，在她的带领下，我们直奔二楼左边。欧洲绘画馆应该是大都会藏品最丰富的分馆之一，有二百多个展室，从文艺复兴起欧洲著名画家的作品几乎都已囊括。虽然藏品众多，但据说少有巅峰之作。达·芬奇、凡·高、莫奈、毕加索，绝大多数画家的代表作都收藏在大英博物馆和卢浮宫。德加的《舞蹈教室》是大都会的镇馆之宝。

　　Jie同学口齿伶俐，表达到位，专业素质很高。她重点介绍了几位画家。她的解读让我获益匪浅。

　　古典画派大多是人物画。注重写实，作风细腻，讲究细节，有的连人物的皮肤和衣服之间的关系都描绘得一清二楚。我印象最深的是一幅题为《春》的画作，可惜忘了作者是谁。

　　而印象派以后的画家，取材多样，有不少人物画，但更多的是把目光投向自然、社会。即使画人，也不局限于贵族。画法也从具象趋于抽象。画家们不再关心画得像不像，他们更关心光与影的和谐、色彩的搭配以及表现人物的情感。

　　如德加的《舞蹈教室》，艺术价值极高。首先在题材上，画家把笔触伸向社会最底层——舞女（德加画了大量的舞女画）。画面构思巧妙，数十个舞女，各具神态，重点突出中间的指导老师和舞女。画面左上角的大镜子以及里面的人影，是这幅画的点睛之笔，整个画面因此而生动起来。

再如雷诺阿的一组画，主要表现年轻的贵族妇女和孩子。人物神态优雅从容，画面恬静美好。同是画人物，但他不过多地去表现人物本身，而是更加注重人与人的关系以及人物的内心。

我认为，凡·高和莫奈等画家倾向于表达自我。他们从具象的牢笼中挣脱出来，不在乎笔下的景物和人物是否真实，更在乎自己通过画作想要说什么。浓墨重彩的画笔，酣畅淋漓地宣泄着画家的喜怒哀乐——画家自己的精神世界。我喜欢莫奈的《睡莲》，每次从它下面走过，我都要停下脚步，屏住呼吸，静静地体会，用心地领悟。让我欣喜的是，东西方大家对于莲花的描绘何其相似，莫奈与周敦颐的莲花都是宁静的、圣洁的、美好的。许多时候，对于美，东西方文化的解读表现出惊人的一致。

每一次去大都会，我都把它看作是一次洗涤心灵、沐浴灵魂的机会。只可惜，对于绘画，我所知甚少。也不好意思过多地打扰Jie，以免影响她朝圣那些伟大的艺术家们。

（2009年9月27日）

古根海姆博物馆

参观古根海姆博物馆是一次愉悦的经历。

与大多数的纽约博物馆一样，古根海姆博物馆每周都有一次供观众免费参观的机会，时间不长，周六的下午五点四十到七点四十。但已经足够，因为馆藏作品不算太多。我们提前十五分钟赶到，博物馆门口早已排起了长龙。纽约被誉为博物馆之都，几乎每家都是人山人海，观者如堵，是为在国内城市看不到的奇景。

古根海姆博物馆建于二十世纪四十年代末，是美国建筑大师弗兰克·洛伊德·莱特的杰作，也是第五大道上（具体位于89街路口）的地标之一。其外形如一只海螺或一撮倒扣的杯子，也有说像一组白色的弹簧。与周围建筑风格格格不入，在当时是惊世骇俗之作，被保守的人们诟病。但它正如其馆藏的现代画作一样，后来逐渐被人们接受，并被认为是现代建筑的奇迹，被后世的许多设计师模仿。

直到今天，古根海姆博物馆流畅朴实的风格、宽敞明亮的空间、实用便捷的设计，还是为人所称道。据说，博物馆本身的艺术价值之高，甚至喧宾夺主，超过了馆藏的作品，"没有一件作品超过建筑本身"。

我是艺术的门外汉。但沿着螺旋形的走廊往上慢慢走，目光所到之处，仿佛遇到一位位新老朋友，不禁内心泛起无比亲切、喜悦之情，忍不住停下脚步，上前与之攀谈几句。馆内不准拍照，还是冒险偷拍了一些——安慰自己，我这雅贼，总比孔乙己好些吧？至少不至于拿这些照片去换了酒钱。

短短一个半小时的参观，让我对现代绘画艺术的发展有了一个感性认识。从印象主义，到抽象主义、立体主义、超现实主义，现代绘画艺术越来越背离传统绘画的写实与具象，表现手法越来越虚幻与抽象。在凡·高、莫奈、塞尚、德加、毕加索等大师的作品里，在浓彩重墨中，我还能发现植物和人的影子，到了后现代派，线条更加简洁，色彩更加明快，构图更加荒诞，内涵也似乎更加丰富而不明确。虽然看不懂，但这些离经叛道的美，颠覆了我对艺术极其有限的认知，带给我强烈的视觉冲击和心灵震撼。

博物馆的创始人所罗门·R.古根海姆真是一位独具慧眼的收藏家。二十世纪初，现代艺术普遍不被世人接受，他却对此表现出极大的兴趣。这当然还得感谢希拉·吕贝——起初受聘于古根海姆，为他画肖像画，后来两人成了好朋友——这位来自德国的女画家。在她的影响下，古根海姆开始大量收藏现代画家的作品，并筹建现代艺术的神殿——古根海姆博物馆。有时候，一两个人的坚持，带动了一大批人的坚持。在某种程度上可以说，如果没有古根海姆和希拉·吕贝的执着，如果没有他们俩数十年如一日的旷世友情，就没有现代艺术的辉煌。如今，古根海姆博物馆成了世界唯一的连锁博物馆，也是全球最著名的现代艺术博物馆。在美国拉斯维加斯、意大利威尼斯、西班牙毕尔巴鄂、中国香港和台湾等地开了分馆，创造了文化产业化的奇迹。

（2009年9月26日）

歌剧魅影

一个从小长在乡村的孩子，放学以后，在小溪里捉过鱼虾，在山上摘过野果子……奔跑在田埂上，我的赤脚曾经踩在花蛇身上。今天，坐在美琪剧院里，我满心欢喜……久违了，这是世界上最美好的声音，像流水淙淙，像山风拂过。

谁能理解？此时此刻，华美的音乐响起的时候，炫丽的舞姿绽放的时候，我竟想起我远方的爱人，我的父母，我的叔叔婶婶，我的所有的亲朋好友。最华美的也就是最朴实的。最炫丽的也就是最本真的。在这个激动人心的时刻，在这个心醉神迷的时刻，我不知道，你还能想起谁？

在这个时候，百老汇霓虹闪烁，年轻的年老的心在同时跳动。一群黑人孩子坐在时代广场晒着他们的阳光。广告牌上丰乳肥臀的白人女孩面对镜头微笑……在这个时候，剧院里，各种肤色、各个种族的观众都被同一个故事打动，静默无声。克丽丝汀的叹息就是我们的叹息，克丽丝汀的快乐就是我们的快乐，克丽丝汀的每一根发丝都牵着我们的心。

有一种冲动，大喊，大叫，大声吹着口哨，大步奔跑跳跃。放声高歌，紧紧拥抱……

我听不懂，可是我真的懂了！我用我捕捉过山风的耳朵去倾听。我用我搜寻过麋鹿的眼睛去张望。I love you，爱的风暴起于心之隅，涌动着滔天巨浪，最终又如飓风后的海面般平静……剧院幽灵，这个高贵而又邪恶的幽灵，他有着那样纯粹的爱与绝望！I love you！每一个词，每一个唇齿间发出的声音，最微小的声音，微风轻抚叶面的声音，指尖滑过肌肤的声音，微尘落于空瓶的声音；最撕心裂肺的声音，狂涛拍岸的声音，惊雷撕破长空的声音，宇宙间黑洞裂变的声音。克丽丝汀，她细碎的脚步，她衣裙翻飞的风，她迷惘的心，我全都懂了……

一个从小长在乡村的孩子，放学以后，在小溪里捉过鱼虾，在山上摘过野果子……我曾经和表妹，在洒满月光的柿子树下捉过迷藏，她曾经像小鹿一样躲闪着我的慌乱。我和表妹，在柿子树下肆无忌惮地欢笑。

在百老汇的夜空下，如果爱，让我们放声高歌，紧紧拥抱。

（2009年9月16日深夜2点　观《歌剧魅影》，夜不能寐）

我与鸟类邮票

人无兴趣马无缰，人有兴趣乐无疆。

这句话并不是名人名言，而是本人原创。一个人缺乏兴趣爱好，除了上班，整天无事，索然寡味，了然无趣，不仅生活找不到乐子，更可悲的是一天到晚陷于位子票子、房子妹子之中。一个人兴趣浅薄，终日耽于视听享受，也未必是好事。常听一些人说自己的爱好是看电影、美食、旅游，一交谈却一脸茫然，令人陡生"夏虫不可以语冰"之感。以吃喝玩乐为兴趣也未尝不可，关键是要玩出境界、玩出品位。张岱、徐霞客不也是玩出来的吗？

我总结自己，活了大半辈子，从人生缺乏兴趣，到兴趣浅薄，似乎都经历过。因此常常追悔莫及，恨自己虚度年华，到如今没有几样兴趣爱好可以示人。玩啥都没长性，玩啥都半吊子。不要说放到外面比划比划，就是在自己的小圈子里也没有发言权。

比如集邮。算是我的兴趣之一，但几十年来断断续续，中途甚至停顿了好些年。客观原因是二十年不写信了，日常生活中断了与邮票的联系。而且现在每年发行的邮票太多且滥，动辄一张邮票发行五六千万甚至上亿（坊间传闻今年猴票发行量达两亿），太容易得到反而心生退缩。当然，主观原因还是自己缺乏毅力，做事不能持之以恒。

年龄渐长，限于体力精力财力，玩别的（尤其是高大上一类的）已经玩不起，只能局限于在吃喝玩乐上发展兴趣、挖掘潜力、更上层楼。这几年重出江湖，重操旧业，重拾集邮这一爱好。并且无师自通，改变了过去漫无目的的方式，尝试专题集邮，重点集鸟类邮票。我主要通过三种途径收集鸟类邮票：一是逛邮品市场和网店，二是委托朋友代购，三是利用旅行的机会淘宝。我在香港、普吉岛、列支敦士登街头或机场的便利店都曾经淘到过自己心仪的邮票。几年下来，收获颇丰。现在我的邮册中，世界各国的鸟类邮票大约有四百多种（枚）。

今年亚庇自由行，因为时间较充裕，心里一直惦记着淘点鸟类邮票。多方打探，终于找到亚庇邮政厅，只购得两枚（其中一枚绿鹭，我在另一篇文章中详细介绍了），心中未免有些失望。没想到即将离开亚庇时，在机场角落的一家小店，一口气淘来数十枚！踏破铁鞋无觅处，得来全不费工夫。这种心情，难得体验。

所幸的是，我集邮讲究随缘，并不追求不惜代价、志在必得。比如有次看见一本台湾"花鸟鱼虫"主题邮册，品类齐全，制作精美，心甚喜之。可一问，价格好几大千，断然放弃。得之欣然，失也可喜。我知道了台湾发行过不少鸟类邮票，下次宝岛行，一定不忘淘宝去……

集鸟类邮票纯粹是自得其乐。你说这有啥用？对大多数人来说它就是一堆废纸。对我来说却是花钱不多、乐趣多多的美事。每次淘得一枚，我必仔细端详，有时还拿着放大镜左看右看。再花上半天时间查阅有关资料：这是什么鸟？这种鸟有什么特点？问上十万个为什么。上课时如果涉及相关话题，在课堂上展示自己所藏，与学生一起探讨、分享，更是乐在其中，其乐无穷。

一次，朋友从新西兰旧货市场给我带来几张贴着鸟类邮票的老明信片，反复读着那些我不认识、但我知道肯定是一些温暖的文字，遐想这曾经是一个怎样动人的故事。偶尔还动笔为"这只鸟那只鸟"写一篇短文，发朋友圈"与人乐乐"。我甚至想着，将来有一天有外孙了，给他讲这些鸟儿的故事，该是多么多么快乐的事儿！

我有一个朋友，是一个摄影发烧友，常常追着守着鸟儿一拍就是一天。朋友们戏称他为"鸟人"。我很羡慕他，幻想着有一天也能跟他一样，与鸟为伴，爱鸟赏鸟护鸟……

　　好了，就这么点鸟事在这啰唆半天，我自娱自乐，您爱看不看，耽误的又不是我的时间，哈哈，关我鸟事。

（2016年2月20日）

看了一场NBA

今晚，我们看了一场精彩的NBA球赛。

海培班同学中有好几个球迷，在他们的鼓动、张罗下，我们一个月前就已定好了票（最次的票，票价13美元）。赛前我恶补了一点NBA常识，知道今晚这场不是常规赛，是季前赛（主要是商业性质，也为了赛前练兵）。交战双方是新泽西网队（主场）和波士顿凯尔特人队。易建联前段时间参加亚锦赛，现已回到网队，今晚应该会上场——我们是深圳人，当然是冲着阿联来的。下午，几位美女同学早早就写好了标语，准备在现场好好表现一番——也许有我们的呐喊，阿联能冲出亚锦赛的低迷？

下午四点十分一下课，学院大巴就载我们上路。从曼哈顿到新泽西纽瓦克球场也就四十分钟。纽约已近深秋，高速公路边不时可见大片长满芦苇的湿地。远远看见一座银灰色的球馆，如一只巨大的没有檐的帽子扣在地上。纽瓦克球馆广场上是一尊巨型冰球手雕塑，球馆里的商场也是一家冰球用品专卖店。球赛七点钟才开始，时间还早，我们围着球馆转了一圈，想找一家篮球用品专卖店，说不定还能碰见题有阿联名字的球衣呢？（美国人精明得很，许多地方都打中国游客的主意——大卖场有中文导购、旅游景点和博物馆有中文语音解说，第五大道一家NBA专卖店有姚明塑像，吸引不少中国游客进去与之合影。）奇怪的是，这里竟没有一家篮球用品商店。莫非这家球馆是冰球馆？

秋凉风劲，好不容易熬到六点半允许进场。上二楼眼睛一亮，四个篮球宝贝正在签字送画——印有16位篮球宝贝照片的招贴画。我们先是站在一边欣赏美女——宝贝们身材火爆，笑靥如花。

半分钟后，实在按捺不住，纷纷上前争相与她们合影。宝贝们也非常配合，让我们好好地过了把瘾。

球场外部不起眼，里面可是光鲜亮丽，极具现代感。空间高阔，站在第五层看台有如临深渊的感觉。篮球场上方悬挂着四面超大的电视屏幕。虽然是季前赛，来的球迷还是不少，可容纳近万观众的五层看台大概坐了七八成。我们发现看台前面还有一些空位，都跑到前排就座。倒是美国观众，大多规规矩矩坐在原位不动，哪怕是坐在最后一排。

球赛异常激烈，场面异常火爆，气氛异常热烈。第一、二节，两队势均力敌，比分一直咬得很紧。第三节，网队开始占据上风。第四节开始不久，网队一度领先十四分。终场前十五分钟，网队11号主力体能下降，大个中锋表现失常，队员连连失误；凯尔特人队抓住机会奋起反击，频频得分，在比赛结束前六分钟把比分追平。此后两队展开拉锯战，比分交替上升。最后二十几秒，网队没有把握住两次罚球、两次进攻的机会；相反，凯尔特人队依靠一次对方犯规罚球命中，一次进攻得分，将比分牢牢锁定在89比86。网队痛失好局，主场失利。

阿联第一、第三节上场。上场时间总共不足二十分钟。大概他还没能走出亚锦赛的阴影，在场上如梦游一般，始终找不到感觉。只获得一次篮板、一次进攻有效，得两分。我们美女同学精心炮制的标语，除比赛开始前照相派上用场外，终于没好意思拿出来晒一晒。对面看台有一群中国观众，将一幅"中国游学团"的横幅亮出来两次，为阿联加油喝彩。

尽管阿联表现不佳，但丝毫没有影响我们的心情。我们每一位同学，就算是我这种平时对NBA毫无所知的书生，都被比赛现场的组织、球迷的热情严重感染。

NBA成功地将竞技性、观赏性与娱乐性融为一体。节与节之间以及中场休息时段，组织者安排了丰富多彩的节目供观众观赏、参与。这些节目充分体现了群众性,表演者来自各个年龄段。从中反映出美国人对全民健身的重视(美国人全民健身是自发的,除晚上睡觉,随处随时可见男女老少在公园甚至大街上跑步。常见骑自行车的、溜轮滑的与汽车争道。溜轮滑者不仅仅是青少年,还不乏四五十岁的中年男子)。节目形式多样,有篮球宝贝的热舞,有中老年的劲舞,有少年儿童的篮球表演赛(最出彩的也就在此:一群六至十岁的孩子,其中有一个女孩,在NBA明星面前毫不怯场,技艺娴熟,运球如飞,一次次将现场气氛带向高潮。美国人现身说法,又给我们上了一课:原来他们是这样"从娃娃抓起"的),有身穿卡通服装的小丑满场与观众互动,有主持人极其煽情的说唱。馆内音响效果一流,鼓点、乐声震耳欲聋,动感十足,让观众每根神经都高度紧张,却又绝不觉得是噪声。组织者把握节奏水平高超,如通过鼓点或音乐或主持人来拉节奏,使观众情不自禁地参与其中。观众的激情被最大限度地调动起来,球馆内的热浪一浪高过一浪。就算是人称矜持的我,手掌攥紧又放开,心儿揪紧又松弛,几次欲发少年狂,想要跟着旁边的黑人姐妹舞之蹈之。

美国人极具娱乐精神。大街上,公园里,地铁车厢,只要音乐一响,随处都可起舞。也许在他们看来,比赛结果是次要的,休闲娱乐才是终极目的。我看见不少人全家出动,有的黑人妇女怀抱一个,手牵一个,后面还跟着一个。中场休息时馆内士多店人满为患,观众排起长龙买热狗和饮料。一家人晚餐也不用做了,吃着喝着玩着,就这样快乐地过了一天。观众训练有素,参与的形式也是多种多样。有呐喊助威的,有敲击塑料棒的,更有许多观众随着音乐摇摆起舞的(几岁的孩童也不例外)。我仔细观察,从年龄看,上至七旬老人,下至五龄童,且少年儿童不少;从性别看,男性居多,年轻女孩也不少;从外貌看(我又犯了以貌取人的毛病),有阳春白雪,也有下里巴人。一句话,NBA把美国各个年龄段的、社会各阶层人士都汇集在一起。大家一起休闲娱乐,一起交朋会友,一起张扬个性,一起享受生活。娱乐第一,比赛第二。输了也就输了,很少骂声充耳,没有金刚怒目;输了也就输了,出门后,大家又哼着节奏,踏着舞步回家去。年老的焕发了青春,年少的增添了自信,年轻的找到了爱情。不是吗?每一个人都宣泄了,痛快了,满足了;每一个人都度过了一个美好的、难忘的夜晚。

两个小时的比赛,我们意犹未尽。出门后在广场上遇见一群亚裔,一打招呼也是同胞(原来是浙江大学的MBA)。老乡见老乡,两眼泪汪汪。大家激动万分(都是NBA惹的祸),纷纷迎上前握手寒暄。MBA们更是拥上前来与我们的几个美女同学熊抱一气。我们几个男同学心酸不已,心疼不已,气急不已——岂有此理,我们都舍不得抱,竟让他们给抱了!回来时,男女同学不计前嫌,一路欢歌笑语,每个人都千方百计,似乎想延续NBA球赛带给我们的欢乐。远处,迷蒙的夜空下,曼哈顿霓虹闪烁,每个人的心情也随之明灭摇曳……

(2009年10月14日)

辑四　情怀

隔壁家的一棵树

隔壁家有一棵树，我耽美已久。

这是一棵相思树。每年春夏之交，树上开满了黄澄澄的细碎的花朵，煞是好看。每次从树下走过，总是忍不住仰望半天，流连半天。

这棵树有点小顽皮。树根、树干长在围墙那边的贝岭居宾馆，却"花枝招展"地"翻墙"出现在师生们眼前，成为校园里一道美丽景观。墙西相思树，花朵从墙头探进墙东。墙东木棉树，花朵从墙头落进墙西。每年木棉花与相思树你来我往，友情互访，相映成趣。我曾为之赋诗一首：

> 今年春色红逊黄，
>
> 全赖西邻一树香。
>
> 出墙红棉知何在，
>
> 翻篱相思好张狂。

相思树，又名台湾相思、台湾柳、相思仔，拉丁文名 *Acacia confusa* Merr.，豆目，豆科，相思子属，常绿乔木。相思树生长迅速，耐干旱，为华南地区荒山造林、城市绿化的重要树种。香港九龙有几座山坡广植此树，开花时节，远看漫山遍野黄云朵朵，十分养眼。材质坚硬，可为车轮、桨橹及农具等；树皮含单宁；花含芳香油，可作调香原料；可作薪炭材，美其名曰"相思炭"，经久耐烧。

以"相思"名之，由来已久。左思《吴都赋》："楠榴之木，相思之树。"刘逵注："相思，大树也。材理坚，斫研之则文可做器。"

至于为何以"相思"名之，这源于一个传说。在传统文化的符号里，它是一棵专情而悲情的树。

相传,相思树为战国宋康王的舍人韩凭与妻子何氏所化生。据晋干宝《搜神记》载,宋康王舍人韩凭妻何氏貌美,康王夺之并囚凭。凭自刎。何投台而死,遗书愿以尸骨赐凭合葬。王怒弗听,使里人埋之两坟相望。不久,二冢之端各生大梓木,屈体相就,根交于下,枝错于上。又有鸳鸯雌雄各一,常栖树上交颈悲鸣。宋人哀之,遂号其木曰"相思树"。后因以象征忠贞不渝的爱情。

多情的唐代诗人常以此树为题材吟诵爱情。如诗人权德舆有诗云:

家寄江东远,身对江西春。

空见相思树,不见相思人。

唐代另一个诗人李商隐的著名无题诗,也曾以此为喻:

飒飒东风细雨来,

芙蓉塘外有轻雷。

金蟾啮锁烧香入,

玉虎牵丝汲井回。

贾氏窥帘韩掾少,

宓妃留枕魏王才。

春心莫共花争发,

一寸相思一寸灰!

末句用相思炭耐烧的特性,喻相思之久且绝望,以形象之物状抽象之思,用喻甚是新奇。

说到关于相思的诗句,最有名的莫过于初唐王维的《相思》:

红豆生南国,春来发几枝。

愿君多采撷,此物最相思。

我一直以为这首诗就是咏相思树的,途经树下常常会生发联想,也曾多次寻觅树中"红豆"——花期过后,相思树上的豆荚里确有一粒粒的果实,却是比绿豆还小的褐豆,与诗中描绘的可串成珠链的红豆大相径庭。再仔细搜索资料,原来此"相思"非彼

"相思"！

红豆，藤本植物，蔓生，茎细弱，多分枝。花期三月至六月，果期九月至十月。子豌豆大而微扁，色鲜红如珊瑚，可作装饰品。产于两广，又名相思子。古人常用来象征爱情或相思。有意思的是，红豆是一种有毒植物，种子中含有相思豆毒蛋白的蛋白质，剧毒，误食会中毒，严重时导致丧命。

一为乔木，一为藤本，它们是同目同科同属不同种的兄弟，我却将其混为一谈！二十多年了，才弄懂此树非彼树，我的糊涂竟至于此！如果不是对"隔壁家的树"心存好奇，我到现在也还云山雾罩地将"糊涂"进行到底。然而，我糊涂，还有比我更糊涂的。据我所知，尽管相思树俏生生地亭亭玉立在那里，可是树下来来往往的人中，还有许多人竟然不知道有这么一棵树、这是一棵什么树，她什么时候开花、什么时候结果……其实，许多人连自家的树都漠不关心，更遑论"隔壁家的树"了——大千世界，花开花谢，所为何来？美不识美，美不尽美，美不是美，岂不悲哉！

（2018年4月18日）

那一丛荆条

燕园的未名湖畔草木丛生，郁郁葱葱。前年春天，在勺园住了一个月，几乎每天被湖光塔影、泉石烟霞、绿荫扶疏、人文荟萃所吸引，早晚都经蔡元培铜像，到湖边走走，对那里的一草一木渐渐有了些感情。今年重游故地，惦记着这些植物，一个人走到湖边，盘桓了一下午。

香椿、银杏、榆树、海棠……都是我这南方人陌生的树种。幸亏树上新挂了牌，介绍树的名称、科属、分布、特性，让我认识了这些虽然面生名字却早已耳熟能详的植物。

突然，在绿丛中，我发现了一株似曾相识的老朋友！仔细端详：手指粗细的枝条，胡乱地生长着，叶子比椒叶稍宽，绿中带黄。这不就是老家常见的荆条么？

树上挂着的铁牌证实了我的判断：荆条，马鞭草科。"负荆请罪"的"荆"就是它。如果你感兴趣，铁牌上还有二维码，扫一扫，就可以进一步了解关于荆条的知识。一块小小的铁牌，既科普又人文，我不禁心生感慨，北大就是北大。

南方的小山村，荆条是最平常不过的灌木。在大人看来，它几乎毫无用处，因为枝条太细，连做柴火的资格都没有。只有我们这些小伙伴们，对荆条是又爱又畏。放学后，村里小路旁的荆条丛是好去处。我们喜欢折几枝柔软的带叶子的荆条，编成草帽戴上，躲在荆丛中，玩捉迷藏的游戏。运气好的时候，偶尔会在里面发现麻雀窝，拣获一两颗雀蛋。常常夜色降临，炊烟升起，远处传来父亲声嘶力竭的呼喊，我们兄弟几个才恋恋不舍地钻出来。荆与棘是孪生兄弟，贪玩的后果往往是划破衣服、皮肤，伤痕累累地溜回家。

暑假农忙时节，又热又闷的午后，母亲会吩咐我们捋一筐与荆条相类的"臭黄荆"（应该与荆条同属，叶稍大，味稍浓）叶。母亲和妹妹忙活半天，洗净、捣碎，汁液半小时后就凝成果冻状，浸泡在井水里，捞出切成一小块一小块，淋上蜂蜜，就是美味的消暑佳品。

有时候犯了错误，偷了邻居的西瓜，或者兄弟几个吵架了，或者弟妹们被荆棘伤得太重，父亲会威严地吼道：去拗一根荆条来！这时，我们知道在劫难逃，在村头挑一根最细的荆条，挨挨蹭蹭地回家，父亲一把夺过：伸出手来！自己说，打几下！

年岁渐长，兄弟几个犯的错误渐多，父亲干脆在墙上挂着几根鞭子，有荆条、竹鞭、杉枝……父亲照旧吼道：自己从墙上拿一根鞭子下来！竹鞭凌厉，杉枝尖锐，相比之下，我们当然愿意选光滑细嫩的荆条。一般来说，父亲都是任我们自己挑选。只有在他极其愤怒的情形下，他才剥夺我们自主选择刑具的权利。

再后来，读的书多了，知道"负荆请罪"的故事。心里不免窃笑，这廉颇也真能装，光着膀子背这么一根细细的荆条去请罪？哈哈，我小时候几乎天天被"负荆请罪"！

我在北大没有朋友，可是又时常惦记那个地方。现在总算有了一个老相识了，是不是从此后，我会更加想念湖边呢？谁知道呢！但是有一点是肯定的，在北大这中国最高学府，在神圣的未名湖畔博雅塔下，在大名鼎鼎的银杏海棠旁，竟然有一丛普普通通的荆条！那些教授们竟然愿意煞有介事地为这毫不起眼的荆条挂牌！

更让我吃惊的是，我在北大物美超市那个叫博雅堂的小书店里，找到了两本专门写燕园植物的书。其中一本是北大退休老校长许智宏主编的《燕园草木》……翻开目录，里边竟然有数百字关于燕园荆条的介绍！

蔡元培校长的所谓"兼容并包"，在我看来，就是不因事大而避之，不为物小而弃之。过去北大曾因前者而闻名，如今北大似乎更加彰显后者。北大的学术引领既关乎社稷苍生、宇宙宏观，同时又不忘百科万象、身边纤屑。一丛小小的荆条，北大教授、校长乐于为之挂牌、正名、作传——这一善举，增添了我对北大的一分认识、一分敬畏、一分期待。

　　一丛小小的荆条，让我穿越时空，浮想联翩，百感丛生。

（2016年9月24日）

记得当年爬树

　　"小芹今年十八了……青年小伙子们，有事没事，总想跟小芹说句话。小芹去洗衣服，马上青年们也都去洗；小芹上树采野菜，马上青年们也都去采。"这段话出自作家赵树理的小说《小二黑结婚》。小芹长得美，小伙子们一天到晚围着她转。

　　小时候我也常爬树。但我爬树不是为了采野菜（南方没有榆树钱），更不是为了村里的"小芹"。我爬树主要是为了摘果子。春天枇杷、李子，夏天杨梅、栗子，秋天"吊茄子""黄拿"（学名钝药野木瓜），冬天野柿子、拐枣……

　　那时候，小学生犯的"错误"主要有三种：游泳、爬树、揪女生辫子。在校园里爬树，是司空见惯的"错误"。老师担心出安全事故，一般禁止学生爬树，却屡禁不止。也真奇怪，那个年代的孩子，为什么这么爱爬树呢？"下河捉鱼虾，上树摘野果"，确实给少年们带来了无穷的快乐。

　　下课、放学，女生跳皮筋、跳"房子"；男生就爬树，比谁爬得快、爬得高。爬树是精力过剩的宣泄，也是小伙伴们借以炫耀的"本领"，是赢得男生尊重、女生青睐的"本领"。经常听到这样的对话："小明在哪里？""在树上！你看，他爬得那么高！"男孩子们，谁没有因为爬树被老师处罚过？

　　虽然时刻担心老师、父母的责罚，爬树却给我带来偷尝"禁果"的享受。"记得当年日暮，疯玩不知归路。兴尽晚回家，误入白云深处。爬树，爬树，摔得伤痕无数。"没几天，好了伤疤忘了痛，又经不住想要像猿猴一样攀爬的诱惑。爬上一棵枝繁叶茂的参天大树，那种成功的喜悦，是树下的孩子无法理解的。在树上，可以躲藏起来，也可以眺望远方。尤其在山上，爬上一棵数十米高的大树，能看得很远很远。天气晴朗的时候，甚至可以看见三十公里外的县城。每当此时，站在高高的树上，放声大喊，周围的群山会传来一阵阵回声……

看电影《泰山》《奇幻森林》，泰山、毛克利从一棵树荡到另一棵树，我能体会这种在树上飞翔的野趣，因为，我也有一个在树上飞翔的野性的少年时代……

后来，我不再爬树了。我成了"管学生爬树"的老师。但是，在这方面，我算是"英雄无用武之地"。我工作的学校里郁郁葱葱、绿树成荫。但几十年来，我从未看过一个孩子爬树，无论是校内、校外！学校从来就不必将爬树列入安全隐患，教育学生不要爬树——现在的孩子，根本就不爬树。为什么？是城里的孩子不爱爬树吗？街道两旁许多芒果树，芒果未熟将熟的季节，倒是常常看见成年人爬树偷摘芒果。

从什么时候起，孩子们不再爬树了？我仔细回忆，应该是从我当老师那个年代起。当教室里赫然写着：我们的心中只有学习！从那时开始，孩子们就丧失了爬树的机会。

前几天中午在餐馆就餐，邻座有某市属名校的五个高中男孩，人手一部手机，落座后几乎没有交流。一个小时，个个低着头玩手机。有的边吃干炒牛河边玩，一秒钟都没耽搁。前后有几桌女生，可他们连头都不抬！天啊，这个年纪，沉迷游戏，竟然连漂亮女孩儿都不感兴趣！孩子，吃那么多牛肉又有什么用！

近十年来，地铁上、公交车上、大街上，一群群孩子，成了低头一族，这种情形愈演愈烈。有了手机，孩子们已经不需要爬树这类游戏了。

作为老师，我亲眼见证了一茬又一茬的孩子们，从"狼"蜕变成了"羊"。刚参加工作做班主任，我的精力主要放在处理学生吵架、打架上。十年前，学校还得安排保安在校门口巡查，防止校内外孩子打群架。如今基本上不用操心了。孩子们要不埋头学习，要不埋头玩游戏，谁还吃饱了撑的去打架啊？孩子不打架了，固然有老师德育水平提高、学校德育环境改善的因素；但我个人认为，这跟现在的孩子"狼性"不足有很大关系。我当然不是鼓励孩子们打架，但一个男孩子，如果小时候没打过架，我固执地认为，这种童年是不完整的童年。"狼性"少年虽然给学校管理带来许多麻烦，但"羊性"太盛却会给我们民族的未来带来麻烦。因为，孩子缺乏"狼性"，就是民族缺乏"狼性"。相比玩手机游戏，我更愿意看到学生"爬树"。

记得几年前有一则新闻曾引起热议，厦门大学开设另类体育课——爬树课。起因是该校校长从美国学习回来，得知美国部分大学开设爬树课，觉得很有意思，"从一棵树穿梭至另一棵树"，类似攀岩，既锻炼了身体，又学会了一种逃生技能。我不知道厦大的这门课有没有坚持下来，但作为一个从小热爱爬树的人，我非常赞赏厦大的勇气和创举。

这些年，我已经很少尝试爬树了。一个老男人，爬树似乎不是一件体面的事情。但心里还是有点痒痒的，偶尔在东湖公园散步，老夫聊发少年狂，忍不住偷偷试试身手……

我怀念那些在"树上"度过的时光，更怀念校园里那些"狼性"十足的少年。

（2017年2月20日）

那些年，我爱吃的菜

——我的第一份老年诊断书

岳父厨艺不错，尤其红烧猪蹄、鸭脚做得地道。放假一个星期，我吃了三次红烧猪蹄、三次红烧鸭脚、三次凉拌海带、三次凉拌芹菜。一荤一素组合，基本上隔天轮一遍。我抗议，岳父委屈地说：我以为你喜欢吃……

的确，我曾经那么爱吃，就在几年前的夏天，啃着猪蹄、鸭脚，喝着德国黑啤，看着连姆·尼森这个老男人的电影……幸福得不愿上床睡觉。可是从什么时候起，我不再爱吃这些东西了？

还有小剥皮鱼干炒姜丝辣椒。读高中时，路过教工食堂，闻到这道菜的香味，看见只有老师才能享受的美味，垂涎欲滴——也就四五小块咸剥皮鱼干而已。那时觉得这是世界上最好的下饭菜了。前些年我教了单位食堂师傅做这道菜，结果几乎无人问津，太咸了，我也只能吃一两块。这道菜成了单位食堂最短命的菜。

有多少年了？一放假就迫不及待地回老家，除了亲情乡情之外，我内心里其实挂着的还有家乡的味道。母亲亲手做的红烧狗肉、小炒熟牛肉、清炒黄秋葵、清炒木槿花，父亲每天一大早去市场买来的各种小吃，一直是我心心念念的美味。还有晒干的柚皮泡霉豆腐、新鲜冬笋切片蒸熟蘸霉豆腐汁……然而现在，只是偶尔想起，有时候觉得也不过如此。记忆中的美味哪里去了？

何止这些！

我曾经那么爱听的歌——《爱如潮水》《爱你一万年》《有多少爱可以重来》《爱我的人伤我最深》《死了都要爱》……如今再听，索然无味。

我曾经喜欢的歌星、明星，张曼玉、王菲、巩俐、张学友……我都懒得再看他们一眼。

不仅如此，早年间那么爱抽的烟、爱喝的酒……许多曾经肝胆相照的朋友，初中、高中、大学喜欢过的女孩……渐渐淡出了我的生活。

前些年不屑一顾的东西，如石头、木头、茶，现在在我的生活中，成了必不可少的嗜好。

前些年不去的地方、不想碰的东西、不愿坐在一起聊天的人，现在，有点相识恨晚。

前些年浪费的时光，如今，成了亲切的回忆……

镜子里的这个男人，头发露出星星点点的白，眼睛下方有深深的皱纹，肚腩微微凸起，走路时略显蹒跚。晚饭后坐在椅子上看电视，用不了五分钟，就哈欠连天。

看书的时间越来越少，看电视的时间越来越多；朋友越来越少，在家的时间越来越多；睡觉的时间越来越少，旅游的时间越来越多……

曾经的小兄弟们都成长起来了，有的早已撑起了一片天，有了做大哥的范儿。当年那一茬一茬的学生（可爱的小屁孩们），如今，走在大街上，帅的酷的美的富的成功的，我只能仰视他们。

我知道，我慢慢老了。开始嫌咸怕呛，有时候忘了自己从何处来、到何处去；总是喜欢在微信群里待着（尤其是同学群）；总是喜欢给女儿打电话，重复问同样的问题；总是喜欢回忆过去，絮叨一些琐碎的事情、一些并不值得骄傲的事情。不太在意别人对自己的看法，更在意的是自己对别人的看法。我不知道，这些，我是一直这样呢，还是最近才发生？

这些日子，我有些迷茫，有些不知所措。我知道，每个人都会老，正如我的父辈们。但我有些拿不准，不知道该如何来迎接即将到来，不，已经到来的老年。

看着与自己相濡以沫的亲人，一起并肩奋斗的同事，有的甚至比我还老，我不知道是庆幸还是悲哀。

曾经，散步是为了爱情；如今，散步是为了健康。

曾经，抱怨工作，上班就盼着放假；如今，感恩工作，乐于从工作中寻找快乐，体验快乐。

曾经，看女人看身材；如今，看女人跟看男人一样。曾经，看男人如看酒，看他的产地、年份、度数；如今，看男人如看茶，看他的产地、年份、品质。

曾经的豪气、侠气、书生意气消失殆尽，代之以老气、暮气、蛮不讲理的大男人气。

曾经，我的笔只关注、抒发、宣泄青春；如今，我尝试着拿起笔，学习记录自己的老之将至、老之已至。

还是回到文章开头提到的菜吧。岳父一般每次买两只猪蹄（前蹄），要是放在以前，只够我一顿的下酒菜。现在，我得一天才能勉强吃完。

至于啤酒——我的至爱，自从今年的体检报告拿回来以后，是再也不敢碰了。

从来没有想过要改变自己，可是，像流水一样的时间，正在悄悄地重塑我、改变我。对此，我心知肚明。

从来没有想过自己有一天也会变老。现在，不经意地，我常常会想到年轻的时候……

（2017年1月20日）

我的教鞭我做主

大概有四五年了吧，有学生在课堂上开小差、捣乱，我开始尝试用新的方法来提醒、劝告。我不再重复那句："安静! 安静!"因为，这实在太苍白无力了，一旦劝阻无效，老师将陷入更加尴尬的境地。

方法之一是使用教鞭。

那一年回老家，正是盛夏，满山遍野触目皆是美景。茂林、修竹、小溪，还有裸露在泥土外的新鲜的竹鞭。从小生活在南方乡野的人应该知道，竹鞭即竹根，柔软性好，韧劲大，不易折断，打人疼感强烈却又不至伤人。尤其是毛竹鞭，细的如竹筷，粗的如大拇指，是上好的做教鞭的材料。我的小学老师几乎人手一根。

上小学时的情景大多忘却，有一个细节却记忆犹新。入学的第一堂课是语文课，老师就是我的小学的新任校长，姓张，是我母亲的师范同学。他一调到我们学校就到我家做客，和蔼可亲，像大朋友，常逗我们几兄弟玩。他一进教室我就认出了他。我现在还记得，我抓耳挠腮，扭捏不安，恨不得他一眼就能认出我。孩子的心理，大概是想炫耀一番：我认识老师! 他是我妈妈的同学!

可是，今天他为什么这么严肃呢? 只见他黑着脸、踱着方步、手执教鞭走进教室，正眼不看伸长脖子的我，扭头在黑板上写下一行大字：毛主席万岁! 然后开始一字一字地教我们读。他老是让一个同学（长得像猴子一样，贫农的儿子，后来成了我的好朋友）读。他怎么还没看见我?

我不耐烦了。趁他又一次提问那个"猴子"的时候，我朝"猴子"大声说了一句："他是你爸爸!"

天哪! 闯大祸了。我至今不明白，自己当时怎么会脱口说出这句话! 想引起张老师注意? 可为什么说出这么一句没头没脑的话呢? 乡下孩子, 嘴里学会的就是"你爸你妈"之类的口头语, 大概当时我找不到更好的语言来表达愤怒吧?

张老师更愤怒。转身在黑板上写了一行字: 打倒某某(本人姓名)。还不解气, 又命令我站起来, 伸出手掌, 用他那根油光锃亮的竹根教鞭, 打了三下。

那一年我七岁。我真切地记得, 就在那一刻, 我第一次体会到了"委屈"这种情绪。老师不是我妈妈的同学吗? 昨天还在我家做客呢? 老师不是我们兄弟的朋友? 怎么还在全班同学面前打我?!

那一刻, 在我心里, 张校长仿佛撕碎了一纸契约: 昨天还在我家吃饭喝酒! 还是我们家的好朋友! 今天就打我!

从此, 我对这个众人眼中的好校长、好老师心生畏惧。每次见到他, 我都敬而远之。

我在这喋喋不休讲这件陈年旧事, 是告诉自己一个道理: 一个孩子, 很容易亲近、仰慕、敬爱一个老师; 同样地, 也容易拒绝、畏惧、远离一个老师。

千里之遥, 我从大山里挖了一根竹鞭, 洗净, 削平, 手执、肩负、车载、带至深圳。我每节课拿着它, 走进教室, 走到我的学生面前。每接一个新班, 当学生们翘首以盼, 在他们惊异地注视下, 我挥着教鞭, 第一句话就是安慰他们: "同学们, 老师手中的这根教鞭, 不是用来打你们的; 而是用来提醒我自己, 作为一个老师的爱与责任……"

当然, 我保证, 我从来没用它打过——哪怕是最调皮的学生!

面对让我一时生气的学生, 我最多用这根教鞭, 重重地在讲台上一敲, 真诚地说一句:

同学们, 竹鞭一响, 黄金万两!

(2015年11月20日)

萤火虫碎碎念

> 小小流萤，
> 在树林里，
> 在黑沉沉的暮色里，
> 你多么快乐地展开你的翅膀！
>
> ——泰戈尔

夏季漆黑的夜晚，是萤火虫提着灯笼游行的时候，也是我们兄弟姐妹们最快乐的时光。

萤火虫不蜇人，很好捉，连笨手笨脚的我也能一口气捉几十只。不管它躲在哪里：蒲公英毛茸茸的花朵里、狗尾巴草长满小刺的叶片背后、茂密的青蒿丛中，我们总能找到它——发光的特性暴露了它的行踪——用大拇指和食指轻轻一撮，稳稳地将它捉住，放进早已备好的空墨水瓶中。我们一群小伙伴，举着装满萤火虫的瓶子捉迷藏……在物质与精神生活极度匮乏的年代，与虫子的亲密接触，给年少的我们带来不少欢乐。

或许是成长的矜持，或许是自以为是作祟，很快，我就不屑于蹲在地上或草丛里捉虫子玩了。有时候贪玩的小弟捉了萤火虫，还会遭到我无端的训斥："就知道玩！你知道闻鸡起舞吗？你知道凿壁偷光吗？你知道车胤囊萤吗？"虽不至于如鲁迅折断风筝般，把小弟的萤火虫瓶摔碎——我想，我这顿声色俱厉的指责，也够让小弟惶惑一阵子了。

求学、工作、调动；恋爱、结婚、生子；升迁、炒股、买房——在城里，一个人总有那么多事要折腾。我的萤火虫的童年，在城市的霓虹灯下一步一步沦陷。等我重新见到萤火虫，已是阔别它

190

三四十年后。

今年春节，女儿在网上订了沙巴自由行，行程之一是威士顿湿地萤火虫之旅。刚看见女儿发来的行程时，我的第一反应是：什么？到马来西亚看萤火虫？有病吧？我小时候不花钱的看得多了！我还抓过不少萤火虫呢！但考虑到女儿第一次策划、组织一家人自由行，而且我早就扬言不干涉，所以强忍着把反对意见深埋进心里。

结果，威士顿萤火虫之旅是整个行程的最大亮点。回来后，我向朋友们推荐：你见过河边成千上万的萤火虫在一起集会吗？你见过萤火虫装点的"圣诞树"吗？

我承认，那个傍晚，当夕阳从远处椰林落下的一两个小时里，我屏住呼吸，睁大双眼，享受了一段难得的静好时光——这么多年来，傍晚七点钟左右，我第一次什么也不想、什么也不做——就傻呆呆地看着那一树树的明明灭灭……

回来后我不止一次地回忆那个场景。我在想，从什么时候起，我开始淡忘萤火虫带给我的欢乐？从什么时候起，我开始失去那些简单而又快乐的童趣童真？

我开始寻找扼杀孩子们探求自然的童趣童真的"元凶"。第一个"元凶"就是那些望子成龙的家长。在你成长的过程中，他们一次一次地告诫你，远离"虫子"，远离大自然，老老实实坐在教室里，好好学习，考上大学。并且，你很快也成为父母的"帮凶"，批评弟妹们"不学无术"的行为。

第二个"元凶"是敬业爱岗的老师。是老师们喋喋不休地讲述那些闻鸡起舞、凿壁偷光、车胤囊萤的故事，把你心灵深处对萤火虫仅存的浪漫记忆，一点一点剥离、褫夺、扫荡殆尽！

当然，最大的"元凶"是我们背负的沉重的文化传统。千百年来，我们习惯为大自然的花鸟虫鱼贴上文化标签。看见大雁，我们想到故国亲人；看见柳树，我们想到生离死别；哪怕是看见一只萤火虫，我们也联想到遥远年代的一个穷书生发愤求学的故事，从而为自己的玩物丧志产生深深的负罪感！

感谢女儿安排的沙巴之旅，让我重新认识到自然的纯粹与美好，认识到一个极其简单又极其质朴的道理：萤火虫就是萤火虫。你不必为它贴上严肃的文化标签，更无须为它背负沉重的精神包袱。

萤火虫，曾经为那些年南方乡村黯淡的童年开启了温馨的夜间模式；如今，它再一次闪亮登场，为平凡的旅程重启、刷新屏幕。

　　萤火虫　萤火虫慢慢飞
　　夏夜里　夏夜里风轻吹
　　　　　　　　——伊能静《萤火虫》

谢谢你，大自然美丽的小精灵！

（2016年2月29日）

绿　鹭

　　鹭是较常见的鸟类。常见于江河、溪流、沼泽、湖泊、池塘、林地、稻田。在我国分布极广，从北到南，从东到西都有。

　　"两个黄鹂鸣翠柳，一行白鹭上青天。""西塞山前白鹭飞，桃花流水鳜鱼肥。"这两句诗写的是白鹭。其实鹭的种类很多，全世界共有17属62种之多，我国有9属20种。白鹭是最为常见的品种。其中绿鹭较为罕见。我孤陋寡闻，知道有绿鹭是最近的事。在沙巴，我匀出半天时间专门造访亚庇邮政厅，希望为我的鸟类集邮增添新的品种。结果不负我所望！亚庇邮政厅很小，更小的邮票展柜里只有寥寥可数的几种邮品，且大多是人物邮票。搜寻再三，只选定两款去年发行的新邮票：一是绿鹭，一是某种植物（似乎可做药材）。

　　在沙巴，白鹭随处可见：丹绒路海滩，威士顿红树林，神山公园，都有它们的身影。（奇怪的是，沙巴海边多见白鹭，却几乎不见海鸥。）至于绿鹭，倒确乎没有见到，大约在马来西亚，绿鹭也不常见。绿鹭邮票售价5马币，相当于9元人民币，价格不菲，是为了筹集资金保护这种珍稀鸟类吧？

　　鹭喜群居，也喜独处。常见一只或三两只散在草丛、水边，或金鸡独立，或逡巡前行。白鹭长颈、长腿，犹如鸟中模特，行走时轻盈稳健，优雅从容。它极有耐心，常常半天呆立不动，一旦发现猎物，迅速出击，务求一击就中。与白鹭相比，绿鹭其貌不扬，短小猥琐，是鹭这个大家庭中的"小丑"。可是，它却远比白鹭更有智慧。在百慕大，曾有摄影爱好者拍得一段绿鹭用面包钓鱼的视频。一只绿鹭，偶然拾得一小片面包。可它却没有马上吃掉面包，而是衔起面包飞至河边扔进水里，然后"守株待兔"，静等鱼儿上钩。良久，一只小鱼游近面包屑，说时迟那时快，只见绿鹭迅如闪电，一口叼起小鱼！

　　小小鸟儿，能有如此耐心和智慧，真让人啧啧称奇。"人不可貌相，海水不可斗量"，人如此，万物亦然。

（2016年2月19日）

天地茫茫一张岱

以我的阅读经历，能够长时间喜欢一个作家，确实不多。张岱是我一直喜欢的一个。喜欢到什么程度呢？几十年来，每次轮到讲他的《湖心亭看雪》，我总是一拖再拖，把所有的文言文讲完了，最后才讲。我要酝酿情绪，再一次备课，准备充分了才讲。说实话，我讲张岱，比讲鲁迅用心多了。

为什么喜欢他呢？

他的文字与情感太干净了。全都指向一个目标：一尘不染。没有多余的叙事，毫无瑕疵的表达。你读他的《湖心亭看雪》，"湖上影子，惟长堤一痕，湖心亭一点，与余舟一芥，舟中人两三粒而已。""莫说相公痴，更有痴似相公者！"没有比这更凝练的语言、更洁净的情感了。

我是爱热闹的人。可是从内心里，我又敬佩那些不爱热闹的人。张岱就是一个特别不爱热闹的人。有人说张岱年轻时好美婢、好游狎，是一个爱热闹的人，那是不懂张岱。你看，他选择了一个谁也不愿意出门的时间（大雪三日，更定时）、此时此刻谁也不愿意去的地方，做一件谁也不愿意在此时此刻做的事（看雪）。我说得太武断了。张岱没想到，此时此刻此地，竟然还有一个与他一起独往西湖看雪的人！张岱为了这次偶遇知音的经历，写下了这篇短文。能够做这么一件事，并以此为乐、津津乐道的人，一定是一个特立独行、独与天地往来的人。

与《湖心亭看雪》相映照的，是他的另一篇文章《西湖七月半》："西湖七月半，一无可看，止可看看七月半之人。"张岱同样用洗练的语言，刻画了看西湖的各色人等，感叹天地渺茫、知音难觅。

人生喧闹，岁月静好。人生能做的事、能拥有的美好太多了。可以与很多人一起游西湖、放烟火，也可以一个人去西湖看雪。在这里，我不想抄教科书，重复张岱的历史背景、个人际遇了。张岱穷其一生告诉我们的，我认为，就是这八个字。

可是，我的学生才十三四岁，怎样才能把这种美好传递给他们呢？这种年纪，本来就不喜欢文言文。如何让学生领略文言之美，领略文言文的语言美、情感美、文化美，在教学方法上，我做过各种尝试。比如《湖心亭看雪》，在课堂上，我与学生一道，对这篇短文做了两次"胡编"。

宋词版胡编

念奴娇·湖心亭看雪

大雪三日，更定时，湖中人鸟俱绝。毳衣炉火，天未明，独往西湖看雪。雾凇沆砀，天云山水，上下共一色。地阔天长，伴我竟无一物。

惟有长堤一痕，湖心亭一点，轻舟一叶。欣逢知己，携手问，却是金陵过客。莫笑我痴，更有痴心人，殷勤探雪。浮生如梦，与君痛饮三爵。

现代版胡编

湖心亭看雪

结束了一段红袖添香的故事

收拾　缱绻的心情

收拾　毳衣炉火

独自　去看雪

千树万树的梨花

一夜间

196

开满了　天际

那一只跳动的翠鸟

消失了踪影

长堤　走过了多少红男绿女

只剩下一道影影绰绰的　痕

柳丝的青翠

成了崇祯宫女的回忆

湖心亭

疲惫的游人温暖的慰藉

此刻　檐角的飞羽

一动不动

驻守着一片静寂

轻轻　轻轻

撑了一叶扁舟

缓缓　缓缓

向记忆　驶去

波心里

明朝的倒影

如草芥　两三粒

　　改编原著也是一种教学方法。我对学生说，喜欢某个作家或某篇文章，就上网查阅它，就动手改编它。百度是浅层次的了解，改编是深度阅读。尤其是张岱，不改编（哪怕是乱改）不足以表达我们对他的喜爱。这种方法，试过多次，我喜欢，我的学生也喜欢。

（2015年12月7日）

天赋是最好的老师

学校艺术节，领导带头上阵，可苦了我这个缺乏艺术细胞的人。就两首歌，音乐老师教了n次，几个中午不眠不休地练，就是记不住歌词。昨天彩排，我就像在台上梦游，歌词、曲调、站位、手势，忘得一干二净。

这可不行，不能在全校师生面前丢人。今天一早，找出歌谱，练！我一开口，老婆劈头盖脸一顿："看你笨的！就几句词记不住，还好意思骂学生笨得几句诗背不会！你看我，听你哼一遍，就会了！"

一语惊醒梦中人！

天赋是最好的老师。命中没有，不要强求。没有天赋，再努力往往白费劲。深圳大学心理学院王晓钧教授有许多有趣的言论，他曾半开玩笑半认真地问我们："请问，爱因斯坦是哪所中学毕业的？他是学校培养的吗？不，培养爱因斯坦的不是老师，而是他妈。"

信哉！易建联是滨河中学培养的吗？我们能把林晋逸（2015年翠园初中毕业生，首届全国高中足球联赛冠军、国少队队员）培养成王硕石（1999年翠园初中毕业，伯克利医学博士）、把王硕石培养成林晋逸？得了！我们只是发现林晋逸，并且把他放在翠园足球俱乐部（全省第一家中学足球俱乐部），把王硕石放在最适合她的班级，给他们提供学校所能提供的最好的环境、最好的老师（哈哈，惭愧，王婆卖瓜）、最好的教育罢了。学校、老师要做的，就是发现、呵护、发展孩子的天赋，而不是压抑、扼杀、磨灭孩子的天赋！

哈佛大学加德纳教授的多元智能理论认为，人类的智能至少有八个范畴：语言、数理逻辑、空间、运动、音乐、人际、内省、自然探索。换言之，每个孩子都有某种或某些天赋（与生俱来的兴趣和才能）。可是在应试教育的环境下，学校进行的是全才教育。家长、老师、学校一味要求孩子什么都学、什么都会。讨厌数学的我们送他去数学培训班，不喜欢钢琴的我们逼他考十级，背不会古诗的我们指责他笨蛋！这就是当前教育的困境。

想到这，我把歌谱一扔，去他的《年轻的朋友来相会》！我再怎么练，也不可能唱出我老婆那水平。重在参与啊重在参与。哈哈，我终于为自己的愚笨和懒惰找到了最佳借口。

（2015年11月19日）

想起了徐特立

——重读《给徐特立同志的一封信》

年纪越大，忘记的人越多；年纪越大，想起的人越少。但是没来由地，最近我常常想起徐特立。

徐特立这个人，三十五岁以下的人不一定听说过。我是在三十多年前，不记得小学几年级的语文课上认识他的。毛泽东的《给徐特立同志的一封信》，那著名的排比句，想必比我年纪大或与我一样大的人应该都记得："你是我二十年前的先生，你现在仍然是我的先生，你将来必定还是我的先生。"

徐特立这个人，是伟大领袖最尊重的老师之一。毛泽东青少年时期，不光思想，甚至生活习惯都深受徐特立影响。如，徐特立喜欢用"冷水浴法"锻炼身体，毛泽东亦如是。毛泽东曾对徐老的长寿秘诀津津乐道："基本吃素，坚持走路，心情舒畅，劳逸适度。"

想起徐特立，是因为他实在有一千个让我佩服的理由。仅举一个。最近，我听见自己老是对人感慨：老了，不行了，不想干了，活着没有意义了。流露出"人到中年万事休""船到码头车到站"的意思。可是看看徐特立，一生追求真理，34岁参加辛亥革命，40岁出国勤工俭学，50岁加入中国共产党，58岁投身震惊中外的"万里长征"，是长征队伍中年纪最大的人。我简直不敢想象，一个年近花甲的老人，双手抓着马尾巴，爬雪山，过草地，四渡赤水，枪林弹雨，九死一生，踉跄而又决绝地走完二万五千里长征。

想起徐特立，是因为他时刻让我发现自己和他人"口袋里的小"。毛泽东的《给徐特立同志的一封信》，篇幅短小，文字浅显易懂，主要采用对比手法。我只要将其略作概括，大家一看就明白了。

第一，他不服老，不怕困难。"什么'老'，什么'身体精神不行'，什么'困难障碍'，在你面前都降服了，而在有些人面前呢？却成了畏葸不前的借口。"第二，他谦虚好学。虽然他是年龄最大的红军，但他坚持虚心学习新的东西。"你是懂得很多而时刻以为不足，而在有些人本来只有'半桶水'，却偏要'淌得很'。"第三，他表里如一。"你是心里想的就是口里说的与手里做的，而在有些人他们心之某一角落，却不免藏着一些腌腌臜臜的东西。"第四，他联系群众，以身作则。"你是任何时候都是同群众在一块的，而在有些人却似乎以脱离群众为快乐。你是处处表现自己就是服从党的与革命的纪律之模范，而在有些人却似乎认为纪律只是束缚人家的，自己并不包括在内。"第五，他敬业、勤业、乐业。"你是革命第一，工作第一，他人第一，而在有些人却是出风头第一，休息第一，自己第一。你总是拣难事做，从来也不躲避责任，而在有些人则只愿意拣轻松事做，遇到担当责任的关头就躲避了。"第六，……

想起徐特立，是因为当今社会道德缺失，信仰危机，教育早已不是一块净土。当教育的空气越来越稀薄，师生的空间越来越逼仄的时候；当我们这一代老师越来越迷茫的时候……我不禁不合时宜地，汹涌澎湃地，想起徐特立。

想起徐特立。是因为人到中年，眼眸不再灼热，双腿灌满疲惫。念念这个名字，温暖、厚重。像黄钟大吕，振聋发聩。眼前为之一亮，胸臆为之一畅。

想起徐特立。是因为，他是一个真正当得起"先生"这个称号的人。

想起徐特立。我们有什么理由放慢脚步，放下手中的书呢？

（2007年12月18日）

（此文是为翠园中学"读书论坛"的成果《读书心得选》所作的序言）

神秘·神奇·神圣

——哈利·波特带给我们什么?

老师,同学们:

早上好!

今天,我在国旗下的讲话,是一个尝试。我想利用这个机会,与同学们交流一下,如何去看一部电影。

最近,许多同学看了《哈利·波特与死亡圣器》。从第一部《哈利·波特与魔法石》,到第七部《哈利·波特与死亡圣器》,哈利·波特风靡全球。这部商业电影,获得了巨大的票房利益,也制造了数以亿万计的青少年哈迷。为什么有这么多人迷恋这部电影呢?

吸引我们眼球的,首先是电影中那些神秘元素:灵验无比的魔法,阴森恐怖的霍格沃兹古堡,时隐时现的列车,各具个性与法力的人物……其次,那些曲折离奇的故事情节,也给予我们强烈的心灵震撼。比如,为了救哈利,小精灵多比死了,猫头鹰海德薇也死了。当跟随了哈利五年的猫头鹰海德薇被食尸徒用阿瓦达索命咒给打死时,它在夜空中凋落的那一刻,电影院里的观众,无不被这个富于正义感的精灵而深深打动……

凡此种种,神秘、神奇的元素在电影中无处不在,当然比课堂课本要有趣得多。

但是,我认为,一部成功的电影,它在带给我们视觉盛宴与娱乐享受的同时,更重要的,它还得带给我们一些神圣的东西:启迪智慧,化育心灵,教我们一些人生哲理。换言之,这部电影里的故事,既是现实世界中人的心灵的投射,也给人以强大的精神支持。

哈利·波特不光是一部简单的童话电影或者科幻电影,它与现实有很强的贴近性。它讲的其实就是一个孩子成长的故事。

哈利·波特原本是一个普普通通的孩子。他自幼痛失双亲。在残酷的现实中,在人们怀疑的目光中,他要自己学会勇敢地站起来,去克服一个个貌似不可能克服的困难,去战胜一个个貌似不可能战胜的敌人——如伏地魔、摄魂怪、食尸徒等等。当很少有人帮助他时,他必须学会独自去克服内心的恐惧;学会与同伴合作,驱走黑暗,追求光明。

所以,哈利·波特系列电影,就是一个一个励志故事。它告诉我们:

第一,要学会成长,必须学会面对,勇气是人生的第一要素。

第二,要学会成长,必须树立信心,信心是战无不胜的法宝。再大的困难也能克服,哪怕是无恶不作的伏地魔;正像魔法学校校长邓布利多所说,只要一个人时刻想着点亮灯火,即使在最黑暗的岁月,幸福也是可以预期的。

第三,要学会成长,必须付出努力。努力了一定会有收获,哪怕是像天书一样难懂的咒语,通过努力,也可以领会贯通乃至得心应手!

最后,我还想告诉同学们,我们许多老师认为,一个喜欢坐在电影院里的孩子,一定是一个善于学习、懂得从电影中获取力量的孩子。我们很欣赏那些喜欢看电影的孩子。老师们愿意看到一个个"哈迷",而不愿意看到"麻瓜"——常看电影会让你成为一个懂生活,爱思考,有情趣,有深度的人。

谢谢大家!

（2010年12月5日）

（本文为作者在国旗下的讲话）

女儿在巴塞罗那

前几天,女儿去西班牙旅行,今天到了巴塞罗那。从发回的照片看,巴塞罗那正如我想象的样子:厚重、典雅、浪漫……既有欧洲老牌名城的贵族派头,又不乏现代气息,是一座值得游玩的城市。女儿也一如既往地漂亮、开心。

去年我们就说过,要找时间一起去西班牙、葡萄牙。为此,我还买了一本书,想提前做做功课。到时候,可以在女儿面前显摆一下:瞧,老爸是多么博闻强记!前段时间她告诉我们,准备利用年假,与几个同事一起去西班牙。我心里一愣,不是说好了陪我们一起去的吗?怎么跟别人去了呢?不过,我没好意思说出来。女儿大了,爱跟谁去就跟谁去吧!

"差多少钱?我马上给你转过去。"在女儿面前扮大款,是我一贯的优良传统和作风。她妈妈在旁边眼睛一瞪,我连忙补一句:"不够钱的话,我们先借给你,记得发了年终奖还给我!"对于女儿,我基本上是有求必应,应必超求。她妈妈反对,我言之凿凿:"再穷不能穷女儿!"且有理有据:"我不抽烟少喝酒,省下的烟酒钱足够女儿花啦!"

女儿一向很独立,我从不担心她出门在外的衣食住行。当然,该叮嘱的依然免不了唠叨,要不心里会空落落的,总觉得有什么落下了。女儿初中时,我们就把一个比利时女孩儿接到家,让她们同吃同住了一周。在那次市里组织的中小学对外交流活动中,没想到平时胆小的女儿"大放异彩",竟然担任了团里的联络员,负责中外孩子们的沟通。

从此,一家人出国旅行,女儿就多了一项任务,主管对外交流。先是找个厕所问个路什么的，发展到去年去泰国苏梅岛跨年，女儿包揽了所有的行程，我们乐得当甩手掌柜。女儿做事极具乃父风范，"精益求精"，哪怕是出门游玩也绝不苟且，常常为了一个细节冥思苦想、加班加点。要说那次春节游有什么不妥的话，就是两个字：完美！太完美了，害得我到现在还在怀念曼谷天空餐厅的海鲜和夜色，怀念苏梅岛的阳光和沙滩……

这次她与同事一起去西班牙，主要也是她策划、实施。一个月前就开始忙乎，订机票、民宿，做行程攻略。什么圣家族大教堂、巴特罗之家、米拉之家，都在她的计划之中。从来不爱足球的她，甚至还在网上订了一场西班牙足球门票！电视里经常看到欧洲足球流氓闹事，我担心安全，泼冷水："你们几个女孩子凑什么热闹？又看不懂。"女儿反驳："到了西班牙，不看足球比赛，不是等于没来过吗？感受一下气氛也好。再说了，爸爸你不是不懂英语、篮球，也跑到纽约看歌剧、NBA吗？"我一时语塞，只好乖乖投降："好吧，想看就看吧。门票贵不贵？我请客！"

小时候，女儿很听话。大概从十二三岁起吧，女儿就开始有了独立意识，凡事爱自己做主。从此，在家庭的"战场"上，我就逐渐守土失责，屡战屡败。我明白，女儿要长大，父亲就该扮演"常败将军"。但我没想到，这样做的后果是，我不仅丢盔弃甲、丢城失地，最后女儿干脆远走高飞，大学毕业后做了北漂一族。我们老两口两眼巴巴，一年到头就盼着春节期间一家团圆。女儿说："我知道，回到深圳什么都有，房子、车子你们都准备好了。我从小到大都是靠你们，这次我要靠自己。放心吧，我能养活自己。"

余光中把未来的女婿比成假想敌。女儿读中学时，我们是一天到晚严防死守，如临大敌，生怕"敌人"围攻上来。为此，没少费神。家里仅有的一次大战、二次大战，基本以此为导火线而起。短短几年，换了人间。如今，我是日思夜想，拟定了各种万全之策，专等"敌人"攻上门。可是，让我纳闷的是，女儿毕业三年了，到现在，一丝丝"敌情"也没有发生,连一个探头探脑的"侦察兵"似乎也没有!我百思不得其解,这到底怎么了?如此美丽能干又温柔善良的女儿,又有一个如此慷慨大方又知书达理的老爸,怎么就没有一个愣小子唱着战歌放马过来?偷偷剧透一下,我早就准备好了,坚决做一个合格的,不,优秀的"内应"!

好了,不说了,女儿又从巴塞罗那发了几张照片回来。要是知道我在背后瞎操心,一定会满脸秋色的。拜托各位,这篇文章看看就行了,千万别发朋友圈!

（2017年12月27日）

去年种的一棵树

去年种的一棵树，今年就开满了花。

那是一棵紫荆，又名红花羊蹄甲，是香港的市花。校道旁原来有一棵紫荆树，我担心它孤单，在它的旁边补种了一棵。虽然只有碗口粗，可是花却开得像模像样。一树的红艳，在冬天的暖阳下热热闹闹地绽放，如同一个小姑娘，俏生生地美丽动人。每天早上、中午去食堂，我都要在树下站一会儿。我几乎知道每一朵花开的时间。最初一朵是一个月之前开的，紧接着第二天又开了两朵，一周内开了二十二朵，第二周她似乎放慢了脚步，不愿开得太快，只新开了十二朵……今天我再数，怎么也数不过来了。

我工作的学校生态环境很好，满眼苍翠。历任校长都很重视校园美化、绿化，为学校留下了宝贵的绿色财富。据最早到学校工作的老师说，1984年建校时，校园所在是鱼塘和荒地，杂草丛生，一棵树也没有。三十年过去了，据生物科组老师统计，如今，校园里有四十多科、一百多种植物。数不胜数的花草树木，其中不乏名花异木。有南方特有的榕树、大王椰、假槟榔、樟树、木棉、白兰树等等。最大的一棵大叶榕在运动场一角，遮天蔽日，蔚为壮观。有一次我散步途经树下，恰好一群学生也在，我让他们手牵手，结果要十个孩子才能绕树一圈。

校园里一年四季都可以赏花。春天来了，最先开花的是校门口的一棵相思树，一树金黄，煞是可爱。接着是红彤彤的木棉花开。每年三月中旬，木棉花开始吐蕾、盛开，校园里仿佛到了节日，连空气中都飘散着幸福的味道。师生们脸上洋溢着笑容，鸟雀们也奔走相告、欢呼雀跃。每天都有师生在木棉树下捕捉美的镜头，每天都有成百上千的鸟儿飞上枝头，叽叽喳喳、忙忙碌碌地啄食花瓣。这些客人们有红耳鹎、白头鹎、绣眼、八哥、椋鸟等，来的最多最勤的是红耳鹎。冬天里开花的就数紫荆花了。紫荆花花期很长，能持续开两个多月。不过，花期最长的要数白兰树，几乎一年四季都开花，但夏天开得最多，香气也最浓郁。怡园里有十一棵白兰树，它们种于1984年，与学校同龄。我1996年到学校工作，它还只有三层楼高，现在已经长成六层楼高的参天巨树了。有时，爱美的女老师特意爬到五楼的天台，顺手摘下几朵玉兰花放在办公桌上，在扑鼻的花香中备课改作业，心情也格外舒畅。

春有木棉，夏有玉兰，秋有丹桂，冬有紫荆。一年四季，飘香吐艳。美中不足的是，校园里树多，会开花的却寥寥无几。因此，我向陈校长建议，多种些会开花的植物，以丰富校园的色彩，让花香伴随书香。陈校长非常支持。这两年，花工蒋师傅找遍了校园里每个能种花的角落，先后种了一棵紫荆、九棵凤凰、三十九棵桂花树。校园两段围墙种上了凌霄花。等凌霄花开了，我准备给校园的几处地方命名，名字都想好了，玉兰园、木棉小道、凌霄墙……"放眼满园绿，无处不飞花。"每天在鲜花怒放、充满诗情画意的校园里工作、学习，是不是幸福指数也会攀升呢？

学校每年都会接待来自四面八方的同行参观学习。尤其是今年，先后接待了十多批来自内蒙古、贵州、湖北、澳门、云浮、广州、中山、顺德……的领导和老师。我喜欢领着这些远道而来的同行们参观校园，向他们介绍我们的"三园"——翠园、怡园、景园。来访者往往好奇地问这是什么树，那是什么花。不经意的一问，却会让我打开话匣子，我往往乘机给他们普及一堆关于这些植物的知识……有时候还介绍设计理念以及校园文化，常常弄得客人奇怪地看着我，大概心里想：我只是顺便一问而已，你说那么多干吗？

九六届校友二十周年聚会，找到学校老师，想要赠送学校一块牌匾。我想了想，还是种一棵凤凰树吧！感谢校友们关心母校的善举，既有纪念意义，又能美化校园，且为后来的学子们做表率。一举多得，皆大欢喜。

兴之所至，我曾经分别为校园里的榕树、白兰、木棉、相思树赋诗一首。这里录一首《白玉兰》，分享给大家。

白玉兰

前人手自栽，
我歌几徘徊。
润洁比玉质，
馥郁追兰怀。
冰清天上有，
月魄落瑶台。
无心掩芳菲，
有意作栋材。
日日闻香至，
夜夜入梦来。
何当花下醉，
醉与脱凡胎。

我这几天在琢磨，也想为去年种的这棵紫荆花写一首诗。才思枯竭，一时不知从何下笔。只好抛砖引玉，为身边的美好作记，您也来试试？

（2017年12月27日）

那些岛屿

——读《岛屿书》

一

案头摆着一本书，名字叫《岛屿书》。时不时拿起翻翻，以满足我关于岛屿的遐想。作为一个不折不扣的"岛屿控"，如果是前些年，一到假期，我早就在太平洋的某个岛屿发呆了。如今老境将临，厌倦了绮丽的风光。只好冒着严寒，懒懒地宅在家里。却还是免不了做做梦，想象此刻自己正在哪个热带角落里，穿着大裤衩，踢踏着拖鞋，迎着海风看斜阳……

对岛屿的神往可以追溯到四十多年前。母亲不知从哪里借来一本《西沙儿女》，我偷偷地跟着读了。中学时，我把学校图书馆里能找到的所有有关岛屿的书，《鲁滨孙漂流记》《金银岛》《机器岛》《叛舰喋血》都翻了一遍。也许，就是在那黯淡的油灯下，我的心中，就已经悄悄地种下了对海风、椰林、沙滩，包括对异域风情、神秘岛屿的向往……

《岛屿书》的作者出生于德国，朱迪丝·莎兰斯基，是一位令人尊敬的女性。青少年时期，从未踏出国门一步的她，出于好奇，习惯于在地图册或地球仪上进行"指尖上的旅行"。她收集了大量资料，记录了地球上超过一百座岛屿的前世今生。正是由于她的执着和努力，让我们有机会去了解、探索那些未知的世界。

世人所知的岛屿，比如普吉岛、苏梅岛、沙巴、帕劳，这些旅游胜地、人间天堂，美如仙境、人潮汹涌。殊不知，"天堂是岛，地狱也是"，"只有在极少数情况下，空旷岛屿上的生活尚且可以称得上

210

闲适自如",而地球上大部分岛屿,即使在远离大陆数千公里的大洋深处,也隐藏着许多不为人知的,甚至是血腥的秘密。

这些岛屿,有的见证了人性的贪婪。人类对自然的掠夺,不是从今日始,也不是从落后或发展中国家始。越是发达国家,越早参与对我们赖以生存的家园的破坏。前些年,绿色环保组织记者冒死拍摄纪录片《海豚湾》,记录下了日本渔民血腥围猎海豚的场景。与书中记录的相比,日本人屠杀海豚只能算是"小巫"。南设得兰群岛中的失望岛,地处南极,是一座环形火山岛。岛的四周环境极其恶劣,"这里是尼普顿海神的风箱,是地狱的门房,是龙的大嘴,这里的风刮个不停"。然而,就在它的东南角,有一个不到两百米宽的入口。里面风平浪静,在打盹的火山下面,是全世界最安全的港湾之一——捕鲸人湾。自1906年至1931年的二十五年里,这里曾经驻扎着两百多挪威人,还包括一个女人(玛丽·贝琪·拉斯穆森,第一位到达南极的女性)。他们用大炮射出捕鲸枪,这种新型捕鲸法非常高效,一艘船每次最多能捕六头鲸鱼。他们将巨大的鲸鱼拖进港湾,剥皮、分割肉与鲸脂,用企鹅做燃料炼鲸油。海水被鲸血染红,沙滩上堆满了鲸鱼骨架,空气中弥漫着恶臭……

"人对人是狼"(英国哲学家霍布斯),人与人之间的丑恶,在与世隔绝的岛屿,演绎得更加淋漓尽致。克利珀顿环礁,面积只有五平方公里,位于东太平洋,离墨西哥两千多公里,是英国人克利珀顿1705年首先发现的。西班牙、美国、墨西哥、法国先后宣称或实际拥有主权,现归属法国。就是这么一个不适合人类居住的弹丸之地,也曾经发生过人性惨剧。第一次世界大战期间,一艘墨西哥军舰在此搁浅,船上下来十四个男人、六个女人、六个孩子。几年后,疾病、强奸、杀戮,岛上只剩下一个男人、四个女人。男人宣布自己是克利珀顿国王,在两年内对国家进行了惨无人道的统治……像这样的惨剧,只不过是人性丑陋在一个微型小岛中的缩影,电影《叛舰喋血》中也有详尽描述。

　　国与国之间的竞争，对环境的伤害尤其令人发指。西方发达国家是破坏环境的始作俑者。世界上第一颗原子弹爆炸地点在马绍尔群岛中的比基尼岛。1946年至1958年的十二年间，美国一共在此进行了六十多次原子弹和氢弹试验。这个美丽的小岛，有着无与伦比的自然景观，以及让人对其名字的瑰丽猜想。爆炸发生时，周围数十海里的生命无一幸免。半个多世纪过去了，岛上及附近重新有了生命，但据最近英国BBC频道的纪录片《蓝色海洋2》报道，科学家研究，那些重新回到海岛的鱼类和海龟的基因里，至今难以消除核辐射的影响。

　　继美国之后，英、法等国也把浩瀚的南太平洋作为核试验场。二十世纪五六十年代，英、美两国曾经在基里巴斯（圣诞岛）进行过数十次核试验。法国最早选择撒哈拉沙漠作为核试验基地。由于阿尔及利亚独立，法国先是将视线转移到东太平洋的克利珀顿环礁，最终选择了如诗如画的地方——南太平洋的土阿莫土群岛的两处环礁潟湖区：穆鲁罗阿和方加陶法，法国人在这两个环礁进行了超过一百次的核试验。此前，这两处环礁人类从未涉足，丰茂葱茏。法国人在方加陶法环礁的北面炸开一个缺口充当航道。1968年8月24日，当时世界上威力最大的（当量2.6兆吨）名为"老人星"的氢弹在此爆炸，"在那之后，什么也没剩下……核辐射的污染遍及整座岛屿"。

　　任何人，穷尽一生，也无法探知每一座岛屿，无法亲身验证发生在这些岛屿的冷酷与悲哀。如果不是《岛屿书》的作者，我们对岛屿，永远都只是充满了幻想。正如皮皮岛，最初是莱昂纳多心目中的世外桃源，他哪里会料到，随之而来的竟然有毒品与倾轧。我们永远无法知道，在这些光鲜亮丽的风景背后，竟然暗藏着如此之多的人类对海洋、对地球、对人类自身犯下的暴行。我们永远无法知道，在这些与世隔绝的遥远的世界里，上演过如此之多的泯灭人性的故事。

（2018年1月31日）

二

有些岛屿，似乎注定与苦难有关。

比如复活节岛，岛上原本植被丰茂，有许多高大的棕榈树，生活着十二个部落的一万多人。疾病、饥饿、战争，导致岛上人口急剧下降。部落之间互相攀比，建造一种巨大的雕像，耗去了岛上的全部资源，人们把岛上最后一棵树也砍光了。从此，岛民失去了赖以生存的最基本的物质基础。为了活下去，更加剧了部落之间的纷争。最后，岛上只剩下一百一十一个原住民了。

兰佩杜萨岛是一座难民岛，向来是非洲、中东难民登陆欧洲大陆的中转站。2016年，意大利导演罗西的纪录片《海上火焰》，从一个叫塞缪尔·卡鲁阿纳的九岁男孩的视角，忠实还原了岛民的生活，以及难民在海上颠簸、拥挤、遇险、死亡、被救的种种经历。这座岛，正在上演当代难民流离失所、妻离子散的人间惨剧。

还有一些岛屿，见证了虎落平阳、英雄（或枭雄）落难，有的还与人类命运息息相关。

南大西洋的圣赫勒那岛，这座以君士坦丁大帝母亲（圣海伦娜）名字命名的小岛，离非洲西岸1950公里，是欧洲霸主、一代枭雄拿破仑的"龙困浅滩"之地。1815年拿破仑被放逐于此，直至1821年逝世，死因至今争议不断。"他在这座岛上缺的并不是自由，而是权力，以及对回归世界的期望。"1899年至1902年的南非布尔战争，英国曾将数千布尔人战俘关押在这里。

肖恩·康纳利主演的007电影《勇闯夺命岛》，拍摄地为美国旧金山的恶魔岛，原名鹈鹕岛。这个小岛面积仅有0.0763平方公里，四面峭壁悬崖，浪高水急，美国政府将其建为联邦监狱，几乎美国历史上所有大名鼎鼎的重刑犯，全都在鹈鹕岛上蹲过大牢。《教父》的原型、最臭名昭著的芝加哥黑手党教父卡邦，电影《阿尔卡卓兹

213

养鸟人》的原型、史上最浪漫的犯人史特劳德，都曾被关押在这里。据说没有一个犯人成功从这里越狱。2009年，我曾经乘游船环游这座小岛，并眺望金门大桥。谁能想到，这壮美的景色背后，却发生过无数令人胆寒的传奇故事。

当然，最著名的监狱岛莫过于南非开普敦附近大西洋中的罗宾岛。它关押南非黑人领袖曼德拉达十八年之久。因禁曼德拉的第五号牢房很小，只有七平方英尺。曼德拉坚韧顽强、以德报怨、宽容智慧，被誉为是"南非之魂""南非之父"，正是由于他推行的"和解"政策，使分崩离析的南非各族重新走到了一起。他对当代世界政治家的影响无人能及。在仅能容一人的狭小空间里，曼德拉从未停止过斗争，他把自己的故事写成自传《漫漫自由路》。香港已故歌星黄家驹为曼德拉而写的《光辉岁月》，就是他伟大人格的真实写照：

今天只有残留的躯壳

迎接光辉岁月

风雨中抱紧自由

一生经过彷徨的挣扎

自信可改变未来

前年我到南非旅游，因行程安排原因，失去了一次前往罗宾岛朝圣的机会。

用作监狱的岛屿要么孤悬海外，要么陡峭森严。然而有一个绿色岛屿——诺福克岛——却是丰饶的乐园。尽管如此，它却是大英帝国阴森恐怖的罪犯流放地。在这里，犯人们从事繁重的工作，忍受着非人的待遇，很少有罪犯能活着离开这座人间地狱。

"三十年河东，三十年河西"，前人的苦难，成了后人凭吊的遗迹和津津乐道的话题。如今，这些赫赫有名的监狱岛，大多已华丽转身，开放为景点供世人游览。1997年1月1日，罗宾岛正式成为向公众开放的博物馆；1999年，它又被联合国教科文组织列为世界遗产。一座监狱岛因为关押一个政治犯而成了世界遗产，这也是绝无仅有的。

旧金山的恶魔岛和开普敦的罗宾岛游人如织。英国政府也想将圣赫勒拿岛开发为旅游资源向公众开放，花了3.7亿美元修建了一座机场，结果建成一年多，却没有一架飞机降落。2017年5月7日，圣赫勒拿岛终于迎来了唯一的一架来自南非的客机。遗憾的是，圣赫勒拿岛过于遥远，中国广大拿破仑迷只能望洋兴叹！

（2018年2月1日）

三

选择出海
是为了
鱼与尊严
为了
现实的和遥远的
爱
出海
只是为了证明
生
比死无奈
死
比生永恒
对于渔夫
这是世界上
最隆重
最奢侈
最完美的
葬礼
所有的鱼

　　活着的和死去的

　　都出席了

　　吊唁者还有

　　级别最高的

　　暴雨

　　飓风

　　狂涛

　　以及爱你们的人

　　穿透大海的

　　声音

　　电影《完美风暴》，讲述一艘渔船在大西洋遭遇百年一遇的飓风，船长比利带领船员与风暴搏斗的故事。场面震撼，感人至深，它与《垂直极限》《后天》，是我最喜欢的几部灾难片。记得当年看完影片后，心情久久不能平静，写下了上面这首诗。

　　人们选择大海与岛屿，各有各的理由。

　　在所有关于岛屿的故事中，无疑，鲁滨孙的故事是最纯粹、最令人感动的一个。他为了爱情与人决斗，失手杀死对方后逃到船上当水手。

　　当然，在大海面前，他没有选择的权利，直接就被命运抛弃。《鲁滨孙漂流记》里的鲁滨孙（皮尔斯饰）、《荒岛余生》中的查克（汤姆·汉克斯饰），一个是因为轮船失事、一个是因为飞机失事，不幸流落荒岛。对主人公来说，这是陷入绝境、天塌地陷的大事，然而，他们荒岛求生的传奇经历，却给读者（观众）带来启迪和憧憬。

　　人们选择岛屿，除了生存的需要，更多的是为了欲望与野心。少年时读史蒂文森的《金银岛》，恨不得自己就是那个吉姆，带着藏宝图，跟着戈恩去探险。我仔细阅读小说里的许多细节，想象着如果有一天……那时候，我连大海都没见过。

216

　　小说中的吉姆最终成功找到了宝藏。在现实中,有的人就没那么幸运了。十九世纪末,一位叫吉斯勒的工厂主的儿子,抛弃了纽约的一切,前往哥斯达黎加的科科岛(离哥伦比亚1000公里)寻宝,他相信岛上有三处宝藏:"韦弗湾的东北角,在三峭岩脚下的一个小岩洞里,洪水线背后的两百英尺。"这些神秘藏宝图里的片言只语,误尽了他的一生——上岛时吉斯勒三十二岁。十六年后,他耗尽家产,把岛挖了个底朝天,连宝藏的影子也没见到。最终他不得不回到纽约。1935年,吉斯勒临死前还坚持:"我相信那座岛上藏着巨大的宝藏。……要是我还年轻,我会从头再来一遍。"

　　电影比现实要来劲儿得多。电影是成人童话,可以帮助观众实现任何梦想。在影院里,我们仿佛就是杰克船长(《加勒比海盗》,德普饰)的化身,纵横加勒比海,既能解开月光咒语,救出美人,又能找到荒岛中某个山洞里的金银财宝。金钱、美女、冒险、梦幻般的岛屿,男人钟情的元素,荧幕里都具备。

　　然而,并不是所有的探险都是为了宝藏。有的是为了青史留名,"对人类来说,第一个到达者拥有一切,第二个到达者什么也不是"(茨威格《伟大的悲剧》)。数百年间,类似阿蒙森(挪威探险家)与斯科特(英国探险家)的南极角逐,在地球上许多地方上演。当绝大部分地区人类都已踏足,剩下的为数不多的岛屿,就成了探险家们争相竞逐的舞台。奥匈帝国的派耶中尉,带着三十磅熊肉,冒着零下五十度的极寒,一路向北,抵达鲁道夫岛的东北角,他插上奥匈帝国旗帜,在密封的瓶子里留下一张字条:"弗利格里角,1874年4月12日。北纬82度5分,最北点。我们到达这里,无法继续向前。"

　　探险家甚至把无法登陆岛屿看作是自己的耻辱。1821年,有人就已经发现了南极的彼得一世岛。但由于岛的四周全是光滑陡峭的冰壁,一百年间,从未有人登上过。直到1929年2月2日,欧斯达德才成功登上该岛,带回一些岩石样本。据说,迄今为止,登上月球的人数比登上这座岛的还多。

就在我写这篇文章的头一晚，全球天文爱好者都在观测据说是一百五十年一遇的特殊月全食现象。一百多年前，人们为了观测天象，比今天要艰难得多。1874年，法国科学院为了展示自己的实力，维护它在南太平洋的利益，曾经派遣两支装备精良的考察队，开赴新西兰附近的坎贝尔岛，观察金星凌日的情况。然而，由于天空被厚厚的云层遮住，这一宏伟计划最终落空。

要说《岛屿书》有什么不足的话，对大部分岛屿，作者只是记录了与它有关的零星史料，读者难以从中窥斑见豹，更无法了解这些岛屿的详细历史。

尽管这样，我们还是能从这些片段中，感受前人探索海洋与地球的踪迹。比如前文提到的方加陶法岛附近920公里处的纳普卡环礁，早在1520年11月28日，麦哲伦船队就发现了它。麦哲伦在此宣布，最多还需一个月，船队就能到达东方的香料岛。几个星期之后，面对无穷无尽的大洋，传说中的东方杳无踪影。麦哲伦只好把这些岛屿命名为失望群岛……

我们难以猜测，几百年前，当麦哲伦发现这些岛屿时，他们的欣喜和失望。但我们知道，西方人前赴后继，选择茫茫大海，绕道好望角，就是为了避开横亘在欧亚大陆中间的强大的奥斯曼帝国，找到通往东方的航道。他们不是为了鱼与尊严，更不是为了爱，而是为了欧洲对东方的最卑劣的欲望和野心——黄金和香料。

（2018年2月2日）

四

远离人群的岛屿，仿佛在世界的尽头，让厌倦了尘世的人觉得生活也许有另一种可能。

这种可能，吸引了许多人为之动心、为之疯狂。

　　莱昂纳多主演的电影《海滩》，讲的是当代一群活腻了的西方人，试图换一种活法，跑到泰国PP岛寻找乌托邦，结果理想破灭。故事很烂，《泰坦尼克号》之后，所有的人都看好莱昂纳多，没想到他紧接着拍了这部烂片，让人大失所望。但电影中展现的热带岛屿风光，确实为PP岛做足了广告。

　　这些与世隔绝的地方，早在一两百年前，就"成为乌托邦实验和人间天堂的完美假想地"。19世纪，苏格兰人格拉斯率领七个氏族，在南大西洋的特里斯坦·达库尼亚岛，"人人平等，共享一切""过着微观共产主义的和睦生活"。1929年，柏林牙医弗里德里希·里特，中学老师朵蕾·施特劳赫，抛弃各自的伴侣，逃往加拉帕戈斯群岛的弗洛蕾娜岛，建立起他们的农场"弗里朵"。他们搭建房屋，开垦荒地，过着隐居生活，做了几年"加拉帕戈斯的亚当和夏娃"。然而好景不长，一个奥地利女人带着两个情人打破了小岛的宁静。这个疯女人自封男爵，像暴君一样统治岛民，包括里特夫妇。几年之后，五个人当中有四个人离奇死亡，只有朵蕾老师一个人回到柏林。"全世界的报纸都在猜想：凶手究竟是谁？"

　　几乎同时，美国人福瑞斯比也在太平洋库克群岛中的普卡普卡环礁上当上了现代隐士。他的邻居全都赤身裸体，男人们驾着独木舟捕鱼。这是一个有人（玻利尼西亚人）居住的小岛，早在1521年麦哲伦就已经发现了它，并给它取名为"不幸的岛"。2012年该岛只有166个居民。1979年，普卡普卡机场建成，有不定期航班飞往塔希提。

　　不只普通人有岛居的愿望。

　　1891年，43岁的法国后印象派画家高更，在经历了一系列失败后，来到大溪地（塔希提岛）——这个"最接近天堂的地方"，在那里度过了人生最后也是最美好的时光，留下了大量的传世名画。英国作家毛姆以高更的故事为素材，创作了《月亮与六便士》：主人公思特里克兰德是伦敦的证券经纪人，生活优裕，妻子漂亮，两个孩子健康快乐。在婚姻的第十七年，思特里克兰德抛妻别子，来到大溪地。就在人们以为他的出走是因为有外遇的时候，事实却是：他原来只是为了画画。

美国作家海明威，曾经在佛罗里达的西礁岛度过了七年。这里地处美国内陆的最南端，他在这里喂养了一大群猫——其中一只叫玛丽莲·梦露，完成了不朽之作——《丧钟为谁而鸣》《乞力马扎罗的雪》。

我在思考，用一个什么词来归纳《岛屿书》呢？想来想去，只有一个词最合适：逃。古今中外，"逃"是人类永恒的追求。陶渊明想逃，因此有了《桃花源记》；苏东坡想逃，因此有了"小舟从此逝，江海寄余生"；高更想逃，逃到了数千公里外的孤岛大溪地；海明威想逃，逃到佛罗里达的西礁岛，逃到古巴哈瓦那，无处可逃，只好用枪结束了自己的生命……

我们常说，"活在当下"。如果能"生活在别处"，谁又愿意"活在当下"？詹妮弗·劳伦斯主演的《太空旅客》，是一部浪漫的充满想象力的电影。女主角逃离喧嚣的纽约，乘坐阿瓦隆号，要一百二十年后才能抵达殖民地家园2号星球。如此漫长的旅途，可是，人们趋之若鹜，有五千个乘客花巨资买票登上了阿瓦隆号，试图改变自己的人生。"我希望我们九十年后再相遇，我可以为你建座房子，我可以看你写的书，那该多美好啊。"好莱坞的爱情誓言已经不局限于岛屿了，他们早已把视线投向茫茫太空。"逃"的空间更加广阔，时间更加渺远……

这几天，朋友圈都在晒各自短暂的"逃离"，有的在澳洲，有的在欧洲，有的在非洲……我却独自反复读着《岛屿书》，人在家里，心怀岛屿。我问自己，我是不是也想逃呢？如果我要逃，我将逃向何处？

其实，岛外的人想进去，岛内的人想出来。这种围城定律，同样也适应岛屿。我两次到百老汇观看歌剧《妈妈咪呀》，精湛的表演、优美的音乐令人着迷，我熟悉里面的大部分旋律。单身妈妈多娜（电影版梅丽尔·斯特里普饰）带着女儿苏菲（电影版阿曼达饰）生活在希腊爱琴海的一座迷人的小岛上，一心经营家庭旅馆，女儿却一心想离开小岛，到外面的世界去……

朱迪丝·莎兰斯基用简洁、素描式的文字，讲述一个个岛的故事，帮我们解开那些文化密码：一座岛，哪怕是最偏僻的岛，都有人生百态、爱恨情仇。一个人，不同的年龄，有不同的梦想——二十岁时，你想浪迹天涯、征服整个世界；五十岁以后，你只想归隐小岛、手执一本书……

（2018年2月3日）

探索与探险

——读《发现之旅》，看《南极之恋》

　　一本书，讲述伦敦自然博物馆收藏的一批水彩画背后的故事；一部电影，讲述一对90后中国男女在南极冒险求生、相知相爱的故事。

　　书与电影，似乎风马牛不相及。但它们之间，在我看来，却不无关联。书与电影都关乎科学与艺术，都关乎探索与探险。

　　人类对未知世界的探索，不是从今日始，也不是从西方始。张骞出使西域、玄奘西天取经、郑和下西洋、徐霞客"朝碧海暮苍梧"……我们祖先并不缺乏智者和勇者。只不过几百年闭关锁国的历史，让华夏文明中的探索与探险精神，与外部世界渐行渐远，越来越迷失于江南的蒙蒙烟雨中。

　　恰恰是最近三百年，西方国家开始了疯狂的扩张。英国作家托尼·赖斯的《发现之旅》一书，"以过去三百年间最有趣也最重要的自然科学探索之旅为题，聚焦在这几次航程中搜集到的艺术与图像材料"，从一个侧面反映了西方对世界的探索与探险的历史。

　　西方老牌帝国主义带着枪炮横行天下，霸占土地、掠夺资源、奴役人民。但不可否认的是，从17世纪开始，殖民者除了炫耀武力、展示肌肉，还对全球进行了孜孜不倦的科学探索。比如，几乎每次跨洋航行都带上科学家及水彩画家，既借科学考察之名到处宣威，到处索取政治及经济利益；同时，也实实在在地做了许多科学研究，有许多重大的科学发现。这一时期的水彩画家借助画笔发现、观察、记录、绘制、收集动植物，留下了极为宝贵的第一手资料。这些"大自然的艺术"，至今仍然完好保存在伦敦自然博物馆，

222

给人以思考和享受。

这本书从自然艺术史（主要是水彩画）的角度，介绍了自1687年开始三百年间英国十八位探险家、科学家、水彩画家的发现及其成果。从牙买加、锡兰、苏里南、北美洲，到太平洋、澳洲、亚马逊，无不留下了他们探索的脚印，也无不留下了他们探险的故事。

几百年前科学家、水彩画家们不辞辛苦、长途跋涉，甚至冒着生命危险采集标本、绘制实物。他们开拓进取、冒险探索、求真务实、精益求精的科学精神和经历，在今天看来，依然令人敬仰。

我个人认为，《南极之恋》多少也反映了当代中国人的这种追求，对中国电影具有里程碑式的意义。

它拓宽了中国电影的宽度。过去，中国电影极少涉及冒险题材。好莱坞大片《南极大冒险》《人狼大战》《荒野猎人》等等，包括更早的美国作家杰克·伦敦与海明威的小说，体现了美国人的价值取向，即人在自然面前的文化自信、永不言败与个人英雄主义精神。然而，中国导演和作家要不沉浸于历史题材不能自拔，要不就是迷醉于当代滚滚红尘。《南极之恋》让人耳目一新，它是第一部涉及冰雪、探险、境外题材的国产故事片，且是全世界第一部真正在南极实地拍摄的影片。中国国力日益强盛，越来越多的国人走出国门旅游、求学、工作、经商。无论是在世界上最繁华的街道如纽约第五大道、巴黎香榭丽舍、东京涩谷，还是在非洲马里、北极圈里人烟稀少的圣诞老人村……处处可见国人忙碌或悠闲的身影，处处可见国人坚韧而勇毅的生存智慧。这部电影真实讲述了中国的巨变、当代年轻人逐梦的故事，意义重大。

它在一定程度上显示出中国电影的深度，有助于提升国人的精神状态，有助于培育国人的探索与探险精神。

我国传统文化不提倡冒险精神，"平安是福""平安二字值千金""在家千日好""老婆孩子热炕头"……鼓励国人好好待在家里，反对远离故土，尤其不主张远走异国他乡创业。学校教育在全社会"安全重于泰山"的背景下,一味强调安全,趋利避害,害怕承担责任,放弃一些有益身心健康但可能存在风险的活动。因此,许多青少年精神羸弱,缺乏进取心,更不敢涉险。《南极之恋》中的两个90后——一个婚庆公司的老板、一个高空物理学家,两个毫无共同之处的年轻人,却为了各自的梦想,奔向极寒之地。在飞机失事之后,两人没有束手待毙,共同用90后的担当、强大的知识储备去面对挑战,冒险求生75天……

从某种意义上来说,不管《南极之恋》的艺术价值如何,它和《战狼》一样,对提振国人士气,都有符号式的积极作用。

"退一步海阔天空",原意是人与人之间要懂得退让。如果在科学探索方面也秉持这种态度,无疑是将科学进步、国家发展拱手让人。"走出去",你会发现"外面的世界更精彩"。尽管存在许多未知的风险,但是,冒这种风险是值得的,哪怕失败了也是"伟大的悲剧"(茨威格评价英国探险家斯科特),一个先驱探索过程的经验教训,终将成为一个民族发展的财富。

许多时候,要探索就必经探险。库克船长三次探索太平洋,发现新西兰、南极大陆、途中得病差点命丧大洋;达尔文跟随小猎犬号,到达加拉帕戈斯群岛,研究动植物现象,提出进化论……从哥伦布、麦哲伦,到库克、达尔文,西方人探索地球奥秘的过程中,哪一次不是险象环生?哪一次没有付出生命的代价?

颜值爆表、人品爆发,口碑不爆棚才怪。遭遇坠机、坠海、坠入冰窟、暴雪、飓风、伤痛……男女主人公合力战胜了一个个看似无法克服的困难。这还不算,《南极之恋》故事结局给观众的依然是个悲剧。但两个年轻人在大灾大难面前、在严酷的自然面前,是强者更是智者,他们身上散发出的人性的光辉,是赢得观众的关键力量。

太空探测、深海探测……如今,在那些更加辽阔神秘的领域,不断听到国人的"好声音"。这个假期读《发现之旅》、看《南极之恋》，在书中读到前人探索大自然的传奇，在荧幕中看到国人在南极挑战不可能。作为老师，我由衷欢欣鼓舞备感欣慰。开学后我要给我的学生讲书中与电影里的故事，希望我的学生们将来做一个强者与智者，在科学和艺术的道路上，敢于探险、善于探索，越走越远，越走越宽阔。

（2018年1月8日）

回　家

喜欢回家。

越来越喜欢回家。

不需要比喻夸张，不需要含蓄委婉，我愿意用最朴素简洁的语言、最开门见山的方式告诉你——真的，我越来越喜欢回家——回我的老家。

最近几年，我一有空就往老家跑。常常一到假期，朋友打电话问：在哪儿？我基本都是答道：在老家。于是朋友们说，你怎么老是回老家啊？有的还不忘关心一句，不会有什么事吧？

从深圳我家楼下出发，计表，到我老家父母家楼下，正好399公里。最快的一次，四个小时就到了——要知道，河源一带有一段限速80公里。有一次，我一个人开车，下午三点出发，晚上十点多才到。一路狂风暴雨——我一生见过的最瓢泼最滂沱的雨，能见度不到10米，雨刷狂刷，我头往前伸，努力睁大双眼，前路还是模糊一片，高速公路车速只能开一二十公里。暴雨如拳如鼓如瀑布如滚石，狂风如泣如诉如鬼哭如狼嚎。我为了给自己加油，把音响开到最大，跟着彭丽媛狂吼"我们是黄河泰山"，跟着顺子狂吼"回家，回家，马上回家"，那是我唱得最肉麻最过瘾最酣畅淋漓的一次。到家半天脖子仍僵硬不能侧转，至今回忆心有余悸。

其实，回家路上，总是提心吊胆——不光自己紧张，一家人都跟着担心。一是怕吃罚单，十次回家，九次吃罚单。哪怕你再慢再谨慎，还是不免中招。很多朋友都有类似经历，车过河源，一边骂骂咧咧，一边不断提醒自己小心地雷。可是防不胜防啊，河源一带摄像头最密集的地方，好像几百米就有一个！可谓世界奇观！

二是车祸猛于虎。一到节假日，粤赣线车行如蚁。车多不要紧，最烦的是许多车主，逢车必超，有缝必钻，一路上演好莱坞大片警匪追逐惊险刺激的镜头，让我等目瞪口呆，心惊胆战！所以十次回家，九次能目睹车祸。去年春节回家，一路五六次车祸。最多的十车连环追尾，几十个男男女女老老小小站在路边可怜兮兮。最惨的两辆大货柜相撞，前一辆已烧得只剩车架，后一辆不知怎么撞的，车头倒扣，驾驶室被压成一张薄饼！每次看到这些触目惊心的场面，不免心生感慨，还是得感谢河源交警啊，要不是他们严加防范，车祸不知要翻多少倍呢？在这里顺便也替他们抱不平，为什么为老百姓办点实事好事，却总是得不到老百姓的理解呢？！

扯远了。还是愿意回家。

路上就先盘算着，这次回去吃点啥呢？狗肉？不用打电话，这时肯定已经用砂锅文火炖上，四邻八舍早就闻到狗肉香了。红菇？这可是老家有名的山珍，小时候以为世界上最好吃的就数它了。高中《天山景物记》，作家碧野赞美草原上的蘑菇美味，不用油，不用盐，清水煮了就无比鲜甜。讲到这里，戴眼镜的老师声音提高了八度。那时候一个月还不一定吃得上一块肉，哪儿禁得起老师如此渲染诱惑，同学们都张大嘴巴流哈喇子（学生开小差，老师就讲美食，准管用）！我至今记忆犹新——因为同学中就我有这样的体会，所谓心有戚戚焉。有一年到青海湖畔，心甘情愿被宰，一盘野生草原蘑菇一百多大元。味道不过如此，哪有记忆中家乡的那样鲜美。红菇这宝贝春夏之交雨过天晴才长，一般长在深山老林人迹罕至的地方。稀奇，金贵，一斤卖一百多块呢。父母有时托老乡从山里好不容易买来一点，舍不得吃，留着等我们回来。新鲜冬笋？野猪野麂子肉？大蒜炒熟牛肉？而且要筋多的熟黄牛肉！不用开口，这些爱吃的东西父母早已准备好了。

一到家，一桌热腾腾的山珍野味就上来了。不等一家人坐下，我第一个举着筷子左右开弓。好吃吗？当然好吃！不能说咸了，也不能说淡了。一声好吃,老人家忙了一天,也就心满意足了。喝酒要喝水酒,乡下人自酿的酒,度数不高,后劲很足。酿得好的水酒,乡下人夸"烈霸"(绝妙好词,望文即可生义。其他地方不见用,应该推广才对),属于三碗不过冈的那种。我至少要喝两碗,才生出一点豪情敢上景阳冈。

醺醺然,一家人围着麻将桌又开始下一个节目了。一块两块,纯粹娱乐,一晚上输赢不过半百。赢了的快乐,输了的也开心。我们兄弟几个不管输赢,都把钱又偷偷塞给母亲。哈哈,听着老人为输赢着急、开怀,我们也跟着乐。连一辈子没见过大钱的我妈也豁达了:输了也高兴,都是输给自己人了。谁说哗啦啦的洗牌声,不是最亲切动听的乡音呢?

每次回老家,只要时间允许,都要回山里更老的老家。在叔叔家,锅里炖的都是家养的土鸡、自磨的豆腐。想吃什么菜,自己到菜园里摘。如果是夏天,抱一个西瓜放井里,半小时后,一盘脆爽香甜的冰镇西瓜就端上来了。

有一年夏天,跟小学同学吃宵夜,啤酒喝高了,我硬是闹着半夜开车回乡下老家。都晚上十二点了,我弟弟买了半打啤酒,几样下酒的凉菜,老婆开车来回一百多里——在黑暗中,公路两旁的森林如鬼魅,手伸出窗外沁凉沁凉。我们找了一个前不着村后不着店的地方停下,席地盘腿坐在一座公路桥上,喝着啤酒,啜着石螺,吹着山风,沐着月光,听着桥下潺潺的流水声,环顾隐隐约约的树木竹林,仰望明明灭灭的星星,偶有一颗流星从天边山顶滑落。大声扯起小时候一些咸咸淡淡痛痛痒痒的事。喝完一瓶,顺手把酒瓶往小河里一砸,只听得哧啦一响,仿佛河里翻起一条大鱼。不用担心破坏环境,因为我们此举基本属于前无古人后无来者。啤酒喝多了胀得难受,就往小河里"高山流水",那叫一个凉快痛快!突然老婆提醒别吵着别人,想起桥头不远处山脚下住着的这一户(周围几里就这一户人家)是亲戚,跑去敲门(好个夜半敲门啊),半天无人回

应。第二天听父亲说,原来这一家人早已搬到山外大地方去了。怪不得,那夜如此寂静,连狗叫声也没有听见呢! 有诗为证:

夜饮之一

夜半河边饮,把酒话平生。

侧耳听风吟,举头望流星。

拙妻骂我痴,老友笑我真。

更发少年狂,狂敲月下门。

客问人不在? 寂寂无犬声。

驱车我欲去,孤屋绕梦魂。

夜饮之二

坐饮路桥边,山深孤月悬。

水漾松枝画,风语竹叶喧。

虫声祛暑气,蛙鸣入心田。

夜访人不遇,举杯祝平安。

前几年回家,一路上不停打电话。特兴奋地告诉这个那个"我回来了!""你他娘的是否百忙中接见一下本人?"用我妈的话来说,回家凳子没坐热,就见不到人了。深夜才醉醺醺的被人送回家,甚至干脆住在宾馆。最近几年,我基本是"鬼子进村,静悄悄"。很简单,陪陪父母。父母老了。每次回家,他们都打心眼里笑出来;每次离开,他们的眼睛都要湿润一次。其实,我也老了。要不,我怎么老是想起,老家过去那些鸡毛蒜皮的事儿? 老是喜欢,屁颠屁颠地往老家跑呢?

(2010年2月26日夜)

重温荷塘

——在信丰中学八四级高一(6)班三十年聚会的发言

老师们、同学们：

此时此刻，我心中只有两个字：感谢！

第一，感谢母校信丰中学。我大学毕业后回到母校工作了八年，时间不长，收获很大。一是在这所具有七十多年悠久历史的重点中学，在师长的指导、同事的帮助下，我学习做人做事，收获了成长；二是收获了爱情，组成了家庭，我们的宝贝女儿就是在这里出生的；三是收获了同事情、师生谊。尽管离开母校二十五年，仍然有许多领导、师长、同事、朋友、学生常常惦记着我们。这是常常让我们感动的地方。

第二，感谢我从教生涯所带的第一个班级——高一(6)班。三十三年前我刚刚师范毕业，最先遇到的学生就是你们。说实话，那时的我根本不懂如何教书，更不懂如何做班主任。但是这么多年来，6班的同学不仅给了我最大的宽容，而且数十年如一日，给了我许多错爱与谬赞！为了组织这次三十聚会，大家从几个月前就开始做各种准备，出钱的出钱，出力的出力。不少同学克服重重困难，从四面八方赶回来。筹委会的同学出谋划策，费心费力，智慧圆融，细致周全。尤其是把聚会地点安排在我的出生地、把聚会时间安排在中秋月圆前夕，安排我带领大家重读《荷塘月色》这篇文章，让我深感荣幸与不安。在回乡路上我给国梁发微信，说虽然堵车，四百里路开了十六个小时，然而，累并快乐，辛苦却值！这是我的肺腑之言。

第三，特别感谢朱自清先生与《荷塘月色》。三十年前，因为

《荷塘月色》，大家记住了曾老师；三十年后，因为《荷塘月色》，我们相聚在一起时，又多了一个话题，多了一些色彩。所以，我要借此机会，特别鸣谢朱自清先生！是他的生花妙笔，为我们在座的每一个人描画了一幅美丽的"荷塘"，为我们留下了光照三十年的一抹清辉！尽管教科书上有意拔高了《荷塘月色》的主题，认为它表现了大革命失败后，朱自清不满现实、排解郁闷、渴望自由的思想感情。但我更愿意相信，"荷塘"也好，"月色"也好，实际上寄托的是中国人的精神追求。《荷塘月色》，我认为就是朱自清先生自述清高、怀念家乡之作。莲与月亮，在中国文化中，是最美好、最高雅、最温暖、最受国人追捧的两个词。有诗文为证："菊，花之隐逸者也；牡丹，花之富贵者也；莲，花之君子者也。""但愿人长久，千里共婵娟。"花中君子美，月是故乡明。如果说"荷塘月色"是中国人的精神家园，我想大家一定不会反对。大家没有忘记三十三年前我教《荷塘月色》时的情景，不是因为我教得好，而是反映了大家对中国传统莲文化与月文化的高度认同与热切向往。

"接天莲叶无穷碧，映日荷花别样红""当年不肯嫁春风，无端却被秋风误""素花多蒙别艳欺，此花端合在瑶池"……也许在我们每一个人的心里，都有一朵不一样的"荷"。或小荷才露，清新脱俗；或菡萏花开，香远益清；或不染不妖，孤芳自赏。一千个人就有一千朵不一样的"荷"。但不管怎样，有一点是共同的，就如同笼罩荷塘的溶溶月色，我们心中的"荷塘"，都是洁白无瑕的，都是高贵和美的。

怀念荷塘，不忘青葱岁月。我们怀念的是三十年前的纯真与美好，怀念的是浓浓的同学情、师生情，怀念的是曾经的追梦少年、理想情怀。

重读荷塘，不忘本色。珍惜彼此，无论远近亲疏，无论高低贵贱，都改变不了我们曾经相识相知甚至相恋的事实。让我们一如既往，互帮互助，相亲相爱，让我们高唱"相逢是首歌"，一直到永远!

回到荷塘,不忘初心。沧海横流,方显英雄本色;暗香浮动,更见君子风流。花前月下,想想"妻已睡熟";樽前杯后,念念"匆匆""背影"。同学聚会,何必"拆散一对是一对"。相聚是缘,生命有你更精彩;再见亦友,家——才是你停靠的幸福港湾!

重温荷塘,从荷塘再出发。往者已矣,来者可追。重温荷塘,永葆童真与青春。重温荷塘,追求"亭亭"与"皎皎"的路上,永不停息!重温荷塘,闻着荷香,沐浴清辉,但愿"荷塘月色"伴着你,伴着我,伴着你我,继续前行!

再一次感谢信丰中学,感谢高一(6)班全体同学,感谢朱自清先生与《荷塘月色》。谢谢!

祝大家家庭幸福、事业进步、节日快乐!

(2017年10月1日　草于粤赣高速路上,改于桃江酒店)

"山里人"盖瑞

盖瑞·施奈德来香港了。

对盖瑞的兴趣始自二十年前。当时,在我工作的小城的新华书店,我幸运地购得一套《花城袖珍诗丛》。通过这套丛书,我认识了波特莱尔、金斯堡以及盖瑞·施奈德。今天晚上,我很容易地从书架上找出了这套书中的其中一本:《美国现代诗》。这本薄薄的小册子只收录了他的 一首小诗,题目为《松浪》:

> 夜蓝冷雾生,
> 天清皓月悬。
> 松涌青霜浪,
> 化入星空寒。
> 靴踏地,
> 声高低。
> 鹿蹄痕,
> 兔足迹。
> 万事万物孰能知?

在加州大学伯克利分校读研究生时,盖瑞曾经师从著名的华裔学者陈世骧学习中国古代诗歌,并且为美国读者翻译了大量唐代诗人的诗,包括寒山、张继、白居易的诗。盖瑞声称,《松浪》借鉴了苏轼的《春夜》(这也是《松浪》的译者以中国古典的三五七言形式翻译这首诗的原因):

> 春宵一刻值千金,
> 花有清香月有阴。
> 歌管楼台声细细,
> 秋千院落夜沉沉。

说实话，我看不出两首诗有何共同之处。但盖瑞深受中国古典诗歌影响是显而易见的。尽管他自己对此予以否认。在香港，他告诉记者："我早就是山里人"，"寒山对我的影响，大概要低于5%"。同样，他也不承认自己是"垮掉的一代的代表人物"。他说："我跟菲利普·沃伦、卢·韦尔奇是好朋友，但我的写作方式与他们并不一样。我不认为我属于'垮掉派'。"

不管如何，盖瑞是一个有个性的诗人。他的一生永远"在路上"，写满传奇。他生在旧金山，长在华盛顿。当过水手、护林员、修路工；学习禅宗，在日本做过十年和尚；爬遍北美所有高山。与金斯堡一起在印度待了六个月；做过大学教授，出了十几本书。拿过美国所有重要的诗歌奖；喜欢东方文化，读过庄子等诸子百家；远离文明社会，在内华达山密林深处灌园、养蜂，在一栋没有电的房子一住二十五年……

内华达山是一座神奇的山。从洛杉矶乘车前往神木公园，七八个小时车程，导游刻意营造出来的加州的阳光、农庄、那帕葡萄酒，让我们一路醺醺然。抵达神木公园已近黄昏，奔波一整天，就是为了朝拜世界上最大的树——以美国南北战争名将的名字命名的树——雪曼将军树。在公园，我们见到漫山遍野的原始森林，见到完全没有防护的野生状态下的黑熊、鹿，见到我此生见过的最美的云海……偌大一个公园，只有一对美国老夫妇，静悄悄地围着大树转圈。我们则照例上车睡觉，下车尿尿；呼啸而来，呼啸而去……导游毕业于中国传媒大学，博闻强记，一路不停地为我们介绍美国历史。其中谈到美国第一部环保法案是由林肯总统签署的，起因就是为了保护内华达山上的世界上最大的树种——加州红杉。但导游没有为我们介绍盖瑞。也许他认为，在美国历史上，盖瑞只是一个小人物。

离开内华达山，云雾、山月、星空，一路相随。途中经停一加油站，我们下车小憩。那已是十月底，夜凉如水。我大口呼吸，纵目仰望星空,侧耳聆听天籁……恍惚中,以为自己走进了王维的意境……

> 夜蓝冷雾生,
>
> 天清皓月悬。
>
> 松涌青霜浪,
>
> 化入星空寒。

仔细琢磨,这哪里是美国现代诗人的作品? 分明是魏晋初唐田园诗之佳作。当时,我不知道盖瑞就住在内华达山上的密林深处。离圣贤如此近,难怪那一刻,我会错以为内华达山就是王维的山。

北岛说,盖瑞·施奈德"是美国的圣贤,真正代表知识分子身体力行的态度"。盖瑞一生除了写诗,就是呼吁并践行环境保护。他不厌其烦地劝说身边的人,晚上要关灯,出门多走路不要坐车。他从上世纪六十年代起,就住在内华达山上自己盖的房子里。那里二十多年没有通电,"那里有很多树,有美丽的花,有小溪、熊、狐狸、野火鸡,还有各种鸟"。他仿佛为我们描绘出一个虚无缥缈的世界。

盖瑞是来香港参加北岛组织的2009年香港国际诗歌之夜的。他朗诵了自己的诗歌,我不知道是不是《松浪》。这不重要,也没有多少人关心他的诗。但我以为有必要记住他说的一句话:"中国的环境可以恢复,也许需要一千年。"盖瑞1984年到过中国,到过北京、上海、西安、桂林、广州等地。

此刻,我端着一杯葡萄酒,是2005年出的王朝干白,却怎么也品不出加州那帕葡萄酒里阳光的味道。曾经读过郎咸宁关于中国葡萄酒业调查的一篇文章,说:中国葡萄酒业最大的失败在于没有标准。我这样东拉西扯,可能有点故弄玄虚。算了,我还是把今天的经历唠叨一番。上午九点钟,我被明晃晃的阳光叫醒。起来后百无聊赖,开车想找一个没人的地方发呆。很快发现这是一件多么奢侈的事。进仙湖,一公里外车子排起了长龙;大梅沙,停车场车满为患；好不容易在月光酒吧旁找到车位，停好车，沿着海边闲逛。前些年怪石嶙峋的海滩，现修葺一新。浅海里有似曾相识的两块大石头，上面写着四个大字——天长地久，许多人争抢着与之合影；另一侧正在维修的木栈道，沿着海岸向西蜿蜒。维修工地被施工单位用护栏围着，不让行人靠近。我在围栏外伫立片刻，就有三五对男女翻越栏杆；还有一家三口，父亲正忙着拆掉铁皮围墙，好让妻子和读小学的儿子钻过去。海面泛着泡沫，岸边搁浅着游人丢弃的饮料盒……

匆忙回到楼下，把车开到洗车店。坐下顺手翻开报纸，无意中看见盖瑞来了香港。晚饭后，想起内华达山，想起加州，想起二十年前的一首诗，想起这世界也真是奇怪，"山里人"成了"山外人"，"山外人"却成了"山里人"。

（2009年12月6日）

东游西逛捡松果

"寡人有疾，寡人好捡东西。"

我有一种癖好，不怕与人言。眼睛老往地上瞅，发现自己喜欢的东西，就往家里搬。当然，城里人多，爱捡东西的人也多，一般不容易发现好东西。想找到自己真正喜欢的东西，要到乡下去、到大自然中去。比如，在锡林浩特草原里，我捡回两块满是马粪味的火山石；在青海昆仑山下的小溪中，我捡回一块水冲石；在泰国苏梅岛的沙滩上，我捡回几块油光发亮的黑卵石。

我捡得最多的，是松果。我的松果中，论地域，有江西的，有广东的，有奥地利的，有瑞士的；论品种，有马尾松、广东松、欧洲赤松、瑞士石松；论个头，有的大如鹅蛋，有的小如蛇卵；论颜色，有的褐中带红，有的褐中泛青；论味道，有的清淡，有的浓郁……

捡来的松果，谁说没用？可作摆设，可慰我心。有些我把它摆在书柜里，打开柜门，会飘来一阵松香，不用"红袖添香"，书页里就已经散发出淡淡的清香。有些摆在酒柜里，不经意瞄它一眼，举杯时心情大悦。大部分我用竹筐装了，和石子混在一起，随意放在茶几上。客人来了，我会如数家珍般，絮叨起它们的来历。最得意的，我养了一盆小桂花，在花下摆两颗小松果，别提多有意境，深吸一口气，仿佛桂花香里也夹杂着松果香……

对于我的许多癖好——买石头啦，买邮票啦，太太啧有烦言。唯独对我捡松果的事业，太太不仅不反对，有时候还表现出超乎寻常的热情。比如那回在惠东、在清远，这次在欧洲，她就很乐意弯下她高贵的身段，帮我一起捡。更为可贵的是，她竟然允许我不远万里从奥地利、从瑞士把松果带回家！我太太是个聪明人，她知道，我的这个小毛病，一不增加家庭开支，二落下个夫唱妇随的好名声。更重要的是，老公眼睛不就是盯着松果吗，又不是盯着别的女人的胸部……哪个傻女人会反对？

不用看心理医生我也知道，我这叫恋物癖。记得俄国作家果戈理笔下有一个叫泼留希金的，被称作是世界文学史上三大吝啬鬼形象之一。这位老兄家财万贯，却是属貔貅的，只进不出。不仅不舍得花，反而从外面捡回一堆堆"宝贝"——破砖头、旧玻璃瓶、碎木板、废纸……凡是村子里别人不要的东西，他都捡回家，堆满了仓库。

但我恋物与泼留希金不同，我有讲究。我捡物有三德：一不捡别人有用的东西，二不捡别人家里的东西，三不捡别人剩下的东西。前两条不用解释，那叫贪或偷；后一条也不用多说，别人剩下的不就是垃圾吗？我呢，当然不至于像泼留希金如此龌龊下作。家无闲钱，捡也要捡回点有文化的玩意儿。

松下捡松子，粒粒有真意；弯腰小动作，人生大乐趣。

有的人眼睛长在天灵盖上，专门往上看；有的人眼睛像装了验钞机，专门盯着钱看；我的眼睛呢，当然也盯着别人的口袋（打麻将时），当然也盯着美女（看电影时）……更多的时候盯着地下看。看别人不屑的玩意儿，看无人问津的角落。在他人轻蔑的目光中，在那些细微琐屑之处，我常常能找到自己的快乐。而且，我还能把这种快乐伸展开来、延续下去。

得闲的时候，我抓起一颗黑卵石，揉搓把玩着，会想起某一段在沙滩上发呆的时光；像现在，因为倒时差的缘故，半夜两点辗转难眠，想起捡松果这件事，忍不住要把心得记录下来、与人分享……

眼睛往地上看，让我无暇顾及上下、左右。让我逐渐远离江湖、远离是非、远离烦恼……

也有操心的时候，我的心里只有远方：下一颗松果，会在哪儿呢？

（2017年7月28日凌晨4点）

238

当更年期来敲门

最近有点烦。不，很烦、非常烦、超级烦。失眠、胸闷、抑郁……尤其让我忧心忡忡、不胜其烦的是，右胸至腹部疼痛，遍访名医，三番五次至几家医院检查，莫名其妙，不明其因，不得其果。

喝酒，疼痛加重；不喝，抑郁加重。天天东施效颦，手抚胸腹，雾锁眉山。常常为一点小事生气。跟女儿急。年前日思夜想，等女儿休假回家又恨不得赶她走，训斥她这也不是那也不是，见到她就烦。跟老婆急。跟朋友急。见谁都烦。一个人待着更烦。像一捆干草，一点就着；像一个皮球，一碰就跳。平时通情达理的我哪儿去了？温文尔雅的我哪儿去了？豁达大度的我哪儿去了？幽默风趣的我哪儿去了？（借这个机会狠狠地自我表扬一下，哈哈哈哈）

昨天，与人小聚，老朋友"鸭子"见我不喝酒，奇且怪之。我把烦恼和盘托出，"鸭子"呱呱笑，这有何难！你去药店买一瓶药，两块钱搞定！

病急乱投医。楼下药店买来一看，气炸。操起手机打过去：好你个死鸭子，忽悠我啊！什么经期前紧张综合征、什么乳房肿胀……你安的什么心，当我是奶牛啊？鸭子正开会，静静听我一顿聒噪，压低声音说："哥哥，你听我的，试试，好吗？"

我将信将疑，反正没副作用，试试就试试。谷维素片，治疗神经官能症、更年期综合征的辅助药物。奇了怪了，三颗小小的药丸下肚，不到两个小时，右胸腹舒畅不少……莫非传说中的更年期真的不期而遇？

查度娘得知，原来，更年期不是女性专利。大约有30%的男性在40至70岁时也会经历更年期。发病年龄很不一致，大多在55

岁至65岁之间。临床表现轻重不一，轻者无所觉察，重者很痛苦，影响工作及生活。精神与神经症状表现为，神经过敏、焦虑急躁、倦怠乏力、记忆力注意力思考力减退、常有压抑孤独恐怖感、缺乏自信等。

好吧，为迎接更年期大驾光临，按国际惯例，我决定分三步走：

首先，公开承认更年期在我生活中的合法地位，坚决维护更年期骚扰我困扰我的合法权益。

其次，提醒并警示身边的人（特别是老婆），别惹我，正更年期，烦着呢！

再次，正告"更年期"这个妖怪，来吧，兵来将挡，水来土掩，你"印太围堵"，我就"一带一路"，咱不惹事但也不怕事儿！有什么好烦的，不就是更年期嘛，只不过我的更年期来得早一点、猛一点而已。

如果更年期是魔鬼，那就来斗一斗法。从今天起，笑对更年期。增加锻炼，减少应酬。在更年期面前保持冷静与清醒、风度与尊严，绝不学巴尔扎克，蓬头垢面、凶神恶煞；也不学海明威，愁肠千结、世界末日。

向高尔基学习，让更年期来得更猛烈些吧！我要把更年期过成一首歌、一首诗，过成一个个生动的故事、一天天美好的日子……唉哟，说梦话呢？！疼，烦死了……

（2018年3月7日）

我拿什么爱你，簕杜鹃

　　早起、闲逛，觉得小区一如别处，绿植遍地，满目苍翠，养眼的花却不多。由此想到，国人爱花，大多停留在嘴上，流传在诗里，在生活中栽花养花的，少之又少。

　　只有几丛簕杜鹃，寂寞地开在边边角角。由此想到，簕杜鹃不是深圳的市花吗？为什么不多栽种一些呢？为什么大街小巷、单位家庭，簕杜鹃却不多见？由此想到，虽然贵为市花，却并未为广大市民所喜爱，深圳市也并没有成为簕杜鹃花的海洋。你到街上随便问问，又有多少人知道簕杜鹃是市花呢？

　　簕杜鹃，又名三角梅，灌木，花期长，不娇贵，岭南乡下常把它作为风水树种在门口墙角篱边。它善于攀附，一丛丛红叶点缀门前屋后，既美观又喜庆，作为阳台、院落、公园的观赏植物，确实是不错的选择。莲花山公园每年冬季举办簕杜鹃花展，吸引了不少市民前往观看，我就连续两年陪同父母去捧场。但作为市花，有失气度，不够雍容，更缺乏大家风范。

　　我认为，深圳市花，首先要养眼。高颜值才能hold住，一眼看去如触电般给人视觉冲击、心灵震撼。其次要养心。要符合市民的审美标准和时尚追求，要时刻为市民提供道德启迪和创新灵感，要充分体现城市的文化底蕴和精神气质。

　　达到这两条其实不难，也就三个字：高、大、上。

　　高，必须得高大乔木，随便一个选美比赛还有身高、三围要求呢！灌木不行，草本更不行。有人要跟我犟，菊花、牡丹还参选国花呢！郁金香还是荷兰的国花呢！凭什么草本不行？这个我就不跟你争辩了。某些古人（包括荷兰人）那点审美情趣本来就有问题，小国寡民，阴柔性格。陶渊明爱菊、武则天爱牡丹，个人小爱好罢了，也好意思拿出来说事儿？

大，花形硕大。这个道理特简单，为如米小的苔花点赞可以，你总不至于头脑发热，投票让小不点儿苔花妹妹当市花吧？更何况簕杜鹃仅仅比苔花大那么一点点——从植物学的角度看，它抢眼抢镜的那部分根本就不是花。

上，品位高尚。历史上没有审美污点，不要惹人说三道四。有些花表面上很纯洁，仔细想想，其实"是非"多多。比如牡丹，爱之者谓之富贵娇媚，贬之者谓之趋炎附势；又如菊花，爱之者谓之淡泊宁静，贬之者谓之孤高自许。这双姝褒贬不一、毁誉参半，一会儿誉之真乃贵妇，一会儿斥之假充淑女，还是忍痛割爱，放在某个公园参展，让人指指点点、评头论足去，市花国花就免了吧。至于鹏城市花，我再说一遍，只有达到"高、大、上"的标准，才配得上设计之都、创客之城、国际化大都市的形象。

我是认真的。市花是一个城市的名片。在国际上，这张名片比较响亮的，首推京都。每年樱花盛开时节，世界各地游客趋之若鹜。南非首都茨瓦内（原名比勒陀利亚），街道两旁广种紫薇花，一到花季，整个城市仿佛紫色的海洋，蔚为壮观，为这座城市增添了许多浪漫气息。我们的邻居香港和广州，虽然GDP现在比不过我们了，但是人家的市花紫荆花、木棉花，在文化品位上，你得承认，比咱家的簕杜鹃高n个档次。

年前传来好消息，鹏弟准备学港姐、穗姐，把家园打造成美丽的花城。穷则思变，富则养心，我举双手赞成。我从不怀疑深圳有条件、有能力达成这一目标。我操心的是，簕杜鹃，充其量一个小家碧玉，做我侨香村的村花尚嫌小家子气了些，又如何能担当美化国际化大都市的重任？这叫小村姑开大奔，太难为她了。

我真正担心的是，为了打造"花城"，鹏弟拿大刀来修眉毛，吃力不讨好。各区、各街道各自为政，胡乱种些花花草草，不但成不了大事, 反而闹个国际笑话……由此想到, 作为市民, 我有责任说出心里话: 簕杜鹃, 想说爱你, 真的不容易。

我心目中的市花, 应该是凤凰树。树冠高大, 花红叶绿, 满树如火, "叶如飞凰之羽, 花若丹凤之冠", 富丽堂皇, 冠绝群芳。既可观赏, 又可遮阴, 是绿化、美化、香化环境的风景树, 被誉为世上最美的树木之一。她的花语是"火热青春", 正与朝气蓬勃的深圳契合。设想一下, 凤凰花开, 满城争看凤凰花, 该是一幅怎样的情景? 前年夏天我曾经写了两首打油诗, 盛赞此景:

凤凰花

春花落尽春未凋,
街头巷尾意滔滔。
一树红颜春夺目,
满城争掀凤凰潮。

步行东湖遇凤凰花
——仿杨万里

碧绿铺张红豪夸,
行人看遍凤凰花。
接天高树无穷艳,
映日小朵别样霞。

由此想到, 又快到凤凰花绽放的时候了。对此, 我充满期待。

（2018年3月18日）

我很丑，没有音乐和啤酒

你多久没有听一场音乐会了？两年？三年？我最近一次，是去年春天。我写了一篇文章《世上再无张学友》，表达对歌神张学友演唱会曾经的神往。女儿看到了，偷偷瞒着我们买了张学友全球巡演徐州站的票，一家三口分别从北京、深圳飞到徐州，上演了一出疯狂追星的"神剧"。

十年内，你听了多少次音乐会？两次？三次？我呢？我仔细回忆了一下，大概不超过五次，一个巴掌数得过来。

你多久没有完整地阅读过一本书了？或者你多久没有完整地阅读过一篇文章了？五年？十年？我敢打赌，在深圳，绝对有不少人自从高中或大学毕业后，就再也没有摸过所谓的中外名著，再也没有正儿八经地阅读了。有人曾经统计过，中国每年人均阅读量0.7本。不知有没有人统计过，中国每年人均听音乐会（包括演唱会）的场次。可以想象，这个数据一定惨不忍睹。

算了，再退一步吧。你有多久没有到电影院看一场电影了？我所在的圈子也算是知识分子居多吧。据我所知，有不少人从未踏足电影院（除非偶尔上面要求、单位组织）。出了这个圈子，就有更多人（当然，恋爱中或将要恋爱的年轻人除外）不进电影院了。常常听到这些说法，"干吗跑电影院去？钱多了？家里看电视不一样吗？""有这时间看电影，不如喝点小酒，打场麻将。"更有甚者，你如果陪太太看场电影，在有些人眼里，那是异类，说不定会迎来一顿冷嘲热讽。

"一个人的阅读史，就是一个人的精神发育史。"生活中有书籍、音乐、电影，一定是一个丰富的人，一个善良的人，一个温暖的人,一个有爱的人,一个任何时候都怀揣梦想的人。在欧洲旅行,最让人诧异的就是随处可见埋头阅读的人、手握啤酒瓶的人。去年在奥地利前往瑞士的火车上,亲眼目睹一位气质非凡的老太太,左手捧着一本厚厚的书,右手握着一瓶啤酒,一页书,一口酒,这是火车上最美的风景。纽约百老汇大街,几十家剧院家家门庭若市,人们西装革履排着长龙购买音乐剧的门票——这种情景,在我国只有打折的店铺或者餐厅门前才可看到。

近一二十年,国人钱袋鼓了,物质生活丰富多彩了,精神生活不仅没有明显的改善,反而愈加贫乏。上世纪八九十年代全民争读一部小说、争看一部电影的现象一去不复返。大多数国人的精神活动停留在(或倒退)"在家看电视、刷手机,出门看手机、刷朋友圈"。大多数国人要不没有能力从事较为有益的精神活动,要不不屑于、甚至蔑视所谓的精神追求。

前几天,偶然听到曹格翻唱的《我很丑,可是我很温柔》。虽然感染力远远不如原唱(每次看赵传演唱这首歌的视频,我都满含热泪),但熟悉的歌词和旋律,再一次深深打动了我:"我很丑,可是我很温柔。外表冷漠,内心狂热……"台湾歌手赵传很丑,但因为他拥有"音乐和啤酒",拥有对生活与艺术的热爱和追求,拥有对生活与艺术的热情、激情、深情,在许多歌迷的心中,他不仅一点儿也不丑,相反,他很高大,他令人仰视。

读大学时,现代文学老师曾经举过一例,某地夸人长得漂亮,叫"脸上有饭"。我们夸人内心丰富,叫"心里有光"。那么,人们心目中的人生赢家,应该是"脸上有饭,心里有光"。

我因此反观自己。我不仅很丑,而且,我的生活中,既没有音乐,也没有啤酒,岂不丑上加丑?这绝对不是矫情。"我很丑,没有音乐和啤酒。外表丑陋,内心荒漠……"想想,真的,年纪越大,离音乐和啤酒渐行渐远。生活空虚,语言乏味,面目可憎。我可以原谅自己脸上无饭,却无法原谅自己内心荒凉。我鄙视自己。想到这里,不寒而栗。更年期的毛病又犯了,再一次深陷抑郁,而无法自拔,而了无生趣,而迫切需要一场麻将、一场小酒来拯救自己。

（2018年4月7日　于北京至深圳航班）

认真吃一碗炸酱面

不到北京，不知道深圳多好。

春节跟女儿在一起，我们不断创造机会唠叨：你看，深圳多么多么适合年轻人，吃的、玩的；空气质量、城市建设与管理；人文环境、工资收入……除了没有天安门，北京有的深圳有，北京没有的深圳也有。你想安逸？家里有吃的住的；你想创业？深圳人平均年龄不到三十岁，有几百万跟你一样的年轻人在这里打拼……女儿烦不过，顺口答应：行了，年后回北京就辞职，卷铺盖回家。

不料，女儿返京不久，一家公司找到她，涨薪、升职……女儿跟我们商量，想去试试。其实也就通报一声，不到半个月，辞职，履新，租房，搬家。马不停蹄，一气呵成。

实在放心不下。恰好清明有三天假期，到北京看看？一下飞机，从夏天直接倒带回冬天。没想到，这个季节，在北京遇上"倒春寒"。深圳早已满大街短衣短裙，秀色可餐；北京却雨夹雪，先是烟雨蒙蒙，接着雨雪霏霏……扑面而来的除了凛冽，还是凛冽。

屋外寒风刺骨，屋内温暖如春。一居室，虽然到处塞得满满当当，倒也收拾得整整齐齐、干干净净。连一百多个小公仔也各得其所，摆放得当。她妈问："有什么需要我们帮忙的吗？"满脸倦容的女儿答："没有了，周末两天，全部搬来了、摆好了。"

趁着喝了二两二锅头，我打算与女儿掏心掏肺："干吗这么拼？赚的钱差不多一半都拿来租房了。跟老爸回去。我保证，不收你房租，也不收你伙食费……"

女儿金句不断："爸爸，别说了。我知道回深圳要安逸多了。我不想这么年轻就过退休生活。留在北京确实辛苦，不瞒您说，我头发都一把一把地掉。但大街上谁不是奔着秃顶去的？年轻时不努力，等年纪大了秃了连假发都买不起……这不是几年前你们教我的吗？"我发现，我现在讲道理根本讲不过女儿了。

看样子没我们啥事儿了。不如出去走走，散散心。坐上地铁看见熟悉的站名就下，恰好有几年没进南锣鼓巷，就这吧。饿了，来一碗炸酱面。换成几年前，我宁愿吃清清爽爽的鸭血粉丝汤，就是饿死了也不吃这炸酱面。今非昔比啊，说不定将来就要在这不宜居又居不易的地方养老了，还不如趁早适应这"一塌糊涂"的玩意儿。

我这辈子还没有好好吃过一碗炸酱面。对待炸酱面，首先是我的态度有问题。我武断地认为，吃在广东，北方人根本不懂美食。比如鸭，广东人可以做出百样吃法，而北京人永远只会烤着吃。其次是我的方法有问题。记得多年前仅有的一次吃炸酱面，我极其粗鲁地挑起两根面，略微蘸一点酱，来不及咀嚼就囫囵吞下。我观察别人吃面，比我耐心细致多了。将酱汁、配料均匀地拌进面里，一口面、一口汤，细嚼慢咽，脸上还浮现满足的神情……

依样画葫芦，一口炸酱面，一口鸭架冬瓜汤。也不难吃啊！面筋道，酱香浓，汤不腻。不咸不甜、有点咸有点甜，配上切成丝儿粒儿的黄瓜、萝卜、豆芽、芹菜，既鲜香又清爽。说实话，仔细品味，第一次觉得炸酱面比鸭血粉丝汤好吃又实在。一口气，一大碗面加一大碗汤，被我吃得一干二净。

吃饱喝足，心情大好。逛进一家景泰蓝工艺品店，淘了一个手工景泰蓝香炉。这玩意儿可是只有在北京才买得到。吃了喝了买了逛了，心里慢慢也就舒坦了、想开了。炸酱面就炸酱面吧，反正到这把年纪了，少吃海鲜。跟太太说："收队，回去学做炸酱面吧！女儿刚换工作，忙得很，甭给她添堵了！"

（2018年4月6日）

春天飞来一群鸟儿

校园里有四棵木棉，与楼齐高。每年二月中旬至三月下旬，木棉花开，仿佛向大自然发出了邀请，鸟儿们奔走相告、长途跋涉赶来赴约。

最早报到的是暗绿绣眼。木棉刚刚结出花蕾，小家伙们就急匆匆地飞来，像赶早自习的孩子，生怕迟到。绣眼是我国四大鸣禽之一，生性活泼，叽叽喳喳地唱个不停，藏不住满心的欢喜。接踵而至的是红耳鹎，它们更是兴高采烈，呼朋引伴，上下翻飞，一点也不担心其他鸟儿得知春天来临的消息。

随后大部队从天而降，噪鹃、八哥、椋鸟、鹊鸲、斑鸠等，还有几种叫不出名字的鸟儿。它们从早到晚忙得不可开交，有的啄食花蜜花瓣，有的交朋结友，有的玩耍嬉戏……

上午九十点钟，是一天中最热闹的时候。校园里就像在开群星演唱会，鸟儿们你方唱罢我登场，大显身手。暗绿绣眼是刚出道的通俗歌手，使劲炫技卖弄歌喉，歌声华丽且矫情，很想在大咖面前亮一嗓子；红耳鹎是民歌小妞，有点儿扭捏，但还算婉转悠扬；噪鹃像极了一身黑衣的摇滚歌手汪峰，扯着嗓子唱情歌，嗓音高亢又骚情。我喜欢听红耳鹎的抒情小调，也喜欢听噪鹃们此起彼伏的大嗓门。虽然前者悦耳，后者闹心。

幸好，来得最多的是红耳鹎。它们成群结队，天一亮就赶紧占领枝头，直到黄昏才依依不舍地离开。因此，一天中的大部分时间，我都充满期待，又充满喜悦。

最美丽的要数那只长尾巴的鸟儿。它总是很矜持，每次惊鸿一现，你想仔细看看它，却难再见它的踪影，更不可能听到它的声音。

偶尔见它，是我最开心又最郁闷的时候。

在这鸟的乐园里，有时会闯进不速之客，那是一只漂亮的松鼠。它时而逡巡不前，时而迅如闪电，与鸟儿们争食花蜜。多亏乐园足够宽敞、丰饶，鸟儿与松鼠相安无事，自得其乐。

一年四季，我爱春天。春天来了，百花争艳，百鸟争鸣。常常令人情不自禁放下手头的工作，竖起耳朵听听鸟鸣，走出门口看看鸟飞。就算是更年期遇上叛逆期，所有的烦心事儿也会烟消云散。

鸟是树的花朵，树是鸟的知音。每年花儿与鸟儿的约会，也是我与花儿、鸟儿的约会。我发自内心为花儿、鸟儿高兴。我知道花儿为什么而开、鸟儿为什么而来。我知道花儿和鸟儿的许多故事。静听它们的歌声，仰慕它们的美丽。春天到，看花开，听鸟叫，我很好。每当这个时候，就会觉得自己活得很真实，很快乐，很自豪……

（2018年3月15日—4月3日）

我看世界有点儿悲

因为提前进入更年期的原因，最近看问题有点悲观、有点偏执。比如对世界杯、对中国足球，全世界都忙于消费、忙于狂欢、忙于娱乐至上；我偏偏较了真，甘冒天下之大不韪，想为处于世界杯煎熬中的中国足球说几句话儿。

这些年来，我们习惯了拿中国足球开涮。网上流传骂中国足球的几个最经典的段子：珍爱生命，远离国足；吸烟有害健康，国足有害生命；看英超要钱，看国足要命；国足不是病，踢起来真要命……句句戏谑，却句句致命，把国足上升到谋害生命的高度，段子手的狠辣可见一斑。

中国足球问题重重，是不争的事实，我们没有必要为它扯起遮羞布。要探讨的是，我们又为中国足球做了些什么？

当我们被"维京战吼"所震撼，感慨一个小小的冰岛杀入世界杯三十二强的时候，我们可曾想过，区区三十万人口、曾经经历破产的冰岛政府为了解决极寒与极夜、一年中有大半时间不适合户外运动的问题，在全国兴建了一百多座室内足球场，平均三千多人一座。反观国内，我所在的城市号称"一线城市"，我所在的区——罗湖区常住人口一百多万，却只有我所在的学校——翠园中学——拥有一座标准足球场。我为我们两千多个孩子感到幸运的同时，也为罗湖其他学校、更为全国其他地区的孩子感到悲哀。孩子们连踢球的地方都没有，我们凭什么要求他们长大了踢得好球？

就算是解决了场地问题，我们有时间给孩子们踢球吗？以初中二年级为例，国家课程加地方、校本课程，共15门课，周课时合计34节。平均每天7节课。留给孩子们可自由支配的时间少之又少。有

251

人问，就不能减掉一些课程，给孩子们多一些时间吗？那你就外行了。"开足课程，开齐课程"是九年义务教育各种检查"一票否决"的红线，哪个校长也不敢在这上面做文章。

孩子们每天早出晚归，熬到放学，又有一大堆作业等着。就算老师"仁慈"，平均每科留半小时家庭作业（"负责任"的老师往往超过半小时），孩子们每天晚上做作业时间少则两到三个小时，多就不好说了。不会少布置一点作业吗？别说家长不答应，老师也不敢"误人子弟"啊，每学期的期中、期末考试要看成绩，将来孩子们还得参加中考、高考呢！

在访问国外中小学期间，最羡慕的是，他们的孩子有充足的活动场地和活动时间。我在美国参观了二三十所中小学，绝大多数学校最吸引人眼球的就是那些宽敞的运动场馆，印象最深的是有一所公办高中竟然有三个足球场！美国、加拿大、瑞士、南非等许多国家中小学放学时间在下午两三点钟，孩子们有充足的时间参加各种社团活动。可以说，中国孩子是全世界课程最繁、教材最难、作业最多、学习时间最长、负担最重、压力最大，因此也是最不健康快乐的。

作为老师，我不明白我们国家的中小学课程为什么要开设这么多，课程内容为什么要编得这么难。以数学为例，我们的难度普遍高于美国。据深圳一位数学名师考证，我们的数学教材与美国相比，"每章每节内容都无限拔高"。难道我们从中小学开始就全都奔着培养科学家或专门研究人才去的吗？课程多、考试多，教材难、考试难，学校、老师被迫与学生为敌，把孩子"囚禁"在教室里，学生哪里有充裕的时间去参加社团活动？"减负"喊了几十年，为什么收效甚微，甚至越减学生负担越重，因为，我们从来就没有真正"减负"。

翠园的孩子有幸。我们早早就意识到孩子们不光需要成绩，更需要提升综合素质。我们没有辜负罗湖区唯一的标准足球场，花了十多年的时间,创造性地闯出了一条足球人才培养的"罗湖特色,翠园模式"。我们成立了广东省第一家中学生足球俱乐部,拿下了首届全国高中足球联赛冠军,代表中国参加亚洲少年足球锦标赛,获得了全国足球特色学校称号,打通了小学、初中、高中、大学一条龙足球人才培养通道,向国少队、国内外著名足球俱乐部输送了数十名足球人才……我们可以骄傲地说:"中国足球不行,翠园足球很行!"

遗憾的是,我们悲哀地认识到,中国足球单靠学校教育难成大器。我们只能以有限的资源(场地、时间、人力)去培养少数足球精英,却难以形成有利于足球健康发展的大气候,更无法形成有利于足球人才成长的社会土壤。在那些人高马大的足球运动员走在大街上灰头土脸、像过街老鼠的现实里,我们的孩子们还会以踢足球为荣吗?我们的家长还会支持孩子们踢足球吗?我们还能期待培养出姆巴佩这样的足球新星吗?

我看,中国不是缺少足球人才,而是缺乏培养足球人才的环境。我理解球迷们对中国足球"爱之深,恨之切"的心情,但是,往"中国足球"身上"涂鸦""吐槽"甚至"泼脏水",于事无补。还是少说几句,多为中国足球做点实事吧!什么时候中国教育真正减负了,什么时候中国足球的环境真正改善了,中国足球就一定能走出"世界悲"的阴影,昂首迈向"世界杯"!

唉,谈何容易!

(2018年7月2日)

798的欢乐与忧愁

揭开面具，你们的欢乐就是你们的忧愁。

——纪伯伦

近些年，我逐渐尝试从不同的视角带着情感去欣赏街区。我发现，那些冷冰冰的街区背后，往往有着不为人知的温度。

对我来说（这点必须强调），如果没有798，北京也就是一座千年古都，一座躺在前人的"功劳簿"上啃噬老本的城市；如果没有798，北京也就是一座平庸的城市，一座缺乏个性、缺少艺术气质的城市。

798是现代工业与当代艺术成功合作的典范。798社区，是新中国成立初期工业化的见证。它最早是第一个五年计划期间，由前苏联援建、民主德国负责设计施工的一家国营电子厂。民主德国设计师充分发挥了包豪斯学派（现代建筑艺术的开山鼻祖）的优势，厂房设计实用、经济、敞亮，极具空间感与年代感。

改革开放以来，城市化进程加剧，一栋栋厂房空置或废置。一群艺术家、企业家聚集在一起，变废为宝，创造了一种全新的生活方式——798生活方式。在世界范围内，这都是艺术与工业、艺术与商业成功牵手的尝试。798不仅吸引了大量国内外游客前来观光、淘宝，好些外国元首及夫人也慕名而来。随处可见的现代派雕塑、涂鸦，与长长的钢铁管道、气罐、铁轨、火车头、砖房等工业化元素，以及画廊、展室、艺术品商店组合在一起，构成798街区柔软与坚硬、细腻与粗犷、浪漫与现实、历史与现代的艺术气质，对比强烈、给人视觉冲击，富有审美价值。甚至有人拿它比之巴黎的左岸——只是，798缺少深厚的历史积淀，缺少艺术家们香艳的故事。

对现代工业化期间的建筑或其他历史建筑，是一拆了之，还是重新改造、赋予它新的生命？798是借鉴（二十世纪纽约苏荷区转型的先例），也是一种示范。国内许多城市紧随其后，比较成功的如成都的"东郊记忆"，我对它有美好的回忆。但大部分城市的"创意艺术产业区"都不伦不类，鲜有创意，只有拙劣的模仿。一切不尊重历史、割裂历史的改造都是注定要失败的。比如深圳罗湖东门片区的改造。许多人想起老东门骑楼老街里充满沧桑感的老建筑，痛心疾首。

漫步在798的街头巷尾，稍有艺术细胞的人，都会被那些看似漫不经心、实则精心打造的街头艺术所吸引。不管是传统艺术，还是超现实艺术，都在传递一种浓浓的艺术气息，足以让游客停下脚步细细品味。

我喜欢在画廊里消磨时光。这一次，我在油画家曹勇的展室里逗留了很久。画家对色彩的运用、对光与影的捕捉有超乎寻常的能力。表现手法游走在传统与现代之间，但更偏重传统。他的一幅以九寨沟为题材的作品，丰富炫目的蓝色让人沉醉，枝头的翠鸟一动不动紧盯着潭中的游鱼——观者无不屏气凝神，生怕惊扰了它。

画廊里稍有名气的画家的作品，价格都令人咋舌。旁边的小店里，多是一些年轻人喜爱的小工艺品。但还是有不少值得一逛、忍心下手的地方。我在苏派铜器制作大师朱炳仁的店里，就淘到三件有朱大师款识的小香炉。

然而，在798闲逛的人，大多是一些购买欲望不强的年轻人。我担心，长此以往，艺术家承担不起高昂的房租，798会不会渐渐没落或者变味？这些年，798的商业气氛越趋浓重，许多高端品牌都在此扎堆。就如同纽约的苏荷区，上世纪六七十年代是享誉全球的艺术区；前些年，我亲眼目睹苏荷区已堕落成为奢侈品的集散地，与第五大道一样俗不可耐。

目前，已经有一些国际知名的文化企业扎根于798。比如全球最大的艺术品收藏与展览公司之一——比利时尤伦斯艺术品公司。据说古根海姆博物馆曾经有进驻的意愿,遗憾的是,798已经没有足够的地方来容纳这个现代艺术博物馆巨头了。如果能引进更多的全球著名的文化品牌,一定能给798注入新的活力。

我是家里的异类。太太与女儿都是清醒的现实主义者。太太对798不屑一顾,宁愿在家里看抗日神剧。女儿在798上班,常常加班加点,对它是又爱又恨。女儿的话像手术刀一样锋利:798就是以艺术的名义骗钱的地方。

只有我,一个人愚蠢地、不可救药地、一次次地把时间甚至把金钱浪费在798。这不,刚刚离开两天,今天晚上,我点燃一枝香,又开始在云里雾里怀念798了。虽然,我看见的,也许只不过是它冰冷的面具。

(2018年8月22日)

与北大绝交书
——说几句爱北大的孩子气的话

昨日拜访北大，又一次吃了闭门羹。

起了一大早，换乘了三条地铁线，辗转近两个小时，赶到北大东门。结果不到十一点钟，门口就贴出告示："今天预约已满，请不要在此等候。"

去年暑假时还不用预约，但要登记身份证，门前排了一条几百米且缓慢移动的长队。我一看这阵势，没有一个小时进不去，毫不犹豫地转身离开。今年，年纪大了一岁，脾气小了一点儿，耐心地扫码预约、填写姓名及随行人员等信息。结果显示，13号至20号，只有18号上午有一个空位。旁边一个猥琐的男人凑过来："要不要带您进北大清华？"我好奇："怎么进去？多少钱一位？""我们有车送您进去。北大一百，清华一百五。"唉，想想算了，反正来过多次，何必花这个冤枉钱。又白跑一趟。正懊恼，传来一位年轻母亲怅然的声音："孩子，门口看看吧，这就是妈妈常跟你说的北大。"向周围望去，都是些心有不甘、跟我一样没有预约上的人。

晚上茶后失眠，回忆起来，两年来至少有三次被北大拒之门外。越想越生气，心里发了一个决绝的誓言：绝交！此生再也不踏进北大大门一步了。

其实，我只是借机发发牢骚，套用冰心的"说几句爱海的孩子气的话"，我也来"说几句爱北大的孩子气的话"而已。我本来就与北大没什么交情。第一，我在北大没有一个同学、朋友；第二，教了一辈子书，也没有培养出一个北大的学生。所以，"绝交"一说也就不成立。我对北大，最多也就是"单相思"或"暗恋"罢了。2014

年3月，春暖花开时节，有缘在勺园住了一个月。每天徜徉在燕南园、未名湖畔，逐渐迷上了北大。加上家有北漂一族，近几年每年都要飞来陪女儿。囿于蜗居无处安身，北大成了我打发时间的最好去处。慢慢地，我成了北大的"脑残粉"。

爱上北大何至一百个理由。

爱它环境优美、思想包容、学术自由、积淀深厚、氛围浓郁。在勺园期间，我几乎每天早上或深夜都要去未名湖边走走，领略湖光塔影、亭台楼榭、花草树木之美；抚今追昔，感念先贤，慨叹时代变迁。也多次瞻仰未名湖畔的蔡元培雕像。蔡元培校长"思想自由，兼容并包"的办学原则，他关于教育的"引领"与"服务"功能的论述，至今仍给人启迪。更多的时候是什么也不想，就这样背着手踱着，绕着湖转圈。

傍晚时分，华灯初上，波光明灭，未名湖畔人影幢幢，已然不适宜人静处。这时候我最爱去燕南园闲逛。燕南园地处北大南部，占地48亩，是燕园中大有来头的园中园。共有编号为50至66的17栋花园别墅，是上世纪20年代司徒雷登主持兴建的名贯京华、高薪养师的"人才房"，建筑材料大部分是进口。一栋栋中西合璧的建筑偏居一隅，闹中取静，是居家做学问的好地方。

记得第一次闯进燕南园，满目疮痍着实让我震惊，没想到北大竟然有如此荒芜之地！后来才慢慢发现，原来这才是"最北大"的地方。这里曾经人文荟萃，大师云集。有人说，"住过燕南园的不一定是大师，但大师一定住燕南园"。那些小楼里发生的逸闻趣事、人生传奇，有的丰富了人们茶余饭后的谈资，有的曾经深刻影响中国现代史。历史学家洪业、向达、翦伯赞，数学家江泽涵，物理学家周培源、饶毓泰、褚圣麟，经济学家马寅初、陈岱孙，哲学家冯友兰、汤用彤、冯定，化学家张龙翔、黄子卿，语言学家王力、林焘，美学家朱光潜，生物学家沈同，法学家芮沐，文学史家林庚，历史地理学家侯仁之……都是燕南园曾经的主人。马寅初在63号发表了新人口论，翦伯赞在64号写完了《中国史纲》，王力在60号著述《中国现代语法》，冰心在66号做新娘、入洞房、养丁香花，周培源在56号陪着娇妻幼女赏樱，宗璞在57号写过《紫藤萝瀑布》……

往事如烟。这些年，燕南园日渐衰败，已不复往日光辉。它渐渐被人遗忘。人们只知未名湖，不知燕南园。少数几栋仍然有人居住，大部分已经空置。去年有一次好不容易混进北大（遇上一个好保安），老马识途，第一站直奔燕南园。偌大的园子只我一个游客。小径两旁、院子里荒草萋萋。一栋屋前，两棵枣树果实累累，两个工人模样的人正在偷枣。走到65号楼前，门口稍显整洁，窗口透出昏黄的灯光。我正欲走近一探究竟，屋后闪出一个清洁工阿姨。一打听，这栋楼屋主是著名法学家芮沐，他老人家前几年仙逝，享年103岁。屋内住着的大师遗孀，也已百岁高龄。我听后肃然起敬，连忙放轻脚步，生怕打扰老人静养。

我一次又一次造访北大，主要因为惦记着燕南园。在园子里静静地走走，感受这个地方浓浓的人文气息，追慕大师们远行的背影。眼看园子一天比一天破败不堪、蚊虫滋生、蛛网遍布，显然这个"最北大"的地方并不被重视。我担心哪一天，他们把这些小楼给拆了。这不是杞人忧天。前几年，他们不是不顾大部分师生的反对，把北大的精神家园三角地给拆了吗？官方给出的理由，就是此地"杂乱不堪""影响校园环境"。这让我想起那一年在伯克利大学游览，老师指着一栋陈旧的矮楼前、一面普通得不能再普通的宣传橱窗告诉我们，这个地方就是上世纪60年代美国自由思潮的重要发源地，它代表美国的一段历史。拆了又建、建了再拆，我们早已见惯不怪。我得赶紧在他们拆燕南园之前，多看几眼。

我心目中的北大，虽然贵为最高学府，却一直很亲民、很接地气。且不说历史上北大与社稷与百姓同呼吸共命运，上演了一出出荡气回肠、光照千秋的大戏。就说近几十年吧。20世纪70年代初，未名湖边，一新生有眼不识泰山，托付一"老校工"看管了一上午行李。第二天开学典礼才得知，这"老校工"竟然是端坐在主席台上的学界泰斗季羡林副校长。80年代，燕南园里，阿忆等一帮小年轻四处游荡，惊扰了一老者。那老者并不介意，微笑着从篱墙里折一枝花递给阿忆。等阿忆上了北大才知道，原来这老者是大名鼎鼎的美学家朱光潜。十几年前还常有这样的情景：某某名教授举办讲座，三角地一发布消息，人们奔走相告，早早坐满了阶梯教室。听众除北大学子，还有校外刚买完菜赶来的老太太，或者是远道慕名而来的游客。据说有些课盛况空前，不仅地板上坐满了人，窗户、走廊上也挤满了人。

如今，这些昔日的情景可能很难重现了。我也再不能在燕园里凭吊历史、重温经典、亲聆教诲了。我不明白，参观一所大学，为什么就要登记身份证甚至预约呢？不光是北大，在我国，许多大学，包括中小学，总是门禁森严、如临大敌。我们在害怕什么？是管理水平的问题，还是管理观念的问题？

近些年养成习惯，每到一地，只要时间允许，总喜欢到大学逛逛。我到过不少大学，包括世界知名大学，除了我们内地的大学，记忆中没有哪一所大学需要登记身份证，更没有预约一说。哈佛、麻省、普林斯顿、耶鲁、斯坦福、伯克利、布朗、哥伦比亚、加州理工……有的大学连围墙都没有，任由汹涌的人潮随意出入。我曾经租了一辆摩托车，在清迈大学横冲直撞，混进学生表演课室，又青春又幸福地度过了一个上午。就在前不久，我在香港大学享受了一段难忘的时光。香港大学依山而建，建筑理念既恪守传统又便捷时尚，特别适合没事的时候去调整心情发发呆。为了方便人们进出，香港大学直接把电梯建在街边。我两次造访神秘的西点军校，都没有被检查证件。不过，游客只能沿着规定的路线参观，不能越"雷池"一步。放眼世界，只有相当重要的政府部门，需要预约才能进入。把学堂办成官衙，这"也真是让人醉了"。

您说我胡搅蛮缠？人家又不是不给你进，只不过是为了良好的教学及参观秩序，不得已而为之。我写这篇文章，其实也是不得已而为之。有多少像我一样的来自全国各地甚至世界各地的人，兴致勃勃地来、满怀失望地归？大多数游客时间有限、行程紧张、可能一辈子就来一次北京，根本不可能有充裕的时间预约，除非事先在网上预约。（但又有多少人知道一所大学需要预约才能入内呢？）难道北大就没有智慧提出更好的解决方案？难道北大忍心让众多的仰慕者、让那些带着孩子来朝圣的母亲抱憾离开？

您又说了，你犯得着吗？纯粹小题大做博眼球，这么点儿事儿也好意思拿出来掰乎。我不这么认为，与群众有关的事都不是小事。方便群众，服务群众，哪怕是最高学府也不例外。

当然，我心里也明白，北大乃堂堂最高学府、副部级单位，我乃一介草民。说白了人家是不愿小民、防止刁民攀附骚扰，才整出登记身份证、预约这些"幺蛾子"。如果您是马云或特朗普试试？不要提预约二字，北大校长一定亲自迎送，说不定还来一点小幽默、故意念错一两个字逗我们玩儿呢……所以，不是我与北大绝交，而是北大要与我等绝交。只不过草民也有草民的尊严，眼看着您不想理我了，我抢先一步把您心里想的抖搂出来而已。哈哈，不好意思，北大，您给我吃闭门羹，我就与您老死不相往来——绝交。

就这么简单。不复。

（2018年8月13日）

为什么大家都来瑞克咖啡馆

——《卡萨布兰卡》启示录

小偷、骗子、无赖、恶棍、间谍、纳粹……充斥在这个狭小的咖啡馆，谁都有理由在这里堕落，谁都有可能在这里行恶。可偏偏，男主角瑞克完成了自我救赎，从一个外表西装革履、彬彬有礼、内心冷漠、自私、狭隘的利己主义者，蜕变成一个正义的、高尚的圣徒。

2007年，美国好莱坞编剧协会评选了史上"101部最伟大的电影剧本"，《卡萨布兰卡》名列第一。一部电影，为什么能跨越半个多世纪的岁月长盛不衰，成为人们心目中的传奇，以至于直至今天，游客们心甘情愿漂洋过海、穿过大半个地球来朝拜电影史上的圣地——瑞克咖啡馆，尽管他们中的大多数人，明知电影的拍摄地不在卡萨布兰卡、明知现实中的咖啡馆只是电影中场景的复制品而已。

拍摄于1944年的好莱坞电影《卡萨布兰卡》，改编自舞台剧《大家都来瑞克咖啡馆》。二战时期，商人瑞克手持宝贵的通行证，反纳粹人士维克多和妻子伊尔莎的到来，使得瑞克与伊尔莎这对曾经的恋人旧情复燃。两人面对感情和政治的矛盾，内心纠结，难以抉择。最终，瑞克战胜自我，将通行证无偿送给伊尔莎，枪杀纳粹军官，协助维克多和伊尔莎夫妇二人成功逃离……

电影之所以成为经典，当然不只是靠英格丽·褒曼引以为傲的倾国倾城的脸。经典的意义在于，数十年来，它不断地拷问观众，不断地让观众自惭形秽又神往不已。爱情是自私的、排他的。如果你是瑞克，你会怎么选择？如果你是伊尔莎，你又会怎么选择？如果你身临瑞克咖啡馆,在刻骨铭心的爱情面前,在大是大非面前,你最终会做出什么选择?

战争与人性相悖。通常情况下,我们把一切丑恶归咎于丑陋的战争,归咎于万恶的社会。战争逼人作恶、逼良为娼。由于战争,《羊脂球》让那些高贵者暴露了真实的嘴脸;由于战争,《魂断蓝桥》中的玛拉(费雯丽饰)沦落为娼妓;由于"多子,饥荒,苛税,兵,匪,官,绅",闰土从健康活泼变得猥琐麻木,美丽动人的豆腐西施变得尖酸刻薄;由于社会黑暗,恶人横行,骆驼祥子从进步青年堕落为社会渣滓……

然而,我们在抨击社会的同时,忽视了人的自我迷失与沦陷、自我觉醒与抗争的力量。

同样在咖啡馆,和平年代里的萨特,在花神咖啡馆用他的"存在即合理"的理论,周旋于西蒙·波伏娃与其他妙龄女郎之间;在双偶咖啡馆,五十四岁的毕加索用他的抽象艺术,诱惑十七岁的朵拉,俘获芳心使其成为自己众多情人中的一个……而战争背景下的瑞克,独自挑战世俗观念,用一个大写的人字,成全了他人,也成全了自己。漫步在大西洋海滨,我理解了卡萨布兰卡、瑞克咖啡馆为什么会成为全世界影迷的圣地。

同样是战争,成就了克罗地亚一代足球人。他们从废墟上站起来,舔净伤口,当年的牧羊少年、流浪儿童、战争孤儿们,没有堕落成小偷、骗子和强盗,而是靠着对自己、对民族、对国家的信念和担当,成长为俄罗斯世界杯足球赛场上,球迷心目中真正的冠军。

因此,战争既毁灭人性,同时又创造人性。许多时候,是天堂,还是地狱,决定权不在战争本身,而在于人们自己。

"世界上有那么多的城镇,城镇中有那么多的酒馆,她却偏偏走进了我的酒馆。"最打动人的爱情,是令人遗憾的爱情。古今中外,概莫能外。一次次邂逅引发了无穷无尽的情感纠葛。误会、伤害、猜测、爱慕、思念、离愁，"天长地久有时尽，此恨绵绵无绝期""此去经年，应是良辰好景虚设""世上哪得双全法，不负如来不负卿"……"我们每个人都生活在各自的过去中，人们会用一分钟的时间去认识一个人，用一小时的时间去喜欢一个人，再用一天的时间去爱上一个人，到最后呢，却要用一辈子的时间去忘记一个人。"(《廊桥遗梦》)这就是爱情，既有对天长地久的向往，又有对各自安好的成全。真实的人性，复杂的情感，美好却"香水有毒"，让无数的痴男怨女沉迷其中，无法自拔。

最打动人的爱情，同时又是对世俗情感的反叛。卡西莫多对艾斯美哈达的爱，明知无望，却又倾情付出；瑞克对伊尔莎的爱，从希望到绝望，从小爱到大爱，这需要怎样的胸怀与情怀，才能完成对这世俗情感的超越呢？泰戈尔的《飞鸟与鱼》中的诗句，是不是可以诠释瑞克当时的心境呢？

> 世界上最遥远的距离
> 不是我站在你面前
> 你不知道我爱你
> 而是爱到痴迷
> 却不能说我爱你
> ……
> 世界上最遥远的距离
> 不是不能说我想你
> 而是彼此相爱
> 却不能够在一起
> ……

我不是瑞克，永远无法理解却又无限敬仰他对绝世美人——这个有史以来出现在卡萨布兰卡最美丽的女人——伊尔莎的惊世骇俗的"放下"。在瑞克咖啡馆，我梦游般地楼上楼下逛了两圈，搜寻记忆中的每个角落，那张桌子，那架钢琴，想象着伊尔莎走进门里的那个瞬间……为把自己从这种忧郁的怀旧情绪中超脱出来，我点了摩洛哥红酒，细细品味，沉浸在世俗的享受之中……

如果让我选择，尽管千山万水，历尽艰辛，我不后悔到此一游，就为了坐在咖啡馆里，品这杯红酒。

（2018年7月18日　于卡萨布兰卡至索维拉途中）

辑五　视角

25美分硬币与餐巾纸上的国旗

——美国的爱国主义教育

不少到美国的游客,喜欢搜集一些美元作为纪念。这次,我就放弃了参观华盛顿航空航天博物馆的行程,独自一人找到离华盛顿纪念碑不远的造币厂,了解美元的印制过程及有关文化。美国有两个造币厂,一个在华盛顿,一个在费城。我孤陋寡闻,人民币造币厂应该是保密单位,印制过程是不对外开放的,我也没听说过谁到上海造币厂旅游参观。让我大跌眼镜的是,美国人把美元造币厂包装成了一种旅游文化,游客可以随意参观,有导游介绍,还开发出一系列的旅游产品。我观察到,到访的游客络绎不绝,许多游客都掏腰包买了不少纪念品,尤其是中国游客,出手更是阔绰。为了不虚此行,我购买了一大张连号的一美元纸币。

在美国期间,我搜集最多的是25美分硬币。

因为,25美分硬币,是我见过的最有意思的流通硬币。1999年,克林顿总统执政期间,美国50州25美分纪念币项目开始实施。纪念币正面为华盛顿头像,背面则为代表美国各州的历史、文化的图案。如华盛顿州的图案是美国独立战争时期,华盛顿率领军队渡过特拉华河取得重大胜利的情景。佐治亚州的图案则是该州特产桃子和州树槲树。该项目旨在让年青一代了解美国的历史、风土人情等传统文化。

25美分硬币,在美国是流通最为广泛的硬币。不管消费者到超市也好、洗衣店也好,每天都要用到大量的这种硬币。因此,许多美国人对25美分硬币背面的图案所代表的州,以及图案的含义了然于心。这对推广美国传统文化起到了极为重要的作用,让我们不得不佩服倡导者和设计者的奇思妙想。

我们知道，美国中小学没有开设思想品德课。2009年下半年新学期开学，美国总统奥巴马到弗吉尼亚一所中学演讲，内容涉及劝导青少年勤奋学习——这在中国太正常不过了。可是，在美国却掀起了轩然大波。反对派攻击奥巴马借这次演说，不恰当地向孩子灌输价值观，"以配合其政治意图"。虽然美国中小学没有开设思想品德课，可这并不等于他们就没有思想品德教育。他们的德育教育渗透到各种各样的社团活动中，比如为穷人募捐、慰问退伍老兵等；渗透到各个学科，如美国语文，就站在白人视角，选编了大量的关于美国历史文化的代表作品。

美国的爱国主义教育无处不在。但这往往不是学校教育的结果。美国人可能是世界上最热爱自己国旗的人。在繁华的闹市，比如纽约著名的第五大道，处处可见国旗高高飘扬，是美国街景的一大特色。地处偏远的居民点，也家家悬挂国旗。办公室里摆放国旗，小汽车上插着国旗，衣服上甚至内衣上印着国旗……我们在普罗维登斯市的维西街小学参观时发现，就连他们用的餐巾纸，印的也是国旗图案呢！

"随风潜入夜，润物细无声。"美国人在这种环境的熏陶下，怎能不热爱自己的国家呢？更让人匪夷所思的是，美国的许多爱国主义和其他公益活动，大多没有政府发文，没有行政干预，主要是社会团体和个人自发组织、自发参与的。在我国则相反，讲爱国主义教育，主要是学校的事；在社会上，则主要是政府和媒体的事。更广泛的个人、众多的民间团体和企事业单位是事不关己的。爱国主义教育不光是学校的责任，更应该是全社会共同担当的责任。

这就是25美分硬币引发的我的思考。

（2014年7月28日　2015年12月7日修改）

鲸鱼为什么每年都回来

——美国的环境保护

从波士顿港口乘船，出海航行大约一小时，就可以观赏成群的鲸鱼在海上遨游、嬉戏，这是多么奇妙的经历！

陪同我们出游的布朗大学丹教授说，我们这次运气奇佳，看见的鲸鱼最多（七八头）、时间最长（持续一小时左右）、最精彩。鲸鱼在一望无际的大海里成双结对，腾挪、翻滚、跳跃，不停用鳍或尾巴拍打海面，引得游客一阵阵惊叹！

尽管已是六月，在深圳早就进入炎炎夏日，可在波士顿却还像是初春。我把自己紧紧地裹在一件薄薄的外套里，冒着有点刺骨的寒风，坚持站在颠簸的船舱外，视线一直追随着大海里出没的鲸鱼。船长特别贴心，只要发现海面上哪里有大量的海鸟聚集，就立即全速前进，把船开到离鲸鱼最近的位置。因为，鲸鱼追逐鱼群，产生的大量气泡迫使鱼群跃出海面，聪明的海鸟在海面盘旋、俯冲，意味着鲸鱼就在水下。此外，船上还安装有先进的鱼探仪，船长根据回声定位来准确探知鲸鱼的位置。所以，我们的船长仿佛就像高明的猎手似的，总能发现鲸鱼出没的位置。

回程的路上，船突然停下来，原来船长发现一头巨大的鲨鱼悄悄地埋伏在左前方。大家都屏住呼吸，静静地与鲨鱼僵持了一会儿，直到我们离开，傲慢的鲨鱼仿佛就当我们不存在似的，一动不动，与活泼好动的鲸鱼形成了鲜明的对比……

我很纳闷，每天有大量的游客几乎在同一时间、同一地点来到海上看鲸鱼，难道旅游公司与鲸鱼、鲨鱼签了协议，付给它们演出费用？抑或哪家公司有如此能耐，在大海上围了栅栏，把鲸鱼、鲨鱼圈养起来？我望着无边无际的大西洋，陷入了沉思。

丹教授告诉我们，原来，人们掌握了鲸鱼的习性。夏天，鲸鱼从加勒比海北上，到波士顿附近海域觅食；冬天，鲸鱼又回到加勒比海过冬……波士顿附近海域是墨西哥湾暖流与格陵兰寒流交汇处，这片海域水温适宜、食物充足，是许多海洋生物赖以生存的家园。难怪鲸鱼每年定时定点返回这片海域，原来，这是它们浩瀚的猎场。

既然掌握了鲸鱼的活动规律，为什么渔民不捕杀鲸鱼？要知道，鲸鱼浑身都是宝，一头鲸鱼可是值不少钱啊！日本人不是不顾全世界的抗议，在各大洋大肆捕鲸吗？

丹教授说，在美国，有严格的法律保护鲸鱼。如果有人胆敢以身试法，那代价可是很高的。

正说着，有三个金发碧眼的姑娘走到我们面前，推销一种纪念勋章，上面有鲸鱼的图案，一美元一个。一问，原来是鲸鱼保护组织的义工在进行募捐，筹集的资金用于鲸鱼的保护。我们几个同学纷纷慷慨解囊，买了一些纪念勋章。据说，波士顿每年都有大批市民踊跃"认养"鲸鱼。

初到美国的中国人，都会惊叹美国的天真蓝、水真绿、空气真清新。所到之处都是森林、草地，几乎看不见裸露的泥土。在河汊湖泊，经常可见乌龟、甲鱼浮在水面；海滨城市，成群结队的海鸥与行人争道；公园里，随处可见松鼠在草地上玩耍；高速公路上，常见北美野鹿一闪而过；华盛顿广场上，数以百计的加拿大雁鹅在游客面前悠闲觅食；内华达山上的神木公园，几头黑熊大摇大摆、旁若无人地行走，游客近在咫尺，根本没有任何防护措施……人与自然和谐相处，让人啧啧称奇。

美国人对环境可谓呵护备至。早在林肯时代，美国议会就通过了联邦第一部环境保护法案，旨在保护内华达山脉的巨杉。此后，美国联邦政府与各州相继出台了难以计数的各类环保法律，对

　　美国土地上的自然资源加以严密保护。大到国土资源，小到垃圾处理、公共场所禁烟、钓鱼、草地维护，都有相关法律法规。最近，某州议会正在讨论，准备通过一部新的法律，保护濒危的鲸鱼呢！

　　美国环境保护能取得如此成效，除了有法可依，更有赖于有法必依。美国执法之严，违法成本之高，让人不想、不能、不敢触犯法律。我曾经亲历一件事，可见一斑。有次在大西洋城逛街，我和一个同学想从街这边到对面，一看行人斑马线在远处，路上没车，行人寥寥，也不见警察。我们就来了个"中国式过马路"。结果刚走到对面，不知从哪里冒出一辆摩托车，轰的一声停在身边。一个警察二话不说开出罚单：一人罚50美金！限期到银行交纳。你敢不缴？记入诚信档案，最严重的可能限制你再次入境！我一个朋友在美国买了一栋房子，不贵，四十几万美元。周末一有空就打理房前屋后草地、花园。我纳闷，在国内连袜子都不洗的人，怎么一出国就勤快了呢？原来，不勤快不行啊，不是不允许出现裸露的泥土吗？一块地、一栋房子，只要你买下来了，这块土地你就必须负责花草树木的种植与打理！什么时候，咱们国家也规定谁家的杂草谁家修剪呢？路边没有了杂草丛生的景象，咱们的环境就真正好起来了。

　　我坚信，这一天迟早会到来。

　　　　　　　　　　　　　　　　　　（2015年12月1日）

圣文森山老屋

说是老屋，其实也不算太老，也就两百来年的历史。跟咱们的故宫比，至少得差个四五百年。要是秦始皇住的地方还在的话，那它就更没法比了。不过话说回来，咱也不是秦始皇，如果没记错的话，这应该是我住过的最古老的房子。

房子虽老，却安装了电梯。恕我孤陋寡闻，大概世界上不会有比这还小还旧的电梯吧？刚住进来那晚，二十四个人的行李，我们足足嘎吱嘎吱花了六趟才运上来，每趟还只能跟一个人。紧接着被告知，以后不允许我们坐这电梯（只有脚趾被行李磕伤的班委杨委员可以乘坐），上下只能走楼梯。一听这话我很气愤，以为这是奥巴马歧视我们第三世界人民呢。到机场接我们的吴教授解释说，电梯太老，经不起折腾，请大家谅解。

其实不仅电梯老，这屋子简直就如同鸡皮鹤发的老人，牙也掉了，腿也瘸了，浑身上下几乎就没个好零件。地板、墙面不知道是第几次简单装修的了，看不出年代。但那锈迹斑斑的菱形的推拉铁窗，我在国内从没见过。艾伦教授反复提醒我们，不要在房间里洗晾衣服，洗澡时注意水不要洒到浴缸外面，因为楼太旧，防水不好，容易渗漏。第一天晚上有同学在房间里洗晾内裤，第二天马上挨批了，内裤也不行！美国的洗衣液都有消杀功能，大家放心使用洗衣机和烘干机！

吴教授郑重其事地告诉我们，别看这楼不起眼，这可是价值连城的文物，受美国政府保护的！艾伦跟着反复强调，一定要注意防火，防火，防火！乖乖，原来我们住进一栋古董屋来了！

据说我们这一期海培班学员相当幸运，被安排住在纽约市中心。这极大地满足了同学们逛街的欲望，每天晚饭后都有同学腰酸背疼腿抽筋地一脸幸福地回来。现在可以告诉大家了，我们这栋老屋，是圣文森山学院在纽约市内的一栋物业。它的具体位置是，曼哈顿二大道与E65街交汇处，门牌号是1233。走路离中央公园五分钟，离第五大道洛克菲勒中心十分钟，离帝国大厦二十分钟，离联合国广场不到半小时。

一听是古董，一开始我们还挺稀罕的，连说话也捏着嗓子，走路都踮起脚尖。可过几天，我们以小屋为中心，方圆二十里逛下来，才发现：莫非纽约全是古董啊？满大街都是一百年二百年的屋子！路面、墙面、门窗、栅栏、雕像，甚至台阶、门把手、路灯、红绿灯，无一不在述说岁月的凝重与沧桑。我们时不时地停下脚步，端起相机狂拍周围的老房子，沉浸在对各种风格各个年代的建筑艺术的欣赏的喜悦中。要知道，在咱们这个拥有五千年历史的国度，几百年的老房子可真是稀罕物啊，也就剩下那么几座没被拆掉。为什么建国只有短短两百多年的山姆大叔，却能将老房子大面积地保存得如此完好呢？悠久的华夏文明，为什么就不能多留下几栋老房子？广袤的中华大地，为什么就容不下几栋老房子！我们毁掉的，不只是几栋房子，而是一个城市，甚至是一个国家的记忆；别人保留的，也不只是几栋房子，而是一个城市，甚至是一个国家的历史。

走在曼哈顿的大街上，我的脚步越来越沉重……

（2009年8月29日夜　于纽约）

海培班的老师们

艾 伦

艾伦是我认识的第一个美国人。她是圣文森山学院国际培训部主任，负责安排我们在美国的学习和生活。在美国人当中，艾伦的身材算是很不错的了，因为这里满大街都是身躯庞大甚至臃肿的男女。我不大敢猜外国人的年龄，艾伦五十左右吧？在中国，这个年龄的女人应该在家里含饴弄孙、颐养天年了。可是艾伦却不辞辛劳，每年中美两地来回奔波。要知道，我们坐了十七个小时飞机抵达纽约，有同学第一句话就是：这辈子就这一次，以后打死不来了。

艾伦完全颠覆了我对美国人的印象。从好莱坞大片中我们知道美国人极富个性，大大咧咧，满不在乎，坐没坐相，站没站相，满口脏话，行为乖张。可是艾伦却是一个知性、干练、极其循规蹈矩、极其认真负责的人。她告诉我们在美国要注意的事项，事无巨细。基本上衣食住行购，吃喝拉撒睡，她都考虑到了。比如不要随地吐痰，不能大声说话，屋内及公共场所不能吸烟，如何过马路，如何使用宿舍里的设施，等等。这个不能做，那个不能用，左交代右叮嘱，不厌其烦。

说真的，我没有见过比她更细心更认真的人。我也没有想到，一个堂堂的大学教授，竟然是个生活达人。她担心我们迷路，为我们每个人准备了两份纽约市地图，一份中央公园地图。她担心我们买东西吃亏，告诉我们哪里购物可以打折，并亲自打印了一份附近著名购物点的地址给大家。耐心地告诉我们，哪家店的香水可以打开闻闻，哪家店的不能打开，能打开的贵，不能打开的便宜；还把自己的折扣卡借给我们。为了方便我们了解纽约市的商业、文化、旅游等信息,她不知从哪里拿了二十多本纽约市政府印的免费的小册子发给大家。为了防止猪流感,她甚至给我们每个人发了一瓶手用消毒液。告诫大家吃饭前、外出回来时一定要用消毒液擦擦手。她是主任,应该是学院的中层领导,相当于我们国内的处级干部,在我们那儿那是一个发号施令的角色。可是她没有一个助手,凡事亲力亲为。她深夜亲自到机场接我们,给我们准备好方便面、香蕉,告诉我们怎样使用厨房用具,一直忙碌到凌晨两点才休息。她亲自当导游,带我们纽约一日游。在欢迎晚宴上,她从自己家里带来两瓶香槟、一个大蛋糕! 因为她了解到,八月份我们中有三位同学过生日! 尤其让我吃惊的是,艾伦有家不回,竟然与我们同吃同住! 要知道,我们吃的可不是什么山珍海味,住的可不是什么星级宾馆! 就这样,她身兼数职,既是导师,又是保姆,每天精力充沛地为我们奔波操劳。我不知道,未来的两个多月,艾伦还能带给我们多少惊喜?

当然,金无足赤,人无完人。艾伦也有明显的不足。那就是她太不了解,或者干脆说,她太了解我们中国人了。比如说,她有时候充当的角色,其实在我们中国,是幼儿园老师干的事情。难道我们不知道公众场所要保持安静吗? 难道我们不知道在宿舍里要注意卫生吗? 哈哈,在有些地方,艾伦似乎过于天真,她想在短短两个月之内,就把我们培养成贵族。根据我的观察,我们这二十四个学员,两个月之后成为美国问题专家的应该大有人在。至于有没有人速成为贵族,我对此持审慎态度。而且,我们来这里的目的,也不是为了学习如何做贵族的。更何况,在中国,我们一直认为,一个人要变成贵族,必须要经过三代人的努力才行。

艾伦是否也了解这一点呢? 毫无疑问,她心知肚明。但她依然我行我素,乐此不疲,每天徒劳地坚持做她认为该做的事情。这正是艾伦教授的可贵之处,也正是她的可爱之处。

(纽约时间2009年8月27日—28日)

补记：

结业前夕，艾伦请我们全体学员到她位于东河对岸新泽西的家做客。她请了一位朋友，两个人为我们二十多位同学准备了意大利面、沙拉等美食，还准备了红酒。艾伦离婚独居，家里整洁雅致、一尘不染。墙上挂的画、客厅的摆设，处处体现出主人的品位。可见，生活中的艾伦并非是一个精于算计、缺乏情趣的女人。从她家的阳台可以眺望远处曼哈顿的夜景。几年后，据说艾伦辞去了学院的工作，嫁给了一位外交官。艾伦的故事告诉我们，认真而优雅的女人，幸福迟早会来敲门。

安德森

安德森教授上课迟到了。今天下午是海培班在纽约正式开班的第一堂课，同学们都充满期待，早早地坐在教室里等。两点十五分，头发梳得一丝不苟、西装革履、相貌堂堂的安德森教授终于出现在教室门口。

他首先郑重其事地向同学们道歉，解释道："我十二点出发，本想在一点钟之前赶到这里的，结果遇上堵车。你知道，学院到这只需要半个多小时。"同学们对安德森的解释报以热烈的掌声。因为在我们中国，老师迟到是小事一桩，除了领导，谁也不会介意，用不着向学生们道歉。只是有个别同学心里想，安德森教授怎么那么倒霉呢？我们在纽约几天，从来没有见过堵车啊？

不过很快大家都被教授提出的第一个问题吸引住了。"当学生准备好的时候，老师就会出现。"他环顾四周，"你们认为这句话是什么意思？"章同学上课向来发言积极，他不假思索脱口而出："是要求同学们上课前要做好准备。"看得出来，教授对这个回答似乎很不满意。坐在角落里的我大胆地回答："这句话应该是强调老师的作用，老师应该起一个引导、主导的作用。"教授可能不是很明白我的中国话，又把目光转向别的同学……

安德森教授声音宏亮，激情澎湃，肢体语言特别丰富。他有时神采飞扬，有时手舞足蹈。有一次他甚至爬上凳子上去了，下来后还鼓励年轻的女翻译伍老师也上去试试。虽然我们莫名其妙，又不是竞选总统，不明白安德森为什么要上蹿下跳，但还是被他强烈的表现欲所感动。大家都很认真，目光紧紧追随着他在教室里卖力地四处游走。但安德森似乎不大适应这个环境，不大适应这种依赖翻译的教学方法，常常走神或作思考状……幸好，我们没有被安德森夸张的表情和动作所蒙蔽，终于弄清楚他在探讨一个非常严肃的问题。这节课他主要介绍了美国教育的发展概况。教育的目的是什么？美国人为此也作了几百年的探索。为宗教，为国家，为人本身……民主党认为，教育是为了改善人们的生存境遇；共和党认为，教育是为了维护人们的权利。通过他的介绍，我们许多同学第一次知道了原来教育也存在党派之争，政治家从来就没有也不愿意放弃教育这块阵地。他还几次拿中国现阶段的教育与美国工业革命时期的教育进行对比，这伤害了我们个别同学尤其是博学多才的唐同学的民族自尊心，引起了几次小小的争辩。但安德森教授显然是善意的，他的语言技巧也是高超的，在鼓励唐同学观点的同时，巧妙地坚持己见且化解了矛盾。这期间还有一点花絮让人莞尔，我们班最年轻的漂亮小姑娘朱同学按捺不住，几次举手想发言，可安德森老师就是视而不见。朱同学为此一直到第二天还恨恨不已。安德森教授应该没听说过"女人是老虎，最不好对付"这句话。否则也不敢对朱同学如此怠慢。幸好咱们出自"名门"（名校）的朱同学关键时刻不掉链子，终于在课间逮着机会，流利地用美式英语在教授面前狠狠地表现了一番，让教授领略了咱们巾帼不让须眉的风采。

因为迟到，所以拖堂。这点在中美老师之间是没有区别的。尽管不少同学还在倒时差，下午昏昏欲睡。不过，安德森的课还是让我们感觉时间过得真快。晚上安德森也参加了学院为我们举行的欢迎晚宴，很遗憾没有女同学上去与他寒暄几句，这多少让我为高大帅气、魅力十足的教授感觉有点不平……

（2009年8月29日凌晨4点）

安吉拉

听到这个优美的名字，心里泛起一阵涟漪。记得曾经读过一首诗，用复沓的形式反复吟诵："安吉拉，安吉拉……"但我显然想多了。眼前的安吉拉博士是我们的教育理论老师，五十岁上下，身穿花裙子，外套一件白色马甲，与艾伦的优雅熨帖不同，她显得年轻干练。我猜她应该是西班牙裔，年轻时一定热情奔放。果然，据她自己介绍，她已有三十二年教育工作经验，教过幼儿园、小学、中学、大学，还在欧洲、南美洲教过书，懂英语、西班牙语和意大利语。安吉拉老师阅历如此丰富，这让我对她的课充满了期待。

安吉拉教授给我们主讲的课题是"不让一个孩子掉队"。我发现这是一个热门话题，东西方老师都以极高的频率重复这句话。她今天给我们介绍的是这句话的背景。《不让一个孩子掉队法案》是小布什2002年提交国会通过的一个关于教育的法案，简称NCLB。该法案的核心是，政府投入220亿美元，在全美的中小学强制实行新的课程标准，以提高孩子的识字能力。美国是一个移民国家，许多孩子到美国后，很快学会了说英语，但他们的英语水平只是停留在简单的口头交流上，而不能真正做到认知和书写。因此，这些孩子实际上还只能算是文盲。该法案旨在帮助这些孩子。法案的前身是1965年约翰逊总统提出的《中小学教育法案》，主要内容是帮助弱势群体，要让那些不会说英语的、贫穷家庭的、有学习障碍的孩子受到良好的教育。

安吉拉还回顾了联邦政府历年在支持教育方面所做的努力：

1862年，由于把土地给了农民，政府帮助农民学习耕作的技术；1917年，大批农民进城，政府大力开展职业技术教育；1944年，为帮助退役老兵，开展成人教育；1958年，因为苏联在航天技术方面领先美国，政府增加了数学、科学和外语教育的投入；1964至1972年，支持学校反对种族隔离，扩大办学规模，各种肤色的孩子在一起学习；1975至1990年，加强残疾人的教育；1986至1989年，启动防止孩子吸毒的教育，等等。

　　表面上，NCLB似乎是一个不错的计划。"不让一个孩子掉队"，如同前几年我们常说的"一个都不能少"，听起来温暖、响亮。口号治国，东西方有共通之处，为了让老百姓理解并接受，政治家喜欢用口号来概括自己的施政纲领。但是谁也无法在如此简短的语句里，把什么都表达得清楚明白。比如，"不让一个孩子掉队"，这些孩子包括谁？什么叫"掉队"？这个"队"有什么标准？如何看待孩子们的个体差异？为什么一定要给孩子排队？怎么样才能做到"不让一个孩子掉队"？民主党与共和党为此吵翻了天，教育界内部也众说纷纭。

　　平心而论，在历任美国总统中，小布什是为教育做了不少实事的，他推行的基础教育改革方案影响广泛而深远，甚至波及到遥远的东方。但美国人并不领情，小布什的支持率屡创新低。安德森提到这个计划时，我记得他幽默地补充了一句："我很高兴小布什已经不在台上了。"安吉拉说，小布什提出这一法案，目的是为了在大选前讨好少数族裔特别是拉丁裔的选民。许多美国老师反对，因为强制实行该法案，束缚他们的手脚，使他们在课堂上失去自由。家长们也抱怨，投入的钱不够，政府没有兑现承诺。人们质疑，NCLB到底是为了提高学生的考试能力呢，还是为了提高学生的阅读能力？此外，由于该法案由联邦政府组织统一考试进行验收，而各州政府又有自己的统一考试。家长们弄不明白，到底哪个分数才是衡量孩子学业的标准？

安吉拉不知道，"不让一个孩子掉队"这句话，在美国饱受质疑，在中国可成了香饽饽。基础教育界人云亦云，言必称希腊。这句话甚至成了衡量一个学校、一个老师教学质量的标准。这真是应了咱们一句古话：墙内开花墙外香。

第二次上课时，安吉拉告诉我们她是意大利裔。

让我感到意外的是，外表热情似火、阅历丰富的安吉拉，在课堂上并没有带给我们多少惊喜。我觉得她的课堂压抑沉闷、缺乏激情与活力、缺乏对话与碰撞、缺乏思考与探索，老师基本上成了一个"搬砖"的工具，从事的是低效的劳作。一个老师，如果不能把自己的阅历和生活经验转化为光，晕散在课堂；转化为能量，传递给学生——这不能不说是一件令人遗憾的事情。

我真替安吉拉老师着急。

（2009年9月1日）

佐丹奴

佐丹奴不是一个品牌。

佐丹奴是我们老师的名字。佐丹奴教授是圣文森山学院艺术系主任，可能是一位小有名气的艺术家。他身材瘦小，相貌普通，年纪又偏大，与安德森老师比，显然不大讨女同学们欢心。但随着课程的逐步深入，我以为，佐丹奴是最有意思、最博学多才的一位教授。

佐丹奴教授是哈佛大学加德纳博士多元智能理论的践行者。加德纳认为，人类的认知不是一元的而是多元的。人类的智能类型存在着不同的思维方式，老师不能以单一的模式评判、培养学生。加德纳的这一理论，突破了传统的强调语言及数理逻辑智能的局限，让教育者更加关注学生的诸如运动、艺术等智能，对推动美国教育改革产生了深远的影响。佐丹奴教授运用多元智能理论，在纽约市一些中小学开展艺术整合项目，获得了丰硕的成果。他专门为我们播放DVD，演示了实验项目在一所学校的进展情况。

为了更生动地说明他的艺术整合项目，佐丹奴教授亲身示范，把课堂变成试验场所。他的教学步骤是这样的：

一、见证一棵树的诞生。他亲手在黑板上板书，一笔一笔教我们如何画一棵树。有意思的是，他采用的是中国画画法。而且，他的画功不弱。他画了一棵老态龙钟、富有中国意趣的树，树底下还斜倚着一个人。

二、想象你是一棵树。他说，绘画是一种高层次的思维活动。艺术靠想象，中国古代有天人合一（连这他都知道）的思想。现在，你就是一棵树，想象你从种子成长为大树的过程。我们闭目养神，假装自己是一棵树（哈哈，有意思。我如果不剃胡子的话，早就枝叶婆娑了）。心里却想着老师葫芦里到底卖的什么药。

三、把你心目中的树画出来。大家一头雾水，但还是照做。我发现，周围的人都画得比我好。

四、为你的树题一首诗。这是大家最感兴趣的一个环节。每个人都埋头苦思冥想，奋笔疾书。

佐丹奴老师让我们展示自己的成果。唐才女率先朗读了她的题为《我是一棵树》的诗，诗句清新自然，感情真挚浓烈，诗意充沛葱茏。数学专家（也是电脑通）乔治竟然也写了一首不短的诗（我们语文老师饭碗不保啊）。他在别人的怂恿下，耸肩，长身，起立，用武汉口音抑扬顿挫地读了起来。诗中有田园、山水的意境，有老牛、园丁的形象，真是人如其诗、诗如其人啊。他们的朗读博得一阵真诚而热烈的掌声。

画画是我的弱项，赋诗（哈哈，打油诗）是我的强项。我当然不会放过这个玩一把的机会。我的歪诗是这样的：

枝缠云朵叶缠霓
一树青翠与碧绿

我是树下一痴汉

想吃想喝想美女

这首诗显然不怎么样（很不大气。应该坐树底下思念故乡才对），因为对中国文化有些研究的佐丹奴一脸茫然，不置可否。当然，这与担任翻译的那位女孩的无法翻译有关。倒是我那位本家美女体贴，好好地凑趣了一番。

佐丹奴教授告诉我们，所有的课程都可以尝试运用多元智能理论进行艺术整合。在教学实践中，可以调动学生的视觉、听觉，让学生动手、动脑，把艺术的元素与课程内容结合起来。如果是一些专业性较强的课程，比如数学，如何运用这种艺术整合方法？面对我们的提问，佐丹奴又一次表演了他高超的画技：他教我们用手指触摸自己的脸，告诉我们，人的五官实际上全由几何图形组成。耳朵、鼻子、嘴唇是三角形，眼睛是椭圆形……说完后他用几何画法画人头。不到两分钟，一个古代玛雅人头像出现在黑板上。

把枯燥的课程内容用学生喜闻乐见的形式唱出来，画出来，让学生在玩中学，在游戏中学，在快乐中学——这，就是佐丹奴教授教给我们的，也是他亲自示范给我们的。其实，这种方法国内早有尝试。佐丹奴虽然对中国画有所研究，但他没有到过中国，当然不清楚这一点。

不过，这堂课不失为一节好课。佐丹奴也确实是一位好老师。

（2009年10月11日课堂涂鸦　11月14日修改）

参观美国的中小学

PS255

PS255，是公立255小学的简称。该校位于纽约布鲁克林区。学校规模不大，共有765个学生，150个员工（包括50多个老师、助理老师和其他勤杂人员）。有七个年级，其中一个年级是学前班。学生来自许多国家，讲37种语言。不少学生完全不懂英语。所有老师加起来会说15～18种语言。教职员工基本都是女性。校长叫劳伦斯，她去年到过台湾。有两名助理校长，一名分管高年级，一名分管低年级。该校虽然离中心区较远（离我们住处一个多小时车程），但去年在纽约市中小学等级评估中，获得A等（共分ABCDEF六个等级），是最好的学校。

虽然才开学两天，但整个校园井然有序。看得出来，校长对我们的到来是非常欢迎的。参观过程包括：简短的欢迎仪式（交换礼物）、校长致辞（主要介绍学校情况）、早餐、观看文艺表演。他们为我们准备了每人一份典型的美式早餐，每人一份礼物（一件T恤、一支笔、几个回形针、一个装有学校简介的文件夹）。

早餐后，孩子们在室内礼堂为我们表演了精彩的节目。第一个节目是摇摆舞。这是美国独创的一种舞蹈，动感强烈，充满激情。四个孩子动作夸张又协调自如，很有感染力。艾丽副主席、劳伦斯校长，还有我们几个年轻同学情不自禁随着音乐翩翩起舞。第二个节目是由一个名叫多利亚的可爱的女孩弹钢琴。第三个节目是合唱。学生们分别用英语德语唱了三首歌。其中一首歌名叫《我们用同一种语言笑》，旋律简单而优美，大家都被感染了。我们注意到，孩子们在表演时，并没有被要求动作一定要很整齐规范：有的孩子手插进裤袋，有的随着音乐节奏摇摆，各种姿态应有尽有，天真烂漫，率性自然。我们都被孩子们的表演深深吸引，报之以一阵阵热烈的掌声。校长助理抱歉地解释说，因为刚刚开学，这些节目都是临时安排的，有的甚至还来不及彩排。

接下来是听课时间（10：30～12：00）。短短一个半小时，我们走进七个教室，听了七节课（三到五年级），每个教室待五到十分钟。教室较小，粗看显得凌乱，细看干净整洁。教室四面墙，一面挂电子黑板，其余三面下半部是柜子，上半部挂满了学生作品。电子黑板右下方是老师的办公桌。每个班级23至28个学生不等，大多在26个左右。课桌四到六张摆放在一起。除一节数学课外，六节是英语课（相当于我们的语文课）。作文一般是老师先示范，学生可画可写。作文题目是——二年级：难忘的一瞬间——捕捉坐过山车的一个瞬间；三年级：最重要的人；四年级：如何在沙滩上建一个城堡。还有两节课很有意思：一节是教学生拼写字（四年级）；一节是五年级的数学课，内容是比较分数的大小，电子黑板上显示的是0.5＞0.4！

美国课堂与我们的大不相同。老师既比我们轻松，又似乎比我们辛苦。美国普遍实行小班制教学，这是最让中国老师羡慕的地方。我们一个老师管近六十个学生，他们一个老师才管二十多个学生！有的教室有两到三个老师，甚至有一个教室有四个老师！原来，一个老师主讲，其他是助理教师，坐在有需要的学生旁边，帮助他们学习！表面上他们工作时间短，一年有三个月假期（指公立学校，私立学校情况不同）。每天工作时间是早上八点半到下午三点。但是，且慢高兴，美国老师没有专门的办公室，他们一天到晚都在教室，都跟学生在一起。虽然两点多钟就放学了，但老师还要留在教室里备课改作业。

美国学生可是实实在在比我们的轻松。主要表现在：在校时间

285

短，下午三点多就放学了；课程简单容易，几乎没有家庭作业，所以他们的书包都很小；活动课多，并不总是坐在教室；特别重视术科的学习；学习状态轻松，没有课间休息，但学生可以随时从教室走出来上洗手间，学生在教室里也是或坐或站，相当随意。

参观中，我们不时地听到一个词：特殊需要的学生。这是美国义务教育的骄傲，是美国平等理念在教育中的具体体现。美国人认为，人人生而平等。每个人都享有与他人一样公平接受教育的权利。因此，每个学校都为有特殊需要的学生提供帮助，包括提供专门的老师陪读。所谓有特殊需要的学生，包括学习有困难、有障碍的学生、注意力不集中的学生、不会英语的学生、残疾学生等。

还有，美国的小学不像国内的小学一到课间即嘈杂混乱，非常安静有序，学生也不像我们想象的那样活泼爱闹，教室里一直有老师，凡有活动一定有老师带领陪护。我们在这里待了五个小时，见不到追逐打闹的现象，也没有人高声谈笑。

十二点，学校又为我们准备了典型的美式午餐——三明治、比萨、沙拉、饮料。正吃饭间，先进来一个胖胖的中年妇女，据说是家长委员会的负责人。这是一个重要角色，负责为学校筹集资金。随后又进来一个华人模样的高个中年妇女，据说是区教育局的领导。她静悄悄地寻一个位子坐下。看我们吃得差不多了，她站起来自我介绍。原来她姓邱，华裔，而且还是深圳人！她先用不甚流畅的广东话自我介绍，说她父亲母亲是宝安人，自己在美国出生长大。她为纽约教育服务了三十年，做过老师、校长、行政总监。她普通话讲得不好，请我们允许她用英语讲（每个教室都有一个或几个华人子弟，但这些孩子普遍不会讲普通话，个别会讲一点广东话。有些甚至不知道自己来自中国何地）。

邱女士首先介绍了纽约的教育概况。纽约有110万学生，6000所学校，8万老师。六年前，纽约只有4800所学校。教育存在很多问题。教师工资低。许多学生不愿待在自己学区所在的学校。新任市长为改变这种状况，采取了很多办法：

第一，提高教师待遇。过去六年，教师工资提高了40%。

第二，提出一切为了孩子的教育理念，如255学校的办学宗旨就是"每个孩子都是明星"。

第三，在资金和课程设置方面给校长更大的权力。

第四，州政府加强对教学质量的监控。如每年给学校一个等级鉴定，共分六级。得到D以下等级的校长将面临解聘。州政府每三个月组织一次联考。有进步的学校会得到奖励。

第五，调动家长的积极性，使家长成为学校的办学伙伴。家长委员会负责为学校活动筹集资金，每年对学校教学质量进行检查。

第六，成立了11家机构，负责为校长提供帮助（不是领导校长）。纽约市长是成功的政客，同时也是成功的商人。他说服纽约市议会每年向教育提供210亿美元，他把这些钱用商业运作的方式分到每一家机构。邱女士本人就是其中一家机构的行政总监。校长有权自主选择其中一家机构。如果对机构的帮助满意，就签两年合同；不满意可换一家机构。去年，纽约92%的学校对这些机构表示满意。大部分学校都会得到较好的资助，只有极少数学校没有得到资助。

以上只是纽约州的情况。美国其他地方的中小学教育依然如故。

午餐后，安排我们进行了两个项目：一是让我们亲自体验手工制作图片的过程，二是观看八个学生表演击剑。

这是我们在纽约参观的第一所学校。由于学校的热情接待和精心安排，大家与美国教育有了第一次亲密接触，每一个人都觉得收获很大。可以说乘兴而来，满意而归。

（2009年9月14日）

河谷学校

河谷学校坐落在曼哈顿一个风景秀丽的临河的山谷中，创办于1907年，是一所久负盛名的私立学校，也是一所独立学校。我一直不明白这二者之间有何区别。独立学校大概是由政府批准，有一个专门的委员会负责任命、监督校长。这种学校既有私立，也有公立。河谷学校现任校长名叫兰道尔夫，原来是一位英语老师，他就是由该校三十人组成的管理委员会（由校友及家长组成）聘任的。该校有两个校区，分别是中学部和小学部，学生从4岁到18岁，也就是说从学前班到大学预科（12年级）都有，两个校区共有1100名学生（其中小学400多名）。正式教师150人，此外还有120多个教师助理和员工。学校的经费来源主要有三项：学生的学费、学校投资的收入、校长向私人及企业筹集的资金。

我们参观的是中学部。校长引以为傲的有两点：一是尽管学费昂贵（每年每生3万美元），但学校不愁生源，家长都希望把孩子送到这里，因为这里的培养目标是瞄准美国一流大学。不是有钱就能来，学校组织严格考试招收学生。二是学校有充足的办学经费。每年预算的3600万美元中，有600万（占学校年度预算的六分之一）是用来奖励资助学生的。惠及将近20%的学生，这个比例与许多私立大学相仿。

据校长介绍，该校的办学特色主要有三点：

首先，校园环境优美。这点在寸土寸金的曼哈顿尤其难得。我们看到，曼哈顿不少学校都被包围在高楼中，有些甚至就局限在一栋楼之中。而河谷学校依山傍水，视野开阔，四周全是郁郁葱葱的森林。校园里都是两层建筑。到处是花草树木，有大片的绿草地。我们去的时候，食堂前的一棵苹果树挂满了果实。学校全力挖掘环境上的优势，比如小学每个班都有自己的花园和菜地。

其次，由于学校是私立学校，课程设置不受政府约束，所以学校自主开设了一些非常有挑战性的科目。比如与一些著名大学合作，开展研究项目。对学生的要求也很高。学校还在初高中开设了中文选修课。去年学校派了六个老师到中国访问，是由美国政府资助的，目的是让美国的老师和学生更加了解中国。学校每年组织部分学生到欧洲的一些国家交流学习，校长也希望能派学生到中国。

最后，学校非常重视艺术与体育，这些活动占的比例很大。

校长介绍完后，有十分钟提问时间。我们主要提了三个问题，校长简单做了解释。

一是校长如何管理学校。兰道尔夫校长有三个助手，分别负责高中、初中及小学。下面还有十五个部门领导，分别负责发展、招生等工作。此外，还设立了一个专门的学术委员会，负责学校的教学工作。校长除管理外，每年还要筹集300万至500万美元的经费。兰道尔夫校长说，他真正的兴趣主要在学生的学业上。

二是校长如何调动学生的学习积极性。让我们大跌眼镜的是，校长介绍的主要措施竟然与我们的做法如此相似：通过标准化考试促进学业；召开家长汇报会。也就是我们常用的两个法宝：考试和家校联系！

三是学生如何自主管理。从入校始，学校就希望学生自己管理自己。成立专门的学生委员会，代表学生与老师进行沟通。

与校长见面时间不足一个小时，所以我们在学校得到的信息很有限。接下来我们听了三节课，这里谈谈听课印象。

学校实行走班制。每节课时间长达55分钟，中间只有5分钟休息，供学生从这个教室走到另一个教室。午餐时间为12：05~12：35，12：40上下午第一节课，没有午休。教室很小，不到我们的一半大，但整齐干净，都铺了地毯。桌子摆放有围成一圈的，也有像我们一样面向老师摆几排的。每个班大多在15到18人之间，基本上是白人孩子。我听的三节课，三个班只有三个亚裔、四个黑人。

　　校园非常整洁安静。尽管学生行为习惯在某些方面很宽松，如穿着自由（不穿校服），女生有穿超短裤的，有穿人字拖的，有涂指甲的，有戴了许多首饰的；学生也可以随意进出教室。但只有极个别的学生去上洗手间，也有少数学生交头接耳（老师不管）。大多数学生很认真，积极思考、回答老师提出的问题。没有打瞌睡，玩手机的。见不到乱丢乱扔垃圾的现象，下课后也见不到追逐打闹的现象。学生都规规矩矩，甚至可以说是温文尔雅。我们所到之处，也没有人围观。他们自己做自己的事，但如果我们问学生问题，他们也很礼貌，很耐心。

　　如果以我们国内新课改的标准来衡量，这三节课应该是不成功的。首先是课堂容量小，难度低。如我们第一节听的是文学课，课题是莎士比亚的《仲夏夜之梦》。老师要求学生从文章的字里行间找出关于爱的词句，并谈谈这些词句是否表现了主人公的真实想法（但有同学认为，这节课非常成功。学生参与的积极性确实很高）。第二节课是初三的英语课，中间有一个语法练习，要求学生判断加点词的词性。我身旁深圳市外国语学校的老师说，这在他们学校是初一学习的内容。第三节课也是初三的，讲如何使用标点符号。其次是方法陈旧。课堂大多采用满堂灌的形式，老师讲得多，学生练得少。也有采用师生问答的形式。很少有学生动笔的机会。

　　我们普遍感到，美国的课堂是很轻松的。学生学得轻松，课堂气氛融洽。高三的学生也争着举手回答老师提出的问题。每个学生桌子上都只有一本书，书包很小，丢在教室外的走廊上。三节课，我没有发现一个老师布置家庭作业。总之，我们都说，美国中学生真幸福！

（2009年9月21日）

马克·吐温特长学校

这所以美国著名作家名字命名的学校位于布鲁克林区，是一所公立初级中学。校长摩尔女士曾经是一位体育老师，她个子小，嗓门大，特别热情友好，不仅给我们提供了丰盛的早餐、中餐及礼物（一件T恤），中餐时还挨桌劝我们吃饱。三位校长助理，其中一位同样矮小（典型的客家人长相）的中年女士名叫琼斯，是华裔，祖籍广州，不过基本不会讲普通话和粤语，我们在一起的三四个小时中，只听她用蹩脚的汉语说过两个词：广州、吃饭。

马克·吐温学校创立于1975年，面向全市招生。这是一所非常特殊的学校，只招收那些有专长的学生。这些所谓的特长包括九个专业：艺术（倾向美术）、音乐（分弦乐、管乐、声乐）、体育、创造性写作、舞蹈、戏剧、科学、数学、传媒。校长非常骄傲地告诉我们，在同类学校中，他们属于"拿波万"！学生要进这所学校，必须经过两次考试：先是要在全市的标准化考试中成绩优秀，然后自己提出申请，由市教育局组织专家进行特长（至少有两门特长）面试。毕业生去向基本上是纽约市最好的两所高中。

摩尔把我们分成两个小组，她和琼斯分别陪同，几乎把正在上课的班级走了个遍。在琼斯的引导下，我们这个小组一共走听了十三节课。加上校长在我们走听结束后，安排了时间回答我们的问题（包括安排学生答问），使得我们比较充分地领略了学生的风采，也比较深入地了解了该校的办学特色。与前两所学校相比，马克·吐温特长学校有不少特色。

第一，教室普遍较大。根据不同专业特点，有科学教室（有手工操作台）、音乐教室（有钢琴、小提琴等乐器）等。

第二，学制灵活。采取走班制，注重因材施教。每个年级十二个班。六年级相对稳定，根据小学毕业标准化考试成绩，将所有学生分成两个层次（重点班与普通班）；七年级学生根据自己的特长开始走班上课。六年级也部分走班,但常规课(数学、科学、英语、社会)不走班。

第三,学生较多。传媒课教室学生最少,只有十五人。其他基本在三十五人以上,有几个教室达到四十多人。这在美国学校相当少见。

第四,老师优秀。不少老师都是纽约名师,有的还是大学老师。如小提琴老师即在大学兼课,据说纽约音乐课程标准就是她制定的。

第五,学生出类拔萃。每个教室都有学生参加各级各类比赛的获奖奖牌。初三学生已经上高二的数学。学生的摄影作品曾在大都会博物馆展出。接待我们的一个十三岁的华裔小姑娘张雪莹,已经掌握了四种(汉语、英语、西班牙语、拉丁语)语言!

第六,除走班制外,该校在管理上还有一点令人印象深刻,就是它有专职指导老师,负责学生的思想品德及行为习惯教育。每周一早上班级任课老师碰头会,就上一周班级管理存在的问题进行交流。把表现有问题的、科任老师教育后收效不大的学生名单交专职指导老师。然后指导老师利用午餐时间找这些学生谈话。还有许多老师,利用中午午餐时间和下午放学后义务为学生补课。

第七,作业多。我问了三个学生,家庭作业每天都在两个小时以上,有时三个小时。

第八,该校利用一切机会让学生展示自己的特长。几个孩子全程跟随我们摄像摄影。安排孩子们利用午餐时间为我们进行弦乐表演。专门安排两个有写作特长的孩子采访我们。

附记,该校作息时间为:早上8:00到校。8:00~8:16唱国歌及祷告;8:19正式上课。下午2:50放学。一天八节课。

华裔优秀学生张雪莹,十三岁,懂四种语言。钢琴十级。会弹奏中提琴。每天放学后搭地铁到曼哈顿纽约大学补数学,然后搭地铁到渡口坐渡轮回斯塔藤岛,再搭地铁回家。周六周日都安排得满满的，补各种各样的课。母亲上海人，从事财务工作；父亲香港人，开一家物流公司。小姑娘口齿伶俐，长相甜美，才艺超群，深得大家喜爱，我们围着她问了许多问题，她也落落大方，有问必答。另外两个采访我们的孩子也是华裔，男孩广州人，女孩新会人，都在美国出生，都会说粤语。

（2009年9月23日）

长岛学校

长岛学校其实并不在长岛，它位于昆斯区。学校似乎只有一栋大楼。高楼大户，门禁森严，我们在门口等待半天才允许进去（据说，美国有不少学校门口有专门机器检查学生是否带枪）。州政府按学生比例给每个公立学校配校警，长岛学校共有3200个学生、220个正式老师、13个校警。更让我们吃惊的是，校警居然佩枪！因为是公立学校（美国和中国正好相反，有钱人子弟读私立学校），学生素质参差不齐，分别来自58个国家，说29种语言。

校　长

长岛学校的校长比尔先生是一位资深校长，已经在这个岗位上干了16年。他很喜欢中国文化，学校开设了中文选修课，图书馆还有一小架中文图书（书籍比较杂，其中还有一本果树嫁接方面的书，可能这些书都来自学生捐赠）。比尔去年曾经到过北京、上海、杭州、苏州。每次有中国客人来访，他都特别热情。今天他不仅送我们礼物（一个小旅行袋，内有一件T恤、一个中国制造茶杯、两本学校刊物），还花了1000美元公款，留我们吃午餐，从中餐馆定了丰盛的自助餐送到学校。

比尔校长显然对布什总统"不让一个孩子掉队"这句话理解得很到位。他说，我们的学生来自不同的国家，有的来美国之前就已经学得很好，想在这上最好的大学；有的移民来美国前从未上过学。我们的目标就是帮助他们能走多远走多远，帮助他们实现自己的理想。如果你信任学生，他们肯定会创造奇迹。

比尔校长特别周到。他特意请来他的朋友吴教授——曾经在纽约教育局服务多年的华裔——来接待我们。（吴教授近年主要从事中美文化交流，曾经被邀请到上海华东师大给校长班上过课。但吴教授可能出于羞怯，对我们有点"敬而远之"，似乎也不会说中国话。我没见到有同学主动与他交谈。）还安排了两个副校长、三个华裔老师、五六个学生全程陪同。并且利用午餐时间，回答了我们几个问题。

这所学校的行政架构很特别。校长以下，有13个副校长。这13个副校长同时也兼系主任（美国中学里把专业科组称为系）。老师一天要上五节课，而系主任每天只上一节。他们的主要职责就是管理学生和老师。没有国内分工明确的处室主任，也没有年级长和科组长。

比尔很辛苦。早上6点到校，晚上9点才回家。每天做得最多的事就是到学生中去，与学生交流，了解学生的想法。美国校长有很强的服务观念，他们普遍认为，校长的职责就是帮助老师和学生。比尔校长认为，最重要的是要培养学生对成人的一种尊重。

这个学校也有一些针对学生的"清规戒律"，如，不允许学生带苹果手机等电子产品到学校，如果带了，没收手机并通知家长；首饰不能露出衣服外面，不能穿奇装异服；不能戴帽子等等。如果学生违反了校规，处理程序是：科任老师—训导老师—副校长—校警—家长；也有留堂和转校一说。这些要求我们这些中国老师很熟悉，我们怀疑比尔是否照搬了中国的德育经验。

事实上比尔校长确实从中国基础教育学到不少东西。比如，他们也尝试学习上海的经验，在安排老师岗位时实行大循环；也开始尝试在科组中进行集体备课，大科组每月一次，同年级同课老师每周一次。尽管比尔付出不少努力，但长岛中学在纽约的高中里，办学质量只能算是中等偏上。

课　堂

据比尔校长介绍，长岛学校的特色课程是烹饪和汽车修理。但没有安排我们参观。

在副校长玛吉和年轻女老师王老师（华裔，父亲是台湾人，母亲是大陆人，她自己出生在美国。说一口流利的台湾腔普通话，但不会写中文。丈夫是西班牙人，有一个15个月大的混血儿）的带领下，我们一共走听了10节课。分别是科学实验（12年级）、世界历史1、体育、小提琴、声乐、英语、学生干部培训、世界历史2、中文、数学课。

几节课值得一说。

体育课上课地点在室内体育馆（我们的参观就没有出过大楼，我怀疑这所学校没有室外操场）。约100名学生，分别在进行鞍马、吊环、平衡木、艺术体操等训练。大厅里只有一个老师，在辅导少数几个学生练鞍马。大部分学生或单独或几人一组自主练习，也有四五个学生坐在旁边观望。我们问副校长，只有一个老师，怎么管得过来？副校长说，这是高年级，一个老师够了。低年级多一点。体育在美国是必考科目（可以自主选修项目），不及格毕不了业。学生也喜欢体育，一般都很积极。音乐课与体育课一样，每个教室学生都很多。乐器如小提琴由学校提供。

学生干部培训作为一门课程，也计学分。学生来自不同年级，必须具备以下条件才有资格进入这个班：在标准化考试中成绩优秀，有一个老师的推荐信，有五个老师的签名。这门课有专门的老师任教，培养学生的领导能力。

第八节课虽然也是世界历史，但学生来自不同的年级，是一个混合班。由两部分学生组成，一部分是正常的学生，另一部分是有特殊需要的学生。学生都是老师选来的，他们自己并不知道自己是属于哪种类型，既帮助了有特殊需要的学生，又保护了他们的自尊心。在这个教室，我发现一个六十多岁的老人坐在第一排专心听课，原来，他是学校请来的义工，陪旁边那位残疾学生学习（费用全部由学校负担）。

我们还听了一节中文选修课，只有十个学生。女老师姓玄，山东人，曾任教山东大学，1996年就来到长岛学校。据她介绍，长岛学校除了英语、数学、社会调查、科学是必考科目，学生还必须选一门外语课。大部分学生都报了法语和西班牙语，也有不少报中文的。现在这个班中文已学到三级，所以人数较少，低年级人较多。她让几个学生用中文做了自我介绍。这几个学生分别来自印度（华裔，藏族，从未到过中国）、罗马尼亚、泰国、韩国。虽然学生中文已过三级，但水平实在不敢恭维。

长岛学校的课堂与美国许多学校的不同，似乎更接近中国模式：老师站在讲台上，学生排排坐而不是围坐。教学方式也是满堂灌或问答式。不同的是，长岛学校的课堂更关注弱势学生（他们称之为有特殊需要的学生），如请义工陪同残疾学生学习，安排助理教师陪同学习有困难的孩子学习。这点与国内正好相反，我们是过分关心尖子生，而往往忽视或轻视学困生。

学　生

公立学校的美国学生完全享受政府的免费教育（包括高中）：学生上学免费、课本免费、坐校车免费、吃饭免费、喝水免费（美国公共场所包括校园都有直饮水）。

美国学生有许多优点。他们自信、敢想敢干、有创造性、爱护公物、文明有礼、安静有序。陪同我们参观的两个高四的女生，一个叫莎蒂，一个叫弗兰吉。她们已经有了自己的人生规划，分别选定了学医学和心理学，目前正在进行一些准备（奇怪的是，马上面临毕业,正是学习最紧张的时候,学校竟然安排她们来接待我们,这在国内是不可能的事)。我们每到一处,她们都抢先一步把门打开(美国学校每层楼都有厚重的门。长岛学校管理尤其严,许多门是锁着的,只有老师才有钥匙,包括教师专用洗手间)。她们落落大方,有问必答。美国学生也有不少缺点,如学习不努力、成绩差、散漫、纪律性差,等等。

美国学校没有德育一说,学生普遍以自我为中心,没有权威观念和集体观念。美国学生考试作弊现象很严重,课堂很难管理。学生也厌学,特别讨厌数学(所以美国中学课程标准很低,数学只要代数通过了就可以毕业)。

美国学生有没有压力呢?我们问了一个高四的学生,回答是有的。他每天5点起床,晚上12点睡觉。作业也很多。特别是亚裔学生比较刻苦,成绩相对较好。一个韩国学生,他的几何在班上遥遥领先。我们问他在国内成绩怎样,他说糟透了,差不多是倒数第一。这种情况在华裔学生中也是常见的。

在中文教室,我看见课桌板上满是学生涂涂画画的痕迹;中途我去了一趟厕所,发现他们也有厕所文化;离开的时候,我们从三楼图书室往下走,看见走廊、楼道上有一些废纸,还有一个捏扁的饮料罐。这与我们在河谷学校看见的情况完全不同。

老 师

我们非常幸运,在长岛学校,我们遇见两个从内地移民来的华裔老师。更加幸运的是,由于这两个老师还有两年就要退休(美国老师退休年龄男女一样,都是62岁),已经不用担心学校辞退,所以他们毫无顾忌,畅所欲言,我们从他们那里了解了许多看不见的东西。

张老师祖籍江苏,来自天津,教数学,非常善谈。玄老师来自山东,原是山东大学老师,在国内也教过中学。虽然一家人都移民美国，但每年夏天都要回国一趟，还在烟台海滨买了房子。她是一个面容清癯的老太太，可以想象她年轻时的美丽。1996年她就到了这所学校，负责教中文。

一说起美国基础教育，张老师的口吻就像一个愤青："中国教育远在美国之上""所谓不让一个孩子掉队，是不懂教育的政治家骗人的鬼话""除了学生可以选择一些班级和学分之外（如体育，只要修满8个学分就可以，其中包括1个健康学分，学校不管你是用了三年还是四年），美国教育一无是处"。

首先是管理松散。美国老师基本上是独立耕作。给你一个班，只要你搞得掂学生，就没人管你。既不用写教案，也没有教研活动（这两年考试科目偶尔有一些。玄老师说，她教中文，自己编教材，自己备课，完全自由）。学校不组织集体活动，老师之间也很少联系。

其次是学生难以管理。许多学生不学，你要求他们做，他们的口头禅是：为什么要做？尽管功课比中国容易得多，但不少学生还是一窍不通。玄老师说："我不赞成把孩子送到美国来读中学，不仅学不到什么东西，还容易学坏。你知道，美国多元文化，泥沙俱下，太早送来会害了孩子。"

再次，由于文化价值观的差异，美国许多家长并不认为大学是学生唯一的出路。只要孩子能独立自主，能赚钱就行了。比尔·盖茨不是没上大学吗？与成绩相比，他们更关心孩子有什么兴趣爱好。

我们问玄老师，美国老师有没有压力？也有。主要来自学生管理，不少老师管不住课堂。

每个学期有一次州统考。但学校与学校之间、老师与老师之间、学生与学生之间并不比成绩。我们问：那每年的全市中小学等级评估是如何进行的？回答是：主要是自己跟自己比，而不是横向比。只要你达到纽约市制定的标准，就给你一个相应的等级。

还有，每年学校会听每个老师两节课。如果连续两次被评为不及格，就要每天到专门的办公室报到，停职停薪培训。老师可以请律师与学校打官司,搜集证据,证明自己是合格的。但这是一个漫长的过程,一般需要三年。而且学校也不可能再让这个老师回来。她笑着说:"我就不怕了,因为我还有两年就退休了。"长岛学校到目前为止还没有发生这种不愉快的事情。

（2009年10月1日）

理想学校

理想学校的校长安吉丽拉女士是一位对教育有着执着追求的人。四年前,她一手创办了这所私立学校,也是特许学校。最初学校只有两个年级19个学生,如今已粗具规模。全校共有六个年级（从学前班到五年级）,89个学生,20多个老师。每个班有14~17个学生,2个老师,平均每四个孩子有一个老师。

这所学校的特别之处在于,安吉丽拉女士提供了一种新的办学模式:她大胆地尝试把正常的孩子和特殊学生放到一起进行教育。12个班中,每个班都有3~4个有特殊需要的学生,这些学生有听觉、视觉或认知方面的问题。目前为止,她的这种尝试是成功的。尽管学费相当可观——正常学生每年学费32000美元,非正常学生每年44000美元（有特殊需要的学生,可以向法庭申诉,由政府支付学费。实际上这些家庭不需要自己掏一分钱）,但不断有家长要求把孩子送到这里。安吉丽拉自豪地说,申请进这所学校不容易。

这所学校虽然开办时间很短,成绩却远远超过其他小学。我想,这与安吉丽拉的科学管理有关。在参观中,我们不断听到她说"科学研究表明"这几个字。我没见过第二所学校像理想学校一样,给每个孩子——尤其是那些有特殊需要的孩子——提供如此体贴入微的关心和帮助。

安吉丽拉认为（她说"研究表明"）,适当运动、使学生强壮,可以让孩子注意力更集中、学习更有效。她聘请了两个专职老师、两个兼职老师，每天半小时给每个有特殊需要的学生开展一对一的辅导，这种辅导包括心理辅导和运动能力训练。学校场地很小，但她们因地制宜，开展不少有益孩子身心健康的活动。地下室有一个室内体育馆。这个场地是多功能的，一半用作篮球场（只能说是半个篮球场），一半摆了些凳子开会或上课用（也是接待我们的场所），进门口的一小半隔成一个辅导中心。我们看见不断有学生被带到这里，一个女老师亲身示范，手把手帮助他们做一些简单的运动。每当孩子们成功或失败，老师总会给一些鼓励或安慰。这个女老师特别有爱心和耐心，她用丰富的表情和肢体语言与这些有特殊需要的孩子（我们看见的几个孩子分别患有唐氏综合征、脑瘫等）进行交流，这让我们这些参观者尤其感动。

运动场地不足，她们就利用社会资源，每天安排一小时，把孩子带到附近公园开展游戏或锻炼。学校就在中央公园附近（大约在6大道W89街）。我们离开时，就看见安吉丽拉的丈夫带着一年级学生从中央公园回来。

地下室和一楼之间的走道稍宽，摆放了一架钢琴。一位音乐老师每次给四个孩子（其中有一两个是有特殊需要的学生）上课。从我们进来到离开这两个半小时，这位老师几乎没休息过，校园（其实不能称作校园）里歌声不断。这位老师上课很有特点。她在教唱的同时，不停地用手或表情与每个孩子特别是有特殊需要的孩子进行交流。老师教得用心，学生学得开心。我们离开的时候，这位老师带着十几个孩子在门口学唱、游戏，场景真让人感动，引得我们许多老师上前拍照。

安吉丽拉女士有中国情结。学校开设了中文课。担任中文课的张老师是来自苏州的年轻漂亮的女老师。张老师还负责管理图书馆，为每个孩子选择适合他们阅读的书。我们与张老师谈话期间，有一个10岁左右的英俊的小男孩，不停地向张老师告状。张老师说，这个孩子心理有问题，喜欢与比自己小的孩子在一起。我们一看，果然，他比周围的孩子高出一头。安吉丽拉的丈夫也是学校老师，教一年级。他到过中国许多地方，还在苏州一所学校教过书，普通话讲得不错。学校许多地方都有中文标识，如图书馆贴着"举手发言""不许大声说话""不吃东西""安静""书是我们的朋友"等标语。学校还与苏州一所小学建立了友好关系，安吉丽拉为我们展示了苏州小朋友寄来的书信和书法作品。

11点左右，我们看见学生在吃课间餐，有饼干、牛奶和水果。这些都是专门从超市里选购的。美国政府对这一块控制特别严格，一般不允许学校向学生提供食品，他们花了三年时间才拿到食品监管证。午餐学生自带，学校负责加热。

参观完所有课室之后，回到体育馆，安吉丽拉回答了我们的提问：

一、关于作业

二年级以前不布置作业。研究表明，低年级布置作业是没有好处的。但低年级老师也布置一些阅读任务给孩子带回家，让孩子与家长一起完成。三、四、五年级作业不评分，但有评语。低年级不参加州统考，由学校每年组织两次评估。期末发给每位家长一个文件夹，里面有学生这学期的成长记录。

二、为什么家长愿意把正常孩子送到这里，让他们与不正常的孩子一起学习？

安吉丽拉很感谢我提的这个问题。她说，这实际上是每个家长关心的问题，也是她坚持的办学特色。

她说，研究表明，正常孩子与不正常孩子在一起，能学到更多的东西。比如，学会与不同的人合作，包括与沟通有问题的人合作；学会尊重、包容，建立起同情心、责任感；学习在与他人竞争的同时，也从对方身上学到东西，同时也帮助他人一起进步，从而成为一个完整的人。

有特殊需要的孩子也应该和正常的孩子一起学习。理由很简单,因为他们迟早要面对社会的各种挑战。

让我们特别对安吉丽拉充满敬意的是,她把自己两个健康可爱的孩子(一男一女)都放在自己创办的这所学校。她自豪地说,两个孩子都很聪明健康,他们在这学到了很多东西,学会了帮助别人,特别是锻炼了组织管理能力。安吉丽拉满脸幸福地强调:他们很有领导才能。

陪同我们参观的纽约校长联合会(USA)艾丽女士插话:"我的孙子也是有特殊需要的孩子,我也把他送到这里来了。他在这里很好,没有被忽视,已完全融入了集体。"

三、学校有什么长远规划?

学校发展前景很好,肯定会进一步扩大办学规模。现在的校舍租用的是一个教堂,不能满足需要。目前正在找地方,争取在六年左右达到250~300个学生的办学规模。安吉丽拉笑着说:"我希望将来我们能办高中。"

(2009年10月2日　参观时间9月30日)

帕布罗卡·萨尔斯学校

今天,我们海培班同学最后一次下校,这注定是一次难忘的经历。

上午十点左右,帕布罗卡·萨尔斯学校高朋满座。校长联盟副主席奥吉娅女士、负责我们这个项目的联系人艾丽女士、教育工会布朗克斯区代表、六所中小学校长济济一堂,欢迎我们这些中国朋友到来。180校校长尤佐先生主持了简短的欢迎仪式。首先安排了一个瘦小的华裔孩子用电子琴弹了一曲《浏阳河》,优美的旋律吸引、感动了在场所有的人。接着是181校校长致辞。年轻的沃尔纳特先生身材魁梧,有着中国式的谦虚,他说:"我不想多说,还是请大家看看学生们的表现。"最后请学校元老、曾经担任181校副校长、现在是学校顾问的一位老教师介绍学校的总体情况。随后，沃尔纳特校长、尤佐校长亲自带领我们这个小组，参观了校园和走听了课堂。由于时间太短，了解不够深入，难以窥斑见豹。但我还是就这几所学校的办学特色，谈谈我的一管之见。

一、科学的办学理念

帕布罗卡·萨尔斯学校是一所公立学校，位于布朗克斯区，创办于1973年。它其实不止一所学校，而是由三栋大楼、六所独立学校组成。这六所学校分别是：两所小学——178学校、179学校，两所初中——180学校、181学校，一所高中，一所特殊学校。为什么把六所学校建在一起呢？主要有三点：第一是方便就近入学。附近是一个多元化的大社区，把不同年段的学校放到一起，这样孩子们从K年级（学前班）到12年级都能就近入学。第二是引入竞争机制。一些有特长有潜力的孩子，如果他们的学业水平高于同龄人，他们可以自由选择更高的年级上课。比如，八年级的孩子可以到高中去上数学。第三，有利校际合作，资源共享。六所学校都有各自的校区，有各自独立的管理体系，不存在谁领导谁的问题。但学校之间都有通道相连，学生可以在老师的带领下，从一所学校到另一所学校上课。六所学校之间共享资源，包括所有的硬件设施，如体育馆、游泳池、实验室等；也包括所有的软件，比如前面介绍的学生可以跨校区上课。如181学校开设了西班牙语、法语、希伯来语，另五所学校的学生也可以选择这些课程。反之亦然。

尤佐校长今年67岁，五年前就已经退休，现在他依然坚守在校长的岗位上。这是一位对教育充满热情、心里装着孩子、有思想又能够付之于行动的了不起的校长。他特意带我们参观了他那别具一格的办公室：粗看凌乱不堪，实则有条不紊。办公室、办公台不大，也不算奢华，但布置极具个性。所有的地方——桌上、墙上、柜子里, 摆满、贴满了与学生有关的照片, 大部分都是学生稚嫩的作品!

尤佐先生很善谈, 他主动介绍了他的办学理念。概括起来有几点:

校长应该为学生搭建一个发展的平台。校长要走出象牙塔, 主动寻求社会各阶层的支持。他经常出去找市长、议员、大公司为学校"化缘"(墙上挂着他和希拉里、纽约市长朱利安的合影。希拉里担任纽约市参议员时, 曾两次到过他们学校)。他每年都要为学校争取300多万美元的社会捐助。这些钱用于添置设备, 请校外老师来校上课。他经常请优秀毕业生回到学校作报告, 鼓励孩子们追求卓越。他很得意地指着墙上的明星照片(一位著名模特、一位百老汇歌剧《妈妈咪呀》的演员)说:"如果没有我的支持, 就不可能有这些孩子的今天。为孩子的成长助力, 这就是一个校长应该做的。"

校长应该着眼培养完整的人。学校特别注重培养孩子们的社会责任感、同情心。学校每年募捐1万磅食物, 分发给有需要的人。经常有学生自发组织, 牺牲午餐时间去帮助穷人和有需要的人。这时, 旁边的艾伦插话道:"我知道你们许多人非常关心美国学校道德教育的问题, 这就是道德教育。他们这样做的目的, 就是培养合格的公民。"此外, 学校还把学生带出去, 如参观华盛顿等地, 让他们接触自然与社会。除了开阔视野外, 学生回来后, 还可以组织许多与之相关的活动, 如读、说、写、唱、做等。

我问尤佐校长, 这几个学校在一起, 会不会产生恶性竞争? 他很干脆地回答说:"不存在这个问题。我们几个学校只有合作, 没有竞争。因为我们发现, 合作比竞争更加有利于学校的发展。"稍后, 他补充道:"当然, 如果学生之间比赛, 还是有竞争的。"

二、鲜明的办学特色

我们二十四个海培班同学被分成三个小组,分别奔赴小学、初中和高中参观。大家参观完后异常兴奋,都说这是收获最大的一次,也是最令人感动的一次。大家有一个共同的感受:这几所学校校园环境整洁干净,学生素质全面发展,学校管理科学高效,每所学校都有自己鲜明的办学特色。

1. 丰富多彩的校园文化

我们到过的每所学校,都非常注重校园文化建设。今天这几所学校更不例外。教室、走廊上的每一面墙都在说话。大多是学生自己的作品,有图画,有摄影,有作文,有学生作业。教室布置非常温馨。用尤佐校长的话来说:教室就是老师和学生的家,要营造一个爱与被爱的环境。六所学校的主色调各不相同。如180是绿色,181是蓝色,高中是黄色。在特殊学生康复室外,艾伦特意提醒我们注意走廊上的颜色,她说,这里布置得像游乐场而不像医院,就是为了让孩子们安心。

2. 不让一个学生掉队

《不让一个孩子掉队法案》,是2002年布什总统提交国会通过的一部关于教育的法案,简称NCLB法案。旨在帮助弱势群体,让那些不识字的(移民带来的文盲)、贫穷家庭的、学习有障碍的孩子接受更好、更公平的教育。尽管存在不少争议,但在美国的许多学校,我看到"不让一个孩子掉队"这句话得到了实实在在的落实。

在181学校,我们先走进了两个特殊的课堂。两个教室学生不多,一间只有六个,另一间只有三个。他们都是有特殊需要的孩子(实际上就是残障和有心理疾病的孩子)。让我们异常吃惊和感动的是,几乎每个学生都有一个老师在面对面地进行辅导!他们一遍一遍地重复,耐心细致地纠正学生的错误。由于这些孩子都存在认读的困难，老师们发明了一种图画教学法，手把手地教学生剪、贴，把对应的文字和图画粘在一起，挂在墙上。我们走进另一间教室，七个残障学生在两个老师的指导下，正在学习敲打一种乐器。老师同学们兴高采烈，玩得不亦乐乎！此情此景，让每一位在场的老师感动万分。

在180学校，尤佐校长带我们参观了四间特殊的教室。这些都是特殊学生康复室。它们分别是手指康复室、上半身肌肉康复室、下半身肌肉康复室、行走练习室。每个教室里摆满了各种训练和治疗器材。学校聘请有执照的治疗师来指导学生进行康复训练。校长骄傲地指着教室外的一块牌子说："这是给一位捐赠者立的牌，他捐赠了50万美元，帮助这些有特殊需要的孩子。有好的想法，还得让捐赠者觉得钱花得不浪费。花了钱，就是要让这些孩子站起来。我们这里的康复教育是最好的，别的学校的孩子也来我们学校上课。"

3. 注重学生的个性化发展

六所学校的另一个办学特色，就是非常重视发展学生的个性特长。

学校各种设施齐全，除体育馆、游泳池和各种功能的实验室之外，他们还有舞蹈室、天文馆、印刷厂、木工房、陶瓷馆、烹饪房、汽修车间、洗衣房、电器车间等。学生可以根据自己的特长爱好，自主选择学习。

尤佐校长以自己培养了各种人才为荣。他的办公室里，挂着一幅百老汇演员和一个当红模特的照片，他告诉我们，她们都是这个学校的毕业生。要让学生成为一个完整的人，不仅仅是让学生学习数学、英语、科学，还应该让学生学习体育、艺术等。

学校为我们准备了一顿特殊的午餐——全部都是高中孩子们做的，有沙拉、面包、甜点、冰淇淋等。穿着整齐、周到细致的服务员也全部是高中生！陪伴我们共进午餐的除校长和老师们之外，还有六七个身穿空军预备役制服的学生。据介绍，他们是在校高中生，已经通过了飞行员考核，正在接受飞行训练。他们将来有可能成为真正的美国空军飞行员。学校有两百多个学生报名参加飞行员训练。这顿别开生面的午餐，让我们大饱口福的同时，又大开眼界！

在美国的学校考察，这是最后一次，也是最精彩的一次。这些了不起的校长们，了不起的孩子们，在我们这些中国老师眼里留下了深刻的印象，也启发我们思考：什么才是真正的教育？我们到底需要怎样的教育？

（2009年10月8日）

圣文森山学院

　　我们结束了在纽约的学习。今天下午5点，学院举行结业典礼。由于学习和生活都在曼哈顿的学院分部，我们只在开学初到过一次学院本部。所以艾伦教授特意安排我们提早三个小时到达，我才得以有机会细细地观察圣文森山。

　　学院位于布朗克斯区哈德逊河畔的一座小山坡上。第一次来时正是夏末，又恰好下着细雨，只记得校园里满目苍翠，山谷间雾气弥漫，远处山峦欲隐欲现。哈德逊河则完全笼罩在大雾之中，我们无缘一睹其芳容。如今，已近深秋，学院四处浅黄深红，又是另外一番景色。山脚下，哈德逊河一展芳姿，静静流淌。远处河岸，色彩斑斓，姹紫嫣红点缀在一幅悬挂于河岸（哈德逊河岸只有几十米高，异常平整，似乎是人工堆砌的一道大坝。不像三峡两岸山峰高低错落）的深绿的长卷之中。

　　我迫不及待地离开人群，想要一个人绕着学院走一圈。

　　圣文森山学院建于1849年。最早是一所教会学校，现在是一所私立大学，以教育和护理专业见长。

　　学院建筑主要分三个功能区：

　　一是办公区。有两栋办公楼，都依山傍水。小的一栋近河，屋顶上有一个十字架。建于1849年，是学院最老保存最完好的一栋房子。目前依然是学院教育系办公室所在地。大的一栋靠山，初建于1857年，以后又陆续扩建，逐渐形成今天的规模。除办公之外，这栋楼还有不少教室，学生们正在上课。一楼门厅及过道上，悬挂着三十几幅照片，都是有关学院重大历史事件的记录。遗憾的是，我看不懂，只好一张张拍下来备查。站在这栋办公楼二楼的阳台上，可以眺望哈德逊河。二楼中间位置竟藏有一个规模不小的教堂。右边是一个布置典雅的大厅，这就是今晚举行结业典礼的地方。办公区前方是一块风景优美的大草坪。

二是学生生活区。包括宿舍、饭堂等。旁边临河处有一小型足球场。

三是休闲区。这是我给下的定义，不知是否准确。这个区域最大，有大片的草地和森林，基本上环绕了整个办公区和生活区。我沿着林荫小路，慢慢地绕着它走了一圈，大概花了一个小时。空气中到处弥漫着青草和树木的气息。树林以梧桐为主，兼有许多叫不出名字的乔木灌木。办公楼后及学生宿舍旁的山上，落叶满地，坚果满地，横七竖八的枝桠满地。不时可见松鼠或追逐跳跃，或抱着一颗坚果啃噬，煞是可爱。我捡起一颗坚果剥开，一咬，满嘴苦涩，不知松鼠何以吃得如此津津有味！学院大门口的树林间，有一座小小的仿若微型教堂的建筑，里面放置神像，常有人来祈愿献花，据说非常灵验。

5点钟，典礼准时开始。院长墨林先生与我们一一握手、合影留念。典礼仪式包括院长致辞、班长致辞、海培班向院长及各位教授赠送礼物、海培班表演节目。节目有：合唱《友谊地久天长》，第二部分由我用口哨伴奏；弗兰克与阿曼达男女生对唱《十五的月亮》；弗兰克独唱《在那遥远的地方》。典礼在亲切、友好而又热烈的气氛中进行。同学们争相与教授们互叙衷肠，举杯祝愿，合影留念。教授们一开始还规规矩矩坐在位置上。几杯红酒下肚，纷纷端起酒杯来回穿梭，用不标准的中文向同学们祝酒。束着头发、打扮像西部牛仔的盖茨教授脸色驼红，嘴里念着"干杯"，与我们一一碰杯然后一饮而尽。健谈的安吉拉与我们同桌，华年已逝却依然待字闺中的她毫不掩饰地说，非常期待下一次美好的约会。邻居大嫂艾丽像花蝴蝶一样满场翻飞，时时听见她略带夸张的笑声。最严谨的安德森教授依旧西装革履，滴酒不沾的他却脸色通红发亮。他中途离开一小时，后又回来（据说去辅导学生）与几位美女同学相谈甚欢……在就餐过程中，乔治表演了笛子独奏，密斯张带领几位女同学表演了舞蹈《千手观音》，将气氛推向高潮。

最后，特意去换上了博士服、戴上高高的博士帽的副院长为我们颁发了结业证书。同学们兴高采烈，手持证书，到处找人合影。七点钟，典礼准时结束。大家依依惜别，离开了圣文森山学院。

再见了，圣文森山学院！再见了，可敬可爱的教授们！再见了，哈德逊河！

（2009年10月15日）

奥巴马新学期讲话的风波

——政府在教育中充当的角色

2009年9月8日，美国总统奥巴马在弗吉尼亚州一所中学发表演说，内容是激励中小学生增强责任，树立目标，努力学习。这本来是一番再平常不过、无可挑剔、无可厚非的话，任何一个父亲、师长都可能对孩子说的正确的话，却在美国掀起了轩然大波，惹来无数争议。

反对派纷纷抗议，有人嘲讽奥巴马想建立个人崇拜，有人指责奥巴马用纳税人的钱传播自己的政治理念。不少家长打电话反对，不少学校也表示不会组织学生收看。

为平息众议，白宫发言人在奥巴马讲话前夕，召开记者招待会作了澄清。白宫还于奥巴马讲话前一天公布了讲话稿内容，以示内容与政治无关。

这真是匪夷所思！最高元首、三军统帅，向自己国家的中小学生讲话，勉励他们好好学习，竟被横加指责，岂非天方夜谭？

争议的背后首先是政治因素作祟。国会中期改选在即，共和党急于找到攻击奥巴马的话题。奥巴马的新学期讲话恰好为共和党人提供了炮弹。人们发现，历史有惊人的相似之处：1991年，共和党人布什总统在一所初中推销他的教育改革方案时，也被民主党人批评为花纳税人的钱为自己做政治广告。如今这又是一场发生在教育界的驴象之争，只不过是攻守双方交换了位置而已。

但只把这场争论归咎为党派之争，显然是肤浅的。我认为，更深层的原因是美国人的价值观。

美国人崇尚自由，任何个人和团体不得干涉他人的信仰自由。

著名的西点军校为了显示海纳百川的胸怀，一口气建了五所教堂，分别对应五种宗教。学生们可以根据自己的宗教信仰，到教堂进行祷告活动。人们担心奥巴马讲话干涉学生信仰自由，为民主党做宣传，就不足为怪了。

美国人倡导个性，追求多样性。许多家长不认为读书是孩子最重要的事。奥巴马讲话鼓励孩子好好读书，"不要辍学""不要做说唱歌手"，也引起人们不满，被指责过于狭隘："难道读书是成功的唯一出路吗？"

基于以上观念，我们也就明白了，为什么美国中小学没有思想品德课。学校也没有专门的时间用于思想品德教育。他们的公民教育渗透到各个学科，渗透到学校开展的一些活动（比如组织学生为穷人募捐食物等）中。因为如果开设思想品德课，那到底采用谁的教材？宣传谁的思想？岂不麻烦？美国人对待麻烦的态度是，搁置争议，干脆算了。

我们不禁要问，政府不过问学生的思想品德教育（实际上，联邦政府对教育的影响是相当有限的，不管课程设置、不管教材，也不办学，学校都是各州政府所办或私人所办），那么，政府在教育中充当什么角色呢？

答案令人深思。国家、政府只提供立法、预算和服务。学校拥有最大限度的办学自主权。美国拥有世界上最严厉最繁复的法律，其中包括关于教育的法律。目前对美国教育影响较大的法律有2002年通过的《不让一个孩子掉队法案》。纽约州政府还制定了学生《纪律条律》。校长可以真正做到依法治校，管理老师有法可依（靠一纸合同），管理学生有章可循（靠《纪律准则》）。此外，政府服务教育而不是管理教育。以纽约州为例，州政府成立了11家机构，专门为各中小学提供服务（为校长提供帮助，而不是领导校长）。纽约市长是成功的政客，同时也是成功的商人。他说服纽约市议会每年向教育提供210亿美元，他把这些钱用商业运作的方式分到11家机构。校长有权自主选择其中一家机构。如果对机构的帮助满意，就签两年合同。不满意可换一家机构。去年，纽约92%的学校对这些机构的服务表示满意。

政府、全社会服务教育可谓贴心贴肺。仅举两例。一是校巴立法。中央电视台记者白岩松曾经对此做过采访。校巴由专门厂家生产，法律对其颜色、规格、安全措施都作了明确规定。二是校园安全。州政府根据各校学生人数，配置了相应的校警。我们在卓越学校参观期间，遭遇了一次火警。结果5分钟之内来了两辆消防车，10分钟之内来了五辆消防车！

小政府，大教育——这又是美国教育的一大特色。

联邦政府通过《不让一个孩子掉队法案》，加强了对教育的监管力度。这为反对派所诟病，人们担心，政府干预越多，学校、老师、学生的自由就越少。

（2009年11月2日）

穿着人字拖上课

　　早就对美国中小学课堂的散漫有所耳闻，但亲眼目睹，还是让我们大开眼界：学生着装随便，女生打扮暴露，五花八门，有穿着人字拖上课的。到了9所学校，没看见有穿校服的。课堂上行为举止随便，或坐或站，有嚼口香糖的，有不经请示上厕所的（由于没有课间休息时间，所以允许上课时如厕）……种种在国内课堂鲜见的现象，在美国司空见惯。

　　不仅如此，课堂的组织形式也是多种多样。比如桌椅摆放，就没有统一的要求。主要有两种形式：一是排坐。像我们的课堂一样，学生排排坐，老师站讲台。二是围坐。4~6张课桌围成一圈，形成一个个学习小组，老师位置不固定。大多数学校采用围坐的形式，一般到了高年级，尤其是高四才采用排坐的形式。我们的教育理论老师安德森教授非常反对排坐的形式，他认为这是工业化时代的产物，目的是方便老师监控学生，不利于形成开放自由的课堂。授课地点除教室外，经常会安排在走廊，有时会把学生带到公园。教学方法和手段也是五花八门，各显神通：有满堂灌，有启发式，有讨论式，有研究性学习。同一所学校也是如此，看不到有集体备课、统一要求、互相借鉴的痕迹。

　　但是，千万不要以为美国中小学疏于管理，一团混乱。相反，学生们文明守纪，安静有序。校园干净整洁，氛围和谐。美国学校严格科学的管理，颇有值得我们借鉴之处。

　　首先，有法可依，有章可循。每年9月，学生和家长会收到纽约市教育局寄出的两本小册子：《纪律准则》和《家庭指南》。《纪律准则》是对全市中小学生的纪律要求，非常细致，它分两部分：一部分适用于低年段（幼儿园至5年级学生），另一部分适用于高年段（6年级至12年级学生）。内容包括：违规行为、纪律处罚以及干预措施。《家庭指南》更加详细，主要是指导家长了解子女入学的程序，学校的膳食和交通，如何让子女获得成功，如何保证孩子的安全和健康，家长如何参与和支持子女的教育等等。学校也有自己的校规。长岛高中就有一些针对学生的清规戒律，如，不允许学生带苹果手机等电子产品到学校，如果带了，没收手机并通知家长；首饰不能露出衣服外面；不能穿奇装异服；不能戴帽子等等。有不少教室也有自己的"室规"（学生参与制定的），如不许大声说话等。

　　其次，层级管理，责任到人。美国中小学没有班级、年级、德育处，当然也就没有班主任、年级长和德育主任。科任老师是课堂纪律的第一责任人。如果学生触犯了校规，其处理程序是：科任老师—训导老师—副校长—校警—家长。学校有专职的训导老师（不止一个，各校不等），他们大多利用午餐时间找学生谈话。有的公立学校门禁森严，进出校门要经过电子检查设备严查。纽约州根据学生人数，给各校配备了校警，如长岛高中有3200个学生，就有13个校警之多。这些校警全副武装，居然还佩带警棍和手枪！

　　最后，管理到位，不留死角。许多学校管理注重细节，各环节之间丝丝入扣，无缝衔接，给人留下深刻印象。比如，课间只有4~5分钟，仅够学生转移教室，以避免学生在课间滋事，减少监护的压力。这就使得学生基本上没有机会离开老师的视线。我们在五校联盟看到，一个学校的学生到另一个学校去上选修课，先由工作人员用对讲机通知对方学校，然后双方在两校交界处送、接学生，以保障安全。大部分学校的厕所是上锁的。有的学校学生上厕所，门口有专人负责登记（内容是名字，如厕时间）。当然，这从另一个侧面也反映了美国中小学校缺乏安全感（除经常曝光的校园枪击事件外，据介绍曾经有三个女生在厕所强奸一个女生的纪录），学校管理工作相当艰巨。

美国文化崇尚自由、个性；同时，美国又是一个法治社会，有繁复严苛的法律体系。可以说，美国学校管理也是美国文化的体现。我们发现，在美国的校园里，管理宽严适度，自由与严格并不是一对矛盾。

（2009年10月30日）

放在走廊上的书包

——美国中小学的走班制

在纽约的许多中小学,我们常常看到一个有趣的现象:教室走道两旁的墙体是一排排铁柜子,一打听,原来这是学生用来放书包的地方。有的学校(如河谷学校)干脆连铁柜子也没有,学生们把书包随意地放在教室外的走廊上。

原来,美国中小学采取走班制管理模式,他们没有我们所谓的班级的概念。也就是说,我们学生的教室是以班级为单位,初一(1)班的学生就在初一(1)班教室上课(音乐、体育和实验课除外);而美国中小学则是按学科划分教室,如语文教室、数学教室、科学教室等等。学生一般没有固定的教室和座位,上节课在语文教室,下节课可能就到了数学教室。他们当然也就没有自己固定的座位,没有固定的抽屉,书包就只好放在走廊上了。换句话说,铁打的营盘流水的兵,教室不变,老师不动,学生走。

走班制教学在美国由来已久,学生们也早已习以为常。美国学校都没有铃声,上下课时间靠老师掌握。课间休息时间只有短短的四五分钟。一下课,学生们从这个教室走到那个教室,安静迅速,非常有序。

据我观察,走班制教学有下列好处:一、有效地利用了教学资源。学校可以根据科目特点,科学配置,合理安排,最大限度地优化组合,充分挖掘硬件的优势。二、方便任课老师管理。美国老师基本上一整天都待在教室里。教室也就是他们的办公室。一方面,老师们把教室当作自己的家,布置得极其温馨,极具个性。另一方面,由于没有固定的班级,当然也就没有班主任。该教室的科任老师就是课堂的管理者和责任人。这样也就避免了任课老师只管上课不管德育的现象发生。三、有利于分层教学,因材施教,调动教和学的积极性。学生可以根据自己的学业程度和兴趣爱好,选择适合自己的科目和班级(程度班,如数学分A、B、C三个层级)。

我认为这种模式也有弊端。由于没有固定的班级,给学生管理带来了一定的难度。同时,也不利于学校开展思想品德教育(美国没有德育课),尤其是不利于培养学生的集体荣誉感。

这种管理模式是否值得我们借鉴呢?我看未必。首先,走班制是与选课制、学分制相适应的。美国中学特别是高中考虑到学生的个体差异,学生有充分的自由选择自己喜爱的科目来获取学分,学生获得足够的学分就可以提前毕业。甚至还与大学合作,将部分学科放到高四(大学预科)学,通过后大学可以免修。这样一来,学生走班上课才有了原动力。其次,由于美国中小学普遍采用小班制,平均每个"班级"只有二十多人,"走班"管理"成本"相对较低,相对容易实施。反之,措施不配套与大班制严重制约了国内中小学关于"走班制"的探索。这也就解释了为什么我们的"走班"实验会遭到家长和老师的反对,因为它形式大于内容,实际上只是一场打着改革旗号的闹剧。

（2009年10月29日）

轮椅旁的陪读
——美国的两部教育法案

　　正如我们常把升学率挂在嘴上一样，美国中小学校长常把学校如何关注"有特殊需要的学生"挂在嘴边。帮助"有特殊需要的学生"，是我们在美国学校听到最多的一个词，也是许多学校向我们隆重推介的一个项目。这是美国义务教育的骄傲，是美国平等理念在教育中的具体体现。美国人认为人人生而平等，每个人都享有与他人一样公平接受教育的权利。因此，学校乐于为有特殊需要的学生提供帮助，包括请专门的老师陪读。

　　的确，我们每到一处，总是被这样的场景所感动：一间正在上课的教室里有两个、最多的甚至有四个老师！一个老师主讲，其他几个老师在干吗呢？原来，他们是助理教师，被安排在有特殊需要的学生旁边，帮助他们学习。在帕布罗卡学校，一间教室里两个老师正在给七个残障学生上音乐课；在理想学校，有百分之四十左右的有特殊需要的学生，学校安排老师一对一地对这些学生进行心理辅导和运动辅导；最让我们震撼的一幕是长岛学校的一堂数学课，一个坐在轮椅上的孩子，旁边坐着一个聚精会神的年近花甲的老人——这个老人是学校花钱请来的陪读！

　　以上现象，让我们感觉到，美国中小学在帮助"学困生"方面所付出的努力，远远超出我们的想象。他们把大量的人力、财力花在"学困生"（他们称之为"有特殊需要的学生"，包括身体残障、心理残疾、智力缺陷、学习能力欠缺等的学生）的身上，他们对待"有特殊需要的学生"可以说是无微不至的。这与我们正好相反，我们的学校、老师都把注意力集中在优秀学生身上。

其实，教育聚焦精英，美国也曾经如此。在获得奥斯卡金像奖的好莱坞影片《阿甘正传》中，就有生动的揭示。母亲带阿甘到一所小学求学遭到校长拒绝，原因是阿甘的智商低，校长担心阿甘会拖后腿！

这种歧视性的做法直到1997年才得到了根本性的改变。这一年，联邦政府重新修订了《能力缺陷者教育法》（简称IDEA法案），对特殊教育的目标、教育原则、能力缺陷学生的界定以及特殊教育服务范围都作了全面的阐述。正是因为有强大的法律和财力的支持，美国的特教事业才能得到如此引人注目的发展。

不仅如此，在美国中小学，只要学习有困难的学生，包括注意力不够集中的学生、新移民中语言交流有障碍的学生，都会受到学校和老师的格外关注，学校同样会安排助理教师陪读，甚至安排老师免费为这些孩子补课，帮助这些孩子取得成功。

这里必须要谈到美国的另一部关于教育的法案，这就是2002年布什总统签署的《不让一个孩子掉队法案》（简称NCLB法案），该法案强制推行新的课程标准和评价体系，以提高美国中小学生的阅读水平和数学能力为目标，重点是帮助弱势群体，让那些不会说英语的、贫穷家庭的、学习有困难的孩子接受更好的教育。该法案强调，"在美国，没有一个儿童落后，包括身心残障和不以英语为母语的儿童"。

NCLB法案的实施，取得了许多积极的成果。比如，政府越来越重视教育，财政投入也逐年增加；教师素质有很大提高；教学质量攀升，学生的阅读和数学能力有明显进步。同时，这个法案也遭到了广泛的质疑。反对者认为，统一考试限制了学生的个性化发展。工厂式的学习——标准化的教学、标准化的教材、标准化的测试，扼杀了学生的个性，不利于培养创造性人才。所以有人嘲笑说，现在"没有孩子了"或"没有孩子在校了"，也有人尖锐地质问，NCLB法案，到底是"以人为本"，还是以成绩为本、以共性为本？

　　还有人认为，该法案过于强调教育的公平，旨在帮助弱势孩子达到某个学习标准。"不让一个孩子掉队"，实际上是一个不可能实现的目标，"是一个神话"。

　　不管如何，两部法案对美国教育的影响无疑是巨大的。它们已成了我们谈论美国教育绕不开的话题。而且，"不让一个孩子掉队"，不是一句空洞的口号，它是一种从上至下的行动，为弱势群体带来了实实在在的教育的实惠。

（2009年10月29日）

美国中小学不是老师的天堂

在纽约市长岛高中，我们遇见了两位华裔老师，他们是校长请来陪我们座谈的。可没想到一见到我们这些同胞，他们立马背叛了自己的校长，和盘托出了对美国基础教育的真实看法，甚至耸人听闻地放言："美国基础教育一无是处。"从他们无遮无拦的谈话中，再综合我们从其他学校零零星星了解到的信息，我得出结论，对美国老师来说，学校并不是天堂。

首先，美国中小学老师工作压力大。合同规定，一个老师每天5节课，每周25节课。表面上是下午3点左右放学，但一般都要在学校待到五六点钟才能走。一是利用这段时间备课改作业，二是学校还安排了许多兴趣小组辅导活动。也就是说，从8点上班算起，老师一天待在学校的时间接近10个小时。由于课时多，老师成了教书机器，根本无暇钻研教材，研究教法；学校也极少安排集体备课（长岛高中校长曾经到过中国许多学校，他借鉴中国的做法，每月每科安排一次集体备课），几乎没有教学科研。教师要提高自己的专业素养，只有利用业余时间参加工会组织的业务培训。另外，NCLB法案的实施，联邦政府在教师能力、学历（有的要求达到硕士学位）和教学标准、检测手段等方面提高了要求，也使老师感到空前的压力。

其次，学生普遍成绩差，老师缺乏成就感。毋庸置疑，每个学校都有非常优秀的学生（尤其是马克·吐温天才学校，学生非常了不起），但美国中小学学生基础较差，却是不争的事实。据资料显示，在29个工业化国家中，美国基础教育排名倒数第二，仅仅超过墨西哥。美国学生的数学成绩尤其糟糕，有一个笑话说，老师问

7+8=？，中国学生不假思索脱口而出，美国学生要掰着手指头脚指头比画半天。一个韩国学生，老师介绍说他的数学成绩是最棒的。我们私下一问，他承认在韩国，他的数学成绩全班倒数第一。所以美国课堂教学大多难度小，容量低。中学数学课程标准很低，只要代数及格就行了。

美国老师课堂组织教学的难度是我们无法想象的。学生来自世界各地，每个教室都像联合国（除朝鲜外，纽约接纳了来自全世界所有国家的移民）。以长岛高中为例，他们的学生来自58个国家，说29种语言（每次召开家长会要找人把资料翻译成29种语言）。学生素质参差不齐，有最优秀的，也有一窍不通的，甚至有的学生移民美国前从未上过学（长岛学校是高中）。美国是一个崇尚自由、个人主义至上的国家，加上处在青春期的青少年桀骜不驯，校园暴力、学生吸毒、少女怀孕等偶发事件层出不穷，闻者色变。记得以前看过一部好莱坞电影《流氓校长》，讲的就是一个校长以毒攻毒，收服校园暴力团伙，还校园以安宁的故事。

最后，教师待遇低，缺乏社会认同度。2002年NCLB法案通过后，联邦政府加大了对教育的投入，教师待遇逐年增加，六年间，工资增加了40%。一个老师的起薪为3万～4万美元（年收入，以下同），干到退休前，大概有10万美元。教师收入处于美国中产阶级最底层。

由于上述原因，不少教师有较强的职业倦怠，好教师流失严重。为了规避压力，许多经验丰富的老师因无法获得硕士学位而提前退休或转行。教师行业让人望而生畏，教师不再是一个吸引年轻人的职业。虽然找不到一个权威的数字证明，但我认为，在美国，中小学老师的幸福指数不高。

我们常听人说，教师是天底下最光辉的职业。它关乎小到一个家庭、大到一个民族的未来，需要全社会的关注与重视。但现实往往相反，即使在经济发达的美国也不例外。我认为，教师是天底下最难从事的职业。因为，它是一个与活生生的人打交道、培养人造就人的职业。这种职业，要求老师必须具有较高的专业素养，并且要与时俱进，不断充实自己，提升自己，才能站稳讲台，立于不败之地。只有这样，才能获得学生的认同和赞赏，才能从这种职业中获得成就感和幸福感。

看梁文道《常识》一书得知，在芬兰，老师是最令人向往的职业。一个普通的小学老师，受敬重的程度尤胜于国家元首。芬兰的大公司最喜欢聘请老师做高管，理由是，能做老师的人，一定是最顶尖的人才。芬兰的老师也最爱学习。他们全都像学者，几乎人人都拥有硕士学历。暑假还要到大学去进修。老师社会地位高，专业素养高，芬兰的义务教育在全世界名列前茅也就不足为怪了。

美国是一个善于检讨和反思的国家。这些年，美国政府已认识到基础教育存在危机，力倡教育改革。他们制定教育法案，增加财政预算，提高老师待遇，加大监管力度。一个发达国家尚且能正视不足并奋起直追，这难道不能引起我们深思吗？

（2009年11月1日）

谁来保护老师的权益

——访美国教师联合会（UFT）

　　午餐后，从长岛学校出来，我们马不停蹄地赶往下一站——位于皇后区的美国教师联合会（美国的教师工会，简称UFT）纽约总部。头天晚上，海培班举行"身在此岸，心系国庆"庆典，群情激动，折腾到凌晨两点多。我看完了《欲望都市》（电影版），直到三点才入眠。大家早已人困马乏，但入乡随俗（美国人没有午休一说，经常让我们苦不堪言），客随主便，只好硬着头皮上。

　　UFT纽约总部负责人蒙娜女士（如果在中国，她怎么也应该是一个厅级干部吧？），是一个和蔼优雅的老太太（确实，美国人待客普遍热情周到，这点与我们国内许多单位小领导故作傲慢以彰显尊贵的做派很不同）。她派人早早地布置好了会议室，每个座位上摆放着一个小笔记本、一支笔、一份UFT的报纸。还准备了水果、黄油、红白葡萄酒。边吃边喝边介绍边答问。同时，她安排各个学区的工会代表轮流进来与我们见面，特别安排了一个专门与政治家联系的负责人与我们交流。还带我们参观了她的布置得相当有艺术氛围的大办公室——墙上挂着几幅上世纪六七十年代的绘画，其中有一幅画来自中国——题为《大队图书室——选自户县农民画展》，她得意地说是上世纪60年代一个朋友送她的。另一幅画，也是上世纪60年代的作品。画面里有一个白人女孩举起一只肌肉凸显的胳膊。蒙娜解释说，这是一个汽车制造厂的女工，意思是，男人能办到的，女人也行！看来蒙娜女士曾经是一位女权主义者。接着，两位工作人员带我们参观了他们足足占了两层楼的办公室（UFT在曼哈顿还有一栋楼）。最后大家回到会议室，蒙娜女士又回答了我们几个问题。这样一来，让我们对UFT有了一个较为全面的了解。

与中国不同，美国教育界有两个重要机构，一个是校长联合会（就是我前面已经介绍过的USA），另一个就是这个教师联合会。在美国，教师联合会的权利相当大，它代表了在职和退休老师的利益（指公办学校老师，除校长和勤杂工以外的任何人员，包括心理医生等）。纽约共有23万名正式老师（不包括公立学校退休老师和私立学校老师），每个老师一旦应聘成为正式老师，就自动成为UFT的会员，每年要交1000美元会费。

UFT的主要职责是：一、代表老师与学校谈合同。蒙娜让人拿来一本厚厚的小册子——合同样本，我们有的人惊叹它的厚度，蒙娜解释说，这关系老师切身利益，条款永远不多，越多越好。合同规定得很详细，内容涉及老师的权利和义务、薪水、安全、医疗保险、发展、退休金等等。甚至有老师生病了，你应该代几节课都写得清清楚楚！蒙娜问我们，你们出来学习两个月，你们的课怎么办？怎么支付代课金？对我们的回答，她感到非常吃惊：这在美国是违反合同，绝对不行。每个学校都有UFT的代表，如果有破坏合同的情况出现，UFT代表就会找校长；如果还得不到解决，老师就会找学区的UFT代表，直至解决为止。但UFT不会无原则地支持老师，衡量是非的一个基本点是：一切从孩子的利益出发。

如果成为会员，1000美元年费是非常值得的：一切福利得到保障，包括平均10万美元年薪、医疗保险和退休金、眼科以及牙科保险等。

二、负责教师培训。培训有免费的，也有付费的。老师需要升职或提薪，就报名参加培训。

三、代表老师与政治家沟通，为老师争取更多的权益，如眼科和牙科保险等。

UFT负责与政治家打交道的斯迈腾先生是一位青年才俊，他说他昨天刚刚去会见了市长候选人。经常跟政治家打交道，斯迈腾说话带有浓浓的"官腔"。临走时我笑着祝他将来成为美国总统，他矜持一笑，没有搭腔。

他说——样子像极了在国会演说——"我们的责任就是塑造国家的未来，不管是在中国，还是在美国。为了做好这一切，就要合理地利用资源。我们一定要懂得利用自己的力量，工会代表的老师、学生与家长是一支非常重要的力量。"他绕了半天，我们终于弄明白了，他的任务就是为政治家拉选票，再从当选的政治家那里为老师争取更多的利益。他经常去会见政治家，了解他们对教育的态度，然后决定工会应该支持谁。UFT有一间专门的办公室，里面摆满了电话机。UFT一旦决定了支持哪位政治家，就安排员工给所有的老师打电话，并通过老师影响家长，动员他们给这位政治家投票。还派人深入各区为家长办培训班，让他们了解这位政治家。UFT支持的候选人大多是民主党（极少数共和党），因为他们都非常支持教育。

UFT两层办公楼中，除了会议室和培训老师的教室外，靠窗户的一排是每个学区的UFT代表的独立办公室，中间一大片是员工办公区域。此时这个区域空无一人，因为他们上班时间是下午4~6点，代表UFT受理老师的电话投诉（老师下班后才有时间）。

UFT纯粹是一个民间组织。政府不投入一分钱。它的经费来源主要有：老师包括退休老师所缴纳的会费；在职老师的捐款。老师缴纳的1000元会费取之于民用之于民，如用于教师培训。与政治家打交道的钱来自老师捐款。我问了一个非常愚蠢的问题，工会权力这么大，每年又收取这么多会费，那么谁来监管工会？蒙娜认真回答说，靠法律。美国是一个法制非常健全的社会。

UFT是一个高效的机构，能切实为老师解决许多问题。同时，有了合同，学校与老师之间关系相对简单，一切靠合同说话：老师甭想从学校多拿一分钱（没有奖金、加班费、节假日补贴，老师的收入就是合同规定的薪水），学校也甭指望老师多干一点活。

对它的管理和运作模式，我还有许多疑问，但看每个人都已疲惫不堪，有人甚至口出厌言，只好作罢。有时候，一个人太好学了，难免会连累其他人。再说，作为一介平民，干卿何事？了解如此透彻，又有何益？

（2009年10月2日　参观时间2009年9月30日）

每个孩子都是明星

——生本与师本

在普罗维登斯市维西街小学，陈校长指着那几个舞台上可爱的孩子对我们说："他们的学习成绩并不好，但他们有天赋。每个孩子都是明星，他们都应该有机会表现自己。"的确，在我国香港、美国的中小学考察，校长、老师们时不时冒出的一句话就是：每个孩子都是明星。

以学生为本，这句话每个教育工作者都烂熟于胸。这么多年，我们也确确实实做了不少工作。但总体来说，我认为，"以学生为本"，内地是说得多做得少，香港是说得少做得多，而美国是又说又做。我们天天把素质教育挂在嘴上，干的却是应试教育的活，可谓说一套做一套，大家都难过，学生、家长、老师、校长都很无奈；香港几乎没人提素质教育，但干的是"全人教育"（素质教育）的活；美国倡导公平（一个都不能少），重视学生的全面发展（每个孩子都是明星），大张旗鼓地说，也扎扎实实地在做。

以香港为例。因为语言障碍，香港中小学校长在我们面前普遍显得木讷，不善表达与交流，我们很难从他们嘴里"套"出有用的东西。但香港校长们待人真诚、友好、热情，他们很乐意向我们介绍自己的学校，每到一所学校，都是由校长亲自接待，甚至亲自介绍，亲自带我们参观学校，到最后，亲自把我们送出校门。这样一来，让我们有机会能充分地了解每一所学校的办学思想以及学校的办学特色。

两所学校让我印象深刻。

一是培正中学。这是一所历史悠久的名校，今年建校已经80周年。校长叶赐添先生先是用了近一个小时向我们详细介绍了学校的发展轨迹以及办学特色。叶校长反复强调，学生的才能是多元的，为每个学生的成长搭建平台，这就是校长的职责。

培正中学于2006年9月开始实施"明日校园计划"，建设绿色校园、生命校园、科技校园、学习校园、运动校园、艺术校园。叶赐添校长亲自带领我们从一楼到六楼，再从六楼到一楼，实地参观、讲解为何以及如何实施这六大目标。如关于"建设艺术及运动校园"，叶校长如数家珍。培正校园不大，但他们有五个运动场馆：陈伍婉兰体育馆、马子修操场、梁兆鹏运动场、勤社攀石场、颖社投掷场；一个学生活动中心：贤社学生中心；四个艺术场馆：张潮彬博士音乐活动中心、基社银禧纪念艺术活动中心、梁冯洁庄女士演艺活动中心、柏斯数码音乐室。今年刚落成的柏斯数码音乐室，耗资100万港元，配备16套电子钢琴及16套电子鼓，让学生学习电子音乐技术。我们参观学校时正逢香港公众假期，但还是有许多学生返校，学生们有的在运动场锻炼，有的在演艺中心排演话剧。叶校长专门带我们参观演艺中心的后台，里面的音效、灯光、剧务、导演等人员全是学生，没有一个老师！香港学校学生活动场所如此之多，真是让我们这些内地来的同行们羡慕不已。学生在其中发展自己的个性，尽情展示自己的才华。我们所到之处，看到的都是孩子们自信、快乐的身影。

二是英华小学。这是一所建校才十年的男校。林浣心校长是我见过的最平凡（外表）、又最具魅力的一位校长。我们24位来宾，每人由一位学生大使陪同参观校园。所谓"学生大使计划"，是英华小学一项全体学生都参与的活动，学生以主人的身份，接待本地以及外地的教育团体。学生运用两文三语，为来宾介绍校舍的设施与学生的学习情况。2011年到访的教育团体超过30个，来宾765位。学生大使在接待来宾这一过程中，学习社交技巧，培养自信，并增加对学校的归属感。学生还可以参与"杰出学生大使"选拔，获选学生可在学期末"星光熠熠耀英华"颁奖礼中接受颁奖。

为了提高学生的学习动机与能力，英华小学引入多元评估模式，不只考核学生的知识，更考核学生多元能力，如解难、协作、沟通、自我管理能力，从多角度检视学生的学习成效，以实现"全人教育"的目的。每年的多元评估有不同的主题，如"拯救森林""头文字A""英华奥运会""英华勇士闯星空""环球小先锋""珍有奇珠"等。

"英华，总有一点不一样""与校长一起，每天都欢天喜地上学去"。在英华，每个学生都能获得成功。参观完校园后，林浣心女士为我们做了半小时演讲。这是我听到的最鼓舞人心的一次关于教育的演讲！林校长的每一句话，每一个故事都是完美的励志语或励志故事。比如她经常用自己的经历来激励学生和年轻老师："很多年前，有一个妈妈，带着一个女孩子，在一所学校的围墙边玩耍。这个女孩子说，妈妈，将来我也要考上这所小学！……若干年后，这个女孩子从这所小学毕业……又过了若干年，这个女孩子成了这所学校最年轻的校长……这个人就是我。"

学生需要什么？成绩？需要的是身心健康成长。老师需要什么？成绩？同样的，需要的也是学生身心健康成长。叶校长和林校长用自己的办学经验，为我们诠释了什么是以学生为本，什么是一个校长应该着重关心的问题。

同时，作为校长，还应该牢记另一个使命，就是以教师为本。

优秀的管理者，首先是领导者。他必须能够引领每一个员工自觉地承担起学校发展的责任，让学校发展规划成为员工共同的愿景，并且有能力使大多数员工为实现这个愿景而不懈努力。优秀的管理者，一定具备高超的领导艺术。他会在宽与严间找到一个平衡点，让师生们体会到管理者的良苦用心，让大家认识到管理是一种严肃的爱。优秀的管理者，不会让师生觉得他在管人，而会让师生觉得他在帮人、在服务人。管理的最高境界就是让一群"自然人"成为有梦想、有担当的"社会人"。但是,要做到这一点,谈何容易!

我曾经参观过纽约的中小学校长联合会,切身感受到中美校长之间的差异。

纽约教育界有两个机构,一个是校长联合会,一个是教师联合会。它们相当于工会组织,负责与政府及有关办学机构协调,争取和保护校长及老师的权益。这两个机构在美国教育界是很重要也是很有实权的组织。

纽约教育行政主管部门如何监督及评价学校的教学质量?纽约中小学校长联合会副主席艾丽介绍说:这有不同的体系。一是根据年度进步报告;二是根据成绩报告卡,该卡体现了家长、学生及周边社区对学校的评价;三是考察校长计划是否得到实施并取得成功;四是看特殊学生是否得到照顾(特殊学生包括学困生及特长生)。每个学校每年都会得到一个等级(分ABC几等)评价。

艾丽曾经担任过中学校长,她的介绍非常详细,她对校长工作的阐述也让我大跌眼镜,与我在国内听到的校长们"高大上"的"学术报告"迥异。美国校长们在忙些什么?学校一般每年会召开两次家长会,把学生作业发给家长检查。校长有权随时走进任何一间教室,坐下看看发生了什么事。校长每年至少听每个老师一节课(预先通知),听课之后会及时与老师交换意见。校长随时走进教室,检查教室是否干净、灯是否亮着、粘贴板内容有无更新、墙报内容表明的正在做的事与前面所做的事有无关联,了解学生们正在学什么,听一听师生间的对话,看看学生笔记本记了些什么、课堂上是否只有老师在讲话、学生们有没有互相合作、学生有没有实践的机会,了解作业是否合适、学生是否学有所用,等等。

在纽约,校长的管理工作非常精细。他们的主要精力花在帮助老师提高成绩上面。如果一个老师教学质量不好,校长会与老师一起探讨提高成绩的办法。他甚至会事先了解该老师所带班级某个学生近几年的成绩,然后问老师是否了解、采取了什么措施来提高该生成绩；如果一个学生非常成功，校长会亲自询问老师的做法以便推广。

校长对老师的帮助非常大。校长了解全校每一个学习有困难的学生的情况。作为老师，要做的是保证让每个学生获得成功；作为校长，要做的是帮助老师让每个学生获得成功。

中国校长们也常常强调精细化管理，但我无法想象中国校长能够做到这些。

美国校长比中国校长好当。他们真正做到了依法治校。依法治校首先要有法可依。美国校长管理老师靠一纸合同。每个老师入职时，学校都会与之签订一份厚厚的合同。合同规定得很详细，内容涉及老师的权利和义务、薪水、安全、医疗保险、发展、退休金等。甚至有老师生病了，你应该代几节课都写得清清楚楚！相反，中国校长常常面临无法可依的困境，学校与老师之间的权利与义务缺乏明确的界定，在管理上，不免常常陷于被动。比如在周末参与社会监考这个问题上，深圳许多学校管理层与老师们就存在着严重的分歧。

但是，千万不要认为美国的校长好当。在管理上，他们也不能"为所欲为"。要解聘一个老师不容易，校长必须有充分的证据才行，否则很可能官司缠身。她举例说，曾经有一个老师神经有问题，校长也不能随便解雇他。只能劝其离开。如果不走，就搜集证据以书面形式上报。对一个教学有严重问题的老师，校长怎么办呢？先是找他谈话，劝其调离。如果不走，校长的办法是每天去听他的课。"你知道，"她得意地说，"一般都奏效，因为没有人愿意每天看见校长走进自己的教室。"

全世界的校长都不好当。教育是培养人造就人的艺术，也是与人打交道的艺术。教育是良心活。在实际工作中，评价手段往往无法量化。因为缺乏像企业一样的铁腕管理措施，美国校长也怕与老师们扯皮。老师们与学校产生纠纷靠工会。校长们呢？靠听课。哈哈，多么无奈、无力的举措。

当然，有了一纸合同，不意味着美国校长就不需要人文管理。正是因为有了合同，美国校长们才更有时间和精力以教师为本，实施人文管理与精细化管理。普罗维登斯市的一位已退休的前学监彼得为我们做了一场题为《如何运用资源》的报告。他认为，校长必须具备以下特征：不光想着自己成功，更要想着他人成功；自然与人相处；对人公正，而且长期对人公正；认真倾听……我想，彼得所总结的，就是领导者的人文管理艺术。

以教师为本，助教师成功，教师才能帮助学生成功。只有每个教师成为名师，每个孩子才能成为明星。

（2014年6月　2016年9月28日改定）

"为什么一定要学好数学?"

——应试与素质

　　最近,深圳市教育局率先在全国颁发《关于进一步提升中小学生综合素质的指导意见》,这是深圳市全面实施素质教育,深化教育教学改革的重大举措。这一举措,对解决当前中小学教育存在的重分数轻素质、重知识轻能力、重书本轻实践等问题,提升中小学生身心健康水平,增强创新实践能力,更好地适应城市现代化、国防化、信息化对人才的素质要求,具有重要意义。

　　二十多年来,各级政府为中小学实施素质教育出台了不少政策、举措。绝大多数教育工作者,包括社会上的有识人士都已经达成共识:改革中小学教育,关键在于推行素质教育。然而,我们嘴上高喊素质教育,实际上走的还是应试教育的老路。尤其是近几年,我们发现,辛辛苦苦几十年对素质教育的探索实践,似乎一夜之间又回到了原点。大江南北,大街小巷,每年高考、中考的排行榜依然是全社会关注的焦点。高考的"清华、北大",中考的800分依然是衡量一所学校办学业绩的重要指标。

　　为什么实施素质教育如此艰难?这当然不光是学校的问题。我认为,所有的中国人都应该为此买单。大家都知道,我们的中小学生学习时间最长,玩的时间最少;学习任务最重、难度最大,收获的成功最少;承受的批评最多、压力最大,收获的快乐最少。他们不得不从早到晚背着沉重的书包,负载着家长、老师的重托,奔走在学校、培训机构之间,整天被堆积如山的作业所困扰。人们评价一个学生成功与否,主要是看学生成绩的好坏。学校、老师、学生、家长都被该死的成绩折磨得疲惫不堪。单纯追求升学率与成绩，说起来，谁都知道这是错误的，但我们又不得不为这一单一的目标而耗尽心血，我们深陷迷惘而又无法清醒，我们走向沉沦却又无法自拔。绝不是危言耸听，这就是中国教育的症结所在、危机所在。

如何破解中国教育的这一危局，让中小学教育走出困境？深圳市教育局在中小学推行八大素养，无疑，是明智之举、正确之举、创新之举。虽然对这一举措能否取得成功，我抱审慎态度。但这毕竟是迈出了有意义的一步。因为，推行素质教育，关键在于改革评价标准。中国教育的积弊，在于评价标准的单一。自古以来，通过读书来获取成功，是全体中国人的共识。

《新周刊》①上有一篇文章《有一种毒药叫成功》，文章中说："现代社会有三粒毒药：消费主义、性自由和成功学，三粒毒药中，以成功学危害最巨——他以教育之名，行毒化社会气氛、毒化人心、破坏多元价值观之实。"有时候与朋友聊天，我常常会直言不讳地问对方：你初中的数学多少分？多少名？你凭什么要求孩子考多少分？多少名？除了喝酒、打牌以外，你有多少兴趣爱好？你凭什么要求孩子钢琴考几级？小提琴考几级？大人自己没有做到或者干脆做不到的事情，我们常常要求孩子去完成。这就是家长的强势与霸权，孩子永远是处于弱势的！因为他们常常无法选择、无权选择。家长、老师们往往关心每次考试成绩、排名，却不去关心学生的未来。这种"名次文化"深入人心，一直灌入孩童稚嫩的心灵。现在有些学校不但把学生考试成绩名次通知家长，而且竟然把成绩排名公布在教室里，认为这样可以"激发学生奋进""培养荣誉感"，然而这恰恰是教师缺乏人文教养和人道精神的表现。这种无视学生心理健康、摧残学生心灵的做法，每天都在我国的中小学里上演。②人们已经越来越清楚地认识到分数的危害，正如苏联著名

①《新周刊》，2007年8月13日。

②吴非：《前方是什么》，华东师范大学出版社。

教育家阿莫纳什维利所说：分数是成人压制儿童、使之服从成人意志的手段，是对学生施加社会压力的手段；分数是师生冲突、学生间冲突、家庭冲突、家长与教师之间冲突、家长间冲突的祸根；分数是教育的悲剧之源，是学生学习积极性的极大障碍。"我们的不自信，更加表现在只允许学生成功，不允许学生失败。在一个为成功和胜利喝彩的社会，学校面临的挑战不是尽力保护学生，使其避免经历错误、失意和失败，而是培养他们对待失败的健康心态。"[①]

　　我们忽视一个基本事实，绝大多数学生应该是平凡的。我们不能要求每一个学生在每一个学习领域都同样成功。成人容易得遗忘症，或者说患了选择性遗忘症。我们喋喋不休的是自己小时候曾经有过的辉煌，哪怕是一点点小小的成就。但我们却忘记了我们做学生时，可能也是如此地平凡、平庸。包括我们老师，也常常陷入评价的误区。"这个孩子，什么都不会！"其实他可能就是数学差一点。"现在的学生，越来越差！""我从来没见过这么差的学生！"这是典型的"九斤老太"的思维方式。殊不知，这些消极的评价，极大地消解了你平时教育教学所付出的努力，伤害了学生的自尊与学习热情。

　　所以，衡量一个教师（包括家长）有没有足够的爱心，就是看他能不能用一颗平常心去对待孩子，能不能用包容心去看待孩子的缺点和错误，能不能用全面的、发展的眼光去看待孩子的成长。

　　美国家长又是如何评价孩子的呢？李瑾教授是布朗大学研究中美教育的专家，她曾经多次回国讲学，也曾经在深圳盐田区讲学。她给我们讲了她前夫的小儿子的成长经历。她前夫的小儿子成绩平平，好不容易熬到一所普通大学毕业，好不容易获得了一份较好的工作（报社）。突然有一天，平时很少回家的小儿子回来告诉父亲，他要辞职去好莱坞发展。对此，李瑾夫妇俩态度迥异。华裔后母

[①]李茂编译：《彼岸的教育》，华东师范大学出版社。

低三下四地求他:"你能不能不辞掉工作?不要把自己毁掉?"白人父亲却平静地说:"好啊!我只能给你500美元。"高中时,小儿子数学成绩平平。华裔后母心急如焚,一次又一次试图对他进行挽救。白人父亲不闻不问,反而对妻子的行为不理解:"为什么一定要学好数学?他已经长大了,他可以自己选择自己的道路。"

数学不好,照样能获得成功。罗家伦、张允和、钱钟书、臧克家、吴晗都是数学低分甚至零分,因为语文满分被北大、清华破格录取。数学不好,语文不好,或者成绩不好,又能怎样?大可不必紧张过度焦虑过度。赢在起跑线的人未必就能赢在终点,输在起跑线的人未必就会输在终点。天不仅塌不下来,你如果给孩子时间和空间,发现、培养孩子的兴趣特长,说不定他就会成为某一领域的人才甚至天才。关键家长要能输得起,要善待孩子受挫、失败,不能只盯着孩子的成绩,更不能只允许孩子成功。

退一步说,什么叫成功?数学好就叫成功?考上好高中、好大学就叫成功?如果以此为标准,那我们绝大多数人(包括老师、家长)都不能算做成功,可我们又凭什么要求孩子去追求所谓的成功呢?

华人家长个个争做好家长,却常常把自己的价值观、人生观强加给孩子。白人家长放手给孩子选择,孩子的事自己可以做主!在这个问题上,东西方文化显然有极大的差异。

希望深圳市推行《关于进一步提升中小学生综合素质的指导意见》,能开风气之先,能引导教育行政部门甚至全社会关注、支持改革中小学教育评价标准,大力改革中考招生制度,切实实施素质教育。

(2014年6月—7月　2016年9月29日改定)

No，让他自己动手！

——课堂与课改

　　我们在布朗大学的班主任黄老师讲了一个有趣的故事：一个华人到一个美国朋友家做客。朋友家孩子5岁。朋友把钥匙藏在门旁的小洞里，孩子如果要出去玩，必须自己把钥匙掏出来，自己把门打开。这一次不知咋的，孩子忙乎半天也掏不出钥匙。华人见状，忙上前帮孩子找钥匙。美国朋友急了，阻止道："No，让他自己动手！"

　　让孩子自己动手。这种情况在美国课堂司空见惯。几乎在每一节课里，我们看到的都是孩子们在动手、动口。学生是真正的主角，很少看见老师站在前面高谈阔论。老师基本上站在一边，或指导，或鼓励，或默默观看。

　　让每一个孩子动手。国内的课堂，一个孩子在演示，其他孩子在观看。老师要的就是优秀学生的标准答案，其他学生模仿学习就行了。美国、香港的课堂几乎看不到这种学生一言堂的现象。每个学生都有机会，每个学生都必须动手。这点我们这些海培班的学员深有体会。每次英语课，老师都会设计好一组一组对话，让我们分小组反复练习。老师不厌其烦地一个一个检查。我的英语大概是全班最差的，可是老师每堂课都不会放过我，他总是给我更多的机会，并且耐心地鼓励我，绝不会鄙视或放弃我这个"差生"。

　　丹教授是深受我们喜爱的教授之一。每届学员都亲切地称他为蚂蚁教授。他是布朗大学的生物学家，最擅长的就是研究蚂蚁。他的课显得漫不经心、稀松平常，甚至小儿科。其中有这么几个环节：1. 让每个学员介绍自己；2. 让每个学员画一只蚂蚁，画完后自己打分；3. 游戏：尝试用三张白纸支撑一瓶矿泉水；4. 花25分钟，到路边做关于中美文化差异的调查。

整个过程，丹教授只告诉我们做什么，避免告诉我们应该怎么做，更避免告诉我们谁对谁错。他只是偶尔赞扬某个同学做得好。但从头至尾都没有告诉我们标准答案。我想，通过这节看似漫不经心、稀松平常甚至小儿科的课，至少有几个问题值得思考：一是我们到底怎样做老师？难道老师的职责真的就是传道授业解惑吗？二是如何让学生动起来？

让每一个孩子动手。我想，这源于对课改最深刻的认识。首先，让每一个孩子动手，就是把课堂交还给学生。学生才是课堂的主人，不给孩子思考，不给孩子动手，岂不是剥夺了孩子学习的机会？其次，让每一个孩子动手，体现了课堂的公平。这些年来，我们逐步认识到老师一言堂、满堂灌的害处，却少有人认识到学生一言堂的害处。我们许多老师，习惯让少数优秀的孩子动手，让其他孩子被动地模仿、借鉴。美国课堂是让十个孩子做一道题，中国课堂是让一个孩子示范做题。殊不知这样一来，实际上是剥夺了其他孩子思考与学习的机会。让每一个孩子动手，体现了课堂的民主。这样的课堂才是有生命力有创造力的课堂。长期以来，我们许多老师习惯追求标准答案。课堂的设计、老师的提问，都是围绕着一个个标准答案而产生。美国课堂允许学生各抒己见，允许学生有不同观点。大多数时候，老师不会给出一个正确答案，更不会指定一个优秀学生演示，让其他同学效仿！

因为，美国老师明白一个道理，教给学生标准答案并不重要，重要的是交给学生思考和解决问题的方法！

其实，中美两国在改革中所倡导的教与学的方式存在着极大的相似之处。例如，在教师的角色上，都倡导教师在课堂教学中扮演指导者的角色；在教学方式上，强调开放、互动的教学；在学生学习的方式上，都倡导自主、探究、合作的学习方式。然而，由于评价手段不同，在我们的教学实践中，基本上用考试分数、升学率来评价学生发展。那么，在课堂上，教师为了追求所谓的"效率"，在教学方式方法的选择上只能采取一些急功近利的手段。这就导致了国内教育在观念的秉承和具体的做法上出现了极大的反差，产生了"你说你的，我做我的""上有政策，下有对策"的尴尬局面。

一个个鲜活的、生动的教育细节与实例，客观反映了中美不同文化背景下的教育观念、教育方法的差异。本文无意比较谁优谁劣，更无意妄自菲薄。他山之石，可以攻玉。录此存照的目的，只是希望引发更多的思考与关注。

（2014年6月—7月）

校长的时间去哪儿了

在香港、美国的中小学参观学习时，基本上都是由对方校长亲自接待全程陪同。少则两三个小时，多则四五个小时。我们在感受到校长们的友好、热情的同时，又不禁感慨：他们的校长怎么有那么多时间来陪我们？要知道，我们参观的大多是名校，一年要接待多少来宾啊。

这点我们中国校长做不到。我们在北京二中、101中学参观，校长也给足面子，亲自出面接待。但匆匆介绍一会儿，就忙于开会去了。美国校长"悠闲"，中国校长忙碌，这是两种教育体制造成的。

美国校长不像"官"。

他们大多亲善随和，像普通老头老太太，没有那种令人生畏的威严感，具有独特的个人魅力。

普罗维登斯市维西街小学的陈校长就是一位有魅力的校长。她是一位貌不惊人的中年华裔女子，非常耐心和善。我很好奇，短短的两个小时，我亲耳听见三个教师告诉我，校长很有魅力。维西街小学是一所非常普通的小学，生源主要是少数族裔的孩子，学校曾一度面临撤并的困境。陈校长（第三代华裔，不会说中文）临危受命，担任了这所小学的校长。目前，这所小学在罗得岛声名鹊起。因为学校在母语阅读教学取得的卓越成绩，陈校长还被选为全美十大优秀校长，在白宫被奥巴马接见呢。

为了迎接我们的到来，该校专门准备了一台文艺演出。在等待演出的过程中，我观察到一个有趣的现象。绝大部分学生席地而坐，老师们有的坐在学生中间，有的站在学生周围。校长陪着我们进去，把我们安排在椅子上坐好，转身和几个老师一起站在后面观看演出。没有人为校长安排专门的座位,也没有人为校长让座。演出大约持续四十分钟,校长一直兴致勃勃地与学生、老师一起站着观看。演出全过程由学生组织,开始前与结束时也没有请校长讲话。后来,我们发现在美国,到任何一所中小学参观,都看不到类似内地的现象:把来访者安排到一个会议室,校长坐主席台或正中央,向来宾滔滔不绝介绍学校的办学特色与成果。美国的校长们总是带着我们参观校园和课室,但他们往往不亲自介绍,而是由学生或老师向我们介绍学校。校长们要不陪伴左右答疑解惑,要不就干脆默默地站在一旁。

在美国,校长就是一个职业。他不需要迎来送往,也没有那么多繁文缛节。他们的时间和精力都用来服务学校。在波士顿的一所高中,校长很自豪地告诉我们,她可以叫出全校近一千名学生的名字!请教其中诀窍,多数校长喜欢与学生交朋友,他们善于为自己创造机会与学生交流。校长虽然没有授课任务,但每天有一个固定不变的与全校学生接触的时间。在与学生接触的过程中,形成一种新的分享关系,在平等交流中提高教育与管理的效益。

（2014年6月—7月）

辑六　诗心

故乡别

——写给与我有共同记忆的人们

驰车探故村，崎岖路不平。
野草掩足迹，熟地无人耕。
鸡无三五只，犬吠一两声。
发小都不见，只剩老乡邻。
"二贵在家未？哪里找福生？
年关已临近，为何不见人？"
老嫂前致辞，未语声先哽：
"村里几十口，全都进了城。
我在外打工，前天刚回村。
携子和媳妇，外加乳下孙。
丈夫早病逝，撇下我一人。
儿女赴江门，同把门户撑。
儿子做陶工，女儿开缝纫。
年末返家乡，为把新年迎。"
话毕忙嘱儿，泡茶又擦凳。
母子总动员，待客殷又勤。
辞别老乡邻，绕村踽踽行。
茅草比人高，鼠洞遍田埂。
茶梓无人摘，败竹满山林。
小村无天灾，丰年却荒景。
青壮打工去，守村三老翁。
屋漏无人补，老宅已前倾！
遥想卅年前，人畜满山村。

鸡犬南北走，儿童东西征。
户户炊烟袅，家家鞭炮鸣。
老少着新袄，姑媳俏如春。
东家送西家，邻里倍相亲！
小溪空流淌，卅年一转瞬。
昂首一长叹，低头缓转身。
上车我欲去，长按笛三声！

（2016年2月7日，农历春节）

白玉兰

前人手自栽，我歌几徘徊。
润洁比玉质，馥郁追兰怀。
冰清天上有，月魄落瑶台。
有意掩芳菲，无心作栋材。
日日闻香至，夜夜入梦来。
何当花下醉，醉与脱凡胎。

（2015年4月10日）

紫砂壶歌

砂非砂，石非石。
红黄青黑朱段紫，七色炼就雅之器。
雕虫非小技，高尚手工艺。
玩的虽是泥，养的却是气。
兰之德，竹之性，梅之质。

秦权石瓢钟玉笠。

茶之友，砚之伴，香之侣。

西施莲子小如意。

诗相和，书相配，画相宜。

提梁八方珠一粒。

供春始，大彬继，景洲痴。

古今三壶圣，高山唯仰止。

陶令不曾识，张岱悔遇迟。

我今爱壶壶不知，饭毕茶余读大师。

若得千金豪掷之，换来一把强赋诗！

（2016年6月4日）

注：

①红黄句：七种紫砂泥料。②秦权、西施、提梁句：九种壶名。③供春、时大彬、景洲：明、清、现代制壶名家，其壶价值连城。

蜂来袭

——办公室为蜂所占歌

谁传消息我出差？蜂王率众动地来。

千军万马声如雷，我巢蜂占惹人猜。

蜂来袭，心惴惴，到底是好还是坏？

室有兰香让蜂涎？屉有蜜甜令蜂爱？

见我书多助我读？试卷成山帮我改？

嗡嗡乱鸣扰友邻，碌碌纷飞起尘埃。

不分晨昏传花粉，无论昼夜辛勤采。

校园数日不安宁，师生惊慌又奇怪！

同事不堪狂蜂扰，一怒告上审判台。

电请专家来放蜂，专家束手也无奈。

不如相安使酿蜜，何必药杀尸成堆！

蜂王分窝投奔我，不想却遭灭顶灾。

爱我室雅人品好？未料相爱却相害！

人虫相煎何太急，和谐共处美生态。

我怜蜂群遭横祸，歌罢且赋且徘徊。

（2016年5月21日）

注：

出差数日，同事电告办公室沙发下进驻一窝蜜蜂。扰民不止，只好请来专家将其杀灭。数十年未遇之奇事。以诗记之。

酒后夜行东湖绿道遇雨

更深凉风起，一湖春水寂。

徐徐又徐徐，夜行莫太急。

云垂水空濛，酒醒人凄迷。

眺远灯明灭，瞰近草萋萋。

作势缓吐纳，扩胸深呼吸。

虫鸣音促促，叶落声细细。

云归山树暝，月隐星窝居。

身披木棉风，头戴梧桐雨。

风吹乱白发，雨打湿冬衣。

踉踉复跄跄，趔趔亦趄趄。

喑哑一声高，蹒跚一脚低。

铃摇紧似火，少年迅如飞。

雨骤莫行远，急急唤妻归。

（2016年3月25日—26日）

冬日独卧阳台晒太阳戏作

蜗居莲塘北，仙湖梧桐旁。

不见梧桐树，我亦非凤凰。

月余日不出，今幸见太阳。

搬来折叠椅，独卧阳台上。

太阳不待我，我来晒太阳。

眼前明晃晃，身上暖洋洋。

手捧古诗词，神游明宋唐。

李杜逸兴飞，天地何茫茫？

罗沙车轮烈，噪音太喧嚷！

客厅观神剧，又一日寇亡。

妻子哗然赞，岳丈声如嘡。

岳母进复出，晒被晾衣忙。

微信传消息，众人晒行囊。

聚睛觑金乌，俯身察香港。

放下手中书，凭栏起彷徨。

何处不桃源？心静自然凉。

近佛不学佛，读庄难成庄。

身陷江湖游，心美名利场。

子非凤凰种，却怨梧桐荒！

五十不自明，七十也白枉！

身在阳光下，心不懂太阳。

竖子何嚣张，竖子何猖狂！

从今避太阳，三月关书房。

不准赴酒宴，不得摸麻将。

350

日日锥刺股，夜夜头悬梁。

决意效陶"潜"，一心学老"装"。

三月学不成，再罚晒太阳！

（2016年2月4日）

戏赠蔡力

最近体育组，出了一奇事。

蔡力老同志，干起正经事。

不去贩衣服，不去卖鞋子。

不动歪脑筋，不做登徒子。

一心要写诗，立志当才子。

歌罢冠豸山，又吟桃花诗。

一天两三首，敏捷有才思。

虚心向人问，到处去求师。

虽然屡碰壁，贼心却不死。

诗虽不咋的，笔耕却不止。

天天有进步，勤奋是真知。

众人皆捧腹，日日有谈资。

气死男同胞，笑煞女同事。

莫笑蔡力狂，莫笑蔡力痴。

铁棒能成针，蜘蛛能吐丝。

大器晚来成，风流从此始。

我等学蔡力，四十来学诗。

我等学蔡力，五十来立志。

蔡力是我友，蔡力是我师！

（2008年5月）

雨铃霖·中山送别

少年时节，白塔低哭，赣江呜咽。
南门痛饮郁郁，暗恋处，残照如血。
不堪回首往事，怕念伤心诀。
恨当年，读你千遍，竟无一字解心结！

波音一去海天阔。
更那堪，早嫁他人妇。
明宵梦醒何处？
大洋岸，异国月色。
天上人间，君此去、关山怎飞越。
便让我万般祝愿，今晚痛快说！

（2003月10月25日）

西江月·白塔

曾记当年痴醉，秋棠念念春萍。
塔前塔后诵诗声，月夜更深人静。

非友已然亲友，多情胜过无情。
江头江尾水粼粼，相伴相随相映。

（2017年4月19日）

江城子·又见

记得花季俏模样，小蛮腰，好乖张。

怕被人追，也怕被忧伤。

常惹相思常惹醉，星月夜，闭幽窗。

因缘际会曲飞扬。

左春萍，右秋棠。

频举金樽，又少小轻狂。

最忆当年春好处，空自悔，负章江。

（2016年12月17日）

秋 兴
——贺白塔文化研究会广东分会成立

同窗白塔边，相聚珠江缘。

海马奔腾去，南国艳阳天。

青春忆章贡，白发结桃园。

莫道山色晚，湖光正潋滟。

缘到请佛珠，心诚拜佛前。

美酒配美人，山珍加鱼鲜。

湖山留倩影，谈笑乐无眠。

逗趣青涩事，畅想至久远。

悠悠同学情，真诚非一般。

且行且珍惜，快乐又康健。
高举一杯酒，再约三十年。
携手同心游，不辞黄昏恋。
最喜秋兴浓，更祝秋月圆！

（2016年10月29日）

注：

①白塔：赣南师院中文1981级曾在赣州市白塔农场借读一年。②海马：台风名。③桃园：广东南海桃园宾馆。

浪淘沙·南海赠诸同学

把酒祝金风，天赋和融。
风光不与旧时同。
面对苍茫萧瑟处，谈笑从容。

一路涉荆丛，不忘初衷。
同窗情义越发浓。
但愿来年秋更好，万紫千红。

（2016年10月30日）

浪淘沙·南海醉赠

醉酒寄秋风，且放轻松。
酡颜仿佛少年红。
说起江边青涩事，故作从容。

354

苦苦觅芳踪，痴对花丛。

情深深处月朦胧。

还是当年春岁好，却太匆匆！

（2016年10月30日）

忆秦娥·章江

肠千结，章江怕见颜如雪。

颜如雪，分明又到，落花时节。

春光负尽秋光别，冰心还寄玲珑月。

玲珑月，但愁澄澈，不求圆缺。

（2017年8月17日）

菩萨蛮·赞秋棠

南国七月炎炎日，于都组队掀红赤。

白塔韵悠长，鹏城歌又扬。

少年识丽质，括目因才德。

情挚赞秋棠，情深如海洋。

（2017年7月6日改定）

附记：

江西革命老区于都县长征源合唱团，多年来把红歌唱响大江
南北，唱响央视，也两次应邀来深演出。我大学同学曾秋棠是合

唱团骨干之一。三十多年未见，改变的是岁月，不变的是信念、是激情。为老同学高兴，赋诗一首以记之。

临江仙·赠诸同学
——祝贺白塔研究会中山分会召开

饮过珠江和赣水，莫谈谁是英雄。
钱多钱少总成空，青山留得住，才唱夕阳红。

转瞬同窗三十载，笑看秋月春风。
一杯老酒最情浓。
明年深圳见，依旧喜相逢。

（2017年7月19日）

临江仙·因特拉肯

重上人间伊甸路，浮生又乐从容。
无边胜景一重重。
天蓝因水碧，草绿映花红。

今夜醉中何处卧？
小城烟雨空濛。
新晴酒醒却愁浓。
恐惊天上月，不肯照冰峰。

（2017年7月21日晚　于因特拉肯）

补记：多年前曾跟团欧洲游到过瑞士，在因特拉肯待了两小时。两个月前策划这次自由行，放弃德国天鹅堡，选择再一次游瑞士，主要是因为因特拉肯。从卢塞恩坐黄金列车到因特拉肯，两个小时的路程，沿途摄人心魄的美景，让我庆幸自己选择正确，不虚此行。这条铁路，也许是世界上最美的铁路线。临河不远的民宿，坐在阳台就可遥望白雪覆盖的少女峰。小镇不大，大多数旅行团都不会在此住宿，喧闹一天的维格河畔到了晚上格外安静。早点休息，明天一早上少女峰，晚上宿翁根。

清平乐·因斯布鲁克

眼花缭乱，梦里唐和汉。
不是穷游不好看，试把栏杆倚断。

峡谷暮雨纷纷，仿佛伊甸穿行。
幸有面包红酒，伴我颠倒乾坤。
（2017年7月19日　于因斯布鲁克市阿克西亚姆斯）

清平乐·萨尔兹堡郊游

风轻云淡，仙境金不换。
要做穷游真好汉，算与青春作伴。

峡谷湖水山峰，天蓝草绿花红。
啤酒一杯在手，仿佛胜过陶公。
（2017年7月18日　于萨尔兹堡至因斯布鲁克火车上）

惠州西湖

之一

苏湖何必借西湖，本是江山一画图。
妾若不随苏子至，人间无处唱罗浮。

之二

胜日寻芳又探幽，湖山处处是东坡。
人生应抱时宜恨，也觅朝云贬惠州！

（2017年4月16日）

之三

桃花落尽紫荆开，去年铁歌今又来。
苏子若非浮江至，湖山寂寂费人猜。

（2018年6月2日）

注：
苏轼《寓居合江楼》云："蓬莱方丈应不远，肯为苏子浮江来。"

之四

罗浮山下水波平，莲月无边好净心。
说起东坡千古事，荔枝三百总关情。

（2018年6月3日）

注：
苏轼《食荔枝二首》云："日啖荔枝三百颗，不辞长作岭南人。"

听张学友演唱会

童心未泯狂追星，一路有你唱至今。
漫步云龙因寿宴，偷闲奥体为歌神。
杨花衮昵皮好痒，劲曲深情绪不平。
最喜人生新体验，曾家有女赛千金。

（2017年5月14日　于徐州）

注：

①一路有你：张学友代表作品《一路上有你》。②云龙：云龙湖，位于徐州市中心，据说比西湖大一倍。③奥体：徐州奥体中心，外形酷似北京鸟巢。④绪：连绵不断的情思。

附记：

三个月前，写了一篇博文《世上再无张学友》，表达想看一场张学友演唱会的愿望。女儿读了，瞒着我们买了"学友·经典"世界巡回演唱会第77场徐州站门票，作为生日礼物送给我。近来身心疲病，罹患足疾、皮疾、心疾等，原本不想长途辛劳，无奈三个月前女儿就订好了门票、机票、酒店，又不忍逆女儿美意。问过医生，医生叮嘱注意事项，我挣扎着拖着病体前往。周末，一家三口分别从深圳、北京出发，相聚于徐州云龙湖畔、奥体中心。是日，徐州杨花如雪漫天飞舞，飘落头上、脸上、身上；尤其弄得鼻子不适。加上我身患带状疱疹，疼痒难当。千里奔波、抱病追星、杨花滋扰，幸有女儿相陪、歌神助兴——是夜，灯光璀璨，歌舞炫丽，鼓乐喧天。年近六旬的歌神如不老的传说，载歌载舞，几乎唱满了三个小时。歌神专注敬业，倾情奉献，追求完美，声音饱满，感情充沛。时而热情似火，时而深情款款，打动了每一位观众。现场气氛热烈，听者如醉如痴，享受

359

着这一场难得的视听盛宴……我与四万五千名来自全国各地的观众一起尽情happy，过了一个不一样的生日，了却了一段夙愿。女儿助我圆梦，我是幸福父亲。赋诗一首以记之。

劝　读

——寄语翠园学子

手捧一本书，快乐小书虫。
五千年上下，两万里纵横。
涉猎须广泛，术业有专攻。
从厚读到薄，从薄读到精。
开卷定有益，掩卷乐无穷。
书中有美玉，书中有黄金。
可以提素质，可以养精神。
可以开眼界，可以扩胸襟。
可以交益友，可以美心灵。
可以增知识，可以冶性情。
读书要及早，读书要勤奋。
劝君读好书，博雅度一生。
劝君多读书，莫使负青春！

（2016年4月15日）

清平乐·核桃

果坚实巧，掌握玩中宝。

按捻搓揉仔细绕，惬惬蹉跎昏晓。

甬看翘翘凹凹，在行都赞它高。

莫弃纤纤碎碎，王孙骚客难逃！

（2017年6月15日改定）

古体诗三首

之一：草堂

又拜草堂楠树前，楠木森森却无言。

驻足门下叹仰止，徘徊花径吟经典。

禁枣吴郎太小器，抱茅襟怀大于天。

离忧总关百姓苦，悲秋全因民生艰。

艰难苦恨一诗史，诗圣情怀赛诗仙。

每至蓉城必朝圣，不到草堂心不安！

（2016年5月20日 2017年11月3日改定）

注：

①杜甫《楠树为风雨所拔叹》："倚江楠树草堂前。"②杜甫《又呈吴郎》："堂前扑枣任西邻。"③杜甫《茅屋为秋风所破歌》："公然抱茅入竹去。"

361

之二：忆夜登泰山

人登岱宗小天下，我登泰山洗凡尘。

立下凌云绝顶志，只为鸡鸣见日升。

炒鸡香飘农家院，特曲醉享美天伦。

快活三里撩月色，弯路十八数星辰。

南天门下忆日出，玉皇绝顶乐浮生。

何当更买一壶酒，天街转角邀玉人？

（2016年4月14日　2017年11月6日改定）

注：

登山前在泰山脚下一农家乐，坐在院子里，吃泰山炒鸡，喝泰山特曲。店主是本地农民，夫妻二人经营一家农家乐，生活无忧，儿女成双，其乐融融。是夜，一天星斗，满院花香，毕生难忘。

之三：峨眉忆雪

借取今生一日缘，峨眉晴雪跪佛前。

自古多情因冰雪，从来辛苦为名山。

曾听梵界天上曲，也看僧寺炉中烟。

极目霜天归何处？指点银峰可耕田？

西风残阳惆怅客，峨眉拜后更茫然！

山是粉黛雪是花，挂挂牵牵一万年。

（2016年4月16日　2017年11月9日改定）

关系三章

——读《霍乱时期的爱情》有感

之一：轻与重

一句话

很轻

像微风吹拂

像乳燕呢喃

一句话

很重

像黄钟大吕

像雷鸣电闪

一句话

从你的嘴里

轻轻

拂过我的耳边

重重

落进我的心坎

像黄钟大吕

像雷鸣电闪

（2016年3月15日）

之二：短与长

在一起

很短

短得可以用脚步

丈量

在一起

很长

长得需要用一生

思念

（2016年3月15日）

之三：近与远

有的人

很近

有的人

很远

有的人

近在眼前

有的人

远在天边

眼前的人

如在天边

天边的人

如在眼前

眼前的人
视如不见
天边的人
爱到永远

近
冰火不同天
藕断却丝连
远
心心又念念
挂挂还牵牵

虽远　若近
虽近　犹远

近的
拒之万水千山
远的
哪怕星空浩瀚

近与远
决与缱
疏与缘
痛与怨

（2016年3月15日）

365

别杜鹃

杜鹃花开四月八，美赛天仙天欲杀。

遥望树树披粉雪，近看村村着丹纱。

艳若桃花映山红，灿若牡丹衬云霞。

忽如一夜暴风雨，摧尽狂枝还摧花。

子规带泪犹啼血，漫山红遍独怜她！

可恨山高路又远，无力移植到我家。

欺我年老体又弱，不做霸王强护花。

别杜鹃，长相忆，风风雨雨惹牵挂。

别杜鹃，长相思，年年魂梦伴天涯。

（2016年4月8日　2018年4月1日修改）

注：

魂梦：梦里达成现实中无法完成的心愿。

献给明天的诗
——致将要退休的自己

从明天起

喝酒　打牌

穿短裤与拖鞋

不思考教育

不思考人生

不思考

对他人的

爱

路　在脚下
心　在远方
找一个角落
山　不必太高
水　一定要清
季节一来
鲜花盛开
最好
有爱
捉鱼　喂鸡
挑水　砍柴
每天夜晚如期降临
香
茶
还有　书
把世界
关在门外
留一扇窗
让星星　明灭
让微风　进来

从明天起
带上铁皮蝈蝈
去找
胡萝卜与青菜
它的　最爱
我的　最爱

（2016年9月30日）

367

跋

铁歌是个懦夫

　　许多年前，我还是一个乡下孩子。家里来了客人，我们常常三兄弟挤一张床。两个人挤床头，一个人挤床尾——可以有两种睡法，一个人睡一侧叫"刀把"，一个人睡中间叫"铲子"。那个时候，我们"心中有光"，常常彻夜不眠，常常兴奋地向小伙伴们"敞亮"自己。像夏夜里的萤火虫，毫无保留地闪烁着光芒。不记得哪一次、跟谁、睡"刀把"还是"铲子"时，我曾经骄傲地宣布：我要写一本书。

　　我只是说说而已。我的前半生，从来就没有为此付出过努力。直到最近两三年，我突然想起小时候的这个诺言，才跌跌撞撞地开始行动起来。

　　这只是几十年中我的许多承诺之一。我不记得还做过多少承诺，却从未尝试兑现——比如请你吃饭这件事。

　　我相信，每个人都有类似经历。也许，还有比这更严重的。比如，你爱一个人。你不敢告诉她，你爱她。你只是放在心里，却不敢为她做些什么。

　　许多年了，不管是身处"刀把"还是"铲子"中，我害怕暴露自己真实的想法。大多数时候我谨言慎行，大多数时候我言不由衷，大多数时候我不敢说"不"。不该说的话说了，该说的话不说。不该做的事做了，该做的事不做。高兴时做出严肃的表情，难过时装着无比淡定与从容。

368

　　人的一生，还有什么比这更痛苦的事？当你认识到自己是个懦夫的时候，却又无力改变，还有什么比这更悲哀的事？

　　更加糟糕的是，当我发现自己是个懦夫，当我为之痛苦悲哀的时候，却为时不晚。我还有时间尝试改变，还有时间尝试为天下所有的懦夫们做一个榜样。

　　当我意识到这一点，我寝食难安，提前进入了更年期。

　　因此，就有了这本书。我想实现自己儿时的梦想。想做回那只在夏夜里发光的萤火虫。想对这个世界敞开心扉，说说真话。

　　仅此而已。

　　其实，不管我怎么努力，也改变不了一个事实：

　　铁歌就是懦夫。

2018年4月8日